www.tredition.de

Chiara Prestianni

# Schatten in Le Havre

www.tredition.de

© 2018 Chiara Prestianni

Verlag und Druck: tredition GmbH, Hamburg

ISBN
Paperback: 978-3-7469-8124-6
 Hardcover: 978-3-7469-8125-3
e-Book: 978-3-7469-8126-0

Chiara Prestianni wurde am 29.10.1998 in Mettingen geboren und wuchs in einem kleinen Ort in Nordrhein-Westfalen auf, wo sie bis heute mit ihrer deutschen Mutter und ihrem italienischen Vater lebt. Nach dem Abitur begann sie die Ausbildung zur Pharmazeutisch Technischen Assistentin um sich auf das anschließende Pharmaziestudium vorzubereiten. Die Ferien verbringt Chiara meist in der Provinz Catania, an der Ostküste Siziliens, wo Teile ihrer Verwandtschaft beheimatet sind.

## Kapitel 1

Was bewegt einen Menschen dazu, keinen Sinn mehr im Leben zu sehen? Was treibt ihn zu derartigen Suizidgedanken, dass er zu glauben vermag, es gebe keinen anderen Ausweg, als diesen? Und vor allem: Wie schafft es ein Mensch diese Gedanken über Jahre hinweg so sehr in seinem tiefsten Inneren zu bewahren, dass nichts davon nach außen dringt und selbst die Person, die ihm am nächsten steht nichts von seinen Depressionen bemerkt. Hat er das Vertrauen verloren? Oder gab es vielleicht zahlreiche versteckte Hilferufe, die nur nicht gesehen wurden? Genau diese Fragen stellte sich Jannet Cammel in den vergangenen Tagen. Auch sie hatte die Suizidgedanken ihres Mannes Joachim nicht bemerkt. Nun war es zu spät dafür. Dabei fing der Tag doch so gewöhnlich, wie immer an.

Es war ein sonniger Montag mitten im August. Das Wetter war so schön, wie lange nicht mehr. Die Nachrichten meldeten für heute über 30 Grad. Nach dem gemeinsamen Frühstück, machte sich Jannet wie jeden Morgen auf den Weg ins Büro, um pünktlich um 8 Uhr mit der Arbeit zu beginnen. Es ahnte zu diesem Zeitpunkt noch niemand, dass es das letzte gemeinsame Frühstück der dreiköpfigen Familie sein würde. Auch die dreijährige Tochter Greta musste heute zum Kindergarten. Oft wurde sie dann am Nachmittag von Jannets` Mutter Hilda abgeholt, wenn

Joachim und Jannet beide arbeiten mussten und keine Zeit dafür hatten. Diese freute sich immer, wenn sie ihre Enkelin erwartete, und auch Greta genoss die Zeit mit ihrer Oma, die sich immer viel Mühe gab, damit es ihr nicht langweilig wurde. Doch nicht nur sie war gerne bei Hilda zu Besuch. Auch Gretas fünfjähriger Cousin Samuel, der Sohn von Jannets` älteren Schwester Diana kam gerne nach dem Kindergarten zum Haus seiner Oma, das nicht weit von seinem eigenen zu Hause entfernt war. Obwohl Diana mit ihrem Mann Elias und dem gemeinsamen Sohn einige Siedlungen von ihr entfernt wohnten, war es möglich, durch den Garten direkt zum Haus von Hilda zu gelangen. Abgesehen von Greta und Samuel hatte sie keine weiteren Enkelkinder, was sie sehr schade fand. Gerne kümmerte sie sich um die beiden und opferte jede freie Minute für sie. Auch Jannet und Diana wussten, was sie an ihrer Mutter hatten. Nur durch Hilda war es ihnen möglich, den flexiblen Arbeitszeiten im Beruf gerecht zu werden. Wer sonst würde sich so liebevoll um die Kinder kümmern? Zum Dank wurde Hilda jeden Sonntag von ihren Töchtern zum Essen eingeladen. Immer abwechselnd fand das Familienessen dann einmal bei Jannet und Joachim und dann wieder bei Diana und Elias statt. Das hatte außerdem den Vorteil, dass die beiden jeweils nur jedes zweite Wochenende kochen mussten und die ganze Familie zusammenkam.

Nachdem Jannet sich also nach dem Frühstück von ihrer Familie verabschiedete, und das Haus verließ, blieb Joachim mit Greta alleine. „So, wir beide müssen jetzt die Zähne putzen, damit es gleich in den Kindergarten gehenkann." Gut gelaunt, wie immer, nahm Joachim seine

Tochter auf den Arm. Da er eine Stunde später mit der Schicht begann, als seine Frau, brachte er Greta auf dem Weg ins Büro vorher zum Kindergarten. „Hast du denn auch deine Tasche?" „Ja, die ist hier. Aber das Einhorn muss noch rein." Greta hielt eine rot karierte Umhängetasche in die Luft und drückte sie ihrem Papa in die Hand. Dann verschwand sie ins Wohnzimmer, wo einige ihrer Spielsachen lagen. Nach einigen Sekunden kehrte sie mit einem rosafarbenen Plüsch-Einhorn zurück. „Ich will das mitnehmen." „Aber das geht nicht, man darf keine eigenen Spielsachen in den Kindergarten mitnehmen." „Doch, das will ich aber." Greta wurde quengelig und bestand darauf, das Einhorn mitnehmen zu dürfen. Joachim verstand es jedoch seine Tochter zu überzeugen. Er kniete sich zu ihr herunter und sah ihr tief in die Augen. „Aber du willst doch nicht, dass es verloren geht, oder? Ich würde es lieber hierlassen, wo es sicher ist." „Na gut." Nicht ganz freiwillig ließ Greta ihr Einhorn schließlich doch zurück. Am Kindergarten begleitete Joachim sie noch hinein und gab ihr dann zum Abschied einen dicken Kuss auf die Wange. Es war das letzte Mal, dass Greta ihren Vater gesehen hatte. Obwohl Joachim eigentlich zur Arbeit musste, führte sein Weg an diesem Tag jedoch ganz woanders hin.

Auch Jannet konnte davon noch nichts wissen. Gut gelaunt verlief der erste Weg zur Kaffeemaschine, wo sie von ihrer Arbeitskollegin und besten Freundin Manuela in Empfang genommen wurde, um von ihr den neusten Klatsch und Tratsch zu erfahren. „Jannet, guten Morgen! Nimm dir ruhig den Kaffee aus der Kanne. Der ist noch warm." Die 1,50 Meter große Blondine saß gemütlich in ihrem Bürostuhl und hielt einen Kaffeebecher in der Hand. „Bist du nicht eigentlich hier, um zu arbeiten? Ich sehe dich immer nur Kaffee trinken." „Ja, ja. Ich bin schon mindestens seit einer halben Stunde hier. Da darf man sich auch mal eine Pause gönnen." Manuela schlürfte das warme Getränk aus ihrer Tasse. „Und ich dachte immer, die Pausen fangen hier um halb zehn an." „Nein, nicht, wenn der Chef nicht da ist." Jannet und Manuela mussten lachen. „Na schön. Aber die Pause ist jetzt vorbei. Wenn wir mit allem schnell fertig werden, haben wir vielleicht die Möglichkeit, eher zu gehen, ohne morgen ein Donnerwetter erwarten zu müssen. „Das erwarte ich sowieso nicht. Ich habe nämlich morgen frei." Manuela grinste ihre Kollegin überfreundlich an. „Was, schon wieder? Und wenn du dich dann mal zufällig hierher verirrt hast, trinkst du nur Kaffee. So, so." Jannet stellt die leere Kaffeetasse ab und begab sich an den Schreibtisch. Obwohl der Beruf für sie viel bedeutete und Jannet gerne zur Arbeit ging, stand das Familienleben an erster Stelle. Greta und Joachim waren alles für sie und um diese nicht zu vernachlässigen, arbeitete sie nur halbtags. Oft hatte sie daher einige Tage frei oder konnte schon Mittags Feierabend machen. Ganz anders, als Joachim, der Vollzeit arbeiten ging und daher nie vor 20 Uhr nach Hause kam. Sowohl er, als auch Jannet konnten mit ihrer Berufswahl zufrieden sein. Sie hatten beide einen gut bezahlten Job. Joachim galt als hoch angesehener Experte in der IT-Branche und auch Jannets` Arbeit als Sekretärin einer großen Transportfirma brachte ein gewisses Image mit sich. Doch nicht nur der gut bezahlte Beruf an sich, sondern auch das Arbeitsklima unter den Kollegen war alles andere, als schlecht. Oft gingen sie nach der Arbeit noch zusammen etwas trinken, oder verabredeten sich am Wochenende um gemeinsam etwas zu unternehmen. Etwa einmal im Monat kamen solche Treffen vor. Bei Joachim vermutlich sogar etwas häufiger, als bei Jannet. Eigentlich schien das Leben der beiden doch nahezu perfekt. Sie hatten alles, was sie brauchten: Eine glückliche Ehe, ein gesundes Kind und keine Geldnot. Wenn es gelegentlich mal zu kleineren Problemen kam, lösten die beiden diese immer gemeinsam und das hatte bis heute auch sehr gut funktioniert. Kaum zu glauben, welche Gedanken Joachim zu diesem Zeitpunkt beschäftigten.

Währenddessen erwartete Hilda am Kindergarten bereits ihre Enkelin. Es war genau 12 Uhr. Pünktlich, wie immer wurden die Kinder aus dem Stuhlkreis entlassen. Greta hatte ihre Oma sofort erkannt und lief direkt auf sie zu. „Na, wie war es heute. Habt ihr etwas tolles gespielt?" „Nein, gebastelt." Gab die kleine zurück. „Das ist für dich, Oma." Greta hielt eine bunt beklebte Toilettenpapierrolle in die Luft. „Die sieht aber toll aus. Hast du das ganz alleine gebastelt?" Hilda betrachtete das Gebilde interessiert, als ihre Enkelin stolz lächelte. „Wirklich? Das ist aber schön geworden. Na dann nimm dir mal deine Tasche vom Harken und dann fahren wir nach Hause. Es gibt gleich etwas leckeres zum Mittagessen. Hast du schon Hunger?" Wieder nickte Greta. „Und wenn du gut gegessen hast, musst du mir helfen, einen Kuchen zu backen und vielleicht gehen wir danach noch ins Planschbecken, was hälst du davon?" „Ja, das machen wir." Greta war begeistert von diesem Vorschlag. Alles geschah genau so, wie es geplant war. Der Nachmittag verging wie im Flug und es dauerte nicht lange, bis auch

Jannet Feierabend hatte und sich auf den Weg machte, um ihre Tochter von Hilda abzuholen. Eigentlich wollte Jannet gar nicht so lange bleiben, doch als ihre Mutter unbedingt noch einen Kaffee mit ihr trinken wollte, nahm sich Jannet gerne noch einen Augenblick Zeit. Was sollte sie denn auch so früh schon Daheim? Joachim sollte schließlich auch noch bei der Arbeit sein und den Haushalt hatte sie bereits in den vergangenen Tagen erledigt. „Bei der Gelegenheit kannst du auch noch ein Stück von dem Kuchen probieren, den ich mit Greta eben gebacken habe. Er ist uns wirklich gut gelungen.", argumentierte Hilda, um ihre Tochter davon zu überzeugen, noch eine Weile zu bleiben. Das Wetter war immer noch wunderbar. Fast 33 Grad maß das Thermometer an der Hauswand. Auf der Terrasse war ein großer Sonnenschirm aufgespannt, der dem darunter stehenden Tisch Schatten spendete. Die große Rasenfläche war umgeben von Bäumen und Pflanzen. Viele der Bäume waren Obstbäume und trugen Früchte. Jannet und Diana liebten es schon, als sie noch Kinder waren, die Kirschen und Mirabellen direkt vom Baum zu pflücken und mit den Kernen einen Weitspuck-Wettbewerb zu veranstalten. Ein schmaler Kiesweg führte zu einem Gewächshaus, indem einige Tomatenund Gurkenpflanzen wuchsen. Von den Pflanzen hingen die Früchte wie im Bilderbuch herunter. Die tiefe dunkelrote Farbe der Tomaten machten sie appetitlicher, als aus jedem Supermarkt. Und abgesehen davon waren sie auch noch viel gesünder. Auf der Rasenfläche, nahe an der Terrasse gelegen, befand sich ein mit Wasser befülltes Planschbecken und gleich daneben befand sich ein großer Sandkasten mit einigen Spielsachen. Greta und Samuel spielten hier im Sommer gerne und auch Hilda war zufrieden, wenn sie ihren beiden Enkeln eine Freude machte. Nach und nach brachten sie und Jannet Kuchenteller und Kaffeetassen nach draußen. Der liebevoll gebackene Kuchen wurde mit einem Fliegengitter abgedeckt, um ihn vor Insekten zu schützen. Einige Minuten später saß Jannet mit ihrer Mutter auf der Terrasse und genoss die freie Zeit. Greta spielte zufrieden im Sandkasten und schleckte das Vanilleeis, das sie zuvor in der Kühltruhe ihrer Oma fand. „Wie war denn dein erster Arbeitstag nach dem Wochenende so?" wollte Hilda wissen. „Naja, eigentlich gehe ich ja gerne zur Arbeit, aber bei diesem Wetter kann ich mir auch was Besseres vorstellen, als den ganzen Tag im Büro zu verschwenden." „Das kann ich mir denken. Wie gut, dass ich nicht mehr zur Arbeit muss. Hast du denn morgen wenigstens frei?" „Nein, leider nicht. Aber zum Glück muss ich dann nur bis 1 Uhr arbeiten. Eine Kollegin hat nämlich zur Zeit Urlaub. Obwohl die ja auch eigentlich gut ohne mich auskommen würden. Es ist im Moment nicht besonders viel los in der Firma. Außer Kaffee trinken und Zeitung lesen haben wir nicht besonders viel gemacht heute." „Das ist ja mal wieder typisch. Deine Kollegin ruht sich am Strand aus und du musst bei der Hitze ins Büro. Und dabei soll es doch morgen wieder über 30 Grad werden. Melde dich doch einfach krank und dann kommst du zum Mittagessen zu mir." Jannet lachte über den Vorschlag ihrer Mutter. Immer kam sie auf dumme Gedanken. Wenn das Wetter zu schön war zum arbeiten, dann meldete man sich eben krank. So einfach war die Welt für Hilda. Sie machte sich aus nichts ein Problem. Doch für die pflichtbewusste Jannet kam das überhaupt nicht in Frage. Der Job hatte nun mal Vorrang und abgesehen davon war es ja auch nur bis 1 Uhr. „Gemeinsames Mittagessen finde ich gut. Joachim kommt morgen eh erst um halb 9 nach Hause. Aber die Arbeit zu schwänzen ist keine gute Idee. Vielleicht werde ich ja gesehen, und dann bekomme ich nie eine Gehaltserhöhung." Die beiden lachten vergnügt. „Der Kuchen ist euch wirklich gut gelungen." Gerade, als Jannet die Bemühungen ihrer Mutter loben wollte, kamen zwei bekannte Gesichter um die Ecke. „Hallo Greta!" rief ein kleiner blonder Junge in grüner Badeshorts und einem schwarzem T-Shirt. Auf der Nase trug er eine dunkle Sonnenbrille und in der Hand hielt er einen großen blauen Wasserball. „Spielst du mit?" fragte er und hielt den Wasserball in die Luft. Es war Samuel gefolgt von seiner Mutter Diana. „Hallo, ihr beiden. Ihr seid genau richtig. Greta und ich haben eben einen Apfelkuchen gebacken. Den müsst ihr unbedingt probieren. Diana, willst du auch eine Tasse Kaffee mittrinken?" „Ja natürlich, ich will die Sonne schließlich auch so genießen, wie ihr." Diana setzte sich zu ihrer Schwester an den Tisch und nahm sich ein Kuchenstück auf den von Hilda gebrachten Teller. Samuel und Greta spielten auf dem Rasen bereits mit dem mitgebrachten Wasserball von Samuel. „Wie sieht es denn bei euch mit der Urlaubsplanung so aus, Jannet?" will Diana wissen. „Wenn meine Kollegin wieder da ist, habe ich zwei Wochen frei. Joachim und ich haben überlegt, ach Gran Canaria zu fliegen. Wir haben dort ein wirklich gutes Angebot für ein 4-Sterne-Hotel gefunden, gar nicht weit vom Strand entfernt. Das wäre ideal für uns. Habt ihr auch schon etwas geplant?" „Elias würde ja gerne nach Sydney, aber ich finde, dass ist viel zu teuer. Und dann noch der lange Flug. Ich habe vorgeschlagen nach Griechenland zu fliegen. Elias´ Arbeitskollege hat dort eine Ferienwohnung und bot uns an, dass wir sie benutzen können. Ganz umsonst, er will dafür nichts haben, außer vielleicht mal eine Einladung zum Mittagessen." Dianas Mann war ein sehr guter Polizist. Man kann schon sagen, er war der Beste in der Umgebung, und dafür arbeitete er auch jeden Tag sehr hart. Wenn seine Kollegen schon lange zu Hause waren, saß er noch am Schreibtisch und überprüfte sämtliche Akten. Die einzige Zeit im Jahr, die er sich frei nahm, wollte er dann auch in besonderer Weise verbringen. Nur in Europa Urlaub zu machen, reichte ihm da nicht aus. „Hier sieht man doch jeden Tag nur das selbe." sagte er dann immer, wenn ihn seine Frau mal wieder dazu überreden wollte, die freien Tage nicht allzu weit von der Heimat entfernt zu verbringen. „Hast du schon Fotos von der Wohnung in Griechenland? Damit könntest du Elias bestimmt begeistern. Männer sind leicht zu überzeugen." lachte Jannet. „Oh, ja. Die habe ich schon gesehen. So eine tolle Ferienwohnung und dieser Sturkopf will trotzdem unbedingt nach Sydney." Diana suchte ihr Handy aus der Handtasche, um Jannet die Bilder zu zeigen. „Ach Kinder." mischt sich jetzt auch Hilda in das Gespräch ein. Wir haben uns über so etwas früher nie Gedanken machen müssen. Sydney oder Griechenland, das war eh alles viel zu teuer für uns. Wir haben einfach ein Zelt eingepackt und sind losgefahren. Wo wir am Abend landen würden, haben wir am Morgen noch nicht gewusst. Das war viel aufregender, als euer Sommerurlaub am anderen Ende der Welt, bei dem sogar jeder Gang zur Toilette geplant ist. Ich erinnere mich immer gerne an die alte Zeit zurück, als ich euren Vater kennenlernte. Nur wir beide irgendwo im Nirgendwo. Manchmal wussten nicht einmal meine Eltern davon. Ich habe mich einfach aus dem Haus geschlichen und weg waren wir." „Einfach aus dem Haus geschlichen? Das hätten wir uns mal erlauben müssen, dann hätten wir für den Rest unseres Lebens Hausarrest bekommen.", wendete Diana ein. „Haben Oma und Opa da denn gar nichts zu gesagt?" „Oh doch. Es gab immer ein riesen Spektakel, wenn wir zurück kamen. Einmal hätten sie sogar fast die Polizei gerufen, weil sie mich nicht gefunden haben. Und dabei war ich schon volljährig. Aber das war es wert gewesen. Ich habe es nie bereut. Kaum zu glauben, dass euer Vater nun schon fast 10 Jahre tot ist." Hilda lächelte bei dem Gedanken an ihre Jugend und an ihren verstorbenen Mann. Er war damals an einem Herzinfarkt gestorben. Der plötzliche Tod hat die ganze Familie schwer getroffen. „Ich denke mal, Greta und ich müssen uns wohl jetzt so langsam verabschieden. Ich muss noch das Essen vorbereiten. In zwei Stunden kommt Joachim schon nach Hause." Jannet sah auf die Uhr. „Möchtest du nicht noch ein Stück Kuchen für ihn mitnehmen? Der freut sich bestimmt, wenn er noch einen leckeren Nachtisch bekommt." Da hast du wohl Recht. Der ist dir auch wirklich gut gelungen." „Ich hatte auch gute Unterstützung von meiner lieben Enkelin." Hilda nahm ein Kuchenstück vom Blech herunter und legte es auf einen Teller. Dann wickelte sie alles zusammen in Frischhaltefolie ein und übergab das fertige Paket an ihre Tochter. „Dankeschön, Mama." „Du kommst doch morgen zum Mittagessen, oder?" „Natürlich das habe ich dir ja gesagt. Diana, kommst du auch?" Jannet wendet sich auf dem Weg zum Auto noch einmal zu Diana um. „Ich habe morgen frei. Soll ich vielleicht noch einen Salat mitbringen? Dann komme ich nachdem ich Samuel aus dem Kindergarten geholt habe, auch dazu." „Ja ist doch super. Endlich kann ich euch auch mal zum Essen einladen. Wird ja sonst langweilig, wenn ich immer nur jedes Wochenende bei euch esse. Ich werde etwas ganz tolles vorbereiten. Lasst euch überraschen." Hilda war voller Vorfreude auf den folgenden Tag. „Na dann ist ja alles geklärt. Bis Morgen." Jannet verließ mit Greta und dem Stück Kuchen das Grundstück. „So Greta, dann zeigen wir gleich mal dem Papa, was du für einen tollen Kuchen mit Oma gebacken hast. Meinst du, der freut sich, wenn du ihm den heute Abend bringst?" „Ja. Den habe ich ja schließlich gebacken."

Nach etwa einer viertel Stunde erreichen die beiden die Heimat. Schon als sie in die Hofeinfahrt einbogen, bemerkte Jannet, dass irgendetwas nicht stimmte. Vor der Garage stand der schwarze Kombi ihres Mannes. Hatte er vielleicht früher Feierabend und war deshalb schon zu Hause? Das konnte sich Jannet jedoch nur schwer vorstellen. Gerade Montags kam es doch nie vor, dass sie Joachim schon um diese Uhrzeit zu Gesicht bekam. Oder hatte er sich heute krank gemeldet und ist garnicht erst bei der Arbeit erschienen? Aber beim Frühstück sah er doch relativ fit aus. Hatte Jannet nicht mitbekommen, dass es Joachim nicht gut ging? „Greta, war der Papa heute krank? Hat der gesagt, dass es ihm nicht gut geht?" „Nein, der ist zur Arbeit gefahren." „Aber sein Auto steht hier. Ich glaube, der ist dann schon zu Hause." „Ja. Bestimmt will der mir eine Überraschung machen. Mit einem mulmigem Gefühl öffnet Jannet die Haustür. Sofort stürmte Greta hinein und suchte ihren Papa. „Hallo Papa. Ich bin schon da." Rief sie, als sie den Flur betrat. „Ich will Papa den Kuchen bringen." Greta bleibt stehen und dreht sich zu Jannet um. „Ich stelle ihn dir in die Küche, okay? Papa ist bestimmt oben, dann kannst du ihm sagen, dass in der Küche eine Überraschung für ihn ist." „Okay." Greta lief die Treppen hinauf. „Wo bist du, Papa?" Hört man sie immer wieder rufen. Jannet stellte den mitgebrachten Kuchen auf den Küchentisch und legte Jacke und Handtasche ab. Da fiel ihr plötzlich ein Zettel ins Auge, der zusammengefaltet auf dem Küchentisch lag. Jannet nahm das Stück Papier in die Hand und begann zu lesen.

*„Ich weiß noch nicht, was passieren wird, aber ihr müsst wissen, dass ich euch immer lieben werde."*

Es war zweifellos die Handschrift von Joachim. Jannet spürte, wie sich ihr Margen umdrehte. Irgendetwas musste passiert sein, das hatte sie im Gefühl. Aber was konnte er damit nur meinen? Plötzlich stand Greta in der Tür. Jannet war so mit diesem Brief beschäftigt, dass sie ihre Tochter nicht hat kommen hören. „Mama, ich finde Papa nicht. Du musst mir jetzt suchen helfen." Jannet erschrak aus ihren Gedanken. „Papa ist bestimmt grade bei den Nachbarn. Geh doch solange etwas im Wohnzimmer spielen, bis er wieder da ist." „Na gut, aber du sagst mir Bescheid, wenn er wiederkommt, ja?" „Das mache ich, versprochen." Greta lief ins Wohnzimmer und spielte auf ihrem bunten Kinderteppich ungestört mit ihren Lieblingsspielsachen. Sie bemerkte nichts von der inneren Unruhe, die ihre Mutter plagte. Jannet lief währenddessen durch das ganze Haus und steckte ihren Kopf in jeden Raum hinein, in der Hoffnung ihren verschwundenen Mann irgendwo wohlbehalten aufzufinden. Doch jedes Mal ohne Erfolg. Vielleicht war er im Garten oder wirklich bei den Nachbarn. Jannet schaute im Garten nach. „Joachim?", rief sie von der Terrasse, doch nichts rührte sich. Dann lief Jannet mehrmals um das ganze Haus herum. Dabei bemerkte sie, dass die Nachbarn zur Zeit gar nicht zu Hause waren. Dort konnte sich Joachim also nicht aufhalten. Als Jannet wieder ins Haus ging, nahm sie das Telefon von der Ablage. Immer wieder versuchte sie Joachim auf dem Handy zu erreichen, doch es meldete sich jedes Mal nur die Mailbox. „Joachim, wo steckst du? Ich mache mir Sorgen. Bitte melde dich sofort zurück, wenn du das abhörst." Verzweifelt beschloss Jannet schließlich in der Firma anzurufen, in der Joachim arbeitete. Während es durchklingelte, überkam Jannet das Gefühl von Angst und Panik. Dies war ihre letzte Hoffnung. Wenn sich Joachim nicht bei der Arbeit befand, musste etwas schlimmes mit ihm passiert sein. Was sollte sie dann tun? Wo sollte sie ihn dann noch suchen und wie konnte sie ihm helfen, wenn er vielleicht grade in Gefahr ist? Jannet stellte sich die schlimmsten Szenarios vor. Dann meldete sich plötzlich eine Stimme am anderen Ende der Leitung. „IT-Service-Center, Gerd Emrich am Apparat, was kann ich für sie tun?" Jannet war enttäuscht, als sie bemerkte, dass es nicht die Stimme von Joachim war. Dennoch war sie froh, dass sie dort endlich einen Ansprechpartner gefunden hatte, dem sie ihr Problem mitteilen konnte und der ihr möglicherweise einen guten Rat gab, was sie in ihrer Situation jetzt tun sollte. „Hallo Gerd, hier ist Jannet Cammel." Gerd war ein guter Kumpel von Joachim. Sie studierten schon zusammen an der gleichen Universität und gelangten dann durch Zufall an die selbe IT-Firma, an der sie bis heute zusammen arbeiteten. Weil Joachim und Gerd viel zusammen unternommen hatten, kannte er auch Jannet sehr gut, die sich nun hilfesuchend an ihn wendete. „Sag mal, ist Joachim heute bei der Arbeit gewesen?" „Nein, tut mir leid. Er hat sich heute Morgen abgemeldet. Den genauen Grund dafür wollte er mir allerdings nicht sagen. Er meinte bloß, es gehe ihm zur Zeit nicht gut. Keine Ahnung, was er genau damit meinte. Ich habe gedacht, er hätte vielleicht mit dir darüber geredet." „Nein, das hat er leider nicht. Er war heute Morgen so wie immer. Er hat ganz normal Greta in den Kindergarten gebracht und wollte dann in die Firma fahren. Aber sein Auto steht hier und er hat mir einen Zettel auf dem Tisch liegen gelassen, auf den er geschrieben hat, dass er uns liebt und so. Ich habe das Gefühl, dass mit ihm irgendetwas passiert ist." „Ich will dich ja jetzt nicht beunruhigen, aber das glaube ich langsam auch. Er war auch total nervös, als er heute Morgen angerufen hat. Das sieht ihm gar nicht ähnlich. Wenn er hier ist, ist er immer gut gelaunt und kann sich stundenlang mit jemanden unterhalten. Ich habe ihm geraten, sich erst mal hinzulegen und sich ein paar Tage frei zu nehmen. Hast du wirklich überall nach ihm gesucht?" „Ja, im ganzen Haus. Er ist nirgendwo zu finden und an sein Handy geht er auch nicht. Hast du vielleicht irgendeine Idee, wo er noch sein könnte?" Jannets` Stimme zitterte. Es viel ihr schwer, die Tränen zurück zu halten. Nachdem, was sie von Gerd erfahren hatte, schrumpfte jede Hoffnung, ihren Mann gesund und munter wiederzusehen immer mehr. So ein Verhalten kannte sie von Joachim doch nicht. Warum hat er ihr denn nicht gesagt, dass es ihm nicht gut ging? Was konnte er bloß gehabt haben? „Beruhige dich erst mal. Es wird bestimmt nichts passiert sein. Vielleicht ist er einfach nur zum Arzt gegangen." Gerd spürte Jannets` Angst und versuchte eine plausible Erklärung für Joachims plötzliches Verschwinden zu finden. „Der nächste Arzt ist aber 8 Kilometer entfernt und sein Auto steht hier. Da kann er unmöglich sein." „Das stimmt auch wieder. Aber dann kann er ja nicht allzu weit gekommen sein. Hast du mal in der Nachbarschaft herumgefragt, ob ihn vielleicht jemand gesehen hat, oder weiß, wo er sein könnte?" „Nein, das habe ich noch nicht. Aber ist wohl die einzige Möglichkeit, die ich noch habe, abgesehen von der Polizei. Aber die wird wohl kaum etwas unternehmen, wenn ein erwachsener Mann eine Stunde lang nicht auffindbar ist." Jannet lief nervös im Schlafzimmer auf und ab. Um sicher zu gehen, dass Greta von dem Gespräch nichts mitbekam, ließ sie die Tür geschlossen. Als Jannet zufällig aus dem Fenster schaute, bemerkte sie ein winziges Detail, was sie möglicherweise zu der Antwort auf die Frage, wo sich Joachim aufhielt führen könnte. Es war zwar nur eine Kleinigkeit, die anders war als sonst, aber diese könnte für die Lösung des Rätsels dennoch bedeutend sein. Warum war ihr das noch nicht aufgefallen, als sie eben mehrmals um das Haus herumlief? Dabei war sie sich doch sicher, auf alles genau geachtet zu haben. In Gedanken vertieft, vergaß Jannet das Gespräch mit Gerd völlig. „Hallo, bist du noch da? Hallo?" Die immer lauter werdende Stimme im Telefonhörer brachte ihre Aufmerksamkeit schließlich wieder zurück. „Was? Ja, ich bin noch da. Ich muss jetzt Schluss machen, okay? Aber wenn es etwas Neues gibt, werde ich mich auf jeden Fall wieder bei dir melden. Bis dann." „Ja, ist in Ordnung. Viel Glück noch bei der Suche. Bis später, Jannet." Gerd verstand zwar nicht die plötzliche Aufregung von Jannet, aber er wollte jetzt auch nicht nachfragen. Gleich, nachdem sie aufgelegt hatte, stürmte Jannet wieder hinunter in den Garten. Sie überquerte den Rasen bis ans andere Ende, wo sich ein großer Schuppen befand, indem das Holz für den Winter lagerte. Sie hatte sich tatsächlich nicht getäuscht. Beim genaueren Betrachten der Tür, wird ihr alles bewusst. Die Tür war nicht von außen verriegelt. Dennoch war sie zu und fest verschlossen, was bedeutete, dass sie von innen verriegelt sein musste. Die einzige Möglichkeit war also, dass sich jemand in diesem Holzschuppen befand und wer konnte es schon sein, außer Joachim? Weil Jannet die Tür von außen nicht öffnen konnte, klopfte sie zunächst daran an. „Joachim? Bist du da drin?" Einen kurzen Moment lang hielt sie inne, doch es rührte sich nichts. Nicht das leiseste Geräusch konnte Jannet vernehmen. Als auch nach mehrmaligem Anklopfen nichts geschah, wusste sie nicht, was sie als nächstes tun sollte. Einer Seits wollte sie endlich wissen, was mit ihrem Mann geschehen war, doch anderer Seits hatte sie ebenso viel Angst davor die Wahrheit zu erfahren. Es nützte alles nichts. Vielleicht konnte sie etwas schlimmeres verhindern, je schneller sie eingreifen würde. Entschlossen ging sie in die Garage und nahm die Axt zur Hand. Bevor sie zurück zum Holzschuppen lief, vergewisserte sich Jannet noch einmal, dass Greta noch immer so mit dem Spielen beschäftigt war, dass sie von der Aktion nichts bemerkte. Dann ging es los. Mit der Axt zielte sie genau auf die Verriegelung. So fest Jannet konnte, schlug sie zu. Nach einem lauten Knall betrachtete sie die Tür. Noch immer verschlossen. Also noch einmal. Jannet startete den zweiten Versuch. Wieder zielte sie genau auf die Verriegelung. Dieses Mal hatte sie tatsächlich Erfolg. Die Tür gab nach und öffnete sich mit einem gewaltigem Ruck. Jannet stolperte ins Innere des Holzschuppens und stürzte Boden. Langsam versuchte sie sich aufzurichten, doch was sie dann sah, ließ sie erneut zurückfallen. Jannet erstarrte bei diesem Anblick. Über ihr hing die Leiche ihres Mannes. Joachim hatte sich an diesem Morgen tatsächlich erhängt. Der Tod veränderte sein Aussehen so sehr, dass Jannet ihn kaum noch wiedererkannte. Der Kopf hing schräg nach vorne abgeknickt und sein Mund war halb geöffnet. Die Augen haben sich nach innen gedreht, was seinen Blick leer machte. Das Schlimmste, was Jannet befürchtet hatte war nun eingetreten. Von einer Sekunde auf die andere veränderte sich alles. All die Hoffnung, die sie noch zuvor hatte, war zerstört. Jannet stand vor den Trümmern ihres Lebens und ihrer gemeinsamen Zukunft. Alles, was Joachim ihr hinterlassen hatte, war ein riesiger Scherbenhaufen aus all dem, was sie einst zusammen aufgebaut hatten. Jannet war verzweifelt, denn sie wusste nicht, was sie nun tun sollte. Völlig aufgelöst saß sie in der Ecke des Schuppens, den Blick auf die hängende Leiche gerichtet. Sie kam sich hilflos und alleine vor. Niemand, außer ihr wusste, was geschehen war. Wer konnte ihr in dieser Situation ein vertrauenswürdiger Ansprechpartner sein?

Jannet bemühte sich wieder, so normal, wie möglich zu wirken, damit Greta keinen Verdacht schöpfte und ging zurück ins Haus. Dann nahm sie erneut den Telefonhörer zur Hand. Die einzigen Personen, die ihr jetzt helfen konnten, waren Hilda und Diana. Der Suizid von Joachim, den Jannet schon heimlich befürchtet hatte, war jetzt sicher. Diana hatte durch den Beruf ihres Mannes damit sicher Erfahrung und konnte sagen, wie sich Jannet nun am besten verhalten sollte. Ihre Hände zitterten vor Nervosität so stark, dass sie kaum in der Lage war, die Telefontasten zu drücken. Es fühlte sich an, als würden Stunden vergehen, bis endlich jemand abnimmt und die erlösende Stimme am anderen Ende der Leitung zu hören war. „Hallo." Es war die Stimme von Hilda, die sich dort meldete. „Hallo, Mama. Du musst mir helfen, ich bin verzweifelt und weiß nicht, was ich jetzt tun soll. Joachim ist tot." Hilda war geschockt, als sie diese Worte von ihrer Tochter hörte. „Was ist passiert?" Jannet erklärte ihr so kurz und knapp wie möglich, was geschehen war. „Ist Greta noch bei dir? Du kannst jetzt nicht auch noch die Verantwortung für ein dreijähriges Kind übernehmen. Pass auf, ich mache mich mit Diana so schnell es geht auf den Weg zu dir." „Ja, ist in Ordnung, aber beeilt euch."

Während Jannet wartete, beobachtete sie von der Küche aus ihre Tochter beim Spielen. Sie konnte nicht glauben, was gerade alles geschehen war. Es war, wie in einem schlechter Traum und sie hoffte, dass sie bald daraus aufwachen würde. Doch alles blieb, wie es war.

Da klingelte es schon an der Tür. Das mussten Hilda und Diana sein. Jannet wurde mit einem Mal aus ihren Gedanken herausgerissen. Als sie die Tür öffnete, blieb sie jedoch stehen. Sie fand nicht die Personen vor, die sie erwartet hatte. Stattdessen standen dort ihre Nachbarin Camilla mit ihrer Tochter Melanie, die eine gute Freundin von Greta war. „Jannet, wie geht es dir? Man hört ja in letzter Zeit gar nichts mehr von euch, da haben wir gedacht, wir kommen euch mal besuchen. Habt ihr nicht

Lust, ein Eis mit uns zu essen?" Jannet wusste zunächst nicht, was sie antworten sollte. Die Sache überforderte sie. Konnte sie sich Camilla jetzt schon anvertrauen? Es blieb ihr keine andere Wahl. Außerdem war sie eine gute Freundin der Familie und Jannet war sich sicher, dass sie nichts vertrauliches herumerzählen würde. „Es tut mir wirklich leid, aber wir haben einen Todesfall in der Familie. Ich habe gerade Joachim tot aufgefunden. Du würdest mir aber einen riesigen Gefallen tun, wenn du Greta mitnehmen würdest." „Um Himmels Willen, Joachim ist gestorben? Was hatte er denn?" Jannet sah in den Augen von Camilla, wie geschockt sie von dem war, was ihr gerade erzählt wurde. „Er hat sich heute Morgen erhängt." Mit Mühe hielt Jannet ihre Tränen zurück. „Das ist ja schrecklich. Wenn du willst nehme ich Greta mit. Sie kann heute Abend auch gerne bei uns übernachten, wenn dir das irgendwie hilft." „Nein, danke, das ist nicht nötig. Ich würde sie heute Abend wieder abholen, wenn ich hier alles wichtige soweit erledigt habe. Meine Mutter und meine Schwester sind auch schon auf dem Weg zu uns. Ich denke mal, dass wir dann heute Abend dort schlafen werden." Jannet ging zu Greta ins Wohnzimmer, um ihr von dem Plan, mit Melanie und Camilla Eis essen zu gehen zu erzählen. Greta war begeistert von dem Vorschlag und stimmte zu. Sie freute sich immer, wenn sie mit ihrer besten Freundin etwas unternehmen konnte. Auch im Kindergarten waren sie kaum voneinander getrennt, sondern liefen immer gemeinsam irgendwo herum.

Gerade, als Camilla mit Melanie und Greta den Hof verlassen hatte, kamen auch Hilda und Diana in die

Einfahrt eingebogen. „Es hat einige Minuten gedauert, aber wir mussten erst noch Samuel zu Elias bringen. Er hat extra etwas eher frei gemacht." „Wo ist er denn? Du musst die Polizei rufen." Diana wollte ihre Schwester mit guten Ratschlägen unterstützen. Bald kam es zu einem großen Auflauf von zahlreichen Polizisten, die den Toten genauer unter die Lupe nahmen.

Jannet konnte nichts weiter tun. Sie saß mit Diana und Hilda am Küchentisch und wartete darauf, irgendwelche Informationen zu erhalten. Einige Stunden vergingen, bis endlich einer der Beamten zu ihr kam und ihr mitteilte, dass die Leiche nun in die Obduktion gebracht und sie Bescheid kriege, wann sie zur Bestattung freigegeben werde. Jannet konnte das alles noch immer nicht fassen. Fünf Jahre hatten sie und Joachim eine glückliche Ehe geführt. Greta war der ganze Stolz der Familie. Wollte Joachim sie denn nicht mehr aufwachsen sehen? Wollte er nicht gemeinsam mit Jannet alt werden, so wie sie es sich früher immer geschworen hatten? Gretas` ersten Schultag, ihre Kommunion und vielleicht sogar irgendwann ihre Hochzeit, wollte er das alles nicht mehr miterleben? Es gibt so viele Menschen, die täglich an den verschiedensten Krankheiten viel zu früh sterben und sich nichts mehr wünschen, als noch einige Tage länger auf dieser Erde verbringen zu können und Joachim warf sein Leben einfach so weg, als hätte es keinen Wert gehabt. Nie hatte Jannet das Gefühl, er sei unzufrieden gewesen. Doch konnte Joachim seine Familie wirklich lieben, wenn er sie nun mit allem grundlos alleine ließ? Jannet begann an allem zu zweifeln, mit dem sie sich noch vor einigen Stunden so sicher war.

## Kapitel 2

Die Glocken läuteten so laut, dass kaum das eigene Wort zu verstehen war. Nach einer Woche wurde Joachim beerdigt, nachdem die Leiche von der Polizei freigegeben wurde. Viele schwarz gekleidete Menschen, die Joachim auf seinem letzten Weg begleiten wollten, sammelten sich vor der Kirche. Die meisten von ihnen kannte Jannet, doch einige von ihnen waren ihr fremd. Zusammen mit Hilda, Diana und ihrer Freundin Manuela stand Jannet einige Meter Abseits von der Masse. Sie leisteten Jannet an diesem schweren Tag, der wahrscheinlich zum schwersten in Jannets` Leben werden würde, den nötigen Beistand. Gleich würde es losgehen. Vor allen anderen nahmen Jannet und ihre Familie nun schon in der Kirche Platz. Da sie Joachims nächsten Angehörigen waren, blieb die Bank in der ersten Reihe für sie reserviert. Direkt vor Jannet, auf den Stufen des Altares lag der Sarg, indem sich Joachim befand. Im Hintergrund spielte die Orgel, bis alle in der Kirche versammelt waren. Es waren sehr viele Menschen, sodass die Kirche bis in die letzte Bank gefüllt war.

Obwohl sie von Manuela und Diana rechts und links gestützt wurde und die beiden ihr immer wieder Mut zusprachen, hat sich Jannet in ihrem ganzen Leben noch nie so alleine gefühlt, wie jetzt. Ständig glaubte sie, bemitleidend von der Masse hinter ihr angestarrt zu werden, oder aus dem Augenwinkel zu sehen, wie über sie geredet wurde. Keiner von denen konnte mit Jannet mitfühlen oder sich in ihre Lage versetzen. Niemand stand Joachim so nahe, wie sie und hatte mit ihm so viele schöne, aber auch schwere Tage durchgestanden. Sie konnten nicht wissen, wie sehr Jannet ihren Mann geliebt hatte und was dieser Verlust nun für sie bedeutete.

Die Orgel klang langsam aus, als der Pastor an das Mikrophon trat: „Liebe Trauergemeinde. Wir sind hier heute zusammen gekommen, um Abschied von dem verstorbenen Joachim Cammel zu nehmen. Joachim ist am 14. August im Alter von 34 Jahren von uns gegangen. Der plötzliche Tod hat eine große Lücke in unserem Leben hinterlassen." Jannet versuchte sich nicht so sehr auf die Worte des Pastors zu konzentrieren. Dies viel ihr jedoch nicht leicht. Immer wieder wurde sie an die vergangenen schönen Momente mit Joachim erinnert. Der Gedanke, dass jetzt alles vorbei sein sollte, löste in Jannets` Seele einen tiefen Schmerz aus. Die Zeit wollte einfach nicht vergehen. Jannet hoffte, dass bald alles vorbei sein würde, und sie sich von allem zurückziehen könnte. Wenig später hatte sie zumindest die Messe überstanden. Der eigentliche schwere Gang folgte nun. Bis zum vorgesehenen Grab folgten alle den Sargträgern und dem Pastor über den Friedhof. Als sie ankamen, wurde nun der Sarg langsam hinunter in die Erde gelassen. Nachdem der Pfarrer alles gesegnet hatte, hatte jeder noch einmal die Möglichkeit, an dem geöffneten Grab stehen zu bleiben, um dort eine Rose hineinzuwerfen, oder einfach nur ein kurzes, stilles Gebet zu beten. Nachdem die Trauergäste alle vorbeigegangen waren und Jannet der Reihe nach umarmten oder ihr die Hand schüttelten, um ihr ein

Beileid auszusprechen, stand sie nun alleine vor dem offenen Grab. Eigentlich sollte sie zum Leichenschmaus in die nahegelegene Gaststätte fahren, wo sie sicherlich erwartet werden würde, doch sie wollte für sich sein. Daher beschloss Jannet noch einmal in die Kirche zurückzugehen, um eine Kerze für Joachim anzuzünden. Dort war sie ungestört und konnte ihrem verstorbenen Mann alles erzählen, was ihr auf dem Herzen lag. Er war der einzige Mensch, nach dem sie sich in diesem Augenblick sehnte. Die Kirche war völlig leer. Jannet kramte aus ihrer Handtasche ein wenig Kleingeld und nahm eine Kerze aus dem Pappkarton, der sich neben dem Kerzenständer befand. Nachdem sie diese angezündet und in der Halterung platziert hatte, kniete sie sich in eine Bank hinein: „Ach Joachim, wie konntest du es nur so weit kommen lassen? Jetzt bin ich hier und weiß nicht, wie es weitergehen soll. Wir hatten doch noch so viel vor. Du hast uns immer geschworen, dass du uns nie im Stich lassen würdest, dass du uns liebst und immer für uns da bist. Du sagtest, die Familie sei dir das Wichtigste im Leben. Warum lässt du uns jetzt alleine?" Jannet bemerkte, wie jemand die Bank betrat, in der sie gerade kniete. Einen Moment war es ganz still. Dann legte die Person seine Hand auf Jannets Schulter. „Ist alles in Ordnung?" Jannet drehte sich um. Neben ihr saß Gerd, der ihr jetzt tief in die Augen sah. „Ja, ich denke, ich werde mich wohl jetzt daran gewöhnen müssen, dass Joachim nicht mehr da ist." „Ich weiß, wie schwer das ist. Meine Frau ist nun schon drei Jahre tot und ich vermisse sie immer noch jeden Tag. Aber man kann sagen, dass es auch eine Erlösung für sie war. Weißt du, sie hatte Krebs und hat lange darunter gelitten. Es war schrecklich, so machtlos zusehen zu müssen, wie sie immer schwächer wurde." „Du hattest wenigstens noch die Chance, dich von ihr zu verabschieden. Ich wünschte, die hätte ich auch gehabt. Ich weiß nicht einmal, warum Joachim das getan hat. Es gab überhaupt keinen triftigen Grund dafür. Vielleicht lag es auch an mir, ich habe keine Ahnung." Jannet starrte auf die vielen Kerzen vor ihr. „Nein, das darfst du nicht denken. Joachim hat so oft auf der Arbeit von euch erzählt und immer gesagt, wie stolz er auf euch ist. Ich glaube, er hatte mehr ein Problem mit sich selber. Vermutlich war er unzufrieden mit sich. Den genauen Grund dafür werden wir nie ganz sicher erfahren, aber du musst nach vorne schauen. Das ist auch für Greta sehr wichtig." „Ich denke, da hast du Recht. Sie braucht mich jetzt besonders. Ich gebe mir alle Mühe, dass sie so wenig, wie möglich davon mitbekommt. Sie stellt immer so viele Fragen. Es ist sicher nicht einfach für sie, dass alles zu verstehen." „Gib ihr irgendeine Antwort, mit der sie leben kann. Kinder wollen immer alles wissen und verstehen. Sie fragen solange nach, bis sie eine Erklärung auf ihre Fragen gefunden haben." „Ja, das geht schon alles. Ich habe ihr gesagt, dass Joachim jetzt ein Engel ist und von dort oben viel besser auf sie aufpassen könnte. Und dass er es hört, wenn sie mit ihm redet, so wie sonst auch. Nur, dass er jetzt keine Antworten mehr geben kann. Wenn ich mir nur nicht immer so viele Schuldgefühle machen müsste. Wenn ich genau wüsste, dass er sich nicht wegen mir umgebracht hat." „Das ist ganz normal, dass du diese Schuldgefühle hast. Die hat jeder. Sogar ich hatte welche, als meine Frau gestorben ist." „Wirklich?" Jannet schaute Gerd ungläubig an. „Warum denn? Sie ist an einem gewöhnlichen Tod gestorben und da konntest du doch wirklich nichts dran verhindern" „Das mag wohl stimmen, aber das war mir zu dem Zeitpunkt nicht bewusst. Ich habe immer gedacht, dass ich sie davor hätte bewahren können, wenn ich nur mehr für sie getan hätte. Wenn ich vielleicht ein besseres Krankenhaus ausgewählt hätte, oder mit ihr eine Pilgerfahrt nach Lurdes gemacht hätte. Da wollte sie schon immer mal hin, aber wir sind nie dazu gekommen. Und dann wurde sie krank und wir haben es immer aufgeschoben, wenn sie irgendwann wieder gesund werden würde. Dazu kam es nur leider nie. Aber das war mir eine Lehre. Wenn ich mir etwas vorgenommen habe, dann habe ich das von diesem Tag an sofort gemacht. Man weiß eben nie, wann es zu Ende ist und wie lange man bis dahin noch Zeit hat die Dinge zu tun." „Ich muss erst mal mein Leben wieder in den Griff bekommen, bevor ich darüber nachdenken kann. Zur Zeit geht alles drunter und drüber. Ich habe die ganze Woche bei meiner Mutter geschlafen und Greta war seit dem Tod von Joachim auch nicht mehr im Kindergarten gewesen. Ich habe ihr versprochen, dass sie noch bis morgen zu Hause bleiben darf und dann wieder hingeht. Ab heute übernachten wir auch wieder zu Hause. Ich bin nur froh, dass die Beerdigung endlich vorbei ist. Das lag mir schon so lange auf dem Herzen." „Willst du nicht noch zum Kaffee trinken kommen? Du wirst bestimmt schon vermisst dort." „Ja, lass uns gehen. Du hast Recht." Auf dem Weg zum Parkplatz sahen Gerd und Jannet von weitem, wie Joachims Grab mit einem Bagger geschlossen wurde. Alles war wie leer gefegt. Auf dem großen Parkplatz, der eben noch so überfüllt war, standen nun noch zwei Autos einsam und verlassen. „Dann sehen wir uns im Gasthaus." Gerd lächelte und stieg in seinen Wagen. Jannet betrachtete das Gebäude, in dem sich die Trauergäste befanden. Die vielen Menschen, die vorher in der Kirche waren, haben sich hier wiedergetroffen. Einen Moment lang war Jannet unsicher, ob sie wirklich hineingehen sollte. Sie wusste zwar, dass es von ihr erwartet wurde, als nächste Angehörige des Verstorbenen, doch die Ruhe tat ihr gut. Sie genoss es, weit abseits von all dem Treiben zu stehen und es aus der Ferne betrachten zu können. Plötzlich klingelte Jannets` Handy. Sie kramte es aus ihrer Handtasche heraus und schaute auf das Display: „Diana". Bestimmt hatte sie schon mehrfach versucht, sie zu erreichen. Jannet schaute auf die Uhr. Sie war so vertieft in das Gespräch mit Gerd und hatte ihr Handy währenddessen die ganze Zeit im Auto liegen gelassen, damit es nicht mitten in der Messe klingeln konnte. „Hallo." „Na endlich. Wo steckst du denn? Wir haben uns schon Sorgen um dich gemacht." „Es tut mir leid. Kannst du mich bitte heute vertreten? Mir geht es wirklich nicht besonders gut und ich würde jetzt lieber nach Hause fahren und mich ausruhen. Außerdem muss ich gleich noch Greta von ihrer Freundin abholen. Wäre das in Ordnung für dich, wenn ich nicht mehr komme?" „Ja, klar. Kann ich dir sonst irgendwie helfen? Soll ich vorbeikommen?" „Danke, aber das ist wirklich nicht nötig. Du hilfst mir schon sehr, wenn du einfach dort die Stellung für mich hälst." „Natürlich. Das mache ich auf jeden Fall. Die ersten werden bestimmt eh gleich gehen. Aber wenn irgendetwas ist, rufst du mich an, okay?" „Klar, wen sollte ich denn sonst anrufen? Ich bin froh, dass ich dich habe." Es zeigte sich ein vorsichtiges Lächeln auf dem Gesicht von Jannet. Jetzt konnte sie sich endlich auf den Heimweg machen. Nach dem Tod von

Joachim hatte sie das Haus nur einmal kurz betreten, um die nötigsten Sachen zu holen, die sie für die nächsten Tage, die sie bei Hilda verbrachte, brauchte. Dabei wurde sie von ihrer besten Freundin Manuela begleitet, da sie noch nicht den Mut gefasst hatte, alleine in das Haus zu gehen. Alles erinnerte sie hier an Joachim. Die vielen Bilder an der Wand, auf denen die glückliche dreiköpfige Familie zu sehen war, die ganzen Möbel, die sie einst zusammen ausgesucht hatten, und das schlimmste war wohl das verlassene Ehebett, in dem Joachim noch vor kurzem gelegen hatte. Es war alles genauso, wie am letzten Tag. Nichts hatte sich verändert und wenn Jannet es nicht besser wüsste, würde sie glauben, dass ihr Mann gleich wieder quicklebendig um die Ecke käme. Doch es nützte alles nichts. Joachim war nun tot und sie lebte. Jannet war sich sicher, dass sie in den Alltag zurückfinden musste. Sie konnte nicht mehr der Vergangenheit nachtrauern. Jetzt musste sie für ihre Tochter nach vorne sehen, die für ihr Alter schon viel zu viel von der Sache mitbekommen hatte.

Zu Hause öffnete Jannet zögerlich die Tür. War sie wirklich schon bereit dafür? Oder überschätzte sie sich vielleicht? Jetzt gab es so oder so kein Zurück mehr. Im Flur schaute sie sich um. Alles wirkte so befremdlich. Sie war diese Stille nicht gewohnt. Was sonst in diesem Haus so lebendig wirkte, war zu Eis erstarrt. Jannet ging ins Wohnzimmer. Auf dem Boden lagen noch immer Gretas Spielsachen verteilt. Hier musste dringend mal wieder aufgeräumt werden, dachte Jannet schmunzelnd. Was wohl Joachim gesagt hätte, wenn er gesehen hätte, wie staubig es hier inzwischen geworden war. Jannet wanderte weiter in die Küche. Auf dem Tisch erblickte sie das Kuchenstück, das sie am Unglückstag dort abstellte. Es war bereits dem Schimmel zum Opfer gefallen. Sofort durchlebte Jannet wieder die gleichen Gefühle, die sie zu dem Zeitpunkt beschäftigten, als sie den Kuchenteller zuletzt in der Hand hielt. Ein Gefühl von Angst und Panik kam wieder in ihr auf. Schließlich entsorgte sie den Kuchen im Mülleimer, bevor der Geruch, der davon ausging noch das ganze Haus durchdrang.

Nun sollte sie sich aber dringend bei Camilla melden. Bevor es mit der Beerdigung losging, hatte Jannet Greta dort hingebracht, damit sie mit Melanie spielen konnte und nicht mitkommen musste. Sie hatte Camilla versprochen, sich gleich zu melden, wenn sie wieder zu Hause war, um ihr alles zu erzählen.

Camilla war erstaunt, schon so früh einen Anruf von ihrer Nachbarin zu erhalten. „Du bist ja früh zurück. Ist die Beerdigung schon zu Ende?" „Ja, die Beerdigung schon. Die anderen sind alle noch zum Kaffee trinken in die Gaststätte gefahren, aber dafür hatte ich keine Nerven mehr." „Na dann erzähl. Wie war es?" Camilla war neugierig, alle Details genau zu erfahren. „Es war unglaublich voll. Einige der Gäste kannte ich nicht einmal. Ich bin auf jeden Fall froh, dass es endlich vorbei ist. Jetzt geht es mir wieder etwas besser." „Das wird schon wieder. Mit der Zeit wächst Gras über die Sache und dann ist es nicht mehr so schmerzhaft, wenn du an Joachim denkst." „Ja, ich hoffe mal, dass du da Recht hast. Ich werde jetzt nach und nach den Alltag wieder einläuten. Wir werden heute die erste Nacht wieder zu Hause übernachten." „Bist du wirklich sicher, dass du die erste Nacht dort ganz alleine verbringen willst? Das kann ganz schön ungewohnt sein." „Ach, das schaffe ich schon. Früher oder später werde ich mich eh daran gewöhnen müssen. Und im Notfall wohnst du ja direkt nebenan. Was macht Greta denn? War sie lieb?" „Greta ist doch immer lieb. Darüber musst du dir keine Gedanken machen. Sie und Melanie spielen schon den ganzen Nachmittag im Garten." „Das ist schön zu hören. Ich könnte sie aber auch schon gleich abholen, da ich ja jetzt früher zurück bin, als erwartet." „Aber warum denn? Die sind doch wunderbar beschäftigt. Du hast doch sicherlich noch etwas zu erledigen, oder? Dann bringe ich Greta heute Abend zu dir und vorher machen wir noch einen Spaziergang zum Bäcker und holen Brötchen. Dann können wir gemeinsam essen." „Die Idee ist gut. Damit bin ich einverstanden. Bis ihr da seid, habe ich dann den Tisch auf der Terrasse fertig gedeckt und wir können das schöne Wetter draußen noch einmal genießen." „Na perfekt. Dann bis später."

Gleich nachdem das Gespräch beendet war, nahm Jannet den Staubsauger zur Hand. Das war dringend notwendig, wie sie bei ihrem Rundgang durch die einzelnen Räume feststellen musste. Von oben bis unten begann Jannet, jeden Winkel von Staub zu befreien. Auch Gretas Spielsachen wurden aufgeräumt und ordentlich in die dafür vorgesehene Kiste verstaut. Das Wohnzimmer wirkte gleich viel größer und geräumiger. Dann widmete sich Jannet dem gigantischen Wäschehaufen, der sich bereits vor der Waschmaschine türmte. Beim Sortieren der einzelnen Kleidungsstücke fielen ihr plötzlich einige Hemden von Joachim in die Hand. Für einen kurzen

Moment war die Sehnsucht wieder da und Jannet spürte, wie ihr Herz schwer wurde. Doch sie wusste, dass sie jetzt nicht wieder in Trauer verfallen durfte. Egal, was sie heute auch tat, doch sie musste sich von dem Gedanken an Joachim ablenken. Daher nahm sie die Hemden heraus, faltete sie liebevoll zusammen und legte sie in die untere Ecke ihres Kleiderschrankes.

Die Stunden vergingen und das Haus begann wieder zu glänzen. Als Jannet fertig war, betrachtete sie stolz ihr Werk. Sie hatte alles an einem Nachmittag alleine hinbekommen. Die Willenskraft, die Jannet an diesem Tag aufbrachte, zeigte ihr, dass sie bereit für die Zukunft war, auch wenn dies bedeutete, dass sie ebenso den Rest ihres Lebens ohne Joachim meistern musste. Jannet schaute auf die Uhr. Bald musste Camilla mit den Kindern und frischen Brötchen hier auftauchen und sie hatte doch versprochen den Tisch bis dahin zu decken. Jetzt musste sie sich beeilen.

Der Abend verlief gemütlich. Der Besuch lenkte Jannet erneut von den Geschehnissen der vergangenen Tage ab und sie hatte Zeit, um Camilla den Verlauf der Beerdigung in Ruhe genau zu erklären. „Ich glaube, Joachim hätte es so gut gefallen. Er mochte es ja immer, wenn viele Leute zusammen kamen. Ich weiß noch seinen Geburtstag letztes Jahr." „Oh ja, und dann kamen die griesgrämigen Nachbarn um 3 Uhr morgens im Pyjama an, um sich über den Lärm zu beschweren." lacht Camilla. „Stimmt. Den Gesichtsausdruck der Frau Anderson werde ich wohl nie vergessen." Plötzlich wurde Jannet wieder ernst. „Glaubst du an ein Leben nach dem Tod? Also denkst du, dass

Joachim immer noch irgendwie unter uns ist?" „Nun ja, ich finde die Vorstellung wirklich sehr schön und ich will dir nicht die Hoffnung nehmen, aber ich bin persönlich skeptisch was das angeht. Denk doch mal nach. Der Körper ist doch hier. Mit ihm zerfällt alles, was ein Mensch zum Existieren braucht. Wie soll er denn zum Beispiel denken, ohne Gehirn. Das ist alles nicht mehr möglich." „Ja, schon, aber glaubst du nicht, dass die Seele das auch ohne alle Organe kann?" „Wozu bräuchte man denn dann die Organe zum Leben, wenn man eine Seele hat, die alles wichtige auch kann?" „Aber es muss doch irgendetwas höheres geben. Ich glaube nicht, dass alles einfach so entstanden ist." „Meinst du ein höheres Wesen, wie einen Gott?" „Von mir aus nenne es Gott. Jedenfalls irgendjemand, von dem alles erschaffen wurde. Die ganze Welt funktioniert so exakt, wie ein riesiges Uhrwerk. Und dann gibt es noch so vieles, was die Wissenschaft nicht einmal untersuchen konnte. Kommt noch etwas nach dem Weltall? Gibt es auf anderen Planet noch weitere Lebewesen? All das weiß einfach keiner. Es ist alles so komplex, dass es nur durch etwas höheres entstanden sein kann." „Das wäre schön, wenn du Recht hättest. Aber willst du dich wirklich auf die Existenz eines höheren Wesens verlassen, nur weil unsere Wissenschaft noch nicht so weit entwickelt ist? Nach und nach gibt es immer neue Erkenntnisse, die nach und nach alles unerklärliche logisch erklären können." Jannet war verunsichert. Der Gedanke, dass Joachim sie sehen könnte und noch immer unter ihnen war, gab ihr Kraft. Was war nun, wenn Camilla Recht hatte. Das, was sie sagte war nachvollziehbar und logisch, auch wenn Jannet es nicht wahr haben wollte. Es vergingen einige Stunden, in denen die beiden sich lange unterhielten. Es gab einiges zu erzählen. Erst, als die Sonne allmählich am Horizont verschwand, erhob sich Camilla um sich wieder auf den Heimweg zu machen. „Denk nicht so viel darüber nach. Irgendwann werden wir alle erfahren, ob es tatsächlich ein Leben nach dem Tod gibt"

Nachdem Camilla und Melanie gegangen waren, blieb Jannet mit Greta alleine. „So, ich denke, es wird langsam Zeit, um ins Bett zu gehen." Sagte sie zu ihrer Tochter, die schon sichtlich müde war. „Ich will noch nicht schlafen. Ich bin noch gar nicht müde." Greta versuchte bei diesen Worten das Gähnen zu unterdrücken, was ihr jedoch nicht gelang. Als sie friedlich schlafend im Bett lag, überlegte Jannet, was sie machen sollte. Sie war noch nicht dazu bereit selber auch schon zu schlafen. Dafür fehlte ihr noch die innere Ruhe. Also beschloss sie, noch einige Seiten aus ihrem Buch zu lesen. Es war ein spannender Krimi, mit dem sie schon vor zwei Wochen angefangen war. Im Stress der letzten Tage ist sie nicht mehr dazu gekommen, darin zu lesen. Jetzt hatte sie endlich mal wieder etwas Zeit für sich und konnte sich ganz darin vertiefen. Es war wieder so spannend, dass Jannet alles um sich herum vergaß.

Nach und nach verstrichen die Stunden, ohne dass sie es bemerkte. Plötzlich erschrak Jannet. Sie war sich sicher, ein Geräusch gehört zu haben. Ein Blick zur Uhr. Es war gerade 23:00 Uhr. Da war es schon wieder. Das Geräusch wiederholte sich erneut. Langsam wurde es deutlicher. Dieses Geräusch kam Jannet doch bekannt vor. War es nicht ein leises Lachen? Doch woher? Das Lachen wurde allmählich lauter. Ja, sie hatte sich nicht geirrt. Es war ein Kinderlachen. Jetzt hörte sie es ganz klar. Das war das Lachen ihrer Tochter. Aber Nachts um diese Zeit? Sie sollte doch längst schlafen. Jannet lauschte der Stimme erneut. Plötzlich bemerkte sie, dass dies nicht nur das Lachen von Greta war. Dort war noch eine zweite Stimme. War außer ihr und Greta etwa noch jemand im Haus? Jannet blieb der Atem stehen. Stocksteif traute sie sich nicht, auch nur die kleinste Bewegung zu machen. Sie bemerkte, dass es eine lachende Männerstimme war. Irgendjemand musste noch im Zimmer sein, da war sich Jannet sicher. Zweifellos war Greta nicht alleine. Was sollte sie jetzt tun? Vorsichtig schlich Jannet in die Küche und nahm sich ein Fleischmesser aus der Schublade. Dann tastete sie sich langsam, Schritt für Schritt in der Dunkelheit die Treppe hinauf. Je höher sie kam, desto lauter wurde das Lachen. Wer war dort und was machte diese Person mit ihrer Tochter. Jannet hielt das Messer schützend nach oben gerichtet vor die Brust und bewegte sich nur dicht an die Wand gedrückt vorwärts. Es war so düster, dass sie nur mit Mühe die eigene Hand vor Augen erkennen konnte. Irgendwo musste der Lichtschalter doch sein. Jannet begann die Wand abzutasten. Da erkannte sie auf einmal einen Lichtstrahl unter der Zimmertür. Greta hatte also das Licht in ihrem Zimmer eingeschaltet. Immer wieder wurde der Lichtstrahl von Schatten verdunkelt, die sehr wahrscheinlich von den Personen, die sich im Inneren des Zimmers befanden, entstanden. Nun musste Jannet also nur die Tür öffnen, um zu sehen, wer sich noch dahinter verbarg. Noch immer hörte sie das Lachen. Leise legte Jannet nun eine Hand auf die Türklinke und hielt mit der anderen das Messer nach oben gerichtet vor sich. Noch einmal atmete sie tief durch und nahm dann allen Mut zusammen, um mit einem Ruck die Tür zu öffnen. Was sie dort vorfand, ließ ihr fast das Herz stillstehen. Damit hatte sie am allerwenigsten gerechnet. Selbst eine Ansammlung von Geistern hätte sie dort erwarten können, doch das ließ Jannet an ihrer Wahrnehmung zweifeln. Hinter der Zimmertür war es nun genauso dunkel, wie im Flur. Die Stimmen waren vollständig verstummt und Greta lag tief und fest schlafend in ihrem Bett. Jannet schaute sich um. Dort war absolut niemand, abgesehen von ihrer Tochter. Kein Licht, keine Schatten, keine Stimmen. Jannet glaubte zu halluzinieren. Sie hatte es doch eben klar und deutlich gehört. Wie konnte das alles nur so schnell verschwinden? Während Jannet in die Dunkelheit starrte, kam ihr ein kühler Windstoß über die Schultern. War es vielleicht der Stress und die Müdigkeit, die ihr einen Streich spielten?

Jannet fand sich noch immer zitternd auf dem Sofa sitzend wieder. Langsam begann sie ihre Muskeln wieder zu spüren. Das, was sie gerade erlebt hatte, konnte sie sich bei aller Bemühung nicht erklären. Wie sollte sie sich alles nur eingebildet haben? Jannet hatte das Messer nicht abgelegt, vor lauter Angst, es könnte sich doch jemand Fremdes im Haus befinden. Wie gebannt starrte sie auf den Wohnzimmertisch und hörte zu, wie das laute Herzklopfen in ihren Ohren dröhnte. Nach einigen Minuten wurde Jannet wieder ruhiger. Vielleicht sollte sie ins Bett gehen und sich richtig ausschlafen, bevor sie noch weiteren Halluzinationen zum Opfer fallen würde. Als sie sicher war, dass sie wieder genug Gefühl in den Beinen hatte, um den Weg ins Schlafzimmer gefahrlos zu überstehen, erhob sie sich schließlich vom Sofa. Gerade, als sie noch einmal tief durchatmete und sich auf den Weg machen wollte, klingelte es plötzlich an der Haustür. Wieder begann Jannets Herz loszurennen. Sie schaute erneut auf die Uhr, dann auf das Messer, das sie in den Händen hielt. So spät hatte sie nie Besuch. Oder war es wieder nur Einbildung, dass es geklingelt hatte? Nein, es klingelte ein zweites Mal. Jannet nahm ihren Mut zusammen und ging zur Tür. Dann hielt sie das Messer in die Luft und richtete es auf die Person, die sie davor erwarten würde. Also, auf geht's. „Eins, zwei,... Gerd! Was machst du denn hier? Und dann noch um diese Zeit. Hast du vielleicht mal auf die Uhr geschaut?" Jannet war zwar auf der einen Seite sauer, dass Gerd sie so spät noch mit seinem Besuch überfallen hatte und gar nicht darüber nachdachte, dass sie schon längst hätte schlafen können, doch auf der anderen Seite war sie froh und erleichtert, dass es niemand anderes war, vor dem sie hätte Angst haben müssen und sie nun nicht mehr alleine war. „Ist ja schon gut. Ich wollte nur nach dir sehen, weil du nicht mehr in die Gaststätte gekommen bist. Hab mir Sorgen gemacht, aber das ist kein Grund, mich gleich zu erstechen." Gerd hielt die Hände schützend vor sich. Jannet hatte das Messer wieder runter genommen und schaute ihn nun von oben bis unten an. Dann trat sie ein Stück zurück. „Komm doch rein, wenn du schon extra gekommen bist, um nach mir zu sehen. Willst du etwas trinken?" „Nein danke, ich habe dir etwas mitgebracht. Ich dachte, dass dich das vielleicht interessieren würde." Gerd folgte Jannet ins Wohnzimmer und setzte sich zu ihr auf das dunkel braune Ledersofa. „Warum läufst du eigentlich mit einem Fleischmesser durch die Gegend? Sag mir jetzt nicht, dass du das nur mit dir herumschleppst, weil du

Angst hattest, dass ein Verbrecher vor der Tür steht."
Jannet überlegte, was sie ihm darauf antworten konnte.
Die Wahrheit durfte sie ihm auf keinen Fall erzählen. Gerd
würde sie doch für vollkommen verrückt halten und gleich
in die nächste psychiatrische Klinik einweisen. Nachdem
Jannet einige Sekunden verlegen in der Luft
herumschaute, sagte sie schließlich: „Nein, aber falls du es
noch nicht gemerkt hast, wohne ich hier jetzt alleine mit
einem dreijährigem Kind. Das ist ein gefundenes Fressen
für Einbrecher und ich weiß mich da wenigstens zu
schützen." Gerd lachte, als er das hörte. „Wer sollte hier
denn schon einbrechen? Du wohnst mitten in der
Siedlung, hast rund herum aufmerksame Nachbarn und
hier ist alles beleuchtet. Aber du bist ja mit allem immer
vorsichtig. Egal, schau mal, was ich bei mir noch im
Schrank gefunden habe." Gerd nahm eine alte, graue
Mappe aus seiner Jackentasche und gab sie Jannet in die
Hand. „Was ist das?" Sie schaute ihren
Überraschungsbesuch fragend an und musterte dann die
Mappe. Sie war schon zerfleddert und hing nur noch an
einigen Fetzen zusammen. Dann öffnete Jannet das kleine
Heftchen. Ihr fielen einige Fotos in unterschiedlichen
Größen in die Hände. Sie nahm eines davon und schaute,
was darauf zu sehen war. Sie erkannte zwei junge Männer,
mit großen Hüten. Einer von ihnen trug eine runde
Sonnenbrille. Jannet erkannte, dass die beiden Männer
Joachim und Gerd waren. Das Foto war schon einige Jahre
alt, ebenso, wie die Mappe, in der es sich befand und an
einigen Stellen bereits vergilbt, doch die beiden Personen
waren noch gut sichtbar. „Das ist ja Joachim." Jannet
strich mit der Hand über das Bild. „Wir waren zu der Zeit
gerade im Studium. Das war an Karneval. Die ganze

Nacht sind wir von einem Club in den nächsten gezogen, zusammen mit einigen Kumpels. Das waren noch Zeiten." Jannet nahm sich das nächste Bild vor. Auf diesem war nur Joachim zu sehen. Er wollte gerade in eine große Weihnachtsgans beißen, oder zumindest tat er so, als wollte er es. Im Hintergrund stand ein geschmückter Tannenbaum. Das war an heilig Abend. Eigentlich wollten wir beide nach Hause fahren und bei unseren Eltern feiern, aber es hatte in der Nacht so stark geschneit, dass es viel zu gefährlich gewesen wäre. Der ganze Verkehr war lahm gelegt, es ging einfach gar nichts mehr. Wir haben uns dann kurzfristig einen Weihnachtsbaum in unsere WG gestellt, den wir vorher bei einem Händler in der Gegend geklaut hatten und haben alle Nachbarn zum Essen eingeladen. Ich weiß noch, wie Joachim morgens durch die halbe Stadt gelaufen ist, um noch eine Gans zu bekommen."

Jannet hörte interessiert zu, was Gerd berichtete. Diese Geschichten kannte sie von Joachim nicht. Er erzählte generell wenig von seiner Zeit im Studium. Jannet legte das Weihnachtsfoto von ihrem Mann hinter die anderen Bilder und es kam ein neues zum Vorschein. Dieses Mal war es ein Gruppenfoto. Die Personen, die darauf abgebildet waren, konnte man nur schwer erkennen. „Ist Joachim da auch drauf?" Jannet schaute auf und blickte Gerd fragend an. „Ja, er ist auch dabei. Erkennst du ihn denn nicht? Du musst genau hinsehen." Sie durchsuchte das Bild noch einmal genau. Dann hielt sie plötzlich an. „Das könnte er sein. Habe ich Recht?" Jannet zeigte mit dem Finger auf eine Person, die sich am linken Rand des Fotos befand. „Genau richtig." Gerd lächelte. „Das ist ja echt toll, dass du das alles noch aufbewahrt hast." „Naja, sagen wir, ich habe sie nach langer Zeit mal wiedergefunden." „Vielleicht hat Joachim auch noch irgendwo alte Fotos gelagert. Ich glaube, dass er tatsächlich mal eine Tüte voll mit Bildern hatte. Leider hielt er es allerdings nie für nötig, mir die zu zeigen oder mir was von seiner Jugend zu erzählen. Es hat ihm immer gereicht, alle Erinnerungen in Schränke zu verstauen." „Tatsächlich? Du weist also nichts von der Zeit bevor ihr euch kennengelernt habt?" „Doch schon das ein oder andere, aber man musste ihm dann halt alles aus der Nase ziehen. Von alleine hat er nie darüber geredet und ich habe das irgendwann akzeptiert. Wahrscheinlich fand er solche Sachen einfach nicht wichtig und wollte sich lieber auf unsere gemeinsame Zukunft konzentrieren." „Ja, wenn Joachim etwas nicht für wichtig erachtete, blieb er meistens stur. So war er nun mal."

Jannet und Gerd unterhielten sich noch eine ganze Weile über Joachim. Es war interessant, endlich das zu erfahren, was er sonst all die Jahre verschwieg. Jetzt fühlte sich Jannet nicht mehr so alleine. Gerds Anwesenheit gab ihr Sicherheit. "Wenn du willst, kannst du die Fotos haben." „Wirklich? Bist du ganz sicher, dass du die nicht selber behalten willst?" „Nein, ich schenke sie dir. Du willst sicher eine Erinnerung an Joachim haben und bei mir lagen sie die ganzen Jahre nur im Schrank herum." „Danke, dass ist nett von dir." Jannet nahm die Mappe an und begleitete Gerd zur Tür. „Ach ja, und auch nochmal danke, dass du noch vorbeigekommen bist. Es tat gut, etwas Gesellschaft zu haben und nicht ganz alleine zu sein."

Am nächsten Morgen bereitet Jannet wie gewohnt in aller Ruhe das Frühstück vor. Sie hatte durch den Tod von Joachim noch eine Woche zusätzlich frei bekommen und diese konnte sie auch gut gebrauchen. Nachdem sie heute Morgen ausschlafen konnte, fühlte sie sich wieder frisch und voller neuer Energie. Der Vorfall von gestern Abend beschäftigte sie noch eine ganze Weile, bevor sie einschlief. Heute war sie sich plötzlich nicht mehr so sicher, die Stimmen wirklich gehört zu haben. Vielleicht war sie auch einfach nur eingenickt und bildete sich das alles nur ein. Als das Frühstück fertig vorbereitet war, ging sie nach oben, um Greta zu wecken. Es war alles wie immer. Die Tür war verschlossen, das Licht war ausgeschaltet und im Zimmer war es mucksmäuschenstill. Nichts erinnerte an das seltsame Lachen, das sie sich sehr wahrscheinlich nur eingebildet hatte. Vorsichtig öffnete Jannet die Tür. Greta lag schlafend in ihrem Bett, genau wie in der letzten Nacht. „Guten Morgen. Das Frühstück ist fertig. Kommst du mit runter?" Verschlafen öffnet Greta die Augen. Sie reckte sich, als sie ihre Mutter erkannte und ging mit ihr in die Küche, wo sich die beiden dem Frühstück widmeten. „Wir müssen gleich zuerst einkaufen gehen und dann besuchen wir Papa auf dem Friedhof und bringen ihm eine Kerze, okay?" Greta nickte zustimmend, während sie in ihr Brötchen biss. Der Tag begann, wie Jannet es vorgesehen hatte. Was den Einkauf betraf, war einiges nachzuholen, da sie die letzte Woche durchgängig bei Hilda verbrachte und auch sonst ganz andere Dinge im Kopf hatte. Nun war der Kühlschrank also so gut, wie leer und nur mit dem nötigsten befüllt. „Was fehlt uns denn noch alles? Eier, Milch,..." Jannet schaute sich in den Schränken ihrer Küche um und notierte alles auf einem Notizzettel. Als sie fertig war, machten sich die Beiden auf den Weg.

Im Supermarkt war heute viel los. Fünf ältere Damen drängelten sich im überfüllten Laden in der Sonderangebotsabteilung und standen sich dabei gegenseitig im Weg. Auch am Kühlregal hatte sich bereits eine Ansammlung von einigen Frauen gebildet, die sich über das schöne Wetter unterhielten. Jannet musste viel Geduld und Zeit aufwenden, um den Supermarkt mit ihrem Einkaufswagen zu durchqueren und dabei alle in ihrer Einkaufsliste aufgeführten Produkte zu erhalten. Greta störte sich an dem Stress ihrer Mutter nur wenig. Gemütlich saß sie im Einkaufswagen und durchblätterte einige Prospekte. „Wo ist denn das Kaffeepulver? War es nicht sonst immer hier? Haben die etwa schon wieder alles umgeräumt?" Genervt durchschaute Jannet die Regale. „Das weiß ich auch nicht, Mama." Es dauerte eine ganze Weile, bis Jannet auch den letzten Punkt von ihrer Liste streichen konnte. Dann standen sie endlich an der Kasse. „So, da wir das nun erledigt haben, können wir jetzt zum Friedhof fahren." Während Jannet den Einkauf in den Kofferraum einlud, drückte sie ihrer Tochter eine Grabkerze in die Hand. „Hälst du die solange fest, bis ich fertig bin?" Greta nickte und nahm die Kerze entgegen. Auf dem Friedhof waren heute ebenfalls viele Besucher. Die Temperatur lag noch immer über 20 Grad, weshalb sich der heutige Tag perfekt zur Grabpflege eignete. „Dann stell mal die Kerze in das Glas." Inmitten vieler Kränze und Blumengestecke, befand sich eine kleine, runde Halterung, die für die Grabkerzen vorgesehen war. Vorsichtig öffnete Greta den Deckel. Als die Kerze zu brennen begann, und Jannet den Deckel wieder auf dem Glas platzierte, betrachteten beide schweigend das Grab. Die Erde war an diese Stelle gehäuft, so als befände sich der Tote unmittelbar darunter und könnte mit Leichtigkeit innerhalb von Sekunden wieder ausgegraben werden. Auf dem Erdhaufen türmten sich die Kränze und Gestecke, die von einigen Engelsfiguren umgeben waren. An den Kränzen hingen weiße Bänder herunter, auf denen ein kurzer Schriftzug zu lesen war: „In unseren Herzen bleibst du lebendig" Schließlich ergriff nach einigen Minuten Greta wieder das Wort und brach damit das Schweigen: „Mama, weißt du was? Ich hatte einen ganz tollen Traum. Papa ist gekommen und hat mit mir in meinem Zimmer gespielt. Das war so lustig." „Da hattest du bestimmt einen schönen Traum. Was habt ihr denn gespielt?" „Verstecken. Und dann hat Papa mich gefunden und mich durchgekitzelt." Plötzlich fiel Jannet wieder ein, was sie in der letzten Nacht zu hören dachte. Sie schaute Greta ungläubig an. Hatte sie vielleicht gemerkt, dass Jannet in ihr Zimmer kam, um sich zu vergewissern, dass außer ihrer Tochter niemand da war? Oder hatte sie sich doch nicht ganz getäuscht?

## Kapitel 3

Über zwei Jahre waren seit dem Selbstmord von Joachim vergangen. Draußen lag der Schnee schon fast zehn Zentimeter hoch und es schneite unaufhörlich weiter. Nur noch drei Tage bis Weihnachten. Jannet war schon die ganze Woche im Vorbereitungsstress, da dieses Jahr das traditionelle Familienessen wieder bei ihr stattfinden sollte. Es war schon das dritte Weihnachten, das die Witwe ohne Joachim verbringen musste. Das erste Mal fiel es ihr jedoch bedeutend schwerer, als jetzt. Es war damals so ungewohnt. Jannet fühlte sich hilflos und alleine. Sie wusste nicht, wie sie Greta ein schönes Weihnachten ermöglichen könnte, wenn ihr Papa nicht dabei war. Doch zum Glück hatte Jannet viele Freunde und Verwandte, die sie über die Feiertage besonders unterstützten. In Gesellschaft ist die Trauer schnell verflogen, das war schon immer so. Nun musste sich Jannet aber beeilen. Greta wünschte sich ein ganz besonderes Fahrrad, und das Geschäft hatte nur noch etwa eine Stunde geöffnet. Natürlich gab Jannet alles, damit dieser Weihnachtswunsch in Erfüllung ging und an heilig Abend ein wunderbares neues Fahrrad unterm Tannenbaum zu finden sein würde. Gleich nach der Arbeit machte sie sich auf den Weg, um die letzten Besorgungen zu erledigen. Das Einkaufszentrum war so kurz vor Weihnachten völlig überfüllt. Überall hetzten die gestressten Gesichter von einem Laden in den nächsten. Schon bei der

Parkplatzsuche wurde Jannet vor eine Herausforderung gestellt, die sie erst nach etwa einer halben Stunde bewältigt hatte. Ganz hinten in der allerletzten Reihe fand sie schließlich eine Parkmöglichkeit. Zwischen zwei dicht aneinander parkenden PKWs eingeengt fühlte sich Jannet wie in einer Sardinenbüchse gefangen, aus der sie so leicht nicht mehr herauszukommen wusste. Doch das war nun auch egal. Bis sie zurück war, würde der Parkplatz bestimmt schon wie leergefegt sein. Jetzt hatte Jannet nur noch das grün-gelb gestreifte Fahrrad mit den silber leuchtenden Lenkradfransen vor Augen, das sich ihre Tochter so sehr wünschte. Im Fahrradgeschäft angekommen, machte sie sich gleich auf die Suche. Hoffentlich war es noch erhältlich. Sonst wäre Jannet völlig umsonst hergekommen und hätte drei Tage vor heilig Abend immer noch nicht das richtige Geschenk. Aha, da stand es ja! So wunderbar blinkend und blitzend befand sich das gesuchte Rad in der Ecke des Geschäftes zwischen vielen anderen Fahrrädern. Perfekt! Gerade, als Jannet von der Freude erfüllt wurde, dass sie nicht vergebens gekommen war, sah sie eine Familie zusammen mit einem Verkäufer direkt auf das Fahrrad zusteuern. Oh nein! Sie wollten es doch jetzt nicht wirklich kaufen, oder doch? Jannet wurde fast schon panisch, als sie beobachtete, wie ein kleines Mädchen, das offenbar Teil der Familie war schnell vorausrannte, und sich gleich neben dem Fahrrad platzierte, dass Jannet eigentlich für Greta vorgesehen hatte. Das Mädchen trug einen rosafarbenen Helm und eine dunkelblaue Winterjacke mit einem dichten Pelzkragen. Jannet schätzte ihr Alter auf ungefähr vier oder fünf. Der Vater trug einen Anzug mit Krawatte. Er sah sehr vornehm und seriös aus, wie auch seine Frau, die ebenfalls sehr edel gekleidet war. Sie trug einen Pelzmantel, sowie eine dazu farblich passende Handtasche und viel Schmuck in Form von Ohrringen und einer Kette. All das wirkte sehr teuer und wertvoll.

„Genau dieses Fahrrad will ich haben." Das Kind machte dem Verkäufer klar, für was sie sich entschieden hatte. Jannet erkannte, dass sie fest entschlossen und wenig kompromissbereit war. „Aber natürlich, junges Fräulein. Das haben wir doch gleich." Der überfreundliche Händler zögerte nicht, das Fahrrad aus der Ecke herauszuholen, damit das Mädchen eine Probefahrt machen konnte. „Blöder Verkäufer mit seinem schmierenden Geschwätz. Der ist doch nur hinter dem Geld der Familie her," dachte Jannet leise bei sich. Nachdem das Ehepaar zunächst ihrer Tochter bei der Fahrt durch das Gelände nachsah, wendete sich der Mann schließlich wieder an den Verkäufer: „Also, ich denke wir nehmen es dann. Dieses Fahrrad passt perfekt zu unserer Tochter und sie wünscht es sich sehr. Sehen Sie nur, wie glücklich sie damit ist." „Oh, ja. Es passt wirklich wunderbar. Kommen Sie doch direkt mit zur Kasse, dann können Sie es auch gleich mitnehmen." Jannet traute ihren Ohren nicht. Jetzt war sie extra hergekommen und dann kaufte man ihr genau das Fahrrad vor der Nase weg, mit dem sie Greta an heilig Abend überraschen wollte. Damit konnte sie sich nicht einfach so zufrieden geben. Wenn sie erfolglos sein würde, dann wollte sie wenigstens von sich behaupten können, alles versucht zu haben. Und Jannet wäre nicht Jannet, wenn sie so einfach aufgeben würde. Ohne zu überlegen, was sie eigentlich tat, schnellte sie auf den Verkäufer zu. „Entschuldigen Sie! Hallo, Entschuldigung!" Er drehte sich um, und schenkte Jannet schließlich widerwillig seine Aufmerksamkeit. „Kann ich Ihnen irgendwie helfen? Damenräder in ihrer Größe finden Sie dort drüben. Ich berate Sie dann gerne, wenn ich hier fertig bin." „Was? Nein, nein. Ich suche kein Fahrrad für mich. Aber sagen Sie, will diese Familie zufällig das Kinderfahrrad kaufen, was dort in der Ecke stand? Wissen Sie, ich bin nämlich auch hier, weil ich genau dieses Rad für meine Tochter zu Weihnachten haben wollte." „Das tut mir sehr leid, gnädige Frau, aber das Fahrrad wurde soeben verkauft." Der Verkäufer wollte sich wieder abwenden, doch Jannet ließ nicht locker. „Und Sie haben auch wirklich keins mehr auf Lager?" „Nein, tut mir sehr leid." „Aber warten Sie doch. Können Sie denn nicht noch einmal mit der Familie reden, ob sie sich nicht auch für ein anderes Rad entscheiden könnten?" „Diese Familie hat sich bereits entschieden und ich werde diese Herrschaften sicherlich nicht mit ihren Problemen belästigen. Also wenn Sie mich dann jetzt bitte meine Arbeit machen lassen würden." „Dann rede ich eben selber mit der Familie, wenn Sie mir nicht helfen wollen." Wütend lief Jannet an dem Fahrradhändler vorbei, der sie gerade noch aufzuhalten versuchte. Doch da war es bereits zu spät. „Entschuldigen Sie bitte, ich hätte da eine Frage." „Aber natürlich, gerne." Die Frau war gleich aufgeschlossen und sympathisch, was Jannet Hoffnung machte. „Ich habe gerade gesehen, welches Fahrrad Sie da kaufen wollten und genau das wollte ich eigentlich auch haben. Leider ist davon keines mehr auf Lager. Wissen Sie, ich habe auch eine kleine Tochter und sie wünscht es sich so sehr, da habe ich gedacht, vielleicht..." „Sie wollen also, dass wir dieses Rad nicht kaufen, damit Sie es bekommen?" Die beiden schauten Jannet etwas entsetzt an. „Nun ja, also..." „Und was hatten Sie gedacht, sollen wir jetzt unserer Tochter erzählen, warum sie das Rad nun doch nicht bekommt?" „Es gibt ja noch so viele andere schöne Fahrräder hier. Sie könnte sich doch einfach ein anderes aussuchen. Nur eben nicht dieses." Das Paar schaute Jannet noch immer ungläubig an. „Das ist ein schlechter Scherz, oder?" Jetzt mischt sich auch der Vater des Mädchens in das Gespräch ein. „Also verstehen Sie, mein Mann ist vor zwei Jahren gestorben und es ist schon ziemlich schwer, für meine Tochter, Weihnachten ohne ihren Papa feiern zu müssen, da wollte ich ihr diesen Wunsch wenigstens erfüllen." „Das tut mir wirklich leid für Sie, aber wir sind keine Wohlfahrtsveranstaltung. Wenn Sie dieses Fahrrad unbedingt brauchen, um ihrer Tochter ein schönes Weihnachtsfest zu bereiten, dann fahren Sie in ein anderes Geschäft, wo es noch nicht ausverkauft ist, genau wie jeder andere normale Kunde auch. Das Prinzip ist nicht neu." Die drei drehten sich um und wollten ihren Gang zur Kasse fortsetzten. Inzwischen war auch das kleine Mädchen von ihrer Probefahrt zurück. Doch Jannet ließ sich trotz allem noch immer nicht abwimmeln. „Aber warten Sie doch." Jannet wendete sich erneut an den Verkäufer. „Ich weiß überhaupt nicht, wo ich noch suchen soll. Können Sie nicht mal nachsehen, wo dieses Fahrrad noch erhältlich ist?" Nachdem ich diesen Herrschaften hier behilflich sein konnte, werde ich mich gerne darum kümmern. Ich bitte Sie aber jetzt inständig, mich endlich meine Arbeit machen zu lassen. Wie Sie vielleicht mitbekommen haben, sind Sie hier nicht die einzige Kundin." Jannet gab sich schließlich mit dem zufrieden, was der Verkäufer ihr sagte. Etwas anderes blieb ihr jetzt eh nicht übrig und mit sinnlosen Diskussionen würde sie ihre ohnehin schon missliche Lage nur noch verschlimmern. Also hieß es nun abwarten, bis man hier die Zeit fand, um sich um Jannet zu kümmern. Wie immer dauerte es Ewigkeiten, bis der Herr zurückkehrte. Jannet nutzte die Minuten, um sich im Kopf schon mal einen groben Zeitplan zu erstellen, wann sie das Geschenk besorgen konnte. Sie musste morgen und übermorgen noch bis 18 Uhr arbeiten und dann war ja schon Weihnachten. Die Geschäfte hatten meistens bis 20 Uhr geöffnet. Also blieben noch gut zwei Stunden, wenn sie sich gleich nach der Arbeit auf den Weg machen würde. Das sollte doch ausreichen. Als der Verkäufer wieder da war, schilderte Jannet ihm noch einmal aufs neue ihr Anliegen. Nicht, weil sie dachte, er hätte ihre Wünsche auf dem Weg irgendwie vergessen, sondern um ihm klar zu machen, wie dringend sie das Fahrrad brauchte. „Dann wollen wir mal schauen, was sich machen lässt." Der Händler schaute in seinen Computer, der hinter einer Theke platziert war. „Aha, okay. Also die nächste Filiale, in der dieses Fahrrad erhältlich ist, wäre in München." „München?!" Jannet starrte den Verkäufer ungläubig an und lehnte sich dabei so weit nach vorne, dass dieser einen Schritt zurück trat. „Aber das ist zwei Stunden von Erlangen entfernt. Ich bin berufstätig! Können Sie mir vielleicht erklären, wie ich das schaffen soll?" Jannet stützte den Köpf verzweifelt mit den Händen und blickte zu Boden. Nachdem sie einige Sekunden nachgedacht hatte, stellte sie den Blickkontakt wieder her. „Und wie sieht es aus mit einer Lieferung? Wäre das möglich? Ich zahle das dann auch gerne extra." „Ich werde mal nachschauen." Einen kurzen Moment lang hatte Jannet

Hoffnung, doch dann kam die ernüchternde Antwort: „Eine Lieferung kann frühestens in zwei Wochen erfolgen." „In zwei Wochen erst? Das Fahrrad soll ein Weihnachtsgeschenk sein. In zwei Wochen kann ich schon fast damit beginnen, mir Gedanken um ein Ostergeschenk zu machen." „Ja, wenn Sie mit ihrer Planung immer so überpünktlich wären, müssten Sie sich jetzt keine Gedanken mehr um ein Geschenk machen. Wenn Sie aber wünschen, kann ich das Fahrrad gerne in München zur Abholung reservieren lassen." Jannet war verärgert und wütend. Zum einen wegen der blöden überflüssigen Bemerkung des Händlers, aber zum anderen auch, weil sie sich eingestehen musste, dass dieser mit seiner blöden überflüssigen Bemerkung auch noch Recht hatte und sie tatsächlich mit ihren Besorgungen sehr spät dran war. Warum konnte Jannet denn nicht nur ein paar Minuten früher dort gewesen sein? Dann wäre sie jetzt die glückliche Besitzerin des Fahrrades und diese hochnäsige Familie hätte zusehen können, wo sie ein gleichwertiges herbekommt. Schließlich schienen die auch reich genug zu sein, um mal eben dafür nach München zu fahren. Aber was blieb Jannet jetzt noch übrig, wenn sie Gretas größten Wunsch erfüllen wollte? Irgendwie sollte es schon klappen. „Ja, das wäre sehr nett. Ich werde das Fahrrad morgen abholen."

Jannet war bereits seit einigen Stunden in der Firma. Die Hälfte der Zeit verbrachte sie damit, einen Plan zu entwickeln, wie sie den Arbeitsplatz heute früher verlassen könnte. Am Morgen hatte sie zunächst überlegt, sich einfach für den ganzen Tag krank zu melden und gar nicht erst bei der Arbeit zu erscheinen, doch es standen einige wichtige Termine an, die sie nicht verschieben wollte. Generell ging Jannet nur ungern Kompromisse ein, die ihr Berufsleben auf irgendeine Weise negativ beeinträchtigen könnten. Schon mit dem Gedanken heute unerlaubter Weise früher in den Feierabend zu starten, machte sich Jannet ein schlechtes Gewissen. Bei ihren Kollegen war dies nie der Fall. Sie nutzten jede Gelegenheit, um der Arbeit zu entfliehen und zeigten dabei nicht annähernd die kleinste Spur eines Gewissens. Wie oft hatten sie schon früher Feierabend gemacht, wenn der Chef mal nicht da war? Wie viele Pausen hatten sie schon eingelegt, die so von der Firmenleitung nie vorgesehen waren? Doch für Jannet kam so ein Verhalten gar nicht in Frage. Immer war sie pflichtbewusst und stets genau, was ihre Arbeit betraf. Es sollte an diesem Tag eine einmalige Sache sein, die in einem dringenden Notfall begründet lag. Zwar war sich Jannet absolut sicher, dass nichts passieren würde, da ihr Chef heute eh nicht in der Firma war, doch hatte sie trotzdem ein mulmiges Gefühl dabei. Schließlich übernahm sie doch sonst immer eine Vorbildfunktion. Manuela sah ihre Freundin schon eine ganze Weile fragend an, doch Jannet bemerkte es in ihren Gedanken vertieft nicht. „Was beschäftigt dich?", fragt sie schließlich. Jannet blickte verwirrt auf. „Du starrst schon eine ganze Weile Löcher in die Luft." „Tatsächlich?" Lächelnd nickte sie ihr zu, erfreut darüber Jannet in ihren Gedanken ertappt zu haben. „Nein... also ja, du hast ja Recht. Ich muss heute unbedingt früher Feierabend machen." „Warum das denn? Ist irgendwas passiert?" „Nein, eigentlich nicht. Aber du weißt doch von dem Fahrrad, das Greta sich wünscht. Ich wollte es gestern besorgen, aber es war ausverkauft und das nächste

Fahrradgeschäft, in dem es noch auf Lager ist, ist in München." „Dann schenk ihr das eben zu Ostern oder zum Geburtstag. Bei diesem Schneechaos kann sie es eh nicht benutzen und freiwillig würde ich mich da auch nicht auf den Weg bis nach München machen." „Ich weiß, aber sie wünscht es sich so sehr und ich möchte sie an Weihnachten doch nicht enttäuschen. Die Hauptstraßen sind sicherlich alle gestreut." „Jannet, hörst du keine Verkehrsmeldungen? Alle paar Sekunden kracht es irgendwo. Du wärst lebensmüde, wenn du dahin fahren würdest." „Mach dir keine Sorgen, ich habe Erfahrung mit vereisten Straßen. Ich mache mir eher Gedanken darüber, wie ich diese Firma heute früher verlassen kann, ohne dass der Herr Stieler davon mitbekommt." „Ach, darüber machst du dir wirklich Gedanken?" Manuela lehnte sich herzhaft lachend zurück. „Der ist eh nicht da. Ich bin schon so oft früher gegangen und er hat davon nie etwas mitbekommen. Dem kannst du beim Laufen die Schuhe klauen und er würde es nicht bemerken. Im Notfall musst du nur eine Erklärung parat haben. Migräne, Durchfall... sei kreativ. Er glaubt dir vermutlich sowieso alles, was du ihm erzählst, also wo ist das Problem?" „Ja, du hast Recht. Da wird mir schon etwas einfallen."

Gut zwei Stunden vor dem eigentlichen Feierabend setzte Jannet ihre Pläne in die Tat um. Nachdem sie sich bei ihren Kollegen unter dem Vorwand starker Kopfschmerzen abgemeldet hatte, verließ sie nun das Gebäude. Es hatte inzwischen sogar aufgehört zu schneien. Der Fahrt nach München stand also nichts mehr im Wege. Zwar waren die Autobahnen voll und ließen nur geringe Geschwindigkeiten zu, doch wurde Jannet dadurch in ihrem Zeitplan nicht beeinträchtigt. Sie hatte alles ausreichend durchdacht und ihre anfänglichen Zweifel waren nahezu gänzlich verflogen.

Das münchener Fahrradgeschäft war viel größer, als das, was Jannet aus Erlangen kannte. Auch die Auswahl war enorm. Hier wäre sicherlich kein Fahrrad so schnell ausverkauft gewesen. Das Gebäude erstreckte sich über eine gigantische Fläche, die durch eine Rolltreppe zu einer zweiten Etage führte. Links neben dem Eingang befanden sich einige Gänge, die nur mit Zubehör ausgestattet waren. Vom Helm bis zur Klingel konnte man hier wirklich alles finden, was das Herz begehrte. Einige Meter direkt vor Jannet auf dem Fußboden markierten weiße Streifen eine Rennstrecke, die als Test-Bahn genutzt werden konnte. Hinter einer Kurve verlor Jannet den Verlauf der Bahn aus den Augen. Wo war hier jetzt bloß ein Verkäufer zu finden, der die gestern reservierte Ware aushändigte? „Kann ich ihnen irgendwie weiterhelfen?" Jannet drehte sich um. Hinter sich fand sie einen kleinen pummeligen Anzugträger, etwa Mitte 40, der Jannet durch seine runde Hornbrille musterte. „Äh, ja." Nach einer kurzen Phase der Überlegung, war sie sich schließlich wieder bewusst, was sie eigentlich wollte. „Ich habe hier gestern ein Fahrrad auf den Namen Cammel zurücklegen lassen." „Ja, da schauen wir doch gleich mal nach. Der freundliche Herr warf einen Blick in seine Unterlagen. „Wenn Sie mir bitte folgen würden? Hier entlang." Jannet wird durch die unendlichen Weiten des Gebäudes geführt, bis sie schließlich in eine Abteilung voller Kinderfahrräder gelangten. Ein wenig abseits von allen anderen Rädern stand nun endlich das, was sich Greta so sehr wünschte.

Und dieses Mal würde es ihr keiner wegnehmen. „Ist dieses das richtige?", vergewisserte sich der Herr. „Ja, ja. Genau das ist richtig." Jannet zeigte euphorisch auf das Rad. Sie war überglücklich, dass sich die Mühe gelohnt hatte. „Super, dann mache ich ihnen die Unterlagen schnell fertig, damit Sie es gleich mitnehmen können. Wenn Sie so freundlich wären und gleich an der Kasse auf mich warten würden? Sie können sich natürlich auch erst noch in Ruhe umsehen. Melden Sie sich einfach bei mir, wenn Sie zahlen möchten." „Oh, ja. Gerne." Gerade, als Jannet stöbern wollte, vernahm sie eine Stimme, die ihr seltsam bekannt vorkam. Sie schaute sich um. Da fiel ihr mit einem mal ein, wem sie diese Stimme zuordnen musste. Und tatsächlich. Jannet hatte sich nicht getäuscht. Für einen kurzen Augenblick wurde sie wie gelähmt. Wenige Meter weiter liefen ihr Chef Herr Stieler mit seiner Frau und den beiden Söhnen Kian und Enno. Das konnte Jannet jetzt nun wirklich am aller wenigsten gebrauchen. Eben hatte sie sich noch wegen Kopfschmerzen aus der Firma abgemeldet. Wie sollte sie denn nun ihrem Chef erklären, dass sie in München shoppen gehen konnte, aber zu krank sei, um ihre Arbeit im Büro zu verrichten? Eines war klar: Herr Stieler durfte seine Angestellte hier auf keinen Fall entdecken, sonst wäre sie die längste Zeit seine Angestellte gewesen. Das war definitiv ein Grund für eine fristlose Entlassung, die sich Jannet als alleinerziehende Mutter wirklich nicht leisten konnte. Da fiel ihr plötzlich ein Schild mit der Aufschrift „Kundentoilette" in die Augen. Das war die Rettung! Unauffällig huschte sie zwischen die Regale und Fahrradreihen hin bis zur Tür des Damen-WCs. Erleichtert betrachtete sich Jannet im Spiegel. „Hoffentlich verbringt

der nicht den Rest des Tages in diesem Geschäft.",
murmelte sie genervt vor sich hin. „Oh, was ist das denn?
Den Lidstrich habe ich heute Morgen aber gar nicht gut
hinbekommen." Jannet beugte sich über das Waschbecken,
um sich ihren misslungenen Lidstrich genauer ansehen zu
können, doch gerade, als sie diesen wieder herrichten
wollte, betrat eine Frau den Vorraum zu den Toiletten. „Ich
komme gleich nach, Schatz." rief diese noch zur Tür
hinaus. Es war unverwechselbar Frau Stieler. Jetzt aber
schnell weg. Nur wohin? Es gab keine andere Möglichkeit
mehr, als sich einzuschließen. An einer der beiden
Toilettentüren hing ein Schild mit der Aufschrift „Defekt".
Dann also auf die andere. Mit einem knappen Vorsprung
legte Jannet den Riegel vor, ehe Frau Stieler den Raum
betrat. Jetzt war sie zwar erst mal in Sicherheit, doch saß
sie zugleich auch in der Falle. Da Jannet die einzige
funktionstüchtige Toilette besetzte, war ihr schon bewusst,
dass die Gattin ihres Arbeitgebers dort warten würde, bis
sie das WC frei gab. Auf dem Klo versuchte sich Jannet so
ruhig, wie möglich zu verhalten, damit keinerlei Verdacht
aufkam. Von ihrem Platz aus verfolgte sie die Schritte von
Frau Stieler, dessen schwarzen Pumps unter der Tür zu
sehen waren. Jannet hoffte, dass sie bald die
Aussichtslosigkeit auf das Freiwerden der Toilette
erkannte und sich mit ihrem Mann auf die Suche nach
einer anderen Kundentoilette in irgendeinem Laden,
möglichst weit weg von ihr machen würde. Einige
Minuten stand Frau Stieler vor der geschlossenen Tür.
Dann wurde sie allmählich misstrauisch, ob sich überhaupt
irgendjemand dahinter verbarg. „Hallo? Ist da jemand?"
Jannet wurde zunehmend nervöser, als sie das hörte. Was
sollte sie jetzt sagen? Würde Frau Stieler ihre Stimme

vielleicht sogar erkennen? Sie entschloss sich zunächst weiterhin still zu bleiben. „Huhu? Geht es Ihnen gut?" Frau Stieler trat einen Schritt nach vorne und klopfte an die Tür. „Oh je. Vielleicht ist dort jemand drin ohnmächtig geworden." Jannet beobachtete, wie sich Frau Stieler wieder etwas entfernte. Sie versuchte einen Blick unter die Tür zu werfen., um zu erkennen, ob dort irgendwas auf einen leblosen, ohnmächtig gewordenen Körper hindeutete. Als Jannet hörte, wie Frau Stieler schließlich ihre Handtasche öffnete, um vermutlich ihr Handy herauszukramen, wusste sie, dass jetzt irgendwas geschehen musste, wenn die ohnehin schon verzwickte Lage nicht noch schlimmer werden sollte. Jannet veränderte ihre Stimme schließlich so, dass sie wesentlich tiefer klang, als gewöhnlich und sie Frau Stieler möglichst nicht bekannt vorkam. Schon fast männlich klingend gab sie eine schnelle kurze Antwort, von der sie hoffte, dass sie der Frau ihres Chefs genügte und diese keine weiteren unangenehmen Nachfragen stellen würde. „Ich habe ganz schlimm Durchfall. Nehmen sie doch bitte eine andere Toilette." Frau Stieler erschrak. Ihr wurde die Situation sichtlich peinlich. „Oh, Entschuldigung. Das tut mir jetzt aber sehr leid. Natürlich." Gleich darauf verließ sie den Raum. Jannet war erleichtert. Jetzt musste sie so schnell es ging dieses Fahrrad bezahlen und dann konnte sie sich endlich wieder auf den Rückweg machen. Gerade jetzt wollte sie keinen Ärger riskieren. Vorsichtig lugte sie aus der Tür des Vorraums heraus. Die Lage schien sicher. Keine Spur von Herrn oder Frau Stieler. Sehr gut. Im Eiltempo holte Jannet ihr Fahrrad ab und war schon auf dem Weg zum Parkplatz, als sie plötzlich hinter sich jemanden ihren Namen sagen hörte. „Frau Cammel?" Es war definitiv Herr Stieler. Was nun? Jannet entschloss sich schließlich keinen Blick hinter sich zu riskieren und einfach weiter zu laufen. Vielleicht würde ihr Chef dann denken, er hätte sich vertan und seine Mitarbeiterin mit einer anderen Person verwechselt, die ihr ähnlich sah. Jannet setzte ihren Gang noch ein wenig schneller fort, als wäre sie gerade bei einem Ladendiebstahl erwischt worden. „Frau Cammel, ich erkenne Sie doch." Bald musste Jannet feststellen, dass ihr Plan dieses Mal wohl nicht aufgehen würde. „Ach, Herr Stieler! Was machen Sie denn hier? Ich habe Sie ja gar nicht erkannt." Sie drehte sich um und lächelte ihren Chef und seine Familie freundlich an, in der Hoffnung die Falten auf der gerunzelten Stirn von Herrn Stieler irgendwie weglächeln zu können. Doch auch Sekunden später ließ sein Gesichtsausdruck auf äußerste Fragwürdigkeit hindeuten. Schließlich löste er den Blick wieder und schaute auf die Uhr. „Sollten Sie nicht normalerweise jetzt in der Firma sein, oder irre ich mich da?

**Kapitel 4**

Jannet saß totmüde und unausgeschlafen am Küchentisch und schmierte Greta das Butterbrot. Sie gab sich dabei sichtlich viel Mühe, nicht jeden Augenblick wieder einzuschlafen. Mit dem gestrigen Tag hatte sie sich wohl doch etwas zu viel vorgenommen. Auf dem Rückweg fing es erneut an zu schneien, sodass es auf den Autobahnen unentwegt krachte. Wenn Jannet also nicht grade im Stau stand ging es allenfalls im Schritttempo voran. Obwohl es sehr spät wurde, bis sie endlich zu Hause ankam, und Hilda von der Aufsicht auf ihre längst schlafende Enkelin ablösen konnte, war für sie noch nicht daran zu denken, ins Bett zu gehen. Viel zu tief saß der Schock darüber, dass sie von ihrem Chef praktisch auf frischer Tat ertappt wurde, wie sie statt der Arbeit Weihnachtsgeschenke shoppen ging. Natürlich blieb da nichts anderes übrig, als offen die Wahrheit zu gestehen, was Herrn Stieler jedoch nicht sonderlich erfreute. Ehrlich gesagt war er sogar ziemlich stinkig und reagierte schlimmer, als Jannet es erwartet hätte. Sie wusste zwar, dass ihr Chef nicht gerade jubeln würde, aber er hatte ja schließlich selber auch Kinder. Da hätte er es zumindest verstehen können, oder nicht? Jannet rechnete fest damit, dass ihr Handeln Konsequenzen haben würde, doch sie wollte auch nicht gleich den Teufel an die Wand malen. Immerhin hatte Herr Stieler noch nicht erwähnt, dass er sie in den unbezahlten Urlaub schicken würde oder sie vielleicht sogar kündigte.

Und das sollte schon mal was heißen. Bestimmt hatte er sich inzwischen abgeregt und erkannt, dass es eine einmalige Aktion von Jannet war und so etwas nie wieder vorkommen würde. Schließlich kannte Herr Stieler sie als stets verlässliche und pflichtbewusste Mitarbeiterin. „…und wir wollten uns dann eigentlich verabreden, aber Tina muss zum Turnen und darf es nicht einmal ausfallen lassen." Gretas Stimme wurde von den Gedanken an die Arbeit fast vollständig verdrängt, sodass Jannet sie nur noch mit halbem Ohr vernahm. „Was? Ja, natürlich kannst du dich heute mit Antonia verabreden, mein Schatz. Oma bringt dich bestimmt hin, wenn ich arbeiten muss." „Nein, ich wollte mich mit Tina verabreden. Du hörst mir gar nicht zu." Genervt biss Greta in das gemachte Brot. „Oh, ja. Klar kannst du dich auch mit Tina verabreden." „Sie muss zum Turnen!" Ein wenig lauter wiederholte sie das Gesagte noch einmal, als wäre Jannet bereits alt und schwerhörig geworden. „Tut mir leid. Ich habe zur Zeit so viel Stress auf der Arbeit und hier muss ja auch noch alles sauber gemacht werden, wenn das Christkind bald kommen soll. Da kann man morgens schon mal etwas müde sein."

Als Jannet die Tür zur Firma öffnete, spürte sie, wie ihr Herz zu schlagen begann. Immer schneller, je weiter sie das Gebäude betrat. In ihr kam die Angst auf, noch einmal auf den Vorfall von gestern angesprochen zu werden und sich erneut in eine echt missliche Situation zu begeben, wie es ein solches Gespräch von ihr abverlangte. Noch war alles normal. Jannet bestieg die Treppen zu den Büroräumen. „Jannet! Warte auf mich." Sie drehte sich um, während ihr Herz beinahe einen Aussetzer machte.

Hinter ihr kam Manuela auf sie zugelaufen. Gut gelaunt war auch sie auf dem Weg, um ihren Schichtbeginn anzutreten. „Na, wie war es gestern? Bist du gut durch den Verkehr gekommen? Also hier hat keiner nach dir gefragt. Der Stieler hat sich den ganzen Tag nicht blicken lassen." Jannet reagierte auf die freudige Nachricht ihrer Freundin keineswegs begeistert. Nüchtern setzte sie ihren Weg fort, den Blick starr geradeaus gerichtet. „Ich weiß." „Wie jetzt? Woher denn?" Erstaunt von dieser Antwort ging Manuela im Kopf jegliche Möglichkeiten durch, von wem Jannet dies schon erfahren haben könnte. „Er konnte sich hier nicht blicken lassen, weil er beschäftigt war. Herr Stieler hat Weihnachtseinkäufe mit seiner Familie erledigt, und rate mal, wo." „Was?! Nein, sag bloß er war auch in..." Manuela nahm vor Schreck die Hand an den Mund und blieb wie angewurzelt stehen. „Doch, er war auch in München im Fahrradgeschäft." entgegnete Jannet, die von der Reaktion ihrer Freundin gänzlich unbeirrt blieb. „Das musst du mir jetzt aber genauer erklären. Weißt du was, ich mache uns jetzt erst mal einen Kaffee." Jannet berichtete, was ihr gestern geschehen war. Ganz von Anfang an mit allen Details. Sie war noch immer frustriert darüber. Warum musste sie solche Besorgungen auch drei Tage vor Weihnachten erledigen? Und wenn dieses blöde eingebildete Ehepaar ihr nicht das Fahrrad vor der Nase weggekauft hätte, wäre das auch alles nicht passiert. Während die beiden noch plauderten und dabei die Rechner einschalteten um mit der Arbeit zu beginnen, ertönte plötzlich eine Durchsage durch die Lautsprecher: „Frau Cammel wird gebeten, sich umgehend in das Büro von Herrn Stieler zu begeben." Jannet raubte es beinahe den Atem, als sie ihren Namen dort hörte. Jetzt wurde es ernst. Manuela warf ihr einen mitleidigen Blick zu. „Das wird schon. Ich drücke dir die Daumen." Am liebsten wäre Jannet im Erdboden versunken und nie wieder aufgetaucht. Sie merkte, wie ihre Beine weich wurden und kaum noch fähig waren, ihren Körper zu tragen. Jetzt war klar, dass Herr Stieler die Sache wohl nicht so einfach vergessen hatte. Was auch immer er wollte, es konnte nichts Gutes sein. „Guten Morgen Frau Cammel. Setzen Sie sich doch bitte. Ich denke mal, Sie können sich wohl vorstellen, weshalb ich Sie zu mir bitte?" „Ja, Herr Stieler. Aber ich sagte Ihnen bereits, dass es sich um eine absolute Ausnahme handelt und es wird sicherlich..." „Es tut mir sehr leid, aber solche *Ausnahmen*, wie Sie es nennen, sind in meiner Firma nicht vertretbar. Sie wissen, welche Verantwortung auf mir lastet und da muss ich die Gewissheit haben, mich voll und ganz auf meine Mitarbeiter verlassen zu können. Ich muss Ihnen wirklich sagen, dass es mir sehr schwer fällt, nun diese Entscheidung zu treffen, da ich Sie sonst immer als eine sehr zuverlässige Mitarbeiterin kennengelernt habe. Es tut mir sehr leid, Frau Cammel, aber Sie sind damit fristlos entlassen." Für Jannet brach eine Welt zusammen, als sie das hörte. Vor zwei Jahren hatte sie ihren Mann durch Suizid verloren und musste seitdem die Erziehung der gemeinsamen Tochter alleine übernehmen. Jetzt wurde sie fristlos entlassen und stand wiedereinmal vor einem großen Scherbenhaufen. Wie sollte Jannet denn nun ihren Lebensunterhalt finanzieren?

„Was? Er hat dich einfach fristlos entlassen? Einfach so? Du bist für diese Firma unentbehrlich. Von allen hier bist du die einzige, die ihren Job wirklich ernst nimmt."

Manuela konnte nicht glauben, was sie von Jannet grade erfuhr. Innerlich plagten sie Schuldgefühle, dass sie diese zum Scheitern verurteilte Aktion unterstützte. „Nein, er hat schon Recht. Ich hätte sicherlich genauso reagiert. Es war mein Fehler. Dass die Sache früher oder später schief gehen würde, hätte ich mir denken können." „Ach was, lass den Kopf nicht hängen. Sie es als unbezahlten Urlaub an. Spätestens nach Silvester wird der Chef schon merken, was er an dir hatte und förmlich darum bitten, dass du zurückkommst. Bis dahin kannst du erst mal die Feiertage genießen und dich um deine Familie kümmern." Die aufmunternden Worte von Manuela machten Jannet wenig Hoffnung. Sie glaubte selber nicht daran, dass sie ihren Arbeitsplatz jemals wiedersehen würde, außer um diesen von ihren persönlichen Sachen zu befreien. „Naja, wer weiß. Vielleicht hast du ja Recht." „Natürlich habe ich Recht. Ich habe immer Recht." Manuela lehnte sich entspannt in ihren Bürostuhl zurück und biss in den Apfel, den sie schon die ganze Zeit von einer Hand in die andere fallen ließ. „Aber könntest du mir einen Gefallen tun?" „Natürlich, wie kann ich dir helfen?" „Ich wäre dir sehr dankbar, wenn du niemandem etwas von meiner Kündigung erzählen würdest. Auch meiner Familie nicht. Ich will sie über die Feiertage nicht damit belasten." Manuela rutschte das unzerkaute Apfelstück bis in den Hals. Nachdem sie minutenlang hustend nach Luft rang und dem Erstickungstod gerade noch von der Schippe gesprungen war, starrte sie Jannet ungläubig an. „Das meinst du doch nicht im Ernst. Es ist nicht gut, seine Probleme für sich zu behalten. Du musst mit ihnen darüber reden. Sie werden sicherlich Verständnis haben." „Vor allem werden sie sich um mich sorgen und vermutlich sogar mehr, als notwendig. Wozu soll ich sie unnötig beunruhigen, wenn du vielleicht Recht hast und Herr Stieler seine Kündigung in zwei Wochen wieder zurücknimmt?" „Und wenn nicht? Wie willst du erklären, dass du plötzlich den ganzen Tag frei hast?" „Darum kümmere ich mich schon. Nach Neujahr erzähle ich meiner Familie davon, okay? Und zum Reden habe ich ja dich. Dann bin ich mit meinen Problemen auch nicht ganz alleine." „Wenn du meinst. Aber gleich nach Neujahr löst du das Ganze auf. Sonst werde ich es tun." Jannet musste schmunzeln. „Keine Sorge. Was ich verspreche, halte ich auch."

Die nächsten Tage waren für Jannet voller Freizeit. Ganz in Ruhe erledigte sie alles, was bis zum heiligen Abend noch ausstand. Während die Weihnachtskekse im Backofen langsam Farbe annahmen, schmückten Mutter und Tochter im Wohnzimmer den Tannenbaum. Nach und nach begann Jannet die freien Tage zu genießen ohne sich darüber Gedanken zu machen, ob sie ihren Arbeitsplatz jemals zurückbekäme. Frei nach dem Motto *Irgendwie wird es schon weitergehen*, lebte sie in den Tag hinein. „Häng hier doch noch etwas Lametta hin, Schatz." Auch Greta freute sich darüber, jetzt mit Jannet die letzten Vorbereitungen treffen zu können. „So und jetzt noch den Stern nach ganz oben. Du musst mich hochheben, Mama." „Ich komme ja schon." Grade, als Jannet ansetzen wollte, um Greta an die Spitze des Baumes heranzutragen, klingelte es an der Haustür. „Es hat geklingelt. Wer kann das nur sein?" Gleich stürmte Greta los in den Hausflur. „Es ist bestimmt das Christkind!" „Hallo, Überraschung! Na, backt ihr schon fleißig Kekse?" Anstelle des

Christkindes fand Greta vor der Tür Camilla mit Melanie. „Ja und wir stellen grade den Tannenbaum auf." „Greta hatte schon die Hoffnung, du wärst das Christkind.", lachte Jannet. Auch sie ist inzwischen in den Flur gekommen. „Melanie und ich gehen hoch in mein Zimmer." „Oh je, meine Kekse. Die habe ich ganz vergessen. Komm doch rein, ich setze uns einen Tee auf." „Ja, ja. Das kommt davon, wenn man alles gleichzeitig machen will." „Sag bloß du bist schon mit allen Vorbereitungen fertig." Jannet schaute ungläubig von dem soeben aus dem Ofen geholten Backblech auf. „Nein, meine Vorbereitungen fangen grade erst an. Deswegen wollte ich ja mit dir reden. Heute Morgen rief mein Schwager an. Er erzählte, dass er mit seiner Familie über die Feiertage nach Teneriffa fliegt und hat gefragt, ob wir mitkommen würden. Stephan und ich dachten, dass wäre doch eine schöne Idee, vor allem, weil die Ferienwohnung dort so groß ist. Deshalb haben wir mal im Internet nach Tickets geschaut und gleich ein ganz günstiges Angebot gefunden. Ich wollte dich deshalb fragen, ob du vielleicht eine Woche auf unsere Katze aufpassen würdest, bis wir wieder da sind. Du müsstest sie nur zweimal am Tag füttern und zwischendurch mal nach draußen lassen. Sie kommt dann irgendwann wieder, aber es ist auch nicht schlimm, wenn sie mal über Nacht draußen bleibt. Das macht sie öfters." „Na klar. Greta freut sich bestimmt auch, wenn sie mal etwas Verantwortung für ein Haustier übernehmen darf." „Das ist ja schön. Schenk Greta doch auch ein eigenes Haustier. Da gibt es einige Arten, die wirklich pflegeleicht sind. Darum könnte sie sich doch kümmern. Wie wäre es zum Beispiel mit einem Goldfisch? Der riecht nicht unangenehm, macht wenig

Dreck,... Oder vielleicht einen Hamster." „Das wäre eine gute Idee, aber du weißt ja, dass ich meistens den ganzen Tag arbeiten muss. Das Tier würde da viel zu kurz kommen." „Ach was, wir wohnen doch gleich nebenan. Wenn du mal nicht zu Hause bist, übernehmen wir das Füttern eben. Ist doch kein Problem." „So einfach ist das leider nicht. Wenn ich mir ein Tier anschaffe, muss ich auch die nötige Zeit dafür haben. Alles andere wäre schlicht verantwortungslos und auch nicht zum Vorbild für Greta. Wir fangen lieber erst mal damit an, eine Woche auf eure Katze aufzupassen. Jetzt, wo ich Urlaub habe, bietet sich das ja an." „Ach, wie schön. Du hast Urlaub? Wie lange denn?" „Ja, also schon eine ganze Weile." Jannet war verlegen und wusste nicht, was sie genau antworten sollte. Schließlich wusste sie nichteinmal, ob sie überhaupt irgendwann wieder zur Arbeit gehen würde. „Wann geht es denn los in die Sonne?" „Morgen Abend schon." Camilla trank zufrieden von ihrem Tee. „Wir haben schon das Nötigste zusammengepackt. Gleich muss ich noch die Reisepässe zusammensuchen." „Ich würde auch mal gerne wieder in den Urlaub fliegen. Irgendwo ganz weit weg, ohne Sorgen. Einfach mal den Alltag vergessen." „Ja, du hast Recht. Das macht man eigentlich viel zu selten." Camilla erhob sich von ihrem Platz. „So, ich muss dann auch mal wieder rüber. Die Koffer packen sich leider nicht von alleine. Melanie will bestimmt noch etwas hier bleiben. Ich werde morgen Abend bevor wir fahren den Schlüssel vorbeibringen." „Ja, ist gut. Eigentlich bin ich zu Hause. Sonst kannst du ihn auch einfach in den Briefkasten werfen. Ich weiß dann Bescheid." „Super, danke nochmal. Wir werden auch sicherlich eine Postkarte schicken." Auf halben Weg zum Nachbarhaus drehte sich

Camilla nochmal winkend um. Nach dieser kurzen Pause hatte Jannet wieder genügend Energie, um das zweite Backblech in den Ofen zu schieben und den Tannenbaum zu Ende zu schmücken. Dann musste auch noch die Krippe aufgestellt werden und natürlich das ganze Haus von oben bis unten gesaugt und gewischt. Alles sollte perfekt sein, wenn die Verwandtschaft zu Besuch kommen würde. Ein absoluter Vorzeige-Haushalt eben.

Ehe Jannet sich versah, stand schon Weihnachten vor der Tür. Camilla war mit ihrer Familie längst in der Sonne und steckte ihre Füße in warmen weißen Sand, während Erlangen von einer dunklen grauen Wolke überdeckt wurde, aus der es noch immer unaufhörlich schneite. „Wann gibt es denn endlich die Bescherung?" Greta rannte schon den ganzen Morgen wie ein unausgelastetes Tier, dem man seit Wochen keinen Auslauf gewehrt hatte, durch das Haus. Ihre Aufregung an solchen Tagen kannte keine Grenzen. „Heute Abend erst. Aber wenn du möchtest, kannst du rüber gehen und Candida füttern. Oder willst du, dass sie verhungert ist, wenn Melanie nach Hause kommt?" Obwohl die Gäste erst am Nachmittag kommen würden, hatte Jannet schon jetzt alle Hände voll zu tun. Alleine die Zubereitung der Weihnachtsgans nahm einige Stunden in Anspruch. „Oh, ja! Ich muss Candida schließlich auch noch frohe Weihnachten wünschen. Wo liegt denn der Schlüssel?" „Schau mal im Flur auf der Ablage. Ich glaube, dort habe ich ihn hingelegt. Zieh dir aber eine warme Jacke an, wenn du rüber gehst. Es ist kalt draußen." „Mache ich. Vielleicht war nebenan ja schon das Christkind. Dann nehme ich alle Geschenke mit!" Schon war Greta aus der Tür, um im Nachbarhaus nach der Katze und natürlich auch nach den Geschenken zu sehen. Jannet begann derweil in der Küche mit der Zubereitung der Weihnachtsgans und den vielen leckeren Beilagen, die für das Familienessen geplant waren. „So, mal schauen. Wo hatte ich noch gleich das Rezeptbuch hingelegt?" Jannet kramte einige Bücher aus dem Küchenschrank. Das Rezept war genau, wie das jährliche Familienessen, eine Tradition, die über viele Generationen weitergegeben wurde. Während Jannet durch ihre Kochbücher blätterte, in denen sie glaubte, das Rezept reingelegt zu haben, klingelte es an der Tür. „Die Gäste? So früh schon? Ach, natürlich! Greta war doch nebenan. Sie wird es wohl sein." Als sie in den Flur ging, um ihre Tochter hereinzulassen, sah sie, wer dort wirklich stand und war mehr, als überrascht. „Gerd! Wir haben uns ja schon Ewigkeiten nicht mehr gesehen. Was machst du denn hier?" Vor ihr stand Gerd, Joachims` damaliger Arbeitskollege, den Jannet das letzte Mal kurz nach dessen Tod gesehen hatte. Nie hätte Jannet damit gerechnet, dass Gerd nach so langer Zeit einfach so vorbeikommen würde. Dennoch freute sie sich umso mehr, ihn so unerwartet wiederzutreffen. „Ich dachte mir, ich schaue mal bei euch rein und wünsche euch frohe Weihnachten." Jannet musterte Gerd, der noch immer vor der Haustür stand, von oben bis unten. Er hatte ein wenig längere Haare bekommen, die er sich lässig zur Seite wegkämmte. Der drei-Tage-Bart von damals war bis heute so geblieben, und was seine Kleidung betraf, musste Jannet zugeben, hatte er wirklich Geschmack. Zu einer dunklen, leicht verwaschenen Jeans trug Gerd einen schwarzen Wintermantel mit passendem Schal. In der Hand hielt er ein großes Paket, dass er zuvor in Geschenkpapier verpackte und mit einer roten Schleife versah. „Das ist ja mal eine Überraschung. Komm rein." Gerd folgte Jannet in den Flur. „Du kannst deine Jacke an die Garderobe hängen. Fühle dich einfach wie zu Hause." „Ja, ja. Mach dir da mal keine Sorgen. Ich kenne mich hier noch aus." „Das ist schon mal gut.", lachte Jannet. „Leider dauert es noch einige Stunden, bis die Gans fertig ist. Ich würde dich sonst gerne zum Essen einladen. Was machst du denn heute? Bekommst du noch Besuch?" „Naja, eigentlich wollte mein Bruder mit seiner Familie über Weihnachten kommen. Er wohnt in der Nähe von Köln, aber wegen dem hohen Schnee haben sie abgesagt." Jannet schaute Gerd besorgt an. „Was? Dann bist du an heilig Abend also ganz alleine?" „Ach was, so schlimm ist das auch nicht. Ich bin ganz gerne mal für mich. Dieser ganze Stress ist eigentlich garnicht mein Ding. Die Zeit kann man doch viel sinnvoller nutzen. Ich lese zum Beispiel gerne mal ein Buch, wenn mir langweilig ist oder schaue Fernsehen... halt all das, wozu man sonst nie Zeit hat." „Pappelapapp! Das sind doch keine Hobbys, mit denen jemand, wie du sich die Zeit vertreibt. Weißt du was? Du bleibst einfach zum Essen hier." „Das ist doch nicht nötig. Ich bin sicher, dass deine Gans bestimmt ganz wunderbar schmecken wird, aber..." Jannet bemühte sich, Gerd keine Chance zu lassen, ihre Einladung wieder abzuschlagen. „Kein „Aber". Du hast Recht: meine Gans schmeckt köstlich und daher wirst du sie auch heute probieren. Meine Familie freut sich immer über einen Überraschungsgast." „Naja, ich weiß nicht. Aber wo ist denn Greta? Ich habe ihr noch etwas mitgebracht." „Sie ist grade nebenan, bei den Nachbarn. Sie sind über die Feiertage verreist und wir passen in der Zeit auf deren Katze auf. Ich muss sagen,

Greta macht das wirklich gut. Sie übernimmt schon viel Verantwortung für ihr Alter." „Tja, was hast du auch erwartet? Sie kommt eben ganz nach ihrer Mutter.", lacht Gerd. „Was macht denn die Arbeit? Bist du immer noch in der gleichen Firma, wie damals?" „Ja, also eigentlich schon. Ich habe mir aber erstmal für eine Weile Urlaub genommen, um über Weihnachten mehr Zeit für Greta zu haben." „Ich sage es ja: in Sachen Verantwortung kommt sie ganz nach dir. Ich finde es wirklich lobenswert, dass du deinen Job als Mutter genauso ernst nimmst, wie den im Büro." „Ja, das ist wirklich wichtig. Ich habe sonst ja schon immer so wenig Zeit." Nach reichlicher Plauderzeit beschloss Gerd schließlich, erst wieder nach Hause zu fahren, um Jannet in Ruhe alle Vorbereitungen treffen zu lassen und dann später zum Essen wiederzukommen. Auch Greta war in der Zwischenzeit wiedergekommen und hatte sich sehr über den unverhofften Besuch gefreut, der ihr noch dazu ein cooles Geschenk mitbrachte. In dem Paket befanden sich zwei nagelneue Inliner, die Gerd ursprünglich für seine Nichte vorgesehen hatte. Da ihr Besuch jedoch ausblieb, wusste er damit nichts weiter anzufangen, bis ihm Greta in den Kopf kam. Sie war zwar etwas kleiner, als seine Nichte, doch das stellte kein allzu großes Problem dar, denn die Inliner waren größenverstellbar. "Passt perfekt!", freute sich Greta und nach anfänglichen Schwierigkeiten fuhr sie schon fast alleine durch das Haus. Den ganzen Tag kam es ihr nicht in den Sinn, die neu erworbenen Skater wieder auszuziehen, ganz zum Ärgernis von Mama Jannet: „Greta, ich habe dir schon tausend Mal gesagt, dass du dein Zimmer aufräumen sollst. Und außerdem weißt du genau, dass du mit den Inlinern nicht durch das Haus fahren sollst." „Aber draußen liegt Schnee. Wo soll ich denn sonst fahren?" „Dann wartest du eben, bis es wärmer wird und der Schnee schmilzt. Jetzt musst du auf jeden Fall dein Zimmer aufräumen, sonst gibt es heute Abend ganz sicher keine Bescherung für dich." „Das ist voll unfair." Widerwillig zog Greta die Inliner schließlich wieder aus und begab sich in ihr Zimmer, um den Anforderungen ihrer Mutter Folge zu leisten. Die Stunden bis die Gäste kamen, vergingen wie im Flug, und kaum hatte Jannet es geschafft, alles zu erledigen, da klingelte es auch schon an der Haustür. Die ersten Gäste waren bereits eingetroffen und es dauerte nicht lange, bis der Rest folgte. Nun fehlte nur noch Gerd, der sein Kommen ja vor kurzem noch zugesichert hatte. „Hallo, frohe Weihnachten." Kommt rein, die Gans ist gleich fertig." „Das duftet ja wunderbar, womit hast du die denn gewürzt?" Hilda erkundete gleich das Festessen. „Ich habe es dieses Jahr mal mit Rosmarin probiert. Ob das was geworden ist, kann ich allerdings nicht sagen." „Ach, was du kochst, schmeckt doch immer. Bist ja schließlich mit mir verwandt.", lacht Diana. „Wenn du das sagst, schlage ich vor, dass wir dich als erste probieren lassen und erst anfangen, wenn sicher gestellt ist, dass du keine Vergiftung erlitten hast." Die Stimmung war so ausgelassen, dass Jannet den Stress der vergangenen Tage und ihre Kündigung aus der Firma vergaß. „Setzt euch doch schon mal rüber ins Esszimmer. Und sagt den Kindern Bescheid, dass das Essen fertig ist." Jannet nahm die Gans aus dem Ofen, als Hilda dicht an sie herantrat, um ihr etwas unauffällig ins Ohr zu flüstern. „Sag mal, was ist denn eigentlich mit der Bescherung? Ich habe doch noch die Geschenke im Auto liegen. Nicht, dass Greta und

Samuel noch etwas merken." „Keine Sorge, ich habe an alles gedacht. Gerd kommt gleich auch noch zum Essen und geht dann mit den beiden nach draußen, um einen Schneemann zu bauen. In der Zeit können wir hier in aller Ruhe die Bescherung vorbereiten." Hildas` ungläubige Blicke wanderten zu Jannet. „Gerd?" „Ja, ein alter Arbeitskollege von Joachim. Wir haben früher oft was zusammen unternommen und heute morgen stand er plötzlich wie aus dem Nichts vor der Tür." „Das klingt ja schon fast märchenhaft." In diesem Augenblick klingelte es erneut. „Ah, das wird er sein. Kann jemand von euch da mal eben öffnen? Ich bin grade etwas beschäftigt." „Bin schon dabei." „Elias sah eine Gelegenheit dem dauerhaftem Gerede seiner Frau zu entgehen und wusste diese auch sogleich zu nutzen. „Hey, ich bin Elias, der Schwager von Jannet." „Hallo, freut mich sehr. Gerd. Ich bin ein alter Arbeitskollege von Joachim. Jannet und ich kennen uns schon eine halbe Ewigkeit." „Freut mich auch. Komm doch rein. Die Gans ist schon auf dem Tisch." Gerd und Elias verstanden sich auf Anhieb. Besonders Elias erfreute sich an der Tatsache nun endlich einen Gesprächspartner zu haben, mit dem er sich auf Augenhöhe unterhalten konnte. „Gerd, setz dich doch zu uns. Mit Elias hast du ja schon Bekanntschaft gemacht. Das ist meine Schwester Diana, mein Neffe Samuel und meine Mutter." Gerd schüttelte jedem Einzelnen die Hand und setzte sich dann ebenfalls an den liebevoll gedeckten Tisch. Obwohl ihm am Anfang ein wenig mulmig war, weil er ja bis auf Jannet und Greta niemanden kannte, verflogen seine Hemmungen recht schnell, als er merkte, wie offen Jannets` Familie auf ihn zuging. „Greta möchte euch auch noch etwas fragen, stimmt´s?" Jannet zwinkerte ihrer Tochter zu, die daraufhin grinsend nickte. „Ihr müsst jetzt alle einmal zuhören!" Mit den Armen in der Luft verschaffte Greta sich Aufmerksamkeit, bis es schließlich um sie herum so still wurde, dass sie von allen gehört wurde. „Ich möchte euch alle einladen. In zwei Tagen feiern wir im Kindergarten eine ganz große Weihnachtsfeier. Wir führen auch ein Rollenspiel auf, in dem ich mitspiele." Voller Stolz berichtete sie von ihrem bevorstehenden Auftritt. „Na das lassen wir uns doch nicht entgehen!" „Natürlich kommen wir zu deiner Weihnachtsfeier. Da freuen wir uns ja schon drauf." Sowohl Hilda, als auch Diana zeigten große Begeisterung. „Ich kann leider nicht mitkommen. Aber ich drücke dir ganz fest die Daumen, dass alles klappt." Ein wenig enttäuscht, über die Tatsache, dass Gerd nicht kommen konnte, verflog das strahlende Lächeln in Gretas´ Gesicht. „Ach Greta, sei nicht traurig. Samuel, Elias, Hilda und Ich kommen auf jeden Fall. Und wir stellen uns auch nach ganz vorne an die Bühne um dich ganz laut anzufeuern, okay? Das ist fest versprochen." Diana verstand es, ihre Nichte wieder aufzumuntern, wenn sie traurig war. „Wann gibt es denn endlich die Geschenke?" Samuel konnte dem Gespräch nicht mehr länger zuhören. Gelangweilt hing er auf seinem Stuhl, wie ein Schluck Wasser in der Kurve und stocherte in seinem Essen herum. „Ja, wann ist endlich Bescherung?" Je mehr Zeit verstrich, desto ungeduldiger wurden die Kinder. „Das dauert noch eine Weile. Geht doch in der Zeit nach draußen und baut einen Schneemann. Vielleicht möchte Gerd euch ja dabei helfen." Jannet zwinkerte Gerd unauffällig zu und dieser verstand direkt, was er zutun hatte. „Ja, das ist doch eine gute Idee. Mal sehen, wer den größten Schneemann baut."

Wie morgens abgemacht, bemühte sich Gerd, die beiden abzulenken, damit sie nichts bemerkten. „Soll ich nicht mitkommen und euch helfen?" Auch Elias wollte sich grade erheben, als Diana ihn zurückhielt. „Elias, du wolltest doch beim Abwasch helfen." Gerade hatte sie damit nochmal die Kurve gekriegt, denn Elias war als einziger Mann bereits dazu auserkoren, die großen Pakete bis ins Wohnzimmer zu tragen. Dann fiel die Tür ins Schloss und gab damit den Startschuss für die zurückgebliebenen vier, in alle verschiedenen Richtungen zu rennen, um sämtliche Geschenkpakete in Rekordzeit herauszukramen. „Elias, kannst du mir mal eben hier helfen? Das Fahrrad steht noch im Keller." „Und wenn du fertig bist, denk daran, dass wir noch die Geschenke aus dem Kofferraum holen müssen, Schatz." Jeder stellte seine individuellen Ansprüche, denen Elias allen Herr werden musste. Doch für den dynamischen Polizisten war das kein Problem. Obwohl er zwischenzeitlich immer wieder bittere Kommentare in den Raum warf, die zu verstehen gaben, dass er den überdimensionalen Konsum zu Weihnachten eigentlich nicht unterstützte und die *Weiber*, wie er zu sagen pflegte, Schuld daran seien, wenn aus den Kindern irgendwann verwöhnte *Blagen* werden, tat er doch selbstlos das, was ihm aufgetragen wurde. Da alle Hände mit anpackten, war das Wohnzimmer in wenigen Minuten reif für die Bescherung. „Okay, ich schreibe Gerd eine SMS, dass er kommen kann." Jannet zückte ihr Handy. „Super! Kommt, wir verstecken uns, damit es so aussieht, als hätten wir von nichts mitbekommen." Oma Hilda freute sich, als wäre sie selber noch ein Kind, das gleich unter einem bunt geschmückten Tannenbaum seine Geschenke auspacken würde. Ohne eine Reaktion der anderen auf ihren Vorschlag abzuwarten, rannte sie hinter die Gardine, um sich dort vor ihren Enkeln zu verstecken. „Kommt, sucht euch auch schnell ein Versteck! Bei mir ist kein Platz mehr frei! Los!" Die Familie schaute ihr nur augenverdrehend hinterher. „Hilda, man sieht deine Füße unter der Gardine." Hilda schaute an sich herunter. „Oh, ja. gut erkannt, Elias. Ich suche mir besser ein neues Versteck." Leider zeigte sich keiner so euphorisch, dass er Hilda folgen und sich ebenfalls ein Versteck suchen wollte. Besonders Elias schien von der Idee am wenigsten begeistert. „Ich schlage vor, wir setzen uns in die Küche und trinken erst mal einen Kaffee, bevor hier der ganze Stress wieder weitergeht." Auch Elias wartete keine Bestätigung der anderen ab, sondern begab sich direkt in die Küche." „Gute Idee.", hörte er hinter sich sagen, und die Tatsache, dass die anderen ihm folgten, bestätigte ihn in seiner Entscheidung. Doch in diesem Augenblick standen auch schon zwei erwartungsvolle Kinder vor der Tür, die ihm keine Verschnaufpause gewährten. Auch Hilda ist inzwischen aus ihrem Versteck gekommen und sah sich dazu berufen, ihnen zu öffnen. „Ich glaube, das Christkind war da! Kommt schnell mit, wir packen die Geschenke aus." „Oh, ja!" Schon waren die drei im Wohnzimmer verschwunden. Vor der Tür blieb nur Gerd zurück, auf dem jetzt das Augenmerk fiel. „Oh, Gerd. Was haben die denn mit dir gemacht?" Jannet musste bei dem Anblick laut lachen. Gerd war überall mit Schnee bedeckt, der in der Wärme des Hauses langsam zu schmelzen begann. „Wir haben eine Schneeballschlacht gemacht. Ich war die Zielscheibe." „Oh je. Na dann komm rein. Im Wohnzimmer ist es warm." Wieder war die ganze Familie auf dem Sofa versammelt, während Greta und Samuel ein

Paket nach dem anderen auspackten. „Guckt mal, ein Fahrrad! Genau so eins habe ich mir gewünscht." Gretas` leuchtenden Augen sagten Jannet, dass sie alles richtig gemacht haben musste, doch erinnerte sie sich zugleich auch an den Verlust ihres Jobs. Sie wusste, dass die Zeit hier und jetzt nicht stehen bleiben würde und die Feiertage bald vergingen. Wenn es sich Herr Stieler dann nicht nochmal anders überlegen würde, und die Kündigung zurücknahm, steckte Jannet in wirklichen Schwierigkeiten. Sie hatte keine Einnahmen mehr und die Ersparnisse würden nicht ausreichen, um sich und ihre Tochter lange zu ernähren. Im schlimmsten Falle müsste sie wirklich ihre Familie um Hilfe bitten. Natürlich würden sie Jannet nicht hängen lassen und sie so gut es ging unterstützen, doch dazu fehlte ihr der Mut. Als älteste Tochter hatte Jannet immer die Verantwortung und sie war stolz darauf. Nie hätte sie zugeben können, dass sie finanzielle Hilfe benötigte. Irgendwie musste sie aus der Sache wieder herauskommen, ohne das jemand merkte, was geschehen war. „Jannet? Huhu, Jannet? Geht es dir gut?" Jannet wurde aus ihren Gedanken herausgerissen, als Diana die Hand auf ihre Schulter legte. „Du warst grade so in Gedanken, ist alles in Ordnung?" „Ja, ja. Natürlich. Ich habe nur grade überlegt, ob ich die Katze von unseren Nachbarn heute schon gefüttert habe. Weißt du, die sind über Weihnachten verreist und deshalb kümmern wir uns für die Zeit darum." Jannet versuchte sich eine möglichst plausible Erklärung aus dem Ärmel zu schütteln, doch Diana blieb misstrauisch. „Bist du sicher? Es sah aus, als machtest du dir ernsthafte Gedanken um etwas. Du weißt, dass du mit mir über alles reden kannst." „Natürlich weiß ich das. Und wenn ich Probleme hatte, habe ich das bisher doch auch immer getan." Jannet bemühte sich um ein zwanghaftes Lächeln, das zu ihrer Erleichterung von Diana erwidert wurde. „Guckt mal, ich habe eine Uhr bekommen!" Samuel hielt stolz ein kleines Päckchen in die Luft, auf dem eine Armbanduhr abgebildet war. „Ja, cool. Komm her, dann mache ich sie dir drum." Samuel musterte die Uhr, die sich um seinem Handgelenk befand, als wäre sie etwas ganz besonders wertvolles. „Also, wir haben es jetzt ganz genau..." Er überlegte kurz. Plötzlich richtete er seinen Blick nach vorne. Ein kurzer Moment der Stille verstrich, als er lauthals zu lachen anfing. Es schien, als würde er sich gar nicht mehr einkriegen wollen. „Was ist denn so lustig?" Auch der Frage seiner Oma schenkte Samuel keine Aufmerksamkeit. Generell bemerkte er die fragwürdigen Blicke seiner Verwandtschaft nicht, sondern starrte weiterhin lachend auf den großen Wohnzimmerschrank in der Ecke. So sehr sich alle auch bemühten, den Grund für den Lachanfall des Jungen herauszufinden, entdeckte jedoch keiner die Besonderheit des Schrankes. „Was hat er nur?" Fragend schaute einer zum anderen, doch keiner wusste eine Antwort. Schließlich hatte sich Samuel wieder einigermaßen beruhigt. „Der Mann ist so lustig." Seine Antwort warf vermutlich ebenso viele Fragen auf, wie das plötzliche Losprusten des siebenjährigen. „Seht ihr dort jemanden?" Alle schüttelten die Köpfe. Diana harkte erneut bei ihrem Sohn nach: „Welcher Mann denn? Da ist doch niemand." „Na der da, mit dem Schlangen-Hals." Samuel zeigte auf den Schrank. Beim besten Willen erkannte keiner den mysteriösen Mann mit dem Schlangen-Hals, von dem Samuel sprach, doch Diana war entschlossen, der Sache näher auf den Grund zu gehen.

„Beschreibe uns genau, wie der Mann aussieht, den du da siehst." „Das ist doch völliger Humbug! Du glaubst das doch nicht wirklich." Jannet raunte Diana zünisch an. Von so einem Hokus Pokus wollte sie nichts wissen. Doch ihre Schwester war mal wieder für jeden Schwachsinn offen. „Meinst du etwa, er würde sich so etwas nur ausdenken? Ich glaube Samuel natürlich, was er sagt. Ebenso hart, wie Jannet gab Diana ihre Bemerkungen messerscharf zurück. „Er ist ein Kind, das sich grade einen schlechten Scherz mit uns erlaubt." „Vielleicht sieht er ja die Seele von Joachim." „Natürlich, das wird ja immer besser. Jetzt wird Joachim schon in die Sache mit reingezogen." „Wieso „reingezogen?" Ich habe lediglich eine Vermutung aufgestellt." „Sag mal, drehst du jetzt völlig durch? Merkst du nicht, wie kindisch du bist? Kein Wunder, dass er bei dir keine vernünftige Erziehung lernt." „Willst du mir jetzt erzählen, dass ich nicht in der Lage bin, mein Kind zu erziehen?" Die Stimmung zwischen den Beiden heizte sich immer weiter auf. Von Harmonie und Besinnlichkeit war schon bald nichts mehr zu sehen und Jannet und Diana vergaßen alles um sich herum, während sie sich gegenseitig anschrieen. „Aber es stimmt wirklich. Da steht er." Samuel zeigte erneut auf die selbe Stelle neben dem Wohnzimmerschrank, doch außer ihm erkannte wieder niemand diesen Mann. „Okay, wisst ihr was? Von mir aus führt eure wilden Spekulationen weiter, aber nicht in meiner Gegenwart. Ich sehe nicht dabei zu, wie ihr Joachim rücksichtslos für euren Blödsinn missbraucht." „Gut." Ohne ein weiteres Wort wandte Diana sich ab und begann ihre Sachen einzupacken. Von innen kochten beide beinahe über. „Diana, nun bleib doch hier. Ihr wollt euch doch jetzt nicht wirklich an Weihnachten so streiten."

Elias ergriff als erster Außenstehender das Wort und versuchte die Situation zu Gunsten aller zu retten. „Hast du es nicht gehört, Elias? Wir wurden hier soeben rausgeworfen." „Jetzt mischte sich auch Hilda ein, um ihren Schwiegersohn zu unterstützen. „Es geht hier um die blühende Fantasie eines siebenjährigen. Wollt ihr euch deshalb so streiten?" „Ach so, du findest es jetzt also auch lächerlich, dass ich meinem Sohn glaube, was er sagt? Okay, kein Problem. Ich denke, wir sind hier wohl nicht mehr erwünscht. Komm Elias." Elias und Samuel folgten ohne weitere Kommentare den Anweisungen von Diana und verließen das Haus. Minutenlang blieb es jetzt absolut still. Während sich die Blicke von Gerd und Hilda wechselten, starrte Jannet unentwegt auf die geschlossene Haustür, durch die ihre Schwester grade verschwand. Auch Greta schaute von einem zum anderen, als verstünde sie die Welt nicht mehr. So sehr hatte sie sich auf dieses Fest gefreut und bis vor einer halben Stunde war doch noch alles in Ordnung. Jannet wusste ihre Gefühle nicht zu ordnen. Sie schwankte zwischen purer Wut, verzweifeltem Selbstmitleid und möglicherweise sogar leichten Schuldgefühlen. Diana hat sich falsch verhalten, das war ganz klar, doch musste Jannet wirklich so hart reagieren? „Ich denke, ich werde dann auch mal gehen. Das Essen war sehr lecker, danke für die Einladung, Jannet." Nachdem schließlich auch Gerd zur Tür hinausging, blieb Jannet mit Hilda alleine. Greta hatte sich in der Zwischenzeit schon in ihrem Zimmer verzogen. „War es meine Schuld?" Erst jetzt hob Jannet ihren Blick wieder. In ihrem Gesichtsausdruck zeigte sich Unsicherheit. Sie hatte Angst, Hilda könnte sie nun für ihr Verhalten kritisieren oder möglicherweise sogar verachten. „Es war nicht alleine deine Schuld. Diana hat einen großen Teil dazu beigetragen." Jannet wurde ein wenig erleichtert, als sie das hörte. „Was soll ich jetzt tun?" „Das kann ich dir bestimmt nicht sagen, Kind. Was geschehen ist, kannst du jetzt nicht wieder rückgängig machen." Die Worte von Hilda klangen in keiner Weise vorwurfsvoll. Sie waren viel mehr liebevoll und gewissenhaft zugeredet. Aus dem Mund einer Mutter eben. „Das Weihnachtsfest ist jetzt vielleicht hinüber, aber früher oder später renkt sich die Sache schon wieder ein." Hilda bemerkte, dass sie ihrer Tochter wenig Hoffnung gemacht hatte. „Aber wenn du Greta einen Gefallen tun willst, solltest du dich bis zur Weihnachtsfeier im Kindergarten mit Diana ausgesprochen haben. Sie wäre sicherlich sehr enttäuscht, wenn Diana, Elias und Samuel nicht da wären." „Die Weihnachtsfeier! Stimmt ja. Daran habe ich überhaupt nicht mehr gedacht. Die ist schon in zwei Tagen. So schnell wird sich da sicherlich nichts regeln." „Warum denn nicht? In unserer modernen Welt genügt schon ein einziger Telefonanruf. Und das dauert nicht länger, als einige Minuten. Hilda nahm den Telefonhörer von der Station und drückte ihn Jannet in die Hand. Diese schaute ihre Mutter ungläubig an. „Du meinst also, ich soll Diana anrufen? Jetzt? Nein, das ist doch noch viel zu früh." Jannet gab den Hörer zurück, den sie jedoch wenige Sekunden später wieder in den Händen hielt. „Wieso denn zu früh? Je eher dieser Streit aus der Welt geschafft ist, desto besser." Jannet machte eine abwehrende Handbewegung. „So schnell geht das einfach nicht. Diana würde jetzt sehr wahrscheinlich nicht mal abheben, wenn meine Nummer auf dem Display erscheint." Das Telefon wanderte wieder zurück zu Hilda. „Woher willst du das wissen, wenn du es nicht ausprobierst? Selbst wenn sie nicht abnimmt, weiß sie wenigstens, dass du zum Gespräch bereit bist. Vielleicht ist sie ja grade auch zu Hause und denkt das Gleiche, wie du." Noch einmal gab sie den Hörer an ihre Tochter. „Stimmt. Und wenn Diana grade das Gleiche denkt, wie ich, kann sie mich genauso gut anrufen. Ich sehe da keinen Grund, wieso ich das jetzt machen sollte." Jannet legte den Telefonhörer wieder auf die Station. Für sie war das eine ausreichende Rechtfertigung, über die sie nicht weiter diskutieren wollte. Okay, es ist deine Entscheidung. Aber denk daran, dass du den Streit nicht beenden kannst, wenn ihr nicht miteinander redet." Auch Hilda nahm letztendlich ihren Mantel von der Garderobe, um zu gehen. „Überlege es dir nochmal. Die Weihnachtsfeier ist in zwei Tagen und so, wie das Verhältnis derzeitig zwischen euch ist, wird Diana bestimmt nicht kommen." „Jetzt setze mich doch nicht so unter Druck. Ich regel die Sache schon. Nur eben noch nicht sofort. Diana soll sich schließlich auch Gedanken über ihr Verhalten machen. Ich bin an dem Streit nicht alleine Schuld." „Na gut. Wie gesagt, es ist deine Entscheidung. Ihr seid alle erwachsen und alt genug, um selber zu wissen, was ihr tut." Hilda nahm ihre Handtasche auf und ging zur Tür. „Wir sehen uns morgen, okay? Ich backe einen Kuchen und dann setzten wir uns mit einer Tasse Tee schön zusammen und reden weiter." Mit diesen Worten verließ Hilda das Haus.

Um Jannet wurde es still. Sie begann das Chaos im Wohnzimmer wieder zu beseitigen, doch verlor sie schnell die Lust dazu. Vielleicht kam ja etwas gutes im Fernseher. Jannet setzte sich aufs Sofa und schaltete durch. So richtig zuhören konnte sie jedoch auch nicht. Unentwegt schaute sie zu dem Schrank, vor dem Samuel einen Mann zu sehen glaubte. Es klang natürlich alles sehr unrealistisch, aber welchen Grund hatte er, um sich die ganze Geschichte nur auszudenken? Hätte er trotz des sich anbahnenden Streits wirklich so lange auf seinen Standpunkt beharrt, wenn das alles gar nicht stimmte? Jannet kamen Zweifel. Wie gerne würde sie sich jetzt einfach wieder mit allen versöhnen und das Weihnachtsfest noch einmal in harmonischer Stimmung wiederholen. Doch dafür war es wohl zu spät. Vielleicht hatte Hilda ja Recht. Jannet nahm erneut das Telefon in die Hand. Insgeheim hatte sie Hoffnung, Diana würde sie anrufen und damit den ersten Schritt zur Versöhnung machen., doch es tat sich nichts. Nachdem Jannet minutenlang auf den Hörer schaute, begann sie tatsächlich, Dianas` Nummer zu wählen. Sie spürte, wie ihre Finger feucht wurden. Zittrig legte sie den Daumen auf den grünen Knopf, der die Verbindung schließlich herstellen sollte, doch... „Nein." Jannet legte gleich wieder auf, ehe es auch nur einmal durchklingeln konnte. „Das ist doch absurd. Diana wird mich für verrückt halten, wenn ich sie jetzt anrufe." Jannet hatte Angst, ihren Stolz zu verlieren, wenn ihre Schwester sie vielleicht auslachen oder gar nicht erst rangehen würde. Plötzlich klingelte das Telefon tatsächlich. Jannet erschrak so sehr, dass sie beinahe den Hörer hätte fallen lassen. Wenn das jetzt Diana sein würde... „Hallo, hier ist Jannet Cammel." „Hey, Jannet. Ich bin es. Frohe Weihnachten." Enttäuscht erkannte Jannet, dass die Stimme am anderen Ende der Leitung nicht Diana zuzuordnen war, sondern Camilla. „Ach, hallo. Frohe Weihnachten ebenso. Wie ist der Urlaub?" Jannet gab sich Mühe, gut gelaunt und fröhlich zu wirken, um nicht in Erklärungsnot zu geraten. „Super! Es ist so schön. 37 Grad haben wir es zur Zeit hier. Kaum zu glauben, dass bei euch in Deutschland grade der tiefste Winter eingebrochen ist." „Ja, sei froh, dass du nicht diesen arktischen Temperaturen ausgesetzt bist. Ich wäre jetzt auch lieber am Strand." „Keine Sorge, wir haben euch schon eine Postkarte geschickt, damit ihr auch ein bisschen „Urlaubsfeeling" habt.", lacht Camilla. „Na ja, wenigstens habt ihr uns hier noch nicht vergessen." „Ach, Jannet. Das würden wir nie tun. Wir bringen euch sogar ein richtig cooles Souvenir mit. Aber ich verrate noch nicht, was es ist. Wie geht es denn Candida? Steht das Haus überhaupt noch?" „Was soll ich dir sagen? Das Haus steht, die Katze lebt... Wir haben hier alles absolut im Griff. Da kannst du dich drauf verlassen." „Perfekt, Dankeschön. Ich hätte es auch nicht anders erwartet. Zufriedenheit und Erleichterung klang in Camillas` Stimme mit. „Ach ja, wärst du vielleicht noch so nett, die Post reinzuholen, damit der Briefkasten nicht überläuft? Ich habe ganz vergessen, dich danach zu fragen." „Das ist schon längst erledigt. Ich weiß doch, wie vergesslich du immer bist." „Wirklich? Oh, danke. Du hast bei mir was gut, wenn ich zurück bin." „Kein Problem. Genieße deinen Urlaub." „Werde ich auf jeden Fall machen.", lacht Camilla amüsiert. „Ich melde mich dann die nächsten Tage nochmal bei dir. Machts gut." „Tschüss." Nach der kurzen Ablenkung, die das Telefonat mit Camilla brachte, kam Jannet wieder der Gedanke an Diana. Den ganzen Abend hoffte sie auf einen Anruf von ihr, doch egal, wie lange sie auch wartete, das Telefon blieb für den Rest des Tages still.

## Kapitel 5

„Greta, beeil dich. Wir sind viel zu spät." Jannet rannte von einem Raum in den nächsten. Schnell noch alles zusammenpacken. Hatte sie auch an alles gedacht? Wo blieb Greta nur so lange? Sie sollte doch nur ihre Schuhe aus dem Schuhschrank holen. In weniger, als einer halben Stunde mussten Jannet und Greta im Kindergarten zur jährlichen Weihnachtsfeier erscheinen. Auch die Verwandten waren eingeladen. Obwohl zwischen Jannet und Diana seit zwei Tagen absolute Funkstille herrschte, setzte sie einfach voraus, dass ihre Schwester trotzdem kommen würde. Jetzt ging es schließlich um Greta und nicht mehr um Jannet alleine. Sie konnte gar nichts anderes tun, als an der Feier teilzunehmen. „Kannst du deinen Text aufsagen?" Besorgt ging Jannet die Unterlagen für das Rollenspiel nocheinmal durch. „Ja, das kann ich doch schon lange." Greta verdrehte die Augen. Es kam ihr vor, als sei ihre Mutter vor dem großen Auftritt nervöser, als sie selbst. Dabei war es doch nichts Neues für Greta. Sie hatte schon oft genug auswendig gelernte Texte vor einem Publikum aufsagen müssen, sodass bei ihr nicht das kleinste Anzeichen von Lampenfieber zu erkennen war. „Okay, ich glaube, ich habe alles. Oma ist bestimmt schon längst da und wartet auf uns." „Kommt Samuel auch heute?" Für einen kurzen Augenblick hielt Jannet inne. Sie überlegte, was sie auf diese Frage antworten sollte. „Natürlich wird er kommen. Tante Diana hat es dir ja schließlich versprochen, oder?" Im Gesicht von Greta zeigte sich ein zufriedenes Lächeln. Ob Jannet mit dem, was sie sagte am Ende Recht behielt, wusste sie nicht. Aber wenn Diana nicht kommen würde, müsste sie ein unschuldiges Kind enttäuschen und in diesem Falle, da war sich Jannet sicher, wäre ihre Wut auf Diana wiederum berechtigt. Da würden ihr auch alle anderen zustimmen. Vor dem Kindergarten füllten sich die Parkplätze. Schon von weitem war die Menschenmenge, überwiegend bestehend aus quatschenden Muttis und ihren Sprösslingen, zu hören. „Hast du Oma schon gesehen?" Jannet stellte sich auf Zehenspitzen, um einen besseren Überblick zu erhalten, doch konnte sie dadurch trotzdem nicht viel mehr sehen. Plötzlich ertönte eine Stimme durch die Lautsprecherboxen: „Alle Kinder, die für heute etwas vorbereitet haben, treffen sich jetzt hinter der Bühne." „Da muss ich auch hin, Mama.", rief Greta aufgeregt. „Was, jetzt schon?" Jannet sah sich erschrocken um. „Okay, weißt du was? Ich suche Oma und du bereitest dich auf deinen Auftritt vor. Wir stellen uns dann dahin, wo du uns gleich gut sehen kannst." „Okay, bis gleich." „Viel Glück!" In wenigen Sekunden war Greta in der Menschenmenge verschwunden, und Jannet blieb alleine zurück. Wo trieb sich Hilda schon wieder herum? Jannet bereute es bereits, sich nicht einfach mit ihrer Mutter an der Eingangstür verabredet zu haben. „Ach, hallo. Hat Greta heute auch einen Auftritt bei der Weihnachtsfeier?" Jannet drehte sich um. „Francesca! Ja, Greta spielt in einem Rollenspiel mit." „Wie schön. Tilo hat sich gemeldet, um Weihnachtslieder auf seiner Gitarre zu spielen. Er ist schon ganz aufgeregt. Es ist sein erster Auftritt vor so vielen Menschen." Tilo ging in die gleiche

Kindergartengruppe, wie Greta auch. Da sie sich ab und zu mal verabredeten, kannte Jannet auch seine Eltern recht gut. „Wie mutig von ihm. Dafür sieht er sehr souverän aus." Sie schaute zu einem Jungen neben der Bühne. „Ich muss dann jetzt auch mal weiter nach meiner Mutter suchen. Ehe es losgeht, will ich sie gefunden haben. Ich habe Greta versprochen, dass wir uns in die Nähe der Bühne stellen, damit sie uns leicht sehen kann." „Tatsächlich? Ich habe deine Mutter eben gesehen, wir haben kurz geplaudert. Sie sagte, sie wolle sich das Kuchen-Buffet ansehen." „Wirklich?" Jannet war erleichtert, ihre Suche nicht noch weitere Stunden fortsetzten zu müssen. „Das ist ja toll. Klar, ich hätte auch gleich darauf kommen können, dass sie sich zuerst an den Kuchen machen würde." es dauerte eine Weile, bis Jannet sich zum Kuchen-Buffet vorgedrungen hatte. Dort angekommen, wurde sie auch schnell fündig. „Huhu, Jannet! Ich bin hier. Hast du schon die Käse-Sahne-Torte probiert? Die schmeckt ja einfach traumhaft." Einige Meter weiter wedelte Hilda mit ihrer Kuchengabel in der Luft herum. Mit der anderen Hand hielt sie einen Teller, auf dem sich drei verschiedene Tortenstücke befanden. „Mama, da steckst du ja. Ich habe dich überall gesucht. Die Vorstellung geht gleich los und ich habe Greta versprochen, dass wir uns in Bühnennähe aufhalten werden. Komm jetzt!" Jannet nahm ihre Mutter am Arm und zog sie Richtung Bühne. „Jetzt warte doch. Willst du denn keinen Kuchen probieren? Gleich ist das Beste schon weg." Jannet ließ sich jedoch nicht aufhalten. Erst, als sie einen guten Blick auf die Vorstellung hatten, blieb sie stehen. „Hier kannst du in Ruhe deinen Kuchen essen." Das ließ sich Hilda kein zweites Mal sagen und verdrückte genüsslich das zweite Stück, während Jannet damit beschäftigt war, eine kleine silberne Digitalkamera aus ihrer Handtasche zu suchen. Dabei sah sie sich in der Menge suchend um. „Sag mal, hast du Diana irgendwo gesehen?" „Ne, heute noch nicht. Wieso fragst du? Habt ihr euch ausgesprochen?" Hilda wandte den Blick nicht von ihrem Teller. „Nein, das haben wir noch nicht, aber sie hat Greta versprochen, dass sie heute mit Elias und Samuel kommen würde." „Na ja, dann..." „Aber wie du siehst, ist sie nicht hier. Das hätte ich mir ja denken können. Wieso sollte meine tolle Schwester auch ihre Versprechen halten? Sie ist ja was Besseres. Wenn ihr das, was sie heute verspricht, morgen plötzlich nicht mehr passt, dann muss da mal jeder Rücksicht drauf nehmen. Einfach typisch von Diana." „Was regst du dich denn so auf? Die Vorstellung fängt erst in zehn Minuten an. Bis dahin kann sie schon längst hier sein." Jannet lachte nur spöttisch auf. „Natürlich. Vielleicht wurde sie ja auch vom Weihnachtsmann aufgehalten. In diesen Tagen fliegt der ja herum und verteilt Geschenke." „Sei nicht so gemein. Diana ist immer noch deine Schwester." „Ja, ich weiß. Traurig, aber wahr." Der Raum verdunkelte sich soweit, dass nur noch einige Scheinwerfer auf die Bühne gerichtet waren. „Es geht los! Schnell, halt deine Kamera bereit!" Erst jetzt löste sich Hilda wieder von ihrem Kuchenteller. Einige Kinder kamen der Reihe nach verkleidet nach oben. Immer wieder sah sich Jannet um, was ihr jedoch jetzt in der Dunkelheit bedeutend schwerer fiel. Von Diana, Elias und Samuel war nichts zu sehen. Einerseits war Jannet darüber verärgert, dass Diana ihr jetzt so eiskalt die Schulter zeigte, doch andererseits wusste sie auch, dass sie damit etwas gegen Diana in der Hand hatte, was sie ihr bei jedem Streit immer wieder vorhalten konnte. Das Rollenspiel neigte sich dem Ende. Zum Schluss versammelten sich noch einmal alle Kinder, die mitgespielt hatten in einer Reihe auf der Bühne und verbeugten sich vor dem Publikum. Mittendrin auch Greta. Lauter Applaus dröhnte durch den Saal, als das Licht eingeschaltet wurde. Jetzt hatte Jannet wieder klare Sicht und konnte die Menschenmenge um sich herum genauer betrachten. Langsam schweifte ihr Blick durch den Raum. Einige Leute kannte sie, andere waren ihr fremd. „Und, wie war ich?" Ohne, dass Jannet es merkte, stand Greta plötzlich wie aus dem Nichts vor ihr. „Du warst ganz toll. Ich habe alles gefilmt. Wenn wir zu Hause sind, gucken wir uns das nochmal an, okay?" Greta grinste stolz, doch dann verfinsterte sich ihr Blick. „Wo sind denn Diana und Elias? Ich wollte doch noch mit Samuel spielen." „Ich glaube, die sind wohl doch nicht gekommen. Vielleicht haben sie es einfach vergessen." „Vergessen? Aber Diana hat es mir doch versprochen." Greta schaute Jannet mit großen Augen völlig verständnislos an. „Spielst du mit mir und den anderen Verstecken?" Schnell war die Enttäuschung vergessen, als Tina kam und ihre Freundin zum Versteck-Spielen aufforderte. „Ich gehe mit den anderen mit." Mach das, ich sage dir Bescheid, wenn wir nach Hause fahren. Lauf nicht so weit weg." Dann waren die beiden auch schon verschwunden. Voller Wut wandte sich Jannet nun an Hilda: „Habe ich es dir nicht gesagt? Diana kennt nur sich selber. Alle anderen sind ihr doch völlig egal. Aber der werde ich jetzt meine Meinung sagen." Jannet lief puderrot zum Ausgang. „Warte. Wo willst du denn jetzt hin?" „Ich gehe raus und rufe Diana an." „Kann das denn nicht warten, bist du wieder zu Hause bist? Bis dahin hast du dich bestimmt abgeregt und kannst besser darüber nachdenken, was du sagst. In der Wut handelt man oft unüberlegt, Kind." Jannet wollte sich aber nicht abregen. Sie wollte ihrem Ärger endlich Luft machen und all das an Diana ablassen, was sie in diesem Moment belastete. „Nein, ich weiß genau, was ich sagen will. Dieses Miststück, das sich meine Schwester nennt, soll ruhig wissen, wie ich über sie denke." „Na gut. Tu, was du nicht lassen kannst. Ich schaue mir in der Zeit nochmal intensiv das Kuchen-Buffet an. Aber sag hinterher nicht, ich hätte dir nicht meinen mütterlichen Rat gegeben." Jannet ließ sich von ihrer Mutter nicht abbringen. Wie besessen davon, Diana die härtesten Beleidigungen an den Kopf zu werfen, rannte sie nach draußen, wo sie vor dem tobenden Lärm geschützt war. Jetzt hatte sie nur noch dieses Ziel vor Augen. Hastig wählte sie Dianas` Nummer. „Komm schon. Geh endlich ran!" „Leider bin ich zur Zeit nicht erreichbar. Wenn es wichtig ist, hinterlasst mir doch eine Nachricht nach dem Piep-Ton." „ Und ob es wichtig ist!" Nachdem es dreimal durchklingelte, ertönte schließlich die Mailbox. Für Jannet die Möglichkeit, ihren Frust widerstandslos abzulassen. „Hier ist Jannet, falls du dich noch an mich erinnerst. Schließlich hälst du es ja nichtmal für nötig, ans Telefon zu gehen. Okay, kein Problem. Ich kenne deine egoistische, selbstsüchtig Art ja, aber das du Greta so enttäuschst und belügst, hätte ich nicht von dir gedacht. Für mich bist du endgültig gestorben und glaube nicht, dass Greta noch etwas von dir wissen will. Sie hat jetzt dein wahres Gesicht gesehen. Ich wünsche dir noch ein schönes Leben, aber lass uns ab jetzt in Ruhe. Melde dich am Besten gar nicht mehr bei mir, außer um mir zu sagen, wann du Mama besuchen möchtest, damit ich dich dort nicht mehr antreffen muss. Ansonsten kannst du gerne gänzlich aus einem Leben verschwinden." Jannet atmete tief durch, nachdem sie aufgelegt hatte. Jetzt fühlte sie sich deutlich besser. Hoffentlich würde Diana ihre Nachricht bald abhören, damit sie endlich verstand, was sie mit ihrem Verhalten erreicht hatte. Nicht, dass es irgendwas ändern würde, aber dennoch genoss Jannet es zu wissen, dass ihre Schwester womöglich nun von einem schlechten Gewissen geplagt wurde. Drinnen ging es derweil mit der Aufführung weiter. Jetzt waren die Weihnachtslieder dran, die von einigen Instrumenten begleitet und von einem großen Kinderchor gesungen wurden. Das Licht war wieder gedimmt, sodass Jannet weder Greta noch Hilda in der Menschenmenge erkennen konnte, und die Erfahrung hatte gezeigt, dass es jetzt auch wenig Sinn machte, nach ihnen zu suchen. Also beschloss Jannet, zunächst die Aufführung abzuwarten und derweil etwas Abseits am Rand stehen zu bleiben. Sie nahm sich die Zeit, den Liedern aufrichtig zuzuhören und beobachtete dabei jedes einzelne Kind bei seinen Bewegungen. Sie standen dort alle souverän und aufrecht. Stolz, das Erlernte vor ihren Eltern präsentieren zu dürfen. Auch Tilo saß mit seiner Gitarre auf der Bühne. Nach einigen Minuten ertönte wieder lauter Applaus und der Saal erhellte sich. Da erblickte Jannet auch schon ihre Mutter. Mit einem Kaffee saß sie zusammen mit einigen anderen Müttern von Kindern aus dem Kindergarten an einem Tisch und unterhielt die ganze Runde, während alle anderen, die bei ihr saßen aufmerksam zuhörten. Jannet verdrehte die Augen. Immerhin war es gut zu wissen, dass Hilda trotz ihres hohen Alters noch überall gut zurecht kam und von den anderen, wie es schien auch als gleichgesinnte angesehen wurde. Wo auch immer Hilda war, dauerte es nicht lange, bis sie neue Kontakte knüpfte und komischer Weise waren auch kurze Zeit später alle hellauf von ihr begeistert. Möglichst unauffällig trat Jannet immer weiter an den Tisch heran, an dem ihre Mutter saß, um sie darauf hinzuweisen, dass sie das Gespräch mit Diana nun beendet hatte und es an der Zeit war, sich von den anderen zu verabschieden, um nach Hause zu fahren. Aus Erfahrung wusste Jannet, dass trotz ihrer Mühe, sich nicht allzu auffällig zu verhalten, in wenigen Sekunden alle Aufmerksamkeit auf sie gerichtet sein würde. Mit einem Mal wurde es an dem Tisch absolut still. Nur noch fragende Blicke, die Jannet löcherten. Es kam ihr vor, als wäre sie ein unbekanntes Objekt aus der fernen Zukunft, oder einer anderen Galaxie, dass selbst von der modernen Wissenschaft bis heute nicht erforscht werden konnte. Vermutlich lag es daran, dass Hilda viel öfter in den Kindergarten kam, um Greta abzuholen, als Jannet, weshalb sie dort unter den Müttern viel bekannter war. Außerdem war sie auch viel kontaktfreudiger und hatte keine Hemmungen, Menschen einfach so, wegen irgendwelcher belanglosen Dinge anzusprechen. „Jannet." Hilda griff ihr um das Handgelenk, um sie näher zu sich heranzuziehen. „Das ist meine Tochter, die Mutter meiner Enkelin Greta." Die fragenden Gesichter erhellten sich, als das Gerede am Tisch, wie auf Kopfdruck wieder startete. „"Hallo, du bist also Jannet?" „Hilda erzählt immer so viel von dir." „Ab und zu sehe ich sie hier." „Sie ist immer so unscheinbar. Ganz anders, als ihre Mutter." „Ja, sie kommt wohl eher nach ihrem Vater." Jannets Auftreten hatte für reichlich Gesprächsstoff gesorgt. Die Situation wurde allmählich immer unangenehmer und die Tatsache, dass sich um sie herum schon die ersten von ihren Plätzen erhoben, um die Weihnachtsfeier zu verlassen empfand Jannet als guten Grund, um sich auch auf den Weg nach Hause zu begeben. „Ich will euch gar nicht lange stören. Eigentlich wollte ich nur Bescheid sagen, dass...“ „Ach, was. Du störst uns doch nicht. Komm, setz dich zu uns.“ Hilda zog vom Nachbartisch einen freien Stuhl in die Lücke neben sich und nötigte Jannet damit, sich gegen ihren Willen mit in die Runde zu setzen. „Wie trinkst du deinen Kaffee immer, Jannet? Mit Milch und Zucker?“ Eine der Frauen goss einen Kaffee ein. Jannet kam sich nun völlig hilflos vor. Sie hatte nicht den geringsten Plan, wie sie aus der Zwänge, in die Hilda sie gestürzt hatte, wieder herauskommen sollte. Wie ein Popstar wurde Jannet umworben. Die Frauen stellten eine Frage nach der anderen, als führen sie grade ein hoch interessantes Interview mit Paris Hilton. Doch schon kurz darauf, war Jannet so sehr in das Gespräch verwickelt, dass sie nicht bemerkte, wie die Zeit verging. Als sie das nächste Mal aufsah, war der Saal wie leergefegt. Noch zwei Mütter standen mit ihren Töchtern quatschend in der Tür, bereit, den Kindergarten jeden Augenblick zu verlassen. Jannet erschrak. Wie viele Stunden mochten wohl vergangen sein? Zwei? Vielleicht sogar drei? Unauffällig suchte Jannet ihr Handy aus der Handtasche, um einen Blick auf die Uhr zu werfen. „So spät schon? Mama, die Veranstaltung ist längst zu Ende. Wir sind die letzten!“ „Jetzt schon?“ Hilda sah sich um. „Ich sage Greta Bescheid, dass wir nach Hause fahren. Ihre Freunde sind sicherlich auch schon lange weg. Verwunderlich, dass sie noch gar nicht hier ist. Sonst kommt sie doch immer mal zwischendurch vorbei." „Nun lass ihr doch mal etwas Spaß. Das du immer so streng sein musst." Ganz in Ruhe nahm Hilda ihre Jacke von der Stuhllehne, während sie sich von den anderen verabschiedete. Jannet lief derweil nach draußen, um Greta zu suchen. „Es war ja so ein schöner Nachmittag. Das sollten wir ruhig öfter machen." „Ich muss dann jetzt auch mal meinen Sohn suchen." „Ja, ich auch. Vielleicht können wir uns ja mal am Wochenende treffen und zusammen einen Kaffee trinken." „Oh ja, das ist eine gute Idee. Bis dann." Beim Rausgehen wurden die Damen beinahe von Jannet überrannt. „Mama, ist Greta irgendwo hier drin?" Panisch stürmte Jannet durch die Tür. „Nein, ich dachte sie wollte mit ihren Freundinnen draußen im Schnee Verstecken spielen." „Ja, das wollte sie auch, aber dort ist sie Nirgens." „Bist du sicher?" „Ja, natürlich bin ich mir sicher. Ich bin bestimmt zehn mal um das ganze Gebäude gelaufen." „Und du hast wirklich niemanden draußen gesehen?" Doch, ein paar Kinder waren schon draußen, aber Greta war nicht dabei. Als ich die dann nach ihr gefragt habe, meinten sie, dass Greta schon eine ganze Zeit nicht mehr mitgespielt habe und sie dann dachten, dass sie schon nach Hause gefahren sei." „Komm, wir schauen mal, ob sie vielleicht doch irgendwo drinnen ist. Sie ist ja schließlich nur ein Kind. Alleine kann sie nicht allzu weit gekommen sein." „Ja, natürlich nicht. Aber was ist, wenn sie nicht alleine war?" „Ach, Jannet. Jetzt fang nicht an zu spinnen. Wer soll denn schon bei ihr gewesen sein? Die anderen Kinder sind jetzt auch nicht grade viel größer. Ich glaube kaum, dass einer von denen das Tor zur Straße aufbekommen hat." Jannet hielt sich den Kopf. Ihre Mutter verstand mal wieder nichts. „Was ist, wenn sie jemand mitgenommen hat?"

„Nun mal nicht gleich den Teufel an die Wand. Deine Mutterhormone spielen verrückt. Ich kenne das. Weißt du, als du noch so klein warst,..." „Stopp. Dafür habe ich jetzt wirklich keine Nerven. Wir müssen Greta finden." Die anderen Eltern waren bereits alle gegangen und bekamen von Gretas Verschwinden nichts mit. Nur einige Erzieherinnen begannen damit, die Reste der Feier zu beseitigen und alles wieder herzurichten. „Suchen Sie etwas? Vielleicht können wir helfen. An der Garderobe liegen einige Fundsachen." Eine von ihnen, die grade mit einem Besen durch den Raum fegte, hatte bemerkt, dass Hilda und Jannet wohl etwas wichtiges verloren haben mussten. „Ja, ich suche meine Tochter, Greta Cammel. Sie hat mit einigen Kindern draußen Verstecken gespielt und ist jetzt verschwunden." „Greta Cammel?" Die Frau stützte sich nachdenklich an ihrem Besen ab. „Haben denn die anderen Kinder nicht mitbekommen, wo sie geblieben ist?" „Die anderen Kinder?" Jannet hielt kurzzeitig inne, um genauer darüber nachzudenken. „Also ehrlich gesagt, konnte ich die meisten gar nicht danach fragen, weil sie schon zu Hause waren, als wir ihr Verschwinden bemerkten, aber die drei Jungs, die noch da waren, sagten, dass sie schon eine ganze Zeit lang nicht mehr dabei war und sie auch nicht wussten, wo Greta steckt." „Rufen Sie doch am Besten mal die Eltern an. Vielleicht ist sie mit zu einer Freundin gegangen. Wie ich Greta kennengelernt habe, ist sie sehr verantwortungsbewusst. Ich glaube nicht, dass sie einfach so abhauen, oder mit fremden Personen mitgehen würde." Die Frau gab sich ebenfalls sehr gelassen und bestätigte damit Hildas` Meinung. „Wenn es hilft, kann ich Ihnen auch gerne eine Liste mit allen Namen und Telefonnummern der Kinder in diesem

Kindergarten mitgeben." „Das wäre sehr nett. Wir glauben auch nicht, dass etwas passiert ist, meine Tochter macht sich nur immer sehr schnell Sorgen und rechnet gleich mit dem Schlimmsten." Wiedereinmal sah sich Hilda dazu berufen, die Gesprächsführung zu übernehmen und Erklärungen für das Verhalten von Jannet zu liefern, woraufhin sie bitterböse Blicke erntete. Nach einigen Minuten, die die Frau im Büro verbracht hatte, kehrte sie mit einer Namensliste zurück, die sie Hilda und Jannet übergab. „Sie werden sehen. Heute Abend wird Greta putzmunter und wohlauf in ihrem Bett liegen. Solche Situationen hatten wir schon so oft. Am nächsten Tag bringen die Eltern dann ihre Kinder in den Kindergarten und lachen darüber, dass sie sich zuvor solche Sorgen gemacht haben." Natürlich hoffte Jannet, dass die Dame Recht behielt, aber etwas mehr Anteilnahme hätte sie sich schon gewünscht. Nichtmal Hilda konnte ihre Gefühlslage verstehen. Wie auch? Es war ja kaum möglich, sie überhaupt ernst zu nehmen. Zu Hause angekommen stürmte Jannet gleich zum Telefon, um die ganze Liste abzuarbeiten, während Hilda geduldig jedes Gespräch mit anhörte. Zuerst ihre engsten Freunde, mit denen Greta eben noch gespielt hatte. Dann alle anderen, die Jannet mehr oder weniger kannte. Jeder Anruf blieb erfolglos. Keiner wusste, wo sich Greta aufhalten könnte. Jannet´ Nerven lagen absolut blank. Den Kopf in den Armen vergraben saß sie planlos vor der Telefonliste. „Ich weiß nicht mehr weiter. Keiner konnte mir helfen." „Ach, Kind. Lass den Kopf nicht so schnell hängen. Greta geht es bestimmt gut." „Darauf verlasse ich mich bestimmt nicht." Jannet richtete sich entschlossen auf. „Ich rufe jetzt die Polizei." „Du willst die Polizei rufen?" „Ja! Versuche mich nicht davon abzuhalten." Was Jannet da von sich gab, klang wie eine Drohung. Ihre Augen blitzten, wie die einer Löwin, die grade ihre Jungen verteidigte. Nichts und niemand konnte sie jetzt davon abbringen, alles erdenklich Mögliche zu tun, um Greta zu finden. Das hatte inzwischen auch Hilda erkannt. Mit einem Mal wurde auch ihr bewusst, wie ernst die Lage eigentlich war. „Nein, du hast völlig Recht. Ruf die Polizei. Wir müssen Greta unbedingt finden. Koste es, was es wolle." Mit dieser Antwort hatte Jannet nicht gerechnet. Ihr fiel ein Stein vom Herzen. Endlich fühlte sie sich nicht mehr alleingelassen.

Die Polizei ließ nicht lange auf sich warten. Wenige Minuten nach dem Anruf war sie bereits vor Ort, um eine Vermisstenanzeige aufzugeben. Die beiden Männer waren groß und kräftig. Sie machten einen sehr kompetenten Eindruck und es schien, als hätten sie viel Erfahrung auf diesem Gebiet, weshalb sich Jannet große Hoffnungen machte. „Guten Abend." Die Polizisten reichten Jannet und Hilda die Hand und nahmen am Küchentisch Platz. „Dann erzählen Sie doch gleich mal von Anfang an, wie es zu dem Verschwinden kam. Lassen Sie dabei bitte keine Details aus, unabhängig, ob sie Ihnen wichtig erscheinen, oder nicht." Einer der Polizisten war mit einigen Schreibutensilien ausgestattet, mit denen er sich Notizen machte, während Jannet ihm die Situation schilderte. „Okay, das haben wir soweit erstmal zur Kenntnis genommen. Dann beschreiben Sie bitte das Aussehen Ihrer Tochter. Größe, Haarfarbe, andere Erkennungsmerkmale. Es ist für uns auch ganz wichtig zu wissen, was sie zum Zeitpunkt des Verschwindens anhatte oder bei sich trug."

„Sie hatte eine dunkelblaue Jeans an und eine schwarze Winterjacke. Dazu trug sie eine rosafarbene Mütze mit passendem Schal und Handschuhe." Jannets` Stimme zitterte, wie damals, als sie nicht wusste, was mit Joachim geschehen war. Sie hatte Angst, dass ihr erneut ein ähnliches Schicksal bevorstünde. Noch einmal würde sie so etwas nicht durchstehen, und schon gar nicht, wenn es dabei um ihre gradeeinmal fünf Jahre alte Tochter ginge. „Okay, danke. Haben sie dann noch bitte ein aktuelles Foto, das wir für die Suche benutzen können?" „Natürlich." aus der Schublade des Wohnzimmerschrankes nahm Jannet ein Foto, dass sie einem der beiden Polizisten übergab. „Dieses Bild ist noch relativ aktuell. Wir haben es etwa vor drei Monaten erst aufgenommen." „Super." Wieder waren die beiden mit dem zufrieden, was sie erhielten. „Für den Fall, dass wir Spürhunde bei den Ermittlungen einsetzten müssen, brauchen wir noch einen Gegenstand, der den Geruch Ihrer Tochter angenommen hat. Zum Beispiel eine Jacke oder ihr Kissen." „Ja, einen Moment. Ich komme sofort wieder." Jannet lief in Gretas Zimmer, um nach einem geeigneten Gegenstand zu suchen. In ihrem Bett erblickte sie einige Kuscheltiere. Ohne lange darüber nachzudenken, griff sie nach einem, um es den Beamten für die Ermittlungen mitzugeben. „Nimmt Ihre Tochter irgendwelche Medikamente, die sie unbedingt braucht, weshalb wir unter besonderem Zeitdruck stehen könnten?" „Nein, sie ist kerngesund." „Das hört man gerne. Frau Cammel, wir werden Ihnen einen psychologischen Ansprechpartner zur Verfügung stellen. Das wird jetzt eine schwierige Zeit, in der sie diesen eventuell gebrauchen können. Das wird dann eine Person sein, die für Tag und Nacht erreichbar ist, damit sie keinesfalls alleine sind. Des weiteren weise ich sie darauf hin, dass unser Polizei-Team sehr eng mit Ihnen kooperieren wird. Es geschieht nichts, ohne dass Sie davon wissen und wir werden neue Erkenntnisse unverzüglich mitteilen." „Das ist wirklich ganz nett. Aber einen psychologischen Ansprechpartner brauche ich nicht. Ich habe ja meine Familie, die mir immer zur Seite steht." „Gut, wie Sie meinen. Wenn Sie Ihre Meinung doch noch ändern sollten, können Sie sich natürlich auch jeder Zeit an uns wenden." Darauf verließen die Beamte auch schon das Haus. Jetzt waren Hilda und Jannet wieder alleine und das Gefühl der Hilflosigkeit war wieder vorhanden. Nach einer langen Zeit des Schweigens und der Nachdenklichkeit, wendete sich Jannet wieder an ihre Mutter: „Was sollen wir jetzt machen?" Hilda zuckte die Schultern. „Was willst du noch tun? Wir haben den ganzen Kindergarten nach ihr abgesucht, alle Bekannten und Freunde befragt und jetzt sogar die Polizei informiert. Sehr viel mehr können wir nicht machen." „Nein, ich muss etwas machen, ich kann nicht einfach tatenlos herum sitzen und nichts tun." „Sag mal, wo wohnt eigentlich dieser Gerd?" Jannet schaute Hilda fragend an. „Wieso?" „Naja, Greta hat sich doch immer ziemlich gut mit ihm verstanden. Wenn er in der Nähe des Kindergartens wohnt, könnte sie doch vielleicht zu ihm gegangen sein." Einen Augenblick lang überlegte Jannet. „Er wohnt schon nicht sehr weit von hier, aber trotzdem viel zu weit weg, als das Greta überhaupt dahin finden würde." „Okay, aber vielleicht weiß er ja trotzdem einen Tipp, wo sie sein könnte oder hat zumindest eine Idee, was wir jetzt machen können. Ruf ihn an." Für gewöhnlich waren Hildas` Vorschläge nicht zu gebrauchen, aber dieses Mal musste sie wirklichen zugeben, dass sie selber nicht auf etwas sinnvolleres gekommen wäre. Kurzer Hand wählte Jannet seine Nummer. „Hallo, hier ist Gerd Emrich." „Hallo, Gerd. Ich bin es, Jannet. Sag mal, ist meine Tochter zufällig bei die?" „Was? Du meinst Greta? Nein, wie kommst du darauf, dass sie bei mir ist?" „Das dachte ich mir schon. Du warst meine letzte Hoffnung. Sie ist nach der Veranstaltung spurlos verschwunden, und ich weiß wirklich nicht, wo sie noch sein könnte." „Sie ist verschwunden?" Gerd war sogleich erschrocken und aufgebracht, als er das hörte. „Du musst sofort die Polizei einschalten, Jannet. Wenn es sich hierbei um ein Verbrechen handelt... Ich will gar nicht daran denken, aber je mehr Zeit vergeht, desto geringer sind die Chancen, sie noch lebend zu finden." Jannet stand den Tränen nahe. „Ich weiß, die Polizei ermittelt schon. Ich hoffe so sehr, dass nichts passiert ist, aber wenn doch... Gerd, was soll ich machen?" „Bleib erst mal ruhig. Wenn du nervös bist, handelst du schnell unüberlegt und machst Fehler. Bist du alleine zu Hause?" „Nein, meine Mutter ist noch hier." „Okay, pass auf. Ich komme jetzt zu euch und dann suchen wir das Gebiet um dem Kindergarten nochmal ab. Vielleicht hat sie sich nur verlaufen. Die Chancen, sie dann zu finden, sind größer, als wenn einer alleine nach ihr sucht." Noch nie wurde Jannet enttäuscht, wenn sie Gerd um Rat fragte. Auch jetzt hatte er wie immer einen Plan parat, der wie Jannet fand, ziemlich vielversprechend klang und ihr wieder neuen Mut machte.

Draußen war es bereits stockfinster. Nur der Mond beleuchtete die Gegend, sodass einzelne Umrisse schemenhaft zu erkennen waren. Mit Taschenlampen und

Reflektoren ausgestattet, machten sich Jannet, Hilda und Gerd auf die Suche, in der Hoffnung, ein Lebenszeichen von Greta zu entdecken. „Hier irgendwo muss sie zuletzt gewesen sein, bevor sie verschwand." Die drei standen vor den geschlossenen Toren des Kindergartens. Es wirkte beängstigend. Wie ausgestorben stand das Gebäude in der Dunkelheit. Einige Schaukeln quietschten im Wind, ansonsten blieb alles still. Der Anblick erinnerte an eine Geisterstadt. Bei dem Gedanken, dass sich Greta jetzt irgendwo hier alleine aufhalten könnte, durchfuhr Jannet ein kalter Schauer. „Okay, ich schlage vor, dass wir uns zunächst in dem angrenzenden Waldgebiet umsehen." „Ja, aber ist das denn nicht eigentlich die Aufgabe der Polizei?", wandte Hilda ein. „Natürlich ist es die Aufgabe der Polizei, aber wenn wir nicht tatenlos herumsitzen wollen, ist das jetzt das einzige, was wir tun können. Außerdem war die Polizei vermutlich nur kurz hier. In der Dunkelheit ist es meistens schwierig, solche Fälle zu lösen, deshalb haben sie die Suche sehr wahrscheinlich bis morgen früh erstmal eingestellt." „Er hat Recht. Wenn wir selber nachschauen, sind wir ganz sicher." Jede Idee, die einigermaßen sinnvoll klang, war für Jannet gut genug, um in die Tat umgesetzt zu werden.

Obwohl der Wald nicht besonders groß war, wirkte er bei Nacht doch gigantisch. Man konnte hören, wie es in ihm lebte. Die absolute Stille von eben war gänzlich verschwunden, als sie den Wald betraten. Von überall hallten die Geräusche der heimischen Tiere, begleitet von dem rauschen des Windes. Vorsichtig tasteten sich die drei durch die engen Wege. Gerd lief voran, gefolgt von Jannet. Trotz Taschenlampen ließ der dicht bewachsene Wald nur eine sehr eingeschenkte Sicht zu. Allenfalls das, was direkt angestrahlt wurde, war zu erkennen. Selbst den Baum, der sich unmittelbar neben Jannet befand, konnte sie lediglich ertasten. „Seit mal ruhig. Ich höre doch etwas." Alle blieben auf Hildas` Aufforderung hin stehen, um genau hinzuhören. „Es ist nichts weiter, als der Wind. Du kannst ganz beruhigt sein, Hilda." Bist du wirklich sicher, dass dort niemand ist? Ich dachte grade auch Stimmen gehört zu haben." „Ja, macht euch keine Sorgen." Jannet und Hilda hinterfragten das, was sie hörten nicht weiter. Sie gaben sich Mühe, nicht mehr so sehr darauf zu achten, sondern das eigentliche Ziel vor Augen zu behalten. Nämlich Greta zu finden. „Sag mal, Gerd. Weißt du überhaupt noch, wo wir hier sind?" beängstigt rückte Hilda immer näher an Jannet heran. „Wir sind doch kaum zwei Meter gegangen. So schnell verläuft man sich hier schon nicht." „Ja, schon. Aber ich sehe den Ausgang nicht mehr, wenn du verstehst, was ich meine." Jannet und Gerd wendeten sich zu Hilda um. Tatsächlich war dort keine asphaltierte Straße mehr zu sehen. Überall um sie herum war nichts, als Bäume soweit das Auge reichte. „Anscheinend waren sie schon viel weiter in den Wald hineingelaufen, als vermutet, doch Gerd brachte nichts aus der Ruhe. „Der Wald ist nicht groß. Wenn wir eine Zeit lang immer weiter geradeaus laufen, kommen wir hier irgendwann wieder heraus. Aber jetzt suchen wir erst mal nach Greta." Obwohl Jannet ein genauso ungutes Gefühl hatte, wie ihre Mutter, ließ sie sich jedoch nichts anmerken. Wenn sie Greta finden wollte, gab es keine andere Möglichkeit, als die Zähne zusammenzubeißen und Gerd durch den Wald zu folgen. „Greta!" Der Ruf hallte bis in die höchste Baumkrone und gab ein lautes Echo zurück. Danach war er wieder verstummt. „Greta, bist du hier irgendwo?" Wieder rührte sich nichts. „Da vorne ist eine Lichtung. Kommt mit, dort haben wir eine viel weitere Sicht und können uns erst mal wieder orientieren." Gerd führte die Frauen auf eine offene Wiese mitten im Wald, die durch den Mond sogar recht gut beleuchtet war. „Seht mal, hier hängt sogar eine Karte für Wanderer. Lasst uns da mal einen Blick drauf werfen." Mittlerweile hatte sich Jannet an die unheimlichen Geräusche gewöhnt und war wieder voller Energie und Selbstbewusstsein, was die Suche betraf. „Okay, also hier befinden wir uns jetzt." Gerd strich mit dem Finger entlang der Karte. „Und von dort sind wir gekommen." „Genau, und wenn wir diesem Weg weiter folgen, kommen wir irgendwann an einer Gabelung an. Ich schlage vor, dass wir uns dort einfach aufteilen. Dann gehen Hilda und ich diesen Weg und Gerd nimmt den anderen." „Was? Aufteilen? Spinnst du? Wir bleiben natürlich zusammen." „Warum denn? So sind wir doch viel schneller." Jannet konnte nicht nachvollziehen, weshalb Gerd ihren Plan nicht akzeptierte. „Ich werde euch doch nicht alleine durch den Wald laufen lassen. Das wäre unverantwortlich." „Wir sind doch zu zweit. Wo ist dein Problem? Oder hast du etwa Angst, alleine zu gehen? Du musst es nur sagen, dann geht Hilda natürlich mit dir. Ich will dich nicht in eine unangenehme Situation bringen, wenn du dich vielleicht verläufst so ganz alleine." „Nein, ich habe keine Angst. Ich denke nur an euer Wohl und möchte mir später keine Vorwürfe machen müssen, wenn euch etwas zustößt." „Schon klar. Was soll uns denn hier bitte zustoßen? Denkst du, hier kommt gleich ein Reh vorbei, dass uns ausrauben will? Sei doch mal realistisch." „Ich bin realistisch genug, um zu wissen, was für Gefahren hier so lauern können. Aber dein Verhalten ist im

Gegensatz dazu absolut kindisch. Werde doch bitte vernünftig, Jannet." „Nur, weil du mich grade wie ein Kind behandelst, heißt das noch lange nicht, dass mein Verhalten kindisch ist. Abgesehen davon, sind wir bereits im modernen Zeitalter der Technik angekommen, in dem jeder von uns ein Handy besitzt. Wenn das Reh dann kommt habe ich dich schon angerufen, bevor es überhaupt in der Lage ist, sein Messer zu zücken. Also kommt jetzt." Jannet entfernte sich einige Meter von dem Wegweiser, an dem sie standen um zu sehen, ob die anderen ihr folgen werden, doch diese schauten ihr nur verdutzt nach. Dann blieb sie schließlich stehen und drehte sich noch einmal um. „Was ist jetzt? Sind wir hergekommen, um Greta zu suchen oder wollen wir hier nur dumm rumstehen?" Plötzlich zuckte Hilda zusammen. „Hier ist doch jemand." Der Satz war noch nicht zu Ende ausgesprochen, da hatte Jannet bereits wieder ihren alten Standpunkt dicht neben Hilda und Gerd eingenommen und rührte sich nicht von der Stelle. „Da, schon wieder!" Gerd und Jannet schlugen die selbe Blickrichtung ein, wie Hilda. Es war niemand zu sehen. Alles, was außerhalb der Lichtung lag, wurde in Dunkelheit gehüllt. „Du hast dich bestimmt geirrt. Vielleicht war es nur ein schreckhaftes Tier." Gerd suchte nach einer Erklärung, um Hilda zu beruhigen. Sie durften jetzt bloß nicht in Panik verfallen, denn das würde die Situation nur noch schwieriger machen. Auf einmal durchfuhr es auch Jannet. „Ich befürchte, Mama hat Recht. Ich habe da auch jemanden laufen gesehen." Ihre Augen wurden immer größer. „Wenn das jetzt ein Mörder ist und der versucht, Gretas` Leiche zu verstecken?" In diesem Moment stockte allen drei der Atem. Jannet merkte, wie hinter ihnen etwas immer näher auf sie zukam. Es waren kurze Schritte, die in ihre Richtung immer schneller wurden. Sie wollte aufschreien und weglaufen, doch da griff der Unbekannte bereits nach Jannets` Bein. „Jetzt ist alles zu spät.", murmelte Jannet, als sie die Berührung an ihrer Wade spürte. „Was um alles in der Welt macht ihr hier? Wisst ihr eigentlich, wie spät es ist?" Nach einigen Sekunden hatte Jannet die Fassung wieder und stellte zu ihrer Verwunderung fest, dass sie noch lebte. Hinter ihnen, war nun ein Mann aufgetaucht, den Jannet jedoch nicht erkannte, da er eine extrem helle Taschenlampe bei sich trug. Diese Stimme kam ihr jedoch nicht unbekannt vor. „Elias, bist du das?", fragte Hilda schließlich, die schützend ihre Hände vor das Gesicht hielt. Und tatsächlich: Der Mann nahm die Lampe herunter, sodass seine Identität zu erkennen war. Wahrhaftig handelte es sich um Elias, der nun in seiner Polizeiuniform bekleidet vor ihnen stand. Neben ihm saß ein junger Schäferhund, von dem Jannet vermutete, dass es sich um einen polizeilichen Suchhund handelte. Seine nasse Pfote war es, die Jannet berührte und ihr damit beinahe einen Herzinfarkt bescherte. „Elias, was tust du denn im Wald?" Hilda war entsetzt, hier auf ihren Schwager zu treffen. „Ich mache meinen Job. Die ganze Umgebung weiß bereits, dass Greta verschwunden ist. Wir ermitteln seit Stunden in alle Richtungen." „Und, habt ihr denn schon irgendwelche Anhaltspunkte?" Jannet wollte um jeden Preis Neuheiten über den Verbleib ihrer Tochter erfahren, völlig egal, wie unwichtig sie auch erscheinen mögen. Die ständige Ungewissheit, was mit Greta geschehen war, machte ihr reichlich zu schaffen. „Leider nicht. Wir haben bereits die Hunde auf sie angesetzt, aber es verlor sich jedes Mal die Spur. Jetzt suchen wir die ganze Umgebung und sämtliche Nachbarorte ab. Es ist nicht auszuschließen, dass Greta tatsächlich mit jemandem mitgefahren ist und sich deshalb die Spur der Hunde so schnell verliert." Glaubst du, dass sie einem Verbrechen zum Opfer gefallen sein könnte?" Elias zuckte die Schultern. „Dass kann ich nicht sagen. Denkbar ist natürlich alles. Wenn wir heute Abend nicht erfolgreich sind, versuchen wir es auf jeden Fall nochmal morgen bei Tageslicht. Wir werden das Gebiet auch nochmal mit einer Wärmebildkamera abfliegen, um ganz sicher zu sein, dass dort niemand ist." „Danke, ihr gebt euch wirklich viel Mühe. Aber gibt es denn nicht noch irgendwas, das ich tun kann? Ich kann nicht darauf warten, dass ihr irgendwann eventuell einen Hinweis habt, wo sich Greta aufhalten könnte. Dabei fühle ich mich absolut nutzlos." „Naja, nachts irgendwelche Wälder absuchen ist nicht grade das Beste, was ihr tun könnt, um Greta zu helfen. Ganz im Gegenteil, ihr behindert uns damit bei den Ermittlungen. Wenn sich nichts ergibt, wenden wir uns in einem nächsten Schritt an die Öffentlichkeit um mögliche Augenzeugen um Mithilfe zu bitten. Dann werden wir uns noch an dich wenden, damit du persönlich auch noch etwas zu dem Fall sagen kannst, was die Zuschauer wissen sollen. Das wäre dann das Einzige, was du wirklich tun kannst, um uns zu helfen. Ansonsten heißt es leider abwarten. Und jetzt geht nach Hause und versucht einige Stunden zu schlafen. Das wird dir gut tun, Jannet." In der Sorge um Greta hatte Jannet ganz und gar vergessen, dass sie sich eigentlich mit Diana zerstritten hatte und daher auch mit Elias kein Wort redete. Immerhin hielt er sich aus allen Streitigkeiten raus. In Notsituationen konnte man sich einfach immer auf ihn verlassen.

Hilda und Gerd hatten den Rest der Nacht bei Jannet verbracht. Keiner von beiden wollte sie jetzt, in der ersten Nacht ohne Greta, alleine lassen. Während Gerd also einige Stunden auf dem Sofa schlief, bezog Hilda das Gästezimmer. Obwohl gestern alle erst sehr spät ins Bett gekommen waren, waren sie am Morgen schon früh wach. Besonders Jannet beschäftigte die Frage brennend, ob die Polizisten gestern vielleicht doch noch etwas erreichen konnten. Aus Angst, eine wichtige Neuigkeit der Polizisten verpassen zu können, behielt Jannet das Telefon in der Nacht sogar in der Hand. „Guten Morgen. Bist du schon lange auf?" Als Jannet und Hilda nach unten kamen, war der Frühstückstisch bereits gedeckt. Frische Brötchen und der soeben gekochte Kaffee luden dazu ein, es sich bequem zu machen und die Sorgen für einen Moment zu vergessen. „Ich konnte nicht mehr schlafen, da habe ich mich auf den Weg zum Bäcker gemacht um Brötchen zu holen. So ein Morgenspaziergang tut echt gut. Frische Luft, die morgendliche Stille,... einfach herrlich, um den Kopf mal so richtig frei zu bekommen." „Ich hoffe mal, es lag nicht an dem unbequemen Sofa, dass du nicht mehr schlafen konntest?" „Nein, das Sofa war super. Ich würde mir auch so eins kaufen." Gerd goss den Kaffee in die dafür vorgesehenen Tassen auf dem Küchentisch. „Ihr trinkt doch sicher alle Kaffee, oder?" „Klar." Jannet überlegte kurz, bevor sie sich an den Tisch setzte. „Der Aufwand wäre aber wirklich nicht nötig gewesen. Ich habe eh keinen großen Hunger." „Ein gutes ausgewogenes Frühstück ist sehr wichtig. Es ist die Grundlage für einen erfolgreichen Tag." Als Jannet näher darüber nachdachte, was Gerd da sagte, fiel ihr auf, dass er tatsächlich Recht hatte. Das Frühstück war die wichtigste Mahlzeit des

Tages. Das sagte sie auch immer zu Greta, bevor sie in den Kindergarten ging. „Ich muss gleich arbeiten. Du hast ja die Nummer von der Firma, wenn etwas ist. Sonst kannst du mich auch jeder Zeit auf dem Handy erreichen. Ich mache dann direkt Feierabend und komme hier hin, wenn du mich brauchst." „Danke, aber ich denke, ich komme zurecht. Ich melde mich aber bei dir, wenn ich etwas Neues erfahre." „Wenn du nichts dagegen hast, fahre ich gleich auch erstmal nach Hause. Ich habe noch einiges zu tun. Wenn was ist, kannst du dich natürlich auch bei mir melden. Oder du kommst einfach vorbei." Auch Hilda sicherte Jannet in jedem Falle ihre Hilfe zu. Es war es beruhigendes Gefühl, zu wissen, wie viele Menschen hinter ihr standen, wenn es ernst wurde. Wirklich schade, dass sie diese Mithilfen nicht von ihrer eigenen Schwester zu erwarten hatte und das alles nur wegen dieses lächerlichen Streits. Als Gerd und Hilda nach dem Frühstück dann das Haus verließen, hatte Jannet schon einen neuen Plan, um die Beamten bei ihren Ermittlungen weiter zu unterstützen. „In der näheren Umgebung ist Greta den meisten Bekannt. Die Presse ist wohl der einzige Weg, um auch die zu informieren, die Greta nicht kennen. Wo habe ich gestern noch gleich die Fotobox abgestellt? Ich werde sicher nach einem aktuellen Foto von ihr gefragt." Während Jannet noch nach einem Foto von Greta suchte, bevor sie sich dann auf den Weg zur Zeitungsredaktion machen wollte, klingelte es an der Tür. „Die Polizei! Stimmt, sie wollten heute im Laufe des Tages vorbeikommen, um Jannet über die Ergebnisse der letzten Ermittlungen zu informieren. Vielleicht hatten sie Greta bereits gefunden und der Weg zur Zeitungsredaktion sei schon längst überflüssig geworden. Obwohl es nicht die Polizei war, die Jannet vor dem Haus antraf, war sie trotzdem nicht enttäuscht. Viel mehr wurde sie wieder einmal überrascht, denn mit dieser Person hatte sie am aller wenigsten gerechnet. „Wir haben gehört, dass Greta nach der Weihnachtsfeier verschwunden ist. Das tut uns natürlich sehr leid und da wollten wir...“ „Es tut dir leid, dass Greta verschwunden ist? Als Greta ihren Auftritt hatte, hat sie dich doch auch nicht interessiert. Woher diese Sinneswandlung?“ Jannet schaute in die treuen vertrauten Augen ihrer Schwester, der es sichtlich schwer viel, diesen Schritt auf Jannet zuzugehen. Man sah ihr an, wie verunsichert sie war, ob sie grade das richtige tat. Jannet vermutete, dass sie zuvor stundenlang überlegt haben musste, ob sie ihr tatsächlich einen Besuch abstattete, ähnlich, wie Jannet, als sie kurz nach dem Streit überlegte, Diana anzurufen. Neben ihr stand Samuel und schaute zu Boden. „Ach, Jannet jetzt fang doch nicht wieder damit an. Greta ist weg und du hast nur diesen blöden Streit im Kopf. Da sieht man doch mal, wie wichtig dir deine Tochter ist.“ Diana drehte sich um und wollte grade wieder gehen, als Jannet sie zurückhielt. „Diana, warte. Du hast ja Recht. Ich würde mich freuen, wenn ihr noch reinkommen würdet.“ Überrascht drehte sich Diana wieder zu Jannet um. „Wirklich?“ „Wir haben viel zu besprechen.“ In Jannets´ Gesicht zeigte sich jetzt ein freundliches Lächeln, woraufhin Diana ihrer Schwester in die Küche folgte. An ihrer Hand trottete Samuel hinter den beiden her, ohne dabei ein Wort zu sagen. Beim letzten Mal hatte es ja schließlich auch keine positiven Folgen gehabt, als er etwas sagte. Ganz im Gegenteil: Er hatte damit einen Streit ausgelöst, der bis heute nicht begraben wäre, wäre Greta nicht verschwunden. „Eigentlich wollte sie nur mit ihren Freunden draußen spielen, während Mama und ich noch mit einigen anderen Kaffee getrunken haben.", begann Jannet schließlich zu erzählen. „Ich habe die Zeit dabei völlig vergessen. Auf einmal saßen wir da mehr oder weniger alleine. Als ich dann Greta holen wollte, um ihr zu sagen, dass wir auch nach Hause fahren würden, war sie nicht mehr da. Im Kindergarten hat man mich überhaupt nicht ernst genommen. Sie meinten bloß, Greta sei bestimmt mit einer Freundin mitgefahren und werde bald wieder auftauchen. Zu Hause habe ich dann auch die ganze Telefonliste abgearbeitet, aber ohne Erfolg. Ich wusste keine andere Lösung mehr, als die Polizei zu alarmieren." Diana hörte ihrer Schwester aufmerksam zu. „Elias hat mir von dem Fall erzählt, als er am Abend nach Hause kam. Ich konnte es gar nicht glauben. Mir tut das so unendlich leid, dass ich nicht mal mein Versprechen gehalten habe und nicht mehr zu der Veranstaltung gekommen bin. Greta war sicher enttäuscht." „Naja, sie hat recht schnell nicht mehr daran gedacht. „Wieso hast du mich denn nicht angerufen? Ich wäre doch auch sofort gekommen, wenn ich gewusst hätte, worum es geht" „du wärst doch gar nicht erst rangegangen, wenn du meine Nummer auf dem Display gesehen hättest." Jannet schaute zu Boden. Ihre Stimmer war betrübt, aber keinesfalls vorwurfsvoll. „Da hast du wohl auch wieder Recht." „Ach ja, was ich dir vorher noch alles auf den Anrufbeantworter geredet habe, war nicht so gemeint. Das tut mir auch sehr leid." „Nein, ist schon okay. Mein Verhalten war wirklich nicht in Ordnung. Schon gar nicht, was Greta betrifft." „Schwamm drüber. Vergessen wir es einfach." Die beiden lächelten sich an, als Samuel plötzlich dicht zu Diana rückte. „Mama." flüsterte er laut genug, dass selbst Jannet ihn problemlos verstand. „Er ist wieder da." Dabei schaute er unentwegt auf die die selbe Stelle neben dem Wohnzimmerschrank. „Samuel, fang jetzt nicht schon wieder damit an.", ermahnte ihn Diana, die ihn mit bösen Augen ansah. „Lass ihn ruhig. Kinder müssen ihre Phantasie ausleben dürfen." Jannet hatte seltsam großes Verständnis für den Jungen, obwohl grade sie es zuvor noch bemängelte, dass sich Diana nicht gegen die erfundenen Behauptungen ihres Sohnes durchsetzten konnte. „Na gut, wenn du meinst. Was will der Mann denn immer von dir, Samuel?" „Ich weiß es nicht. Ich glaube, er versucht mit mir zu reden." Diana und Jannet mussten lachen. „Tatsächlich? Und was versucht er dir zu sagen?" ‚will jetzt auch Jannet von ihrem Neffen wissen. „Er sagt, dass du aufpassen musst. Es werden bald Einbrecher kommen." Wieder konnten die beiden Frauen das Lachen nicht zurückhalten. Ganz zum Ärgernis von Samuel. „Nie werde ich von euch ernst genommen. Nur, weil ich ein Kind bin, glaubt ihr, dass ich lüge. Aber das stimmt! Alles, was ich sage, stimmt." „Ach, Samuel." Diana strich ihrem Sohn liebevoll über den Kopf. „Geschichten von einem mysteriösen Mann, den keiner sehen kann, außer dir und der etwas von Einbrechern erzählt, klingen nicht grade realistisch. Du guckst eindeutig zu viele Zeichentricksendungen." „Pass auf, wir machen eine Abmachung.", vertröstete ihn Jannet. „Wenn es wirklich stimmt, was der Mann sagt, und tatsächlich Einbrecher kommen, dann glauben wir dir." Samuel lächelte. „Okay, abgemacht." Er war sich seiner Sache absolut sicher. „Aber hat der Mann denn vielleicht auch gesagt, wann die Einbrecher kommen werden? Ich muss mich ja schließlich auch darauf vorbereiten." „Er hat gesagt, sie kommen bald. Du musst immer darauf vorbereitet sein." Diana und Samuel brachten Jannet auf andere Gedanken und lenkte wenigstens teilweise von der andauernden Ungewissheit ab. Außerdem war sie mehr, als froh, dass das Kriegsbeil zwischen ihr und ihrer Schwester endgültig begraben war.

„Guten Tag, wie kann ich Ihnen helfen?" „Ich möchte gerne eine Vermisstenanzeige in die Tageszeitung drucken lassen, um die Bürger um Mithilfe zu bitten." „Natürlich, nehmen Sie doch bitte Platz." In einem kleinen Büro der Zeitungsredaktion traf Jannet auf eine kleine zierliche Dame, die grade damit beschäftigt war, etwas in einen Computer einzutippen. Immer wieder strich sie sich die dunkelbraunen Haarsträhnen aus dem Gesicht und rückte ihre Brille zurecht. Dann sah sie von ihrem Rechner auf und wendete sich an Jannet. „Also, eine Vermisstenanzeige sagten Sie? Dann erzählen Sie doch gleich mal, worum es genau geht." „Es geht um meine fünfjährige Tochter Greta Cammel. Sie ist seit gestern verschwunden." Die Frau machte einen sympathischen, freundlichen Eindruck. Es passierte alles auf einer Weihnachtsfeier in ihrem Kindergarten. Hier habe ich auch ein aktuelles Foto von meiner Tochter." Während Jannet alle wichtigen Details erklärte und genaustens beschrieb, verschriftlichte die Frau das Gehörte sogleich auf einem Notizblock. „Hier ist noch meine Telefonnummer." Jannet nahm einen kleinen Zettel aus ihrer Handtasche und legte ihn ebenfalls auf den Schreibtisch. „Bei Hinweisen sollen sich die Leute bitte daran wenden. Ich bin dort zu jeder Tages- und Nachtzeit erreichbar. Und erwähnen Sie bitte auch, wie verzweifelt ich bin und das ich ganz dringend Informationen von Augenzeugen brauche. Die Frau schob ihre Brille nach ganz vorne auf die Nase und musterte Jannet. „Ich bin zwar nur Journalistin, aber kann es sein, dass Sie da der Polizei etwas vorweg greifen? Soweit ich weiß, liegt es im Aufgabenbereich der Beamten, Vermisstenanzeigen aufzugeben." „Ja, schon. Aber wissen Sie, mein Schwager ist in diesem Falle der ermittelnde Polizist, und da kooperieren wir innerhalb der Familie sehr eng miteinander, was die Aufgabenbereiche angeht. Ich hoffe, Sie verstehen das." „Na, gut. Wie Sie meinen. An mir soll es nicht liegen." Jannet wusste zwar, dass Elias nicht begeistert sein würde, wenn er von dieser Aktion erfuhr, aber im Moment wusste sie sich nicht anderes zu helfen. Vielleicht würde sich ja auch schon bald jemand melden, der entscheidende Hinweise liefern konnte. „Okay, dann habe ich erst mal alle wichtigen Details über den Fall. Fehlt nur noch die Adresse, an die ich die Rechnung schicken darf." „Rechnung?" Jannet musterte die Frau mit fragenden Blicken. Über eine Rechnung hatte sie ja gar nicht nachgedacht. Natürlich war ihr klar, dass die Redaktion ihren Artikel nicht umsonst drucken würde, doch hatte sich Jannet in ihrer Eile keineswegs Gedanken darüber gemacht, oder hielt es für nötig, sich zu erkundigen, was der Spaß eigentlich kosten würde. Na ja, jetzt war es eh zu spät und um Greta zu finden war ihr letztendlich auch kein Preis zu hoch. „Sicher, sicher. Ich schreibe Ihnen meine Adresse auf." „Super, Ihr Artikel wird dann gleich morgen früh in der Zeitung erscheinen." Jannet war erleichtert, dass es so schnell gehen würde. Irgendjemand musste ja etwas machen. Obwohl Jannet noch den ganzen Nachmittag abgewartet hatte, ob sich die

Beamten doch noch bei ihr melden, um von den neuen Erkenntnissen zu berichten, tat sich nichts. Seit 24 Stunden war Greta nun schon verschwunden und keiner hielt es für nötig, Jannet über irgendetwas zu informieren, was dem Wohlbefinden ihrer Tochter betraf. Wer weiß, ob sie überhaupt noch an dem Fall dran waren. Vielleicht hatten sie ihn nach erfolgloser Suche gestern Abend schon aufgegeben und dachten, Jannet würde es nicht merken. Oder sie haben ganz und gar vergessen, dass sie ihr eine absolut enge Kooperation zugesichert hatten.

Zu Hause angekommen, wurde Jannet jedoch recht schnell vom Gegenteil überzeugt. Zwei Polizisten, die grade wieder gehen wollten, da sie die Hausbewohnerin offensichtlich nicht antrafen, parkten die Hofeinfahrt zu. „Hallo, gibt es Neuigkeiten? Habt ihr meine Tochter gefunden?" Jannet wurde immer aufgebrachter. Sie konnte kaum abwarten, zu hören, was die beiden zu berichten hatten. „Sie sind Frau Cammel?" „Gut, wir würden das gerne mit Ihnen in Ruhe besprechen, wenn Sie gestatten." „Natürlich." Jannet öffnete die Haustür, um die Beamten hereinzulassen. „Darf ich Ihnen etwas zu Trinken anbieten? Tee, Kaffee, Saft,..." „Danke, ein Wasser reicht schon." Während Jannet zwei Gläser mit Wasser befüllte, begannen die Männer damit, ihre Unterlagen auf dem Tisch auszubreiten. „Also, fangen wir erst mal damit an, zu berichten, was die Untersuchungen der letzten Stunden ergeben haben." Sowohl die Suche mit den Spürhunden, als auch die Aufzeichnungen der Wärmebildkameras lieferten derzeitig noch keine neuen Erkenntnisse, die Kollegen ermitteln aber trotzdem noch weiter und suchen die Gegend mit den gegebenen Hilfsmitteln weiter ab. Wir haben heute Morgen außerdem noch eine Befragung von Leuten vorgenommen, die sich zum gestrigen Zeitpunkt ebenfalls an dem Kindergarten aufhielten, von dem sie behaupteten, ihre Tochter dort zum letzten Mal gesehen zu haben. Dabei haben wir mit einigen Erziehern, Müttern und auch Kindern gesprochen." Aufmerksam lauschte Jannet den Worten des Polizisten, der ihr die Sachlage genaustens schilderte. „Von einer Mutter bekam ich dann diesen Handschuh. Sie sagte, er habe am Straßenrand gelegen und sie vermute, dass er Greta gehöre. Können Sie uns das bestätigen, Frau Cammel." In einer Plastiktüte fest verschlossen befand sich der kleine Handschuh, den Jannet nun identifizieren sollte. Plötzlich wurde ihr ganz flau im Magen, als sie das Beweisstück so vor sich liegen sah. Der Handschuh gehörte eindeutig Greta. Aber so dreckig und verschmutzt hatte er nie ausgesehen, als sie ihn trug. Er erinnerte an das Wrack der Titanic. Zuerst noch so edel und lebendig, doch schon nach kurzer Zeit auf dem Grund des Atlantiks von Algen bedeckt, rostig und ausgestorben. Ebenso, wie die Menschen, die auf ihr das Ende fanden. Soweit wollte Jannet gar nicht erst denken. Greta musste leben und dieser Handschuh gab vielleicht sogar die nötigen Anhaltspunkte, um sie zu finden. „Ja, das kann ich bestätigen, dieser Handschuh gehört meiner Tochter." „Gut. Daraus können wir schließen, dass Greta den Kindergarten bereits vor 16:00 Uhr verlassen haben muss, da der Handschuh zu etwa diesem Zeitpunkt gefunden wurde. Damit wird die Wahrscheinlichkeit immer größer, dass es sich hier tatsächlich um ein Verbrechen handelt. Frau Cammel, wir müssen da jetzt sehr überlegt vorgehen. Da wir noch keine Tatverdächtigen im Visier haben, fällt es schwer, die

Situation einzuschätzen. Mit den Kollegen haben wir beschlossen, uns an die Öffentlichkeit zu wenden. Wir brauchen jetzt so schnell es geht Hinweise. Daher haben wir für morgen früh einen Termin mit der Fernsehredaktion ausgemacht. Es werden etwa 45 Minuten Sendezeit über diesen Fall berichtet, mit anschließendem Aufruf zur Mithilfe." Als Jannet hörte, dass die Polizei eh vor hatte, die Öffentlichkeit mit einzubeziehen, wusste sie, dass sie nicht allzu viel falsch gemacht haben konnte, indem sie den Auftrag an die Zeitungsredaktion gegeben hatte. Ganz im Gegenteil: Sie war damit, was die Ermittlungen betraf schon einen guten Schritt voraus und sorgte dafür, dass alles wesentlich schneller ablaufen konnte. „Ich bin mit allem einverstanden, solange nur etwas unternommen wird, was uns weiter bringt." „Da wir nicht eindeutig wissen, ob und wenn ja, aus welchen Gründen Greta entführt wurde, wissen wir leider nicht, ob uns das weiterbringen wird. Einen Versuch ist es auf jeden Fall wert, denn sehr viel mehr Anhaltspunkte, mit denen wir arbeiten können, haben wir im Moment noch nicht." Man sah den Männern an, dass sie in ihre Arbeit viel Sorgfalt einbrachten und alles sehr genau nahmen. Es war sicherlich nicht ihre erste Entführung, zu der sie Ermittlungen durchführten. Besonders der ältere von den beiden sah sehr erfahren aus und gewann damit schnell das Vertrauen von Jannet. „Also, Frau Cammel. Sie wissen, dass wir sehr eng miteinander kooperieren. Wir gehen keinen Schritt, der nicht vorher mit Ihnen abgesprochen wurde. Es ist daher besonders wichtig, dass Sie uns mit gleicher Offenheit begegnen. Sobald es irgendwelche Hinweise Ihrerseits gibt, wenden Sie sich bitte direkt an uns." „Sicher, das werde ich natürlich machen." „Gut, dann wären wir für heute erstmal durch. Wenn wir weitere Maßnahmen ergreifen, lassen wir Sie es wissen." Damit verabschiedeten sich die Beamten wieder von Jannet.

„Ich habe dir schon Kaffee eingegossen, Schatz." „Ich komme sofort." Elias bereitete sich im Bad für die Arbeit vor, während Diana den Frühstückstisch deckte. „Du warst gestern Abend spät zu Hause. Ich habe mit dem Essen auf dich gewartet." „Tut mir leid, ich hätte dir schreiben sollen, dass es später wird." Elias setzte sich zu seiner Familie an den Tisch und nahm ein Brötchen aus der Tüte. „War es wegen Greta?", wollte Diana schließlich wissen. „Kann man so sagen. Wir haben gestern Abend noch alle Informationen zusammengetragen und ausgearbeitet. Heute Morgen wird im Fernseher 45 Minuten lang über den Fall berichtet. Wir erhoffen uns daraus jetzt mehr Erfolg." „Wie hoch sind die Überlebenschancen, wenn sie entführt wurde?" Elias zeigte auf die Uhr an der Küchenwand. „Solange die Zeit weiterläuft, sinken sie." „Dann wirst du heute Abend sicherlich auch länger machen, nicht wahr?" „Das ist durchaus möglich. Im Moment können wir jede Überstunde gut gebrauchen." „Okay, ich wollte heute Abend Lasagne machen. Samuel und ich essen dann schon. Wenn du nach Hause kommst, kannst du dir die Reste warm machen." Elias lächelte seine Frau liebevoll an. „Danke, ich weiß, dass ich euch in der nächsten Zeit sehr vernachlässigen muss, wegen dem Job. Aber wir holen alles nach, okay?" „Mach dir wegen uns keine Sorgen. Ich finde es wirklich gut, dass du dich so um den Fall bemühst und alles tust, damit Greta bald wieder nach Hause kommt." „Das wird leider nicht einfach werden." Elias nahm die Zeitung zur Hand, während er von seinem Brötchen abbiss. „Was, um alles in der Welt...?" Gleich, als er die Titelseite aufschlug, blieb ihm beinahe das Brötchen im Halse stecken. „Was ist denn?" „Hör dir das an!" Elias begann vorzulesen:

*Bei Kindergartenfeier entführt – Die Polizei ist ratlos*
*Vor zwei Tagen verschwand die fünfjährige Greta Cammel*
*aus Erlangen bei einer Weihnachtsfeier in ihrem*
*Kindergarten zwischen 15:00 und 18:00 Uhr spurlos.*
*Alles deutet auf eine Entführung hin. Wer die Täter sind,*
*ist jedoch nicht geklärt. Auch ob es eine geplante Tat war,*
*weiß zu diesem Zeitpunkt niemand. In einem Interview*
*hieß es, man habe keinerlei Anhaltspunkte, an denen man*
*bei der Suche weiterhin ansetzten könne. Die Polizisten*
*stehen vor einem Rätsel. Sowohl der Einsatz von*
*Wärmebildkameras, sowie speziell ausgebildete*
*Spürhunde habe noch keine Erfolge gebracht. „Es scheint,*
*als wäre unsere Greta wie vom Erdboden verschluckt.",*
*sagte ein Sprecher. Nun bittet die Polizei um Mithilfe.*
*Greta ist ca. 1,08 Meter groß, und hat schulterlanges*
*dunkelblondes Haar. Zum Zeitpunkt des Verschwindens*
*trug sie eine dunkelblaue Jeans und eine schwarze*
*Winterjacke, sowie eine rosafarbene Mütze mit passendem*
*Schal und Handschuhe. Bei Hinweisen wenden Sie sich*
*bitte umgehend an folgende Nummer:...*

Neben dem Artikel, war das Foto abgebildet, dass Jannet

gestern an die Redaktion übergab. „Das ist doch die Nummer von Jannet." „Ja, und ich gehe stark davon aus, dass sie dafür verantwortlich ist." „Das hat sie bestimmt mit deinen Kollegen so abgesprochen." „Davon wüsste ich. Abgesehen davon hätten sich die Kollegen an eine seriöse Firma gewandt und nicht irgendwelche Informationen veröffentlicht, die in keiner Weise bewiesen oder gar bestätigt wurden." Wütend stand Elias auf und steckte die Zeitung in seine Arbeitstasche. „Ich werde mal abklären, ob auf der Arbeit jemand etwas davon mitbekommen hat. Wenn die genauso wenig wissen, wie ich, kann sich Jannet warm anziehen."

Seitdem der Zeitungsartikel am Morgen erschienen ist, gingen zahlreiche Anrufe bei Jannet ein. Jeder glaubte irgendwas verdächtiges gesehen zu haben. „Als ich vor einiger Zeit mit meinem Hund am Kindergarten spazieren gegangen bin, kam mir ein äußerst merkwürdiger alter Mann entgegen. Ich bin sicher, der wäre zu so einer Tat fähig gewesen." „Bei uns in der Straße hing gestern eine hellgrüne Jacke in einem Baum. Könnte die vielleicht Ihrer Tochter gehören?" „Nein, meine Tochter trug eine schwarze Jacke, als sie verschwand." „Na gut, dann wird Ihnen das wohl nicht weiterhelfen." „Wohl nicht, aber trotzdem danke, für den Anruf." „Gerne, das ist doch kein Problem. Aber wer hängt denn nur mitten im Winter seine Jacke in einen Baum? Das ist doch viel zu kalt." Auch der nächste Anrufer ließ nicht lange auf sich warten. „Hallo, ich habe das Bild Ihrer Tochter in der Zeitung gefunden und ich bin mir ziemlich sicher, dass ich sie gesehen habe." „Wirklich?" Jannet sprang vor Freude auf. Der erste nützliche Anruf heute. Sie wusste doch, dass es was gebracht hatte, sich an die Zeitungsredaktion zu wenden. „Wo haben Sie meine Tochter denn gesehen?" „Im Supermarkt. Sie ging mit einer Frau mit." „Im Supermarkt?" Jannet war ein wenig überrascht. Wer würde Greta denn zuerst entführen und dann mit ihr einkaufen gehen, wo sie doch überall erkannt werden könnte? „Wann haben Sie denn meine Tochter dort in etwa gesehen?" „Moment, lassen Sie mich kurz überlegen. Es muss in etwa vor einer Woche gewesen sein." Jannet stürzte aus ihren viel zu hoch gesetzten Erwartungen. „Vor einer Woche war meine Tochter noch gar nicht vermisst. Vermutlich war ich sogar die Frau, mit der Sie Greta im Supermarkt gesehen haben." „Oh, je. Das tut mir jetzt aber schrecklich leid. Ich dachte, ich könnte Ihnen damit weiterhelfen." „Nicht schlimm. Trotzdem danke, für Ihre Mithilfe." Gleich, nachdem Jannet aufgelegt hatte, gab sie die Leitungen für den nächsten Anrufer frei. „Hallo?" „Hallo, bin ich da richtig, bei Jannet Cammel?" „Ja, das bin ich." Wir haben leider keine Hinweise, wo sich die kleine Greta aufhalten könnte, aber wir würden natürlich trotzdem gerne helfen. Also, wenn noch freiwillige Personen für Suchtrupps oder ähnlichem gesucht werden, stehen wir gerne zur Verfügung." „Danke, das ist sehr nett von Ihnen. Dürfte ich mir Ihre Telefonnummer aufschreiben? Dann melde ich mich, sobald noch welche gesucht werden." „Natürlich." Die freundliche Dame gab Jannet ihre Nummer durch. Mit einer so hohen Anteilnahme hatte sie nie gerechnet. Endlich hatte sie das Gefühl, etwas erreicht zu haben und nicht nur tagelang wartend herumzusitzen. Grade, als sie den nächsten Anruf entgegen nehmen wollte, klingelte es zugleich an der Haustür. „Hallo?" Weil Jannet nicht gleich öffnete, klingelte es noch einige Male deutlich energischer. „Ich komme ja schon." Mit dem Telefonhörer in der Hand machte sie sich schließlich auf den Weg, um den ungeduldigen Besucher hereinzulassen. „Sag mal, bist du noch ganz bei Sinnen?" Vor der Tür stand Elias. Wütend entriss er seiner Schwägerin den Hörer und beendete das Gespräch, indem er kurzerhand auf das kleine rote Knöpfchen drückte. „Kannst du mir mal verraten, was das hier soll?" In der Hand hielt er die Tageszeitung, in der Gretas` Foto mit dem passenden Artikel zu sehen war, den Jannet gestern in Auftrag gab. „Ja, das ist..." „Ich will es gar nicht wissen. Du hast einfach ohne irgendeine Absprache einen Artikel raus gebracht." Ohne Jannet überhaupt die Chance auf eine Rechtfertigung zu geben, fiel er ihr wieder ins Wort. „Glaubst du etwa, so sieht eine professionelle Vermisstenanzeige aus? Diese Redaktion hat dich in jeder Hinsicht übers Ohr gehauen. Das hier dient vielleicht dazu, möglichst viele Leser zu animieren, die Zeitung ein weiteres Jahr zu abonnieren, aber bestimmt nicht, diesen Fall aufzuklären. Alleine schon, wie dieser Mist formuliert wurde... Es geht nicht darum, eine möglichst spannende Geschichte rauszubringen, sondern sachlich mit Fakten zu informieren. Dann lass doch mal hören, was dich das Ganze hier gekostet hat." Jannet schaute Elias verdutzt an. „Ehrlich gesagt, weiß ich das nicht. Die Rechnung wird mir erst noch zugeschickt.", musste Jannet kleinlaut zugeben. „Das wird ja immer besser. Du erwartest also von uns, dass wir jede einzelne Kleinigkeit mit dir besprechen, aber du kannst willkürlich Maßnahmen ergreifen, die du für richtig hälst? Wie, um alles in der Welt denkst du, soll dir jetzt noch irgendjemand vertrauen? Du musst dich wirklich nicht wundern, wenn du selber demnächst als Hauptverdächtige dargestellt wirst. Nach dieser Aktion wäre das zumindest nicht unwahrscheinlich." Jannet zuckte zusammen. Sie selber sollte nun die Tatverdächtige sein? Dabei war sie doch die einzige, die sich ernsthafte Gedanken machte, wie der Fall am schnellsten zu lösen war. Warum sonst hätte sie wohl den Artikel in die Zeitung drucken lassen? Keiner machte sich so viele Sorgen um Greta, wie Jannet. Und welchen Grund sollte sie schon haben, ihre eigene Tochter zu entführen? „Aber es gab in kurzer Zeit schon so viele Anrufer, die Hinweise geben wollten." „Wie schön, dann erzähl doch mal, wie viele von diesen Anrufen bisher schon nützlich waren." Elias verschränkte die Arme vor der Brust und sah Jannet auffordernd an. „Na ja, bisher ehrlich gesagt noch keiner, aber..." „Richtig! Keiner war nützlich! Und warum nicht? Weil das alles nur neugierige Gaffer sind, die mit ihrer Freizeit nichts anzufangen wissen und vor lauter Langeweile für dich den Hobbydetektiven spielen. Dabei können sie nicht mal annähernd etwas über den Fall wissen, weil diese Zeitung Fakten hinzugedichtet hat, die entweder noch nicht bestätigt wurden oder überhaupt nicht existieren!" Elias` Stimme wurde immer lauter, bis er Jannet schließlich nur noch anschrie. „Was machen wir denn jetzt?" „Du machst gar nichts mehr. Ich sage es jetzt zum letzten Mal und ich meine es absolut ernst: Lass uns unseren Job machen. Mit dem, was du tust, hast du uns bisher nur Steine in den Weg gelegt." „Okay, ab jetzt werde ich wirklich nichts mehr unternehmen, wovon ihr nichts wisst. Das verspreche ich." „Gut, und damit du das auch einhalten wirst, haben wir beschlossen, dass wir dich in nächster Zeit erst mal nicht mehr in unsere Vorgänge mit einbeziehen. Wenn wir Greta gefunden haben oder zu neuen Erkenntnissen über ihren Verbleib gelangt sind, wirst du es erfahren, aber in Zukunft werden wir die Methoden, die wir ergreifen nicht mehr vorher mit dir absprechen. Die Gefahr, dass du mal wieder unüberlegt handelst und unsere gut durchdachten Pläne damit durcheinander bringst, ist einfach zu groß." Jannet schaute ungläubig zu Elias auf. „Was? Das kannst du doch jetzt nicht ernst meinen. Ich bin Gretas´ Mutter, ich habe ein Recht darauf, zu erfahren, wie es mit ihr weiter geht." „In erster Linie steht das Wohl des Kindes im Vordergrund. Du musst erst mal beweisen, dass du wirklich vor hast mit uns zu arbeiten und nicht gegen uns."

Von jetzt an war es, als hätte jemand die Zeit stillstehen lassen. Jannet durfte nichts tun, von dem sie glaubte, dass es in irgendeiner Form bei den Ermittlungen helfen könnte und sie erfuhr keine Neuheiten mehr über die weiteren Vorgänge der Polizei. Wie sollte sie diesen Zustand denn nur dauerhaft aushalten? Es viel ihr ja schon so immer schwer genug, den Tag zu überstehen. Naja, aber vielleicht war es auch nur zu ihrem Besten. Die Beamten waren schließlich Experten und wussten, was sie taten. Anstatt sich nun pausenlos Gedanken zu machen, beschloss Jannet, sich irgendwie abzulenken und dabei die ganzen Ermittlungen zu vergessen. Es nützte ja doch nichts. Alles, was sie tat, hatte keineswegs zum Erfolg geführt, da hatte Elias Recht. Außerdem hatte Jannet im Haushalt noch genug zu tun, womit sie auf andere Gedanken kommen könnte. Seitdem Greta weg war, ist sie zu nichts mehr gekommen. Die Wollmäuse befielen allmählich alle Ecken des Hauses und die Wäsche stapelte sich. Jannet erinnerte sich, wie sie sich nach dem Selbstmord von Joachim in die Hausarbeit stürzte. Damals lenkte sie sich zwar in einer Hinsicht ab, jedoch wurde sie damit auch immer wieder an Joachim erinnert. „Was solls?", dachte sich Jannet und begann den Staubwedel zu schwingen. Jeder Quadratmeter wurde gesaugt, gewischt und schließlich poliert, bis alles wieder wie geleckt aussah. Alle weiteren Anrufe von unbekannten Helfern ignorierte sie derweil gänzlich. Die Hausarbeit brachte pure Entspannung. Nie hatte sie gedacht, dass ihr das Putzen mal so gut tun würde. Erst nach Stunden schaute Jannet wieder auf die Uhr und war erstaunt, wie viel Zeit vergangen war. Perfekt! Wenn Greta nach Hause kommen würde, sollte sie sich hier schließlich wohl fühlen. So, wie es vorher aussah, hatte Jannet bedenken, ob sie ihre Heimat überhaupt noch wiedererkennen würde. „Oh, je. Was für ein Spinnenweben! Den muss ich wohl übersehen haben." Von der Decke hing ein langer Faden herunter, den Jannet erst aus ihrem jetzigen Blickwinkel erkannte. „Da muss ich wohl noch einmal ran." Aus dem Putzschrank suchte sie erneut den Staubwedel heraus, um auch noch den letzten Dreck zu beseitigen. „Wenn ich doch nur nicht so klein wäre. Wie soll ich da oben denn bitte dran kommen?" Obwohl der Staubwedel vollständig ausgefahren war, erreichte Jannet die Stelle nicht. Ein Bein in das Bücherregal gestemmt und das andere auf dem Esszimmertisch, turnte sie nun in schwindelerregender Höhe herum, um den Störenfried zu beseitigen. Dann einmal noch auf Zehenspitzen... Endlich! „Moment mal, was ist denn das?" Jannet erblickte auf dem Regal eine kleine Tasche, die sie sogleich herunternahm. Darin verbarg sich eine kleine silberne Digitalkamera. Es war die

Kamera, mit der Jannet vor einigen Tagen Gretas` Auftritt filmte. „Wie kommt die denn da oben hin?" Jannet erinnerte sich, wie sie die Tasche in ihrer Eile nach der Feier in den Flur legte. Gerd musste sie wohl auf dem Bücherregal abgestellt haben, damit sie nicht abhanden kommt. Eigentlich wollte sie das Video zusammen mit Greta ansehen, doch dazu ist es nie gekommen. Jannet steckte ein Kabelende in das Gerät, das die Kamera mit dem Fernseher verbinden sollte, um sich das Video anzusehen. Im Saal verdunkelte sich das Licht, die Scheinwerfer wurden auf die Bühne gerichtet und die Kinder kamen nach vorne. Alles so, wie Jannet es vor kurzem live erlebt hatte. Wieso konnte sie jetzt nicht einfach diesen Moment zurückholen und dann alles richtig machen? Sie hätte Greta gar nicht erst erlaubt, nach draußen zu gehen. Anstatt sich dann über Diana aufzuregen, hätte sie auf ihre Tochter geachtet und sie keine Sekunde aus den Augen gelassen. Jannet machte sich Vorwürfe. Es hätte alles verhindert werden können, wenn sie sich nur anders verhalten hätte. „Lieber Gott, wenn du mir Greta noch einmal zurückgibst, verspreche ich, so gut auf sie aufzupassen, dass ihr nie wieder etwas passiert." Jannet stützte den Kopf in ihre gefalteten Hände. Als sie wieder auf den Bildschirm schaute, bemerkte sie, wie sich ihre Augen mit Tränen füllten und immer schwerer wurden. „Moment, mal." Jannet nahm die Fernbedienung, um das Video zurückzuspulen. Ja, sie hatte sich nicht geirrt. Für einen kurzen Augenblick, konnte man es klar und deutlich sehen. Jannet pausierte das Bild. Dicht neben Greta tauchte eine männliche Gestalt auf. Es war kein Mensch aus Fleisch und Blut, sondern viel mehr eine Lichtgestalt. Sie hob sich nur durch ihre etwas helleren Umrissen von der Umgebung ab, vor der sie sich befand. Obwohl der Mann nicht aus einer festen Materie zu bestehen schien, war er deutlich zu erkennen und wirkte ganz gewöhnlich. Er trug eine normale Jeans und ein weißes Hemd. Seine Haare waren dunkelbraun und halblang. Nur eine Sache an ihm war auffällig. Sein Hals war etwa doppelt so lang, wie der eines normalen Menschen. Der Ausschnitt warf bei Jannet reichlich Fragen auf. Wer war dieser Mann und warum ist er ihr nicht schon bei der Aufführung aufgefallen? Gab es vielleicht einen Zusammenhang zwischen dieser Gestalt und dem Mann, den Samuel zu sehen glaubte? Um zu erkennen, woher die Gestalt kommt, spulte Jannet den Film langsam zurück. Eine Millisekunde nach der anderen. Da! Plötzlich war der Mann einfach nicht mehr zu sehen. Jannet spulte wieder eine Millisekunde vor. Nun war er wieder da. Die männliche Gestalt ist weder von irgendwoher gekommen noch irgendwohin gegangen. Sie tauchte einfach aus dem Nichts auf und verschwand dann wieder spurlos. „Das gibt es doch nicht. Ich muss das sofort Diana zeigen." Kurzer Hand nahm Jannet die Kamera und machte sich auf den Weg.

„Jannet! Schön, dass du mal wieder vorbeischaust. Ich dachte schon, du wärst vielleicht noch sauer, wegen unseres Streits." „Ich muss dir unbedingt etwas zeigen." Völlig aufgebracht kramte Jannet das Gerät aus ihrer Tasche, um es an den Fernseher ihrer Schwester anzuschließen. „Wenn du das siehst, wirst du aus dem Staunen nicht mehr herauskommen." Diana schaute Jannet ratlos dabei zu, wie sie die passende Fernsehereinstellung suchte. „Was ist das?" „Das wirst du gleich sehen." Der

Film begann von vorne. „Okay, verstehe. Das ist also die Aufführung, zu der ich nicht erschienen bin, obwohl ich es Greta versprochen habe. Bist du jetzt nur gekommen, um mir das wieder vorzuhalten? Ich habe doch schon gesagt, dass mein Verhalten falsch war. Ich dachte, das hätten wir geklärt. Was willst du denn noch?" „Jetzt warte ab. Es geht nicht um die Aufführung." Jannet konnte aus dem Gesicht ihrer Schwester ein großes Fragezeichen lesen, doch sie war sich sicher, dass es sich schon von selber klären würde, wenn die passende Stelle kam. „Hier muss es irgendwo gleich sein." „Was denn?" Immer wieder spulte Jannet den Film vor und dann wieder zurück. „Es muss hier sein. Grade war es noch da." „Wovon redest du?" „In dem Bild war eine männliche Gestalt. Sie tauchte aus dem Nichts auf und ist dann genauso schnell wieder verschwunden. Ich habe mich doch nicht geirrt." Jannet schaute den kompletten Film durch, doch der Mann war nicht mehr da. „Du meinst etwa so ein Mann mit Schlangenhals, wie Samuel ihn angeblich gesehen hatte?" „Ja, genau!" Jannet erinnerte sich wieder an das, was Samuel vor kurzem behauptete, als sie ihm jedoch keinen Glauben schenkte. „Dieser Mann auf dem Video hatte auch einen extrem langen Hals. Vielleicht hat Samuel tatsächlich die Wahrheit gesagt." „Meinst du wirklich? Er hat aber auch etwas davon gesagt, dass Einbrecher kommen werden. Ist bis jetzt bei jemand eingebrochen?" „Nein, aber wir sollten zumindest vorsichtig sein. Ich glaube kaum, dass es sich um einen Zufall handelt, dass Samuel und ich beide in kurzer Zeit eine ähnliche Entdeckung machen." „Kann schon sein. Vielleicht hast du dir das auch nur eingebildet, weil Samuel so etwas behauptet. Es ist ja schon rätselhaft, dass von dem

mysteriösen Mann plötzlich nichts mehr zu sehen ist."
„Mir kommt grade eine Idee. Wo ist Samuel?" „Er ist oben
in seinem Zimmer und spielt mit einem Freund, wieso?"
„Hol ihn runter. Wir lassen ihn das Video sehen. Vielleicht
sieht er dort etwas, was wir nicht sehen können. Die
Gestalt in meinem Wohnzimmer hat von uns ja auch kein
anderer gesehen." „Ein Versuch ist es wert. Ich hole ihn
mal." „Okay, sag ihm aber noch nichts von unserer
Vermutung. Wenn er dann behauptet, etwas zu sehen,
wissen wir ganz sicher, dass es echt ist." als Samuel runter
kam, freute er sich riesig über den Besuch. „Tante Jannet!
Warum sagst du mir denn nicht, dass du hier bist?" „Aber
das habe ich doch grade gemacht.", lachte Jannet. „Wir
gucken uns grade die Aufführung von Greta nochmal
an.Willst du sie dir auch ansehen?" Samuel nickte und
setzte sich zu Jannet auf das Sofa. Als Diana das Video
startete, schaute er gebannt zu. „Den Jungen kenne ich,
das ist der Bruder von meinem Freund." „Wirklich?
Kennst du sonst noch jemanden?", will Jannet wissen. Es
war für sie die perfekte Gelegenheit, um genauer
nachzuhaken, was Samuel sonst noch so alles sah. „Ja,
Greta natürlich." „Sonst niemanden?" „Nein, wen soll ich
denn sonst noch kennen?" „Ich weiß nicht." Jannet landete
bei ihrem Neffen wohl in einer Sackgasse. So kam sie
nicht weiter. Vielleicht traute er sich auch nur nicht zu
sagen, dass er den Mann wieder gesehen hatte, weil er
glaubte, dass Diana und Jannet sich eh nur wieder darüber
lustig machten und ihn nicht ernst nehmen würden. „Also
Samuel.", startete Jannet einen zweiten Versuch. „Ich
wollte mich ja noch bei dir entschuldigen. Es tut mir
wirklich leid, dass ich dir nicht geglaubt habe, als du den
Mann mit dem Schlangenhals gesehen hast. Das war blöd

von mir. Wenn du ihn das nächste Mal siehst, kannst du es ruhig sagen. Ich werde dich nicht mehr deswegen auslachen." „Okay, Entschuldigung akzeptiert." Jannet wartete vergebens darauf, dass Samuel den Mann, den sie gesehen hatte ebenfalls erkannte, und bestätigte, dass sie sich nicht geirrt hatte. Als das Video schließlich zu Ende war, stand Samuel auf und verließ wie selbstverständlich das Wohnzimmer. „Ich gehe dann mal wieder nach oben.", rief er beim Weggehen noch. „Das kann doch nicht sein. Habe ich mich denn wirklich geirrt? Ich war mir doch so sicher!", murmelte Jannet vor sich hin, als sie wieder mit Diana alleine war. „Ich glaube, du bist in letzter Zeit einfach nur sehr gestresst. Du solltest dich ausruhen." Ich koche uns erst mal einen Tee. Das ist gesund und hilft zur Entspannung. Diana setzte in der Küche den Wasserkocher auf. „Aber ich bin doch nicht psychisch gestört, oder?" „Ach, was. Vergiss diese mysteriöse Gestalt einfach. Das wird schon nichts zu bedeuten habe. Erzähl mir lieber, wie die Ermittlungen laufen. Gibt es was Neues zu berichten?" „Das wirst du vermutlich eher wissen, als ich. Man hat mich von allen weiteren Maßnahmen ausgeschlossen. Ich erfahre garnichts mehr." „Was? Wieso das denn?" „Wegen so einem blöden Zeitungsartikel. Dabei wollte ich doch nur helfen." „Ach, dieser Artikel. Elias hat ihn heute Morgen vorgelesen. Er war schon nicht begeistert davon, aber deswegen können sie dich doch nicht einfach von allen Handlungen ausschließen." Diana war entsetzt. Das ihr Mann so wütend war, dass er einfach kurzen Prozess machte, kannte sie von ihm nicht. Sonst konnte Elias immer noch ein Auge zudrücken. „Ich werde morgen früh mal mit Elias reden." „Nein, mach das bitte nicht. Du könntest mir doch einfach erzählen, wenn es etwas Neues gibt. Schließlich sitzt du hier ja an der Quelle. Dann erfahre ich wenigstens etwas." „Na gut, wenn du meinst. Aber richtig finde ich sein Verhalten trotzdem nicht."

## Kapitel 6

An Silvester war es schon fast eine Woche her, dass Greta verschwand und noch immer gab es kein Lebenszeichen von ihr. Alles, was Jannet in den letzten Tagen über die Suche erfahren hatte, wusste sie von Diana. Obwohl ihr der Appetit deswegen reichlich vergangen war und sie kaum mehr gegessen hatte, als das, was für ihr Überleben ausreichte, neigten sich die Lebensmittelvorräte allmählich dem Ende, weshalb Jannet beschloss, noch eben kurz einige Einkäufe zu erledigen, um mit dem Nötigsten versorgt zu sein, bis die Geschäfte wider öffneten. Außerdem musste sie jeder Zeit damit rechnen, dass Greta zurückkommen könnte und dann sollte sie ja schließlich keinen Hunger leiden müssen. „Was fehlt denn?" Jannet schaute sich in der Küche um, um alles zu notieren, was sie gleich nicht vergessen durfte. I

m Supermarkt waren die Gänge mal wieder absolut überfüllt, was wohl daran lag, dass sie erst in zwei Tagen wieder öffneten. Jannet verstand den Aufwand nicht. Sie ist fast die ganze letzte Woche nicht einmal einkaufen gewesen und kam mit dem, was sie hatte wunderbar aus. „Jannet, wieso sagst du denn nicht, dass du noch einkaufen musst? Ich hätte dir doch was mitgebracht." Neben Jannet war plötzlich Gerd aufgetaucht, der einige Silvesterknaller in der Hand hielt. „Hey, ich konnte ja nicht wissen, dass du hier bist. Mit dem Einkauf komme ich aber noch klar, da brauchst du dir keine Sorgen machen.", lachte Jannet. „Ich wollte nur nett sein." „Weiß ich doch." „Wie verbringst du denn den Abend heute?", wollte Gerd wissen. „Naja, feiern werde ich sicherlich nicht. Es ist das erste Jahr, in dem Greta an Silvester nicht zu Hause ist. Was machst du?" „Wir feiern mit der Nachbarschaft zusammen. Wenn du an Silvester nicht ganz alleine sein willst, können wir ja zusammen essen. Dann gehe ich später zu meinen Nachbarn." Jannet lächelte. „Das ist lieb von dir, aber ich will dich nicht von deiner Feier abhalten. Ich werde vermutlich eh früh ins Bett gehen." „Ach, was. Wir könnten doch etwas leckeres zusammen kochen. Was hälst du von..." Gerd schaute sich in dem Gang, in dem er sich befand um. „Nudeln!" Er nahm das Paket aus dem Regal und hielt es voller Freude in die Luft, als habe er schon den ganzen Tag danach gesucht. „Na gut, sagen wir um halb sieben bei mir." „Na bitte, geht doch! Du wirst es auch ganz sicher nicht bereuen. Ich mache die weltbesten Nudeln. Beinahe wäre ich damals Chefkoch geworden." Jannet musste lachen. Typisch Gerd. Er hätte sowieso nicht locker gelassen, bis sie sein Angebot annahm.

Kurz bevor Gerd kam, stand Jannet noch vor dem Spiegel und trug ihren Lidschatten auf. Dann klingelte es. Jannet sah auf die Uhr. Sogar zwei Minuten zu früh. „Ich hoffe mal, du hast reichlich Hunger." Gerd stand mit einem großen Korb voller Lebensmittel vor der Tür. „Was hast du denn alles mitgebracht? Dachtest du, ich hätte nichts mehr zu Essen im Haus?" „Ich war mir ehrlich gesagt nicht sicher, was du alles eingekauft hast, da habe ich einfach alles nötige mitgebracht, damit uns gleich auch nichts fehlt." „Okay, komm rein. Also hier findest du Töpfe und Pfannen." Jannet öffnete in der Küche eine Schranktür. „Perfekt. Das sieht doch schonmal gut aus. Jetzt zeige ich dir, wie ein Profi Essen zubereitet." „Ich bin gespannt." Gerd suchte sich den passenden Topf aus dem Küchenschrank und bereitete alles für die Zubereitung des Gerichts vor. Zwischenzeitlich gab er Jannet Anweisungen, was sie zu tun hatte, und diese assistierte ihrem persönlichem Chefkoch gerne. „Hier kannst du noch einige Pilze in die Soße schneiden, und wenn das erledigt ist, wenden wir uns dem Nachtisch zu." Gerd hatte wirklich Ahnung von dem, was er tat und verstand sein Handwerk. „Ich glaube, die Nudeln könnten allmählich fertig sein." Jannet nahm zwei Nudeln aus dem Wasser heraus, von denen sie eine an Gerd weitergab. „Probiere mal!", forderte sie ihn auf. „Hmmm." Gerd machte eine ausladende Handbewegung. „*Al dente*, würde der Italiener jetzt sagen!" „Super, dann können wir ja jetzt mit dem Essen anfangen." Nachdem die Beiden das fertige Menü auf dem gedeckten Tisch serviert hatten, konnten sie mit dem Abendessen beginnen. „Das schmeckt ausgezeichnet, Gerd. Wo hast du so gut kochen gelernt?" „So etwas brauche ich doch nicht lernen. Ich bin ein geborenes Naturtalent." Jannet lachte auf. „Na klar. Wie konnte ich nur denken, dass dir jemand etwas beibringen muss? Wenn schon, dann bringst du den Leuten etwas bei." „Das hast du richtig erkannt. Aber keine Sorge. Ich zeige dir schon noch, wie man ein Naturtalent wird." Gerd und Jannet wussten sich einiges zu erzählen und so wurde es nicht langweilig. Zum ersten mal, seitdem Greta verschwand, hatte sie wieder anständig gegessen und bei dieser Gesellschaft gewann sie sogar ihren Appetit ein bisschen zurück. „Das Essen war super. Danke Gerd. Auch dafür, dass du mich auf andere Gedanken gebracht hast. Ich bin echt froh, dass ich einen so guten Freund habe, wie dich." „Ist doch kein Problem. Auf mich kannst du dich immer verlassen. Abgesehen davon war der Abend für mich ja genauso schön." An der Haustür verabschiedete sich Jannet noch einmal dankbar von ihrem Besucher. Rückblickend war sie jetzt doch froh darüber, das Angebot von Gerd heute Morgen im Supermarkt angenommen zu haben. Wie wäre der Abend wohl geworden, wenn Jannet ihn wie geplant, alleine zu Hause verbracht hätte? Sie hätte vermutlich deprimiert vor dem Fernseher gesessen und ihr ganzes Leben in Frage gestellt. Dann wäre sie im Selbstmitleid versinkend irgendwann ins Bett gegangen. Es dauerte gar nicht mehr lange, bis das neue Jahr startete, und Jannet war noch keineswegs müde. Wieso sollte sie also nicht einfach noch bis Mitternacht aufbleiben und sich das Feuerwerk vom Fenster aus ansehen? Nichts sprach dagegen. Während Jannet wartete, schaute sie nach, was in der Fernsehzeitung alles für heute Abend angekündigt wurde. „Jedes Jahr das gleiche Programm an Silvester. Wieso lässt sich da eigentlich keiner mehr was Neues einfallen?" Jannet schüttelte den Kopf. „Naja, dann eben kein Fernsehen." Ihr Blick viel wieder auf das Bücherregal. So lange hatte sie kein Buch mehr gelesen. Jetzt war doch genügend Zeit dafür. Jannet kramte eine Weile in dem Regal, bis sie ein spannendes Buch in den Händen hielt. „Wann habe ich das nur gekauft. Es ist bestimmt schon Jahrzehnte her, dass ich es zuletzt gelesen habe." Eine Seite nach der anderen verschlang Jannet, bis draußen der erste Knall ertönte. Sie schaute auf die Uhr. „Mitternacht. Es geht los!" Dann legte sie das Buch zur

Seite und ging an ihr Schlafzimmerfenster, von dem aus sie eine gute Sicht auf den bunten Nachthimmel erhielt. Wie schön er doch aussah. „Frohes neues Jahr, Greta. Wo auch immer du jetzt bist. Jannet stützte die Ellenbogen auf die Fensterbank und schaute nach draußen. Ihr Herz wurde wieder schwer, als sie an das letzte Jahr zurückdachte. Greta ist damals zuerst auf dem Sofa eingeschlafen. Jannet hatte sie noch rechtzeitig geweckt, damit die beiden gemeinsam rausgehen und dabei zusehen konnten, wie die Nachbarn ihre Raketen zündete. Jetzt stand Jannet alleine vor dem Fenster und wusste nicht einmal, ob Greta noch lebte. Aus der Ferne jaulte ein junger Hund. „Oh je, die armen Tiere haben sicherlich Angst bei diesem Lärm." Da erschrak Jannet plötzlich. „Candida! Seitdem Greta weg ist, habe ich ganz vergessen, die Katze zu füttern.! Sie muss ja komplett ausgehungert sein." Daraufhin lief sie so schnell es ging nach unten, warf sich ihren Bademantel über und machte sich gleich auf den Weg zum Nachbarhaus, um das Tier zu versorgen. Doch grade, als Jannet den Schlüssel in die Tür stecken wollte, bemerkte sie, dass diese bereits offen war. Sie wurde lediglich am Rahmen angelehnt und bewegte sich allenfalls im Wind ein bisschen hin und her. War hier vielleicht schon jemand drin? Hatte Camilla etwa noch einer weiteren Person einen Schlüssel anvertraut? „Hallo? Ich bin die Nachbarin, und wollte mal nach dem Rechten sehen. Ist da jemand?" Als sich keiner meldete, schaltete Jannet ihre Taschenlampe ein und beleuchtete damit das Türschloss. Da drehte es Jannet mit einem Mal den Magen um: Die Tür wurde nicht mit einem Schlüssel geöffnet. Sie wurde aufgebrochen! *Es werden bald Einbrecher kommen,* schoss es Jannet sogleich durch den Kopf.

„Hie hast du noch ein paar Wunderkerzen, Samuel. Wenn du willst, kannst du die auch noch anzünden." Endlich hatte Elias einen Tag frei. Die ganze Woche schob er eine Überstunde nach der anderen, um mit seinem Team nach neuen Hinweisen über Gretas` Verbleib zu suchen. Jetzt hatte er Gelegenheit, die verlorene Zeit mit seiner Familie wenigstens teilweise wieder aufzuholen. „Achtung, Böller!" Samuel hielt sich die Ohren zu. Ein von Elias gezündeter Feuerwerkskörper zischte in die Luft und zerschellte mit lautem Knall am Himmel. „Morgen früh hat der Räumdienst in unserer Straße wohl einiges zu tun. Gut, dass es jetzt dunkel ist, und wir nicht sehen, wie wir die Siedlung verunreinigt haben.", lachte Diana. „Frohes neues Jahr da unten!" Elias, Diana und Samuel blickten suchend in die Luft. Vom Balkon des Nachbarhauses schaute ein älterer Mann im Pyjama herunter. „Olli! Dir auch ein frohes neues Jahr. So spät noch wach?" Olli war ein guter Nachbar der Familie. Schon, als Elias und Diana hier damals einzogen, hatten sie ein gutes Verhältnis zu ihm. Ollis´ hohes Alter und die dadurch oftmals schwindende Gesundheit ließen ihn Veranstaltungen, wie Silvesterpartys gerne meiden und generell hielt er auch nicht viel von solch *neumodischem Zeug*. Er liebte es, am Abend in seinem Schaukelstuhl noch einen großen Becher heiße Schokolade zu trinken und danach früh ins Bett zu gehen. Umso überraschender war wohl die Tatsache, ihn um diese Uhrzeit noch hier draußen anzutreffen. „Ach, bei solch einem Lärm kann doch kein Mensch einschlafen. Ihr werdet noch die Toten im Sarg aufwecken." „Komm doch runter zu uns. Wir haben noch ein paar Feuerwerkskörper übrig.Wenn du möchtest, darfst du auch mal.", lachte Elias vergnügt. „Nein, nein. Das lass ich schön bleiben. Ihr wisst gar nicht, wie gefährlich solche Sprengsätze sein können. Ich habe darüber schon Sachen gehört... Aber gut, ich will euch nicht beunruhigen. Sag mal, Elias, dieses verschwundene Mädchen, worüber heute Morgen im Fernseher berichtet wurde, ist das nicht deine Nichte?" „Ja, wir sind auf dem Revier auch schon die ganze Woche an dem Fall dran. Bisher leider noch ohne wirklichen Erfolg." „Als ich das sah, dachte ich, dass ich die kleine doch schon öfter bei euch gesehen habe. Da ist mir eingefallen, dass du mir mal erzähltest, dass es deine Nichte sei. Meinst du denn, dass sie entführt wurde?" „Das wissen wir nicht. Es deutet alles darauf hin, aber ich will mich da nicht festlegen. Beweise haben wir dafür nicht." „Warum schreiben die denn so etwas in die Zeitung? Bei Kindergartenfeier entführt – die Polizei ist ratlos! Das klingt ja, als wäre der Fall schon längst aufgegeben worden." „Nein, das handelt sich definitiv um ein Missverständnis. Hier wurden leider verfälschte Informationen weitergegeben." Elias wusste, wie vertraulich Daten und Fakten in solchen Ermittlungen zu behandeln sind und das sie auf keinen Fall unbedacht in falsche Hände geraten durften, wenn sie Gretas´ Leben bei einer Entführung nicht gefährden wollten. Umso schlimmer war es, dass Jannet ohne jegliche Absprache die Presse informierte und diese noch dazu die Situation ausnutzte, um ihre Leserschaft mit dramatisierten und falsch ausgelegten Informationen zu beeindrucken. „Naja, heutzutage weiß man auch nicht, wem man noch glauben kann. Ich gehe dann mal wieder ins Bett. Der Lärm wird ja allmählich leiser. Was für ein Glück! Jetzt haben wir wieder ein Jahr lang Ruhe, bevor der Mist von vorne losgeht." Damit wandte sich Olli wieder ab und verschwand von seinem Balkon. „Gute Nacht, schlaf schön!", rief Elias ihm noch nach. „Warum ist Olli immer so griesgrämig?", will Samuel wissen, als er sicher gehen konnte, dass Olli außer Reichweite war und davon nichts hörte. „Er ist nicht griesgrämig, er ist nur alt." Diana schätzte ihren Nachbarn sehr und wollte, dass es auch ihr Sohn tat. „Werden alle alten Menschen irgendwann griesgrämig?" „Nein, nur die, die keine anständigen Hobbys haben und mit ihrem Leben nichts anderes anzufangen wissen, als sich über jede Kleinigkeit zu beschweren.", gab Elias jetzt zurück. „Jetzt ist aber gut, Samuel. Olli ist ein sehr netter Mensch und du solltest das zu schätzen wissen. Nicht alle kommen so gut mit ihren Nachbarn aus. Und jetzt zieh deinen Schlafanzug an und geh schon mal ins Bett. Wir räumen noch schnell die restlichen Silvesterknaller zusammen und kommen gleich nach. Es ist schon spät." Diana versuchte sich eine Gelegenheit zu verschaffen, in der sie mit Elias ungestört reden konnte. Tagelang hatte sie überlegt, wie sie ihren Mann am Besten auf die Sache mit Jannet und den Ermittlungen ansprechen konnte, ohne das er merkte, dass Diana bereits über alles Bescheid wusste. Als Samuel schließlich den Anweisungen seiner Mutter nachkam und im Haus verschwand, sodass Diana sicher sein konnte, dass sie mit Elias ungestört war, nutzte sie die Gelegenheit. „Hat der Fernsehaufruf eigentlich schon was gebracht?", fragte sie, während sie damit begann, die restlichen Böller in einer Plastiktüte zu verstauen. „Sehr viele Freiwillige, die uns ihre Hilfe angeboten haben, aber direkte Hinweise zum Fall gab es bisher leider keine." „Und was habt ihr jetzt noch weiterhin geplant?" „Ich sage es nur ungern, aber wenn die nächste Woche genauso verläuft, werden wir die Suche vorerst einstellen müssen." „Was? Ihr wollt den Fall einfach ungelöst lassen und nichts mehr unternehmen?" Diana war geschockt, dass die Polizei tatsächlich schon nach zwei Wochen aufgeben wollte, ohne das es überhaupt ein Lebenszeichen von Greta gab. „Wir geben den Fall nicht auf, wir stellen nur die Suche ein, bis wir neue Hinweise erhalten. Bisher haben wir nicht den kleinsten Beweis, dass sie überhaupt entführt wurde. Wo sollten wir weiter machen, wenn es keine Anhaltspunkte gibt? Selbst an dem Handschuh, den wir von Greta gefunden haben waren keine fremden Fingerabdrücke zu sehen. Sie könnte ihn genauso gut einfach verloren haben. Alles, was wir bisher tun konnten, haben wir getan." „Weiß Jannet denn schon, dass die Suche nach ihrer Tochter voraussichtlich bald eingestellt werden soll?" „Nein, wir haben noch nicht mit ihr geredet. Ehrlich gesagt, haben wir sie von der Kooperation mit unserem Team fürs erste ausgeschlossen. Wir wissen schließlich nicht, wie weit ihr noch zu vertrauen ist." „Was? Seid ihr verrückt geworden?" Diana ließ sich nicht anmerken, dass ihre Schwester sie bereits über die Folgen ihres unüberlegten Handelns aufgeklärt hatte. Aber was sollte sie damit jetzt noch bei Elias erreichen? Wenn die Suche demnächst eingestellt wurde, gab es schließlich auch nichts mehr, worüber Jannet mit der Polizei kooperieren könnte. „Wie würdest du es denn bitte finden, wenn Samuel verschwindet und wir würden nichts mehr über die Vorgehensweisen der Polizei erfahren?" „Wenn Samuel verschwunden wäre, hätte ich auch nicht unnötig sein Leben gefährdet, sondern mich an Absprachen gehalten, was man von deiner Schwester nicht behaupten kann." „Sie macht sich eben Sorgen. Das kannst du ihr doch nicht verübeln." „Du siehst doch, wozu dieser Zeitungsartikel geführt hat. Olli ist das beste Beispiel. So wie er über den Artikel gedacht hat, werden vermutlich alle Leser denken." „Es ist doch garnicht so unwahrscheinlich, dass Greta tatsächlich entführt wurde. Und das die Polizei ratlos ist, stimmt in irgendeiner Hinsicht ja auch, sonst würdet ihr ja nicht die Suche einstellen wollen, oder?" „Darum geht es einfach nicht." „Warum dann?" „Um das Prinzip. Stell dir vor, wir hätten herausgefunden, dass Greta von Erpressern entführt wurde, die strikte Anweisungen gegeben hätten, dass die Öffentlichkeit nichts erfährt. Dann hätten sie Greta vermutlich bereits umgebracht, nur weil Jannet einfach ohne unsere Absprache zur Zeitungsredaktion rennt. So etwas können wir nicht verantworten. Das Wohl des Kindes steht hier an erster Stelle." „Aber es gab keine Forderung, sich nicht an die Öffentlichkeit zu wenden. Außerdem habt ihr mit eurem Fernsehaufruf doch genau das gleiche gemacht." „Wir haben aber nichts getan, ohne vorher die Lage ganz genau zu überprüfen und alle offenen Optionen voneinander abzuwägen." „Du übertreibst maßlos, Elias. Kannst du nicht ein einziges Mal eine Ausnahme machen? Jannet ist schließlich meine Schwester." „Tatsächlich? Davon wolltest du aber bis vor kurzem erstaunlich wenig wissen." „Das war doch eine ganz andere Situation." Diana wurde in ihrem Tonfall immer lauter und energischer und passte sich damit den sarkastischen Bemerkungen ihres Mannes an. Sie konnte nicht verstehen, wieso er nur so stur blieb. Sonst tat er doch immer alles, um seine Familie zufriedenzustellen, selbst dann, wenn er eigentlich ganz anderer Meinung war.

„Weißt du was, Diana? Wie wäre es, wenn du mich einfach meine Arbeit machen lässt? Ich mische mich nicht in dein Berufsleben ein und du nicht in meines." Damit wandte sich Elias von seiner Frau ab und verschwand im Haus, doch Diana wollte die Diskussion so auf keinen Fall auf sich sitzen lassen und folgte ihm. „Ich soll mich jetzt nicht mehr in dein Berufsleben einmischen? Ich weiß nicht, ob du es schon vergessen hast, aber wir sind verheiratet." Elias zeigte nur wenig Interesse an einer Fortsetzung der Diskussion. Für ihn war das Thema bereits abgehakt und erledigt. „Lass uns jetzt doch einfach ins Bett gehen. Und mach nicht immer die Probleme anderer Leute zu unseren Eheproblemen. Wir haben bereits genug eigene." „Die einzigen Eheprobleme, die wir haben sind die, dass wir nicht vernünftig über unsere Probleme miteinander reden können, weil du..." Plötzlich wurde Diana unterbrochen. „Haben wir Samuel nicht gesagt, dass er schlafen soll? Was tut er da oben noch?" Von oben ertönten Samuels Schritte über das Paket, sowie seine Stimme, die undeutlich etwas murmelte, was Diana jedoch nicht verstand. „Na, was wohl? Er widersetzt sich unseren Anweisungen, genau wie deine Schwester. Wir können ihn jetzt natürlich auch weiter spielen lassen, bis er vielleicht keine Lust mehr hat und von alleine ins Bett geht. Diese Art der Erziehung bevorzugst du ja." „Okay, wie du meinst. Ich werde jetzt zu Samuel gehen und ihm Hausarrest erteilen. Bist du zufrieden?" Grade, als sich Diana auf den Weg nach oben machen wollte, wurde sie von übertrieben ironischem Lachen unterbrochen. „Na klar. Du gibst ihm Hausarrest. Und für wie lange, wenn ich fragen darf? Spätestens morgen früh, wenn Samuel dir ein nettes Kompliment mach oder vielleicht unaufgefordert den Tisch deckt, was in seinem Alter für andere Kinder längst selbstverständlich ist, hast du doch alles wieder aufgehoben. Für so etwas bist du einfach nicht konsequent genug, sieh es endlich ein." Elias war sein Lachen bereits wieder vergangen. „Ich gehe jetzt nach oben und weise den Jungen ordentlich zurecht, wie es sich in einer vernünftigen Erziehung gehört." Elias wartete keine Bestätigung seiner Frau ab, sondern lief direkt die Treppe hinauf. Da stand Samuel auch schon mitten im Flur, den Rücken zu Elias gewandt und murmelte unentwegt weiter vor sich hin. Es schien, als habe er seinen Vater gar nicht bemerkt oder als wolle er ihn einfach nur nicht bemerken. „Samuel, jetzt ist Schluss mit Lustig! Wenn wir dir sagen, dass du ins Bett gehen sollst, dann hast du das auch gefälligst zutun. Wenn ich es noch ein Mal miterlebe, dass du Nachts um diese Zeit auf dem Flur herumspielst, anstatt zu schlafen, dann... Sag mal hörst du mir überhaupt zu?" In diesem Moment drehte sich Samuel um und ließ Elias in eine Schockstarre verfallen. „Oh mein Gott, Samuel! Diana, komm schnell hoch, das musst du dir ansehen!" „Was ist denn passiert?" Nur wenige Sekunden später stand Diana neben Elias und musterte ihren Sohn, als wäre er ein Zootier. Samuel blieb noch immer völlig anteilnahmslos und bemerkte seine Eltern nicht. Stattdessen wanderte er stur geradeaus über den Flur, wie in Trance versetzt. „Sieh dir seine Augen an." Diana schaute in seine Augen. Sie waren absolut leer. Wo sich normalerweise die Pupille befand, war jetzt nur noch ein ganz helles weißes Licht zu sehen. „Was ist nur mit ihm?" Sie schaute von Elias zu Samuel. „Ich habe keine Ahnung. Wenn ich es nicht besser wüsste, würde ich sagen, er schlafwandelt." Diana ging auf Samuel zu, nahm seinen Kopf in die Hände und blickte noch einmal ganz genau in seine Augen. Da traf sie beinahe der Schlag. „Elias, das hier ist nichts natürliches mehr.",flüsterte sie ganz leise. In dem hellen Licht, das aus den Augen ihres Sohnes heraus strahlte, spiegelten sich die Umrissen eines Mannes. Es war kein gewöhnlicher Mann, wie es beispielsweise Elias hätte sein können. Dieser Mann hatte eine entscheidende Besonderheit. Sein Hals war außergewöhnlich lang. „Unser Sohn ist von einem Dämon besessen." „Jetzt fang nicht gleich wieder mit deinen wilden Horrorvorstellungen an. Auch, wenn mir das hier selber nicht zu erklären ist.",fügte Elias noch ein wenig kleinlaut hinzu. Plötzlich fing Samuel wieder an zu reden. Zuerst waren es jedoch nur undeutliche Silben, die keinen Sinn ergaben. „Ich glaube, er versucht uns etwas zu sagen." „Fra...Fra..." „Wir müssen ihn aufwecken! Samuel, hallo? Kannst du uns hören?" Diana begann den Siebenjährigen leicht zu schütteln. „Was machst du denn? Lass das. Hast du nicht gemerkt, dass er grade anfing, zu reden?" „Wir können ihn doch nicht in diesem Zustand belassen. Er muss zu einem Arzt." „Frank..." Wieder schien es, als bemühe sich Samuel ein Wort herauszubringen. „Wer ist denn Frank?" Diana sah ratlos zu ihrem Mann, der jedoch nur die Schultern zuckte. „Ich kenne keinen Frank." „Frankreich...Greta ist in..." In diesem Moment verlor Samuel den Halt und viel in die Arme seiner Eltern, die ihn noch so grade auffangen konnten. Das auffällige Leuchten war aus seinen Augen verschwunden, genau wie der Mann, der sich darin spiegelte. Es sah aus, als würde er jetzt ganz normal schlafen, ohne von seinem merkwürdigem Verhalten etwas mitbekommen zu haben. Diana und Elias sahen sich jedoch noch immer fassungslos an. „Greta soll in Frankreich sein?"

„Hallo, ist hier jemand?" Vorsichtig tastete sich Jannet in der Dunkelheit an der Wand entlang, um nach dem Lichtschalter zu suchen. Waren die Einbrecher vielleicht sogar noch im Haus? Alles blieb still. Draußen schossen noch die letzten Raketen in die Luft und ließen den Himmel kurzzeitig aufhellen. „Hallo, ich rufe jetzt die Polizei." Da! Endlich hatte Jannet ihre Hand auf dem Lichtschalter, doch... „Mist, sie haben wohl die Stromleitungen gekappt." Egal, wie oft Jannet den Schalter auch umlegte, das Licht blieb ausgeschaltet. Mit dem Rücken an der Wand gelehnt, um keinem Überraschungsangriff von hinten ausgeliefert zu sein, suchte sie aus ihrer Jackentasche schließlich wieder die Taschenlampe heraus. Diese erhellte den Raum jedoch ebenfalls nicht besonders gut, da die Batterien bereits kurz davor waren, den Geist aufzugeben. Aber was solls? Besser, als weiterhin in der Dunkelheit herumzuirren, was es alle male. Während Jannet also mit ihrer mehr schlecht, als recht leuchtenden Taschenlampe die Umgebung beschien, wurde ihr erst das ganze Ausmaß der Verwüstung vor Augen geführt. Sie konnte nicht glauben, welch ein Anblick sich ihr bot. Überall lagen zerstörte Möbelstücke, die Überreste der Gegenstände, die sich in den Schränken befanden, lagen wild auf dem Fußboden verteilt und die Tapeten wurden mit Graffiti besprüht. Doch das war erst der Anfang. Was erwartete Jannet wohl, wenn sie die anderen Räume betrat? So aufgeräumt und sorgfältig hatten Camilla und Stephan ihr Haus vor der Abreise hinterlassen. Jetzt glich es nur noch einem einzigen Schlachtfeld. Jannet setzte ihren Gang langsam fort. Ganz vorsichtig öffnete sie die Tür zum Wohnzimmer. Alles blieb so ruhig, dass sie ihren eigenen Herzschlag hören konnte. Es schien wahrscheinlich, dass die Einbrecher das Haus bereits verlassen hatten, doch ganz sicher war sich Jannet nicht. Sie wollte kein Risiko eingehen. Wenn sich hier doch noch irgendjemand verstecken würde, könnte er Jannet durch einen schnellen Angriff innerhalb von Sekunden umbringen. Sie wusste zwar, dass es in solchen Situationen vernünftiger gewesen wäre, das Haus gleich wieder zu verlassen und dann dort die Polizei zu rufen, wo sie keiner Gefahr ausgesetzt war, doch hätte das vermutlich eh nichts gebracht. Die Polizei schenkte ihr so oder so keinen Glauben mehr und am Ende wäre Jannet vielleicht sogar noch als Täterin dargestellt worden. Jetzt würde sie sich einfach eigenständig einen Überblick über sie Situation verschaffen. Dann würde sie so tun, als hätte sie die Versorgung der Katze in der Aufregung um Greta vergessen und nichts von dem Einbruch gemerkt. Teilweise stimmte es sogar. Wäre ihr nicht der jaulende Hund aufgefallen, wäre sie vermutlich nicht mehr hier gewesen, bis Camilla und Stephan aus dem Urlaub zurückkehrten. Dann könnten die Besitzer einfach selber die Polizei rufen und Jannet wäre schön aus der Nummer raus. Auch im Wohnzimmer haben die Täter ganze Arbeit geleistet. Es stand nichts mehr da, wo es einmal war. Selbst der Fernseher wurde nur zerstört liegen gelassen. Wieso haben sie ihn nicht einfach unbeschädigt mitgenommen? War es nicht normalerweise das Ziel eines Einbruchs, möglichst viele Wertgegenstände zu erbeuten? Warum macht man sich sonst die Mühe, in ein fremdes Haus einzusteigen? Oder war es womöglich ein Angriff auf Camilla und Stephan? Wollte sich jemand an den Beiden für etwas rechen? Jannet schwirrten tausend Fragen im Kopf herum. Langsam ging sie weiter. Vom Wohnzimmer gelang sie schließlich in die Küche. Was Jannet dort zu sehen bekam, übertraf alles, was sich ihr zuvor im Flur und im Wohnzimmer bot. Hier war nicht nur alles zerstört, hier ist auch Blut geflossen. Der Küchentisch war das einzige Objekt, in diesem Raum, das mehr oder weniger heile geblieben ist. Mitten drauf befand sich die blutüberströmte Leiche einer Katze. Es war Candida, die Katze, die Jannet tagelang zu füttern vergaß. Sie war zwar etwas abgemagert, doch ist sie nicht auf diese Weise umgekommen. Das viele Blut ließ darauf schließen, dass die Katze von den Einbrechern ermordet wurde. Jannet berührte vorsichtig den leblosen Körper. Er fühlte sich noch warm und weich an. Das bedeutete, die Täter mussten erst vor kurzer Zeit dort gewesen sein. Würde die Katze hier schon tagelang liegen, wäre sie bereits steif, wie ein Brett. Doch wer würde so etwas tun? Jetzt war sich Jannet ganz sicher: Die Täter hatten dieses Haus nicht zufällig ausgewählt, sondern gezielt. Sie mussten gewusst haben, wer die Besitzer sind, und das diese verreist waren. Eindeutig mussten sie einen Hass auf Camilla und Stephan haben. Jannet drehte sich der Magen um. Sie musste ihre Nachbarin schleunigst warnen und ihr sagen, dass es jemand auf sie abgesehen hatte. Jannet ließ den Lichtstrahl ihrer Taschenlampe weiter über den Tisch wandern. Das Blut der Katze war überall verteilt. Auf einmal erblickte sie einen Zettel. Aus Zeitungspapier herausgeschnittenen Buchstaben, war darauf folgendes zu lesen:

*Greta Cammel befindet sich in unserer Gewalt. Wir
fordern eine Lösegeldsumme von 500.000 Euro, wenn das
Kind lebendig bleiben soll. Außerdem soll ab sofort
jeglicher Kontakt zur Polizei, sowie zur Öffentlichkeit
abgebrochen werden. Der kleinste Verstoß gegen unsere
Forderungen, hat die sofortige Beendigung des Lebens
von Greta Cammel, auf grausame Art und Weise zur
Folge. Informationen zum Ort und Zeitpunkt der
Geldübergabe folgen."*

Jannet konnte nicht glauben, was sie da grade las. Auf
einmal wurde ihr einiges klar: Die Einbrecher hatten es
nicht auf Camilla und Stephan abgesehen, sondern auf sie.
Außerdem war dies der endgültige Beweis, das Greta
tatsächlich entführt wurde und Jannet wusste, dass die
Täter sie bereits überwacht haben mussten und es
womöglich auch noch weiterhin tun werden. Nur in einer
Hinsicht viel Jannet trotz allem ein Stein vom Herzen:
Greta lebte! ...Noch! Jeder Schritt musste jetzt gut
durchdacht sein, damit dies auch weiterhin so blieb und
Greta möglichst schnell gesund wieder nach Hause kam.
Ab jetzt hieß es: keine Polizei und keine Öffentlichkeit
mehr. Doch wo sollte Jannet denn bitte 500.000 Euro
auftreiben? Nach ihrer Kündigung fehlte das Geld an allen
Ecken und Kanten. Sie kam doch grade einmal mit Mühe
über die Runden. Nicht einmal das Ersparte hätte
ausgereicht, um die Lösegeldsumme zu bezahlen. Alleine
würde Jannet das nie schaffen. Doch wem konnte sie sich
anvertrauen, wenn sie tatsächlich überwacht werden
würde? Bisher hatte Jannet nicht einmal gemerkt, das sie
überhaupt in irgendeiner Form beschattet wurde. Doch wie
hätten die Täter sonst wissen sollen, wo Jannet wohnte,

oder das sie sich in der letzten Zeit um das Haus ihrer Nachbarn kümmerte? Vor kurzem war noch der Schornsteinfeger bei Hilda. Vielleicht war er gar kein Schornsteinfeger, sondern ein krimineller Entführer, der im Haus von Jannets` Mutter eine Überwachungskamera installierte. Hilda musste also von dem Erpresserbrief erfahren. Jannet musste sie irgendwie einweihen, damit sie von jetzt an vorsichtiger mit dem war, was sie sagte. Es könnten schließlich immer mehr Ohren zuhören, als ihnen lieb war.

„Jannet! Was treibt dich denn so früh schon zu mir? Gibt es was Neues von Greta?" „Nein, es ist alles beim Alten. Ich konnte nur nicht mehr schlafen." Jannet stand vor dem Haus ihrer Mutter. Die ganze Nacht hatte sie sich Gedanken gemacht, wie sie ihr am Besten von ihrem Verdacht erzählen könnte. „Hast du denn von der Silvesterknallerei noch viel mitbekommen?", fragte Hilda, während sie zurück in ihre Küche lief, aus der sie gekommen war. „Also ich habe ja geschlafen, wie ein Stein. Hätte ich heute Morgen nicht auf den Kalender geschaut, hätte ich vermutlich nicht mal gemerkt, dass das neue Jahr schon begonnen hat. Willst du auch etwas frühstücken?" Die beiden setzten sich an den Küchentisch, auf dem Hilda grade ihr Brötchen zubereiten wollte. „Nein, danke. Ich habe schon selber zu Hause gegessen." „Ach, was. Wieso isst du denn alleine? Wir hätten es uns doch hier gemütlich machen können." Hilda hielt einen Moment inne. „Sag mal, geht es dir nicht gut Schatz? Ich verstehe schon, du machst dir Sorgen um Greta.Wir finden sie schon. Ich bin sicher, dass es ihr gut geht, wo sie jetzt ist." Mit liebevollen Blicken schaute sie ihre Tochter an.

„Schon gut. Lass uns jetzt nicht über Greta reden.",
entgegnete diese. „Dein Hof hat aber ganz schön viele
Raketenreste abbekommen, gestern. Was hälst du davon,
wenn ich dir gleich beim Aufräumen helfe?" „Was für ein
Blödsinn. Da brauchst du mir da doch nicht bei helfen. Du
hast doch schon mit der Polizei so viel Stress, da will ich
dir nicht auch noch unnötig zur Last fallen. Außerdem bin
ich ja noch so jung und dynamisch, dass ich das ganz
alleine schaffe." „Nein, nein." Jannet ließ sich durch ihre
Mutter nicht abwimmeln. „Ablenkung ist jetzt genau das,
was ich brauche und gemeinsames Aufräumen macht
umso mehr Spaß." „Na ja, gut. Wenn du meinst. Dann
ziehe ich mir mal schnell etwas winterfestes an."
Nachdem Hilda ihren leeren Teller in die Spülmaschine
eingeräumt hatte, verschwand sie in ihrem Schlafzimmer,
um sich auf die gemeinsame Aufräumarbeit mit ihrer
Tochter vorzubereiten.Wenig später erschien sie in voller
Montur wieder in der Küche. „Auf geht's!" Hilda trug jetzt
einen knielangen Wintermantel, Schneeschuhe und
Fausthandschuhe. Das Gesicht hatte sie mit Mütze und
Schal soweit verhüllt, dass nur noch die Augen zu sehen
waren und das, was sie sagte, in dem Stoff des Schals
soweit verschlungen wurde, dass Jannet es kaum verstand.
„Ich wollte nur den Hof mit dir aufräumen. Von einer
Reise nach Sibirien war nie die Rede, Mama." Jannet
verdrehte die Augen.
Kurz darauf fanden sich beide mit Müllbeuteln
ausgestattet draußen auf dem Hof wieder, um die Reste der
letzten Nacht aus dem Schnee zu suchen. „Wo wir grade
dabei sind, kann ich auch gleich damit beginnen, die
Hofeinfahrt frei zu schaufeln." Hilda wollte sogleich die
Schneeschippe aus der Garage holen, doch Jannet hielt sie

zurück. Wir müssen zuerst die Reste aufsuchen, sonst liegt gleich alles in einem großen Haufen Schnee versteckt und wir finden nichts wieder. Sieh mal, da ist noch etwas...und da auch." „Aber Jannet, das ist doch gar nicht mehr mein Grundstück. Ich räume den Dreck doch nicht von der Straße auf." Völlig ohne Verständnis, wieso Jannet plötzlich die Arbeit der staatlich beauftragten Müllmänner übernehmen wollte, folgte Hilda ihrer Tochter, die sich immer weiter vom Grundstück entfernte. „Psst, benimm dich nicht so auffällig. Ich muss dir etwas sagen.", flüsterte Jannet, als sie das Gefühl hatte, vor weiteren Zuhörern sicher zu sein. „Ich weiß nicht, ob dein Haus überwacht wird." „Was?" Hilda verstand nichts von dem, was Jannet sagte. „Ich habe diesen Brief bekommen und ich glaube, dass bei dir Kameras installiert wurden...oder irgendwelche Abhörgeräte oder so. Ich weiß nicht genau, was die da alles so verwenden." Jannet zog den zusammengefalteten Zettel aus der Tasche und übergab ihn an ihre Mutter, als wäre er eine Packung Drogen. „Woher hast du den denn?" „Bei Camilla und Stephan wurde eingebrochen. Das habe ich auf dem Küchentisch gefunden." Hilda kam aus dem Staunen nicht mehr heraus. „Ja, aber warum sollte denn grade mein Haus überwacht werden?" „Du hast doch noch vor kurzem erzählt, dass der Schornsteinfeger da war. Ich habe im Internet nachgesehen und herausgefunden, dass es eigentlich gar nicht an der Zeit war, dass er kommt. Ich vermute, dass dahinter eine Verbrecherbande stecken könnte, die mich ausspionieren wollte, sonst hätten sie wohl kaum wissen können, wo ich wohne und dass ich mich um das Nachbarhaus kümmere." Erst jetzt erkannte Hilda den wahren Grund für Jannets` Aufräumaktion. Es war nur ein Vorwand, um ungestört

über den Vorfall der letzten Nacht sprechen zu können.
„Was du dir wieder für einen Unsinn in den Kopf setzt.",
lacht Hilda. „Bei mir zu Hause wird niemand überwacht.
Den Schornsteinfeger habe ich selber angerufen, damit er
herkommt." „Was? Du hast ihn herbestellt? Aber warum
denn?" „Ein Vogel ist in den Schacht gefallen und kam
nicht mehr heraus. Hätte der nette Herr mir nicht geholfen,
ihn zu befreien, wäre das arme Tier vermutlich jetzt
gebraten worden." Jannet wäre in diesem Moment am
liebsten im Erdboden versunken. Wie kindisch war es bitte
zu glauben, der Schornsteinfeger könne etwas mit der
Entführung von Greta zutun haben? Sie drehte sich wieder
um und ging zurück zum Grundstück ihrer Mutter. „Aber
wo willst du denn bitte 500.000 Euro auftreiben? Das
wirst du niemals alleine hinbekommen. Du musst damit
zur Polizei gehen, egal, was in diesem Brief steht. Die sind
Experten und wissen, wie man damit umgeht." „Nein, das
geht auf keinen Fall. Ich würde Gretas` Leben in Gefahr
bringen. Außerdem ist es dafür jetzt eh zu spät. Ich habe
längst alle Spuren verwischt, als ich durch das Haus
gegangen bin. Die Polizei würde denken, ich hätte den
Einbruch vorgetäuscht, um von mir selber abzulenken.
Irgendwie muss es jetzt ohne die Beamten klappen." „Wie
willst du das anstellen?" Hilda war von Jannets` Plänen
alles andere, als begeistert. „Diese Menschen sind
gefährlich. Sie könnten es auch auf dich abgesehen haben.
Weißt du überhaupt, worauf du dich da einlässt?" „Ja, ich
weiß. Aber es geht nun mal nicht anders. Ich werde mir
schon irgendwas einfallen lassen, um das nötige Geld
aufzutreiben, mit dem wir Greta befreien können." „Was
ist denn, wenn sie nur bluffen? Ich meine, wenn die
Entführer nur das Geld wollen und Greta trotzdem nicht

freilassen, wenn sie es erhalten haben?" „Dieses Risiko müssen wir eingehen. Mach dir keine Sorgen, das funktioniert schon." „Okay, wie du meinst. Was auch immer du vor hast, du sollst wissen, dass ich hinter dir stehe." Als die Beiden wieder in die Küche zurückkehrten, hörte Jannet noch grade, wie ihr Handy, was sie auf dem Tisch liegen gelassen hatte klingelte, doch als sie abheben wollte, war es bereits zu spät. Sie schaute auf das Display, um herauszufinden, wer es gewesen sein könnte. „Zehn verpasste Anrufen von Diana. Was kann sie so dringend wollen?" Hilda zuckte die Schultern. „Ruf sie doch am Besten gleich zurück. Vielleicht war es was wichtiges." In diesem Augenblick klingelte das Handy erneut. „Nicht mehr notwendig, sie ruft schon selber wieder an... Hallo?" „Jannet, ich bin es." „Hey, Diana. Was gibt es?" Diana war so aufgebracht, das sich ihre Stimme anhörte, als sei sie in schlimmer Atemnot geraten und drohe jeden Moment zu ersticken. „Ich muss dir unbedingt etwas ganz wichtiges erzählen." „Okay, okay. Soll ich gleich zu dir kommen? Dann können wir besser persönlich darüber reden." „Nein, ich muss es jetzt mit dir besprechen. Greta wurde entführt. Sie ist nicht mehr in Deutschland." „Was sagst du?" Jannet war so schockiert, dass sie den Einbruch und den Erpresserbrief für einen ganz kurzen Moment völlig vergaß. „Ich weiß, das klingt jetzt alles sehr weit hergeholt, aber Samuel hat es in einer Vision gesehen. Elias war dabei. Selbst er ist der Überzeugung, dass es eine übernatürliche Eingebung gewesen sein muss." Die Schwestern wussten genau, wie Elias normalerweise zu solch einem *Hokus Pokus* stand. Er wusste immer auf alles eine logische Erklärung und war grundsätzlich niemals der selben Meinung, wie seine Frau. Selbst wenn er tat, was diese von ihm verlangte, hielt er es dennoch für nötig ihr seine Meinung zu sagen. „Eine Vision? Aber wenn Greta nicht mehr in Deutschland ist, wo soll sie dann sein?" „Sie ist in Frankreich. Samuel hat es ganz klar gesagt. Er war dabei wie in Trance, völlig weggetreten. Jannet, ihr müsst sofort dort hin." „Bist du dir ganz sicher?" „Ja, wenn ich es doch sage: Greta ist in Frankreich!" Jannet überlegte kurz. Das alles klang tatsächlich sehr mysteriös und normalerweise war sie nicht der Typ, der solche Geschichten ernst nahm, doch in diesem Fall ging es um das Leben ihrer Tochter. „Okay, sag Elias, er soll einen Spürhund bereit halten und sich darauf einstellen, dass er mit mir nach Frankreich fliegen wird. Ich werde alles organisieren, damit es morgen früh losgehen kann." „Alles klar, bis später." Nachdem Jannet aufgelegt hatte, wandte sie sich wieder an Hilda. „Ich werde morgen nach Frankreich fliegen. Du und Diana müsst hier in Deutschland die Stellung halten, während ich weg bin. Versucht die Erpresser irgendwie hinzuhalten, wenn sie neue Informationen zum Ort und Zeitpunkt der Geldübergabe bekannt geben." „Moment, wie kommst du denn jetzt bitte auf Frankreich?" „Samuel hatte eine Vision, in der er gesehen hat, dass Greta in Frankreich sein soll. Deswegen müssen wir jetzt so schnell, wie möglich nach Frankreich kommen. Elias wird einen Suchhund mitnehmen, damit wir bessere Chancen haben, sie zu finden." „Du verlässt dich also auf die Vision eines Kindes, wenn es darum geht, das Leben deiner Tochter zu retten? Findest du das nicht ein bisschen riskant und vor allem unüberlegt? Keiner von euch kennt sich wirklich in Frankreich aus. Du sprichst kaum ein Wort Französisch." „Garde sagtest du noch, dass du hinter mir stehen würdest.

Versteh doch, es ist die einzige Chance. Mal eben an 500.000 Euro zu gelangen ist kein Kinderspiel. Außerdem hatte Samuel schon einmal Recht, mit dem, was er sagte. Den Einbruch hatte er auch vorausgesehen." „Naja, du bist ja inzwischen alt genug. Ich muss dir da wohl vertrauen." Jannet war erleichtert, dass sie ihre Mutter, wenn auch etwas mühselig von ihrem Vorhaben überzeugen konnte. „Super, ich wusste doch, dass ich mich auf dich verlassen kann. Könnte ich vielleicht dein Telefon benutzen? Ich habe bis morgen noch einiges zu erledigen und mein Akku ist fast leer." „Ja, klar. Was willst du denn noch alles organisieren?", fragte Hilda, während sie das Telefon übergab. „Ich dachte, es wäre jetzt schon alles geplant." „Das kann ich dir jetzt nicht alles erklären. Du wirst schon sehen, lass mich nur machen." Jannet tippte eine Nummer ein und wartete, bis am anderen Ende jemand abnahm. „Hallo?", ertönte es schließlich aus der Hörmuschel. „Hey, ich bin es, Jannet.", sagte diese, als sie Manuelas` Stimme vernahm. „Jannet! Lange nichts mehr von dir gehört. Wie geht es dir?" „Naja, zur Zeit geht alles drunter und drüber. Das ist auch eigentlich der Grund, weshalb ich anrufe." „Was ist los?" Wie immer hatte Manuela alle Zeit der Welt und noch dazu ein offenes Ohr um die Sorgen ihrer ehemaligen Arbeitskollegin zu teilen. „Ich erzähle dir die Kurzfassung, okay?" Jannet wusste genau, wenn jemand spontan mit auf einen Frankreich-Trip käme, dann wäre es Manuela. „Greta wird seit einer Woche vermisst. Sie wurde entführt, und zwar sehr wahrscheinlich nach Frankreich. Deswegen muss ich dort so schnell, wie möglich hin und will dich jetzt darum bitten, dass du mitkommst." „Moment, Moment. Das war grade etwas zu schnell für mich. Greta wurde entführt? Und du glaubst, sie ist in Frankreich? Aber sucht denn nicht die Polizei dort nach ihr?" „Nein, sie ermitteln zur Zeit nur in Deutschland, soweit ich weiß. Das ist alles eine komplizierte Geschichte, und ich werde dir auch noch alles in Ruhe genau erklären, aber du musst bitte mit mir nach Frankreich fliegen.", flehte Jannet ihre Freundin weiter an. „Okay, okay.", willigte diese schließlich ein. „Und wann soll es losgehen?" „Ich muss hier noch alles für die Abreise organisieren, aber morgen früh sollte es schon klappen." „Morgen früh?!" Manuela bekam beinahe einen Herzinfarkt. Das es schnell gehen sollte, hatte Jannet ja bereits erwähnt, aber so schnell? „Jannet, wie stellst du dir das vor? Ich muss ab morgen wieder arbeiten." „Kannst du dir nicht Urlaub nehmen?" „So kurzfristig? Du weißt doch, wie es bei uns in der Firma abläuft. Der Urlaub muss schon mindestens drei Wochen vorher eingereicht werden, sonst schiebt der Stieler doch wieder Stress." „Bitte, ich bezahle dir die Ausfälle auch gerne. Es ist wirklich wichtig für mich." Jannet wusste, dass sie viel von Manuela verlangte, doch sie wollte ihre beste Freundin um jeden Preis an ihrer Seite haben, wenn sie auf der Suche nach Greta durch ein fremdes Land irrte. „Ich werde sehen, was sich machen lässt. Ich melde mich später bei dir." „Super, ich wusste, dass man sich auf dich verlassen kann. Bis später." „Erhoffe dir jetzt nicht zu viel. Versprochen habe ich noch nichts. Bis später." Als Jannet wieder auflegte, war sie glücklich über das, was sie erreicht hatte. „Jetzt muss ich nur noch die Tickets buchen." „Nichts für ungut, aber wird das nicht etwas teuer?", wandte Hilda schließlich in Jannets` Vorhaben ein. „Es geht um eine wichtige Sache. Irgendwie kriege ich das Geld schon wieder rein. Günstiger, als 500.000

Euro an diese Verbrecher zu zahlen, ist es auf jeden Fall."
„Was ist eigentlich mit deiner Arbeit? Musst du etwa
keinen Urlaub einreichen, wie Manuela?" Mit dieser Frage
hätte Jannet nicht gerechnet. Ihre Mutter hatte ja Recht.
Wie sollte sie nun erklären, dass sie selber keinen Urlaub
einreichen müsse? „Mein Chef hat viel Verständnis dafür
gezeigt, dass Greta verschwunden ist. In solchen
Situationen macht er gerne eine Ausnahme." „Naja, gut.
Ich habe auch noch etwas Erspartes zurückgelegt. Wenn
ich dir damit irgendwie helfen kann, sag mir einfach
Bescheid." Grade hat Jannet noch einmal die Kurve
gekriegt. Sie hatte Manuela zwar versprochen, ihre
Familie nach den Feiertagen über den Verlust ihres
Arbeitsplatzes aufzuklären, doch war die Situation auch so
schon viel zu kompliziert. Es konnte zu diesem Zeitpunkt
schließlich auch keiner ahnen, dass Greta entführt werden
würde. „Danke, ich denke aber, dass ich fürs erste klar
kommen werde."

Zu Hause machte sich Jannet gleich an den Schreibtisch,
um im Internet nach günstigen Last-Minute-Flügen zu
gucken. „Von Köln aus, für nur 70 Euro nach Paris... Aber
nein, Köln ist viel zu weit weg. Da kann ich ja besser
gleich bis nach Frankreich fahren." Jannet schaute
geduldig weiter. „Aha, hier haben wir doch was! 150 Euro
pro Person. Von München aus und zwar gleich morgen
früh, um 7:00 Uhr." Jannet wollte grade das Angebot
buchen, als es an der Tür klingelte. „Frohes Neues Jahr,
erst mal. Sag mal, kann es vielleicht sein, dass ich hier
gestern meinen Schal liegen gelassen habe?" Wieder war
es Gerd, der Jannet einen Überraschungsbesuch abstattete.
„Ähm ja, ist es dieser hier?" Jannet sah sich an der

Garderobe um und nahm den einzigen Herrenschal herunter. „Aber komm doch noch eben einen Moment mit rein. Ich buche grade einen Flug nach Frankreich." „Was, du willst jetzt verreisen?", fragte Gerd, während er Jannet in das Büro folgte. „Ja...also nein. Es geht eigentlich um Greta. Samuel hatte eine Eingebung, dass sie sich dort aufhalten soll. Ich weiß, das klingt alles etwas verrückt, aber du musst mir das jetzt einfach glauben und es nicht weiter hinterfragen, okay?" „Okay. Dann zeig doch mal her, was du da für ein Angebot gefunden hast." Gerd setzte sich an den Schreibtisch. „Hier, sieh mal. 450 Euro insgesamt für drei Personen. Der Flug startet von München aus morgen früh um sieben Uhr." „Für drei Personen? Wer begleitet dich denn?" „Elias und meine Arbeitskollegin Manuela. Elias hat als Polizist das nötige Wissen und er nimmt eventuell sogar einen Spürhund mit, wenn alles klappt. Ich hoffe, dass wir Greta damit schnell finden." „Schau doch mal nach, was es für vier Personen kosten würde." „Für vier Personen, sagst du? Okay, ich schaue mal nach." Jannet veränderte die Angaben in der Suchmaschine so, wie Gerd es ihr gesagt hatte. „Guck mal, das hier klingt doch vielversprechend." Gerd zeigte auf den Bildschirm. „80 Euro pro Person und auch die Abflugzeiten um 10 Uhr sind doch viel angenehmer." „Mal überlegen. Für drei Personen zahle ich insgesamt 450 Euro. Wenn ich aber 80 Euro für nur vier Personen ausgebe, komme ich auf nur 320 Euro. Das ist wesentlich günstiger! Aber wo bekomme ich noch eine vierte Person her?" „Na ja, du könntest zum Beispiel den Typen neben dir fragen." Gerd kratzte sich am Hinterkopf und schaute dabei verlegen in die Luft. „Wirklich? Du würdest mitkommen?" „Also, wenn du so fragst. Gegen ein paar

Tage in Frankreich hätte ich nichts einzuwenden." „Gerd, du bist der Beste. Wie kann ich dir das nur jemals danken? Du hast auf jeden Fall etwas bei mir gut." Jannet sprang vor Freude von ihrem Stuhl auf. Das Gerd einfach so Hals über Kopf mitkommen würde, hätte sie sich nicht im Traum denken können. „Schon gut, entspann dich wieder. Für eine gute Freundin tu ich so etwas doch gerne."
„Perfekt, dann pack deine Sachen. Wir treffen uns morgen früh bei mir, okay? Ich schlage vor, wir fahren hier gegen 7:00 Uhr los, dann sind wir etwa eine Stunde vor Abflug in München. Dann bleibt noch genug Zeit für die Gepäckabgabe und..." Jannet hielt kurz inne. „Aber sag mal, musst du denn gar nicht arbeiten?" „In der Firma hat es an Silvester gebrannt. Vermutlich alkoholisierte Jugendliche, die nicht mit einem Feuerzeug und Silvesterraketen umgehen können. Die nächsten Wochen muss da erst mal keiner mehr zur Arbeit." „Dann steht unserer Reise ja jetzt nichts mehr im Wege.", freute sich Jannet und drückte auf den auf den Button, um die Tickets zu buchen.

„Nein, nein und nochmals nein! Ihr seid doch vollkommen verrückt geworden." „Komm schon, Elias, du hast doch selber gehört, was Samuel gesagt hat." Am Abend fuhr Jannet noch einmal zu Diana, um Elias ihre Pläne für den nächsten Tag mitzuteilen. Dieser wollte davon jedoch nur wenig wissen. „Na und? Vielleicht hat er alles geträumt und ist nur schlafgewandelt. Deswegen fliege ich doch jetzt nicht nach Frankreich." „Bitte, Elias", wandte sich Jannet an den jungen Polizisten. „Du bist der einzige von uns, der sich wirklich auf diesem Gebiet auskennt. Ohne dich haben wir doch garkeine Chance, Greta überhaupt zu

finden und außerdem habe ich die Tickets schon gebucht."
„Bei aller Liebe, Jannet, aber ich habe dich darum nie
gebeten. Generell habe ich von eurem bescheuertem
Vorhaben nichts gewusst, sonst hätte ich es euch schon
längst ausgeredet. Wie hast du dir das überhaupt
vorgestellt? Angenommen Greta wäre tatsächlich in
Frankreich, willst du dann das ganze Land nach ihr
absuchen? Du hast nicht einen Anhaltspunkt, wo sie genau
sein kann." „Wir fliegen erst mal nach Paris und sehen
dann weiter. Wenn wir vor Ort sind, ist es viel leichter
noch weitere Anhaltspunkte zu finden." „Genau, und wenn
die Suche demnächst eh eingestellt wird, hast du doch
genug Zeit dafür. So tun wir dann auch wenigstens etwas,
anstatt nur auf irgendwelche Hinweise zu warten." Auch
Diana versuchte ihren Mann zu der Überzeugung zu
bringen, Jannet zu helfen, doch in diesem Moment
überlegte sie keines Wegs, was sie sagte. Dass die Suche
eingestellt werden soll, hatte sie ihrer Schwester bewusst
verschwiegen. Als Diana ihren Fehler jedoch bemerkte,
war es bereits zu spät. „Ihr wollt die Suche einstellen?!
Und das erfahre ich mal eben so nebenbei? Das könnt ihr
doch nicht machen. Habt ihr Greta etwa schon
aufgegeben? Glaubt ihr nicht mehr, dass sie noch leben
könnte? Wie könnt ihr mir soetwas verschweigen?" Jannet
war noch nie so aufgebracht, wie jetzt. „Wo sollen wir
denn bitte weitermachen, ohne eine einzige Spur? Wir
haben nicht den kleinsten Hinweis, an den wir ansetzten
können. So einfach, wie du es dir vorstellst, ist es nicht."
Für einen kurzen Moment schwiegen sich alle an. Dann
suchte Jannet einen Zettel aus ihrer Handtasche. „Greta
lebt noch. Aber ich weiß nicht, wie lange, wenn wir uns
nicht an die Forderungen halten." Elias schaute sich den

Brief genau an. Dann sah er ungläubig von Diana zu Jannet. „Wie lange hast du den schon?" „Seit letzter Nacht erst." „Okay, und wo hast du ihn her?" Jannet wusste, dass Elias ausflippen würde, wenn er erfuhr, dass sie den Einbruch nicht gemeldet hatte, sondern eigenständig in das Haus ging, von dem sie nicht wusste, ob die Täter möglicherweise noch vor Ort waren. Also sagte sie: „Er hat in meinem Briefkasten gelegen." „Du hast also mitten in der Nacht nach der Post gesehen?" Elias schaute seine Schwägerin ungläubig an. Jetzt geriet sie allmählich in Erklärungsnot. „Ja." „Jannet, sei doch ehrlich. Wie sollen wir dir glauben, wenn du uns permanent anlügst?" „Aber ich sage die Wahrheit. Ich habe etwas am Haus gehört und dachte, es seien wieder Jugendliche, die mir einen Böller in den Briefkasten werfen wollten, so wie vor einigen Jahren schon einmal, wisst ihr noch?" Diana und Elias erinnerten sich tatsächlich daran, dass Jannet ihnen vor einigen Jahren von diesem Vorfall erzählte. Sie hatte den Silvesterböller noch ganz knapp entfernen können, bevor er im Briefkasten explodierte. Zum Glück hatte sie es damals frühzeitig bemerkt und konnte so einen größeren Schaden verhindern. Auf jeden Fall habe ich dann nachgeschaut und diesen Erpresserbrief gefunden. Zuerst wollte ich ihn auch gar nicht zeigen, weil dort ja drin steht, dass ich mich auf keinen Fall an die Polizei wenden soll. Deshalb musst du mir auch versprechen, dass du damit nicht zu deinen Kollegen gehen wirst. Ich habe wirklich große Angst, dass die Entführer Greta sonst etwas antun." „Du hast schon Recht, dass wir vorsichtig sein müssen. Damit meine ich nicht, dass wir der Polizei nichts mehr erzählen sollten, sondern dass wir es so tun sollten, dass die Entführer es nicht mitbekommen. Es ist schon klar, dass du deswegen nichts gesagt hast, aber jetzt sind die Spuren der Täter doch alle verwischt. Die hättest du so wenig, wie möglich anfassen dürfen." „Tut mir leid, soweit habe ich nicht darüber nachgedacht." Jannet schaute beschämt zu Boden. „Schwamm drüber. Vermutlich haben sie eh Handschuhe getragen. Wir werden das Ganze aber trotzdem noch mal genauer unter die Lupe nehmen." „Wie meinst du das?", fragte Jannet, als sie wieder zu Elias aufsah. „Naja, wir untersuchen auf jeden Fall noch mal diesen Brief und natürlich deinen Briefkasten." Elias nahm einen Gefrierbeutel aus der Küchenschublade und steckte den Zettel dort hinein, um nicht noch die letzten Spuren, die an ihm hafteten zu verwischen. „Na gut, aber könnten das nicht deine Kollegen übernehmen, während du mit uns nach Frankreich kommst?" „Jannet, ich habe euch doch bereits gesagt, dass ich nicht mitkommen werde und meiner Meinung nach, solltest du auch nicht auf diese Weise deine Zeit verschwenden. Das ist absoluter Blödsinn. Du setzt dir aus lauter Verzweiflung Dinge in den Kopf, die einfach schwachsinnig sind." „Jetzt sei doch nicht so, Elias.", mischt sich jetzt auch Diana wieder in die Diskussion ein. „In Deutschland seid ihr doch auch nicht weiter gekommen. Ein Versuch ist es doch wert." „Ich glaube langsam, ihr wollt mich nicht verstehen. Auch, wenn wir grade mal nicht ausgerechnet an diesem Fall dran sind, muss ich trotz allem noch arbeiten. Ich kann mir nicht mal eben drei Wochen Urlaub nehmen, nur weil meine Schwägerin sich grade überlegt hat, nach Frankreich zu fliegen. Außerdem kannst du auch nicht einfach so einen Spürhund mitnehmen. Das braucht einen guten Grund und eine Genehmigung. Die magische Eingebung eines Kindes ist definitiv kein Grund, der es berechtigen würde, einen polizeilichen Suchhund in ein anderes Land einzuführen. Also denk doch bitte einmal in deinem Leben nach, Jannet." Elias blieb stur. So kam Jannet bei ihm nicht weiter. Es war ja klar, dass Elias nicht ohne weiteres mitkommen würde. Wie konnte Jannet das nur jemals denken? Dabei glaubte sie, in Frankreich wirklich gute Chancen zu haben. Aber was solls? Die Tickets waren nun mal gebucht, und wenn Elias nicht mitkommen wollte, sollte er eben hier bleiben. Jannet würde es auch alleine schaffen, und sie war sich sicher, wenn sie wieder zurückkehren würde, dann mit Greta. „Okay, wie du meinst." Wütend legte sie das ausgedruckte Ticket von Elias auf den Tisch. „Das war eigentlich für dich gedacht. 80 Euro habe ich deswegen in den Sand gesetzt, aber kein Problem. Ich finde Greta auch ohne deine Hilfe." Mit ratlosen Blicken ließ Jannet die Beiden dann zurück. Viel zu viel Zeit hatte sie hier verschwendet. Jannet hätte schon längst ihre Koffer gepackt haben können und wäre bereits mit einem halben Bein in Frankreich, wenn sie bei Elias nicht so lange gegen die Wand geredet hätte. Zu Hause holte sie das alles nach. Im Eiltempo suchte Jannet alle wichtigen Sachen zusammen, kramte die Koffer vom Dachboden und bereitete alles notwendige für die frühe Abreise morgen vor. In der Zwischenzeit meldete sich schließlich auch noch Manuela, wie versprochen zurück. „Okay, für die Abreise morgen ist alles geklärt. Ich komme mit." Jannet konnte ihre Gefühle kaum in Worte fassen, als sie das hörte. Es war erleichternd, zu wissen, dass wenigstens Gerd und Manuela in jeder Notsituation hinter ihr standen, auch wenn man dies von Elias ganz und gar nicht behaupten konnte. Am Morgen ging es hektisch zur

Sache. Jannet fielen noch tausend Dinge ein, die sie am Abend vergessen hatte, einzupacken. Die ganze Nacht dachte sie über diesen, zugegeben völlig übereilten Kurztrip nach und schmiedete Pläne, wie sie in den nächsten Tagen am Besten vorgehen konnten. Zwischenzeitlich kamen ihr Zweifel, ob dies wirklich die richtige Entscheidung war, doch mittlerweile war sie sich ihrer wieder ganz sicher. Was Samuel sagte, stimmte schon einmal. Natürlich konnte Elias davon nichts wissen, da Jannet ihm nichts von dem Einbruch erzählte.

Als Gerd und Manuela in der Früh bei Jannet ankamen, war diese schon seit Stunden wach. Die Nachbarschaft, um sie herum, lag noch schlafend in friedlicher Dunkelheit gehüllt und bekam von all dem Aufwand nichts mit. „Ich lade schonmal das Gepäck ein. Gibst du mir deine Koffer?" Gerd flüsterte halb laut, um die idyllische Stille draußen nicht zu stören, und keine weiteren Bewohner der Siedlung zu wecken, als Jannet ihm die Koffer überreichte. „Habt ihr schon gefrühstückt? Ich habe für die Fahrt nach München ein paar Brötchen geschmiert. Bedient euch ruhig." Jannet hielt den anderen eine Tüte mit belegten Brötchen unter die Nase, von denen sich Gerd im Vorbeigehen schon das erste nahm. „Schau mal, Jannet, ich habe uns allen eine Banane eingepackt. Wenn wir auf einer einsamen Insel abstürzen, ist unser Überleben zumindest kurzzeitig gesichert." Stolz hielt Manuela vier Bananen in die Luft. „Ich bin sicher, wir werden auf dem Weg nach Frankreich viele einsame Inseln überqueren." „Mit euch beiden auf eine einsame Insel? Da will ich lieber bei dem Absturz drauf gehen!", lachte auch Gerd. „Aber wann kommt denn Elias? Hast du ihm nicht

gesagt, dass wir uns bei dir treffen?" „Es gibt da leider
eine kleine Planänderung. Elias kommt nicht mit."
„Was?!", riefen Gerd und Manuela wie aus einem Mund.
„Was machen wir jetzt ohne ihn?" Gerd setzte die Koffer
am Auto ab und schaute in die Luft, als sei ihm soeben das
Weltende prophezeit worden. „Na was wohl? Wir machen
genau das, was wir auch mit ihm gemacht hätten. Wir
suchen Greta." „Das könnte aber ziemlich schwierig
werden, wenn weder Gerd noch du oder ich wirklich eine
Ahnung davon haben, was zutun ist. Ich meine, selbst
wenn wir wissen, wo sie ist, können wir die Täter ja nicht
einfach so ohne polizeiliche Hilfe überführen und Greta
befreien." „Okay, okay. Wenn es so weit ist,...", wandte
Gerd ein, „haben wir immer noch die Möglichkeit, die
Polizei zu alarmieren. Dann wissen wir ja ganz sicher,
dass Greta dort ist. „Gerd hat Recht, Manuela. Jetzt gibt es
kein Zurück mehr." „Na gut. Dann bleibt eben eine
Banane mehr für uns übrig.", lacht Manuela schließlich
und holte dann auch ihr Gepäck, damit Gerd es verstauen
konnte.
Gut eine Stunde später befanden sich alle drei auf der
Autobahn in Richtung München. Am Horizont sah man,
wie es allmählich ein ganz kleines Bisschen hell wurde,
und es schien, als solle es heute ein sonniger Tag werden.
Obwohl es draußen noch immer kalt war, ist der Schnee
mehr oder weniger geschmolzen. Nur am Straßenrand sah
man vereinzelnd noch kleine Überbleibsel stark
geschrumpfter Schneehaufen. „Gab es für heute
irgendwelche Staumeldungen?", begann Jannet schließlich
das Gespräch. Die Situation war bei allen wieder relativ
angespannt. Keiner wusste wirklich, was in Frankreich auf
sie zukommen würde, doch jeder spürte den Druck der

Ver- antwortung. In den nächsten Tagen musste sich jeder einzelne felsenfest auf die anderen verlassen können und es durften keine Fehler passieren. „Bisher nicht. Da die meisten heute wieder ihren ersten Arbeitstag haben, kommen wir zum Glück nicht in den Rückreiseverkehr.", gab Gerd zur Antwort, der hinter dem Steuer saß. „Wir liegen noch super in der Zeit Leute, kein Grund zur Panik.", meldete sich auch Manuela vom Beifahrerplatz aus. Die Handtasche mit den Bananen behielt sie während der ganzen Fahrt auf ihrem Schoß abgestellt. Im Falle eines Falles hatte sie dort schließlich alles überlebensnotwendige drin verstaut, vom Pflaster bis zur Nagelschere. Doch spätestens am Flughafen sollte ihr die besondere Fürsorglichkeit keines Wegs zu Gute kommen. „Schau mal, Gerd. Da vorne in dieser Tiefgarage, kannst du bestimmt gut parken." „Meinst du hier?" „Ja, genau. Siehst du die Anzeigetafel?" Jannet zeigte von der Rückbank aus nach vorne auf eine neon leuchtende Elektro-Anzeige, die Auskunft darüber gab, wo noch freie Parkplätze zu finden waren. „Super.", meinte Gerd. „Jetzt müssen wir nur noch das passende Terminal suchen und schon sind wir auf dem Weg Richtung Frankreich. Was sagt die Uhr?" Jannet suchte ihr Handy hervor, um zu sehen, wie spät es war. Dabei erschrak sie plötzlich. „Nur noch eine halbe Stunde bis zum Abflug! Wer hat behauptet, wir lägen gut in der Zeit? Normalerweise müssten wir längst hier sein." Mit bösen Blicken wurde Manuela nun von oben bis unten gemustert. „Tut mir leid, ich dachte, eine halbe Stunde würde ausreichen." „Wir müssen noch das ganze Gepäck abgeben, durch die Flughafenkontrolle und wenn es da drin genauso überfüllt ist, wie es bei meinem letzten Urlaub der Fall war, werden wir in drei Stunden nicht in unserem Flieger sitzen." Die drei nahmen ihr Gepäck und rannten damit zum Eingang des Gebäudes. Jetzt durften sie bloß keine Zeit mehr verlieren, wenn sie heute noch nach Paris kommen wollten. In der Flughafenhalle angekommen dann die erste Erleichterung: gähnende Leere. Lediglich ein älterer Herr, der gemütlich in der Cafeteria saß, einen Espresso trank und dabei Zeitung las, sowie ein junger Thailänder auf dem Weg zur Information waren zu sehen, sonst niemand. Keine lästigen Warteschlangen und ohrenbetäubender Lärm, wie man es normalerweise von Flughäfen gewohnt war. „Hier steht es: München – Paris. Das ist das richtige Terminal." Jannet zeigte wieder auf eine Anzeigetafel. „Guten Morgen, Sie wollen also nach Paris?", fragt die zuständige Dame am Schalter freundlich lächelnd. „Das ist richtig." „Gut, dürfte ich dann einmal Ihre Tickets sehen?" Jannet reichte der Frau die drei Tickets, damit sie diese begutachten und daraufhin etwas in ihren Computer eintippen konnte. „Super, dann legen Sie doch bitte die Gepäckstücke auf das Band." Die drei folgten den Anweisungen und gaben ihre Koffer ab. „Der Rest ist unser Handgepäck." „Gut, gehen Sie bitte dort entlang. Wir wünschen einen angenehmen Flug und eine schöne Reise." „Vielen Dank.", rief Manuela noch, als sie schon längst auf dem Weg zur Flughafenkontrolle waren. „Kommt schneller! Wie viel Zeit haben wir noch?" „Eine viertel Stunde. Das schaffen wir!" Während des Laufens warf Gerd einen kurzen Blick auf seine Armbanduhr, um sich im Zeitplan zu orientieren. „Eine viertel Stunde ist doch noch extrem lang.", warf Manuela ein, die kaum mit dem Tempo der anderen mithalten konnte. „Denkt ihr nicht, wir hätten da noch zwei Minuten übrig, um vorher

nochmal aufs Klo zu gehen? Es ist wirklich dringend."
„Im Flugzeug gibt es eine Bordtoilette. Solange musst du
es noch irgendwie zurückhalten. Wenn wir erst mal in der
Luft sind, hast du dafür alle Zeit der Welt." Jannet wandte
sich nach hinten zu ihrer Freundin um. „Jannet, ich meine
es echt ernst, wenn ich nicht bald ein Klo bekomme,
überstehe ich nicht einmal den Weg bis zur Kontrolle."
Okay, dort in der Ecke sind die Toiletten. Du musst dich
aber wirklich beeilen." Schließlich beschloss Gerd, dass
noch ausreichend Zeit für einen Toilettengang war und gab
Manuela die Erlaubnis, im Eiltempo aufs Klo zu gehen.
„Super, danke! Ich beeile mich auch wirklich." , versprach
diese und rannte dann an Gerd und Jannet vorbei zu der
Tür mit der Aufschrift WC. „Das ist doch verrückt."
„Was?" Gerd sah fragend zu Jannet, während die Beiden
auf Manuela warteten. „Na das, was wir hier grade tun.
Hals über Kopf nach Paris zu fliegen, ohne einen einzigen
Beweis, dass Greta überhaupt dort ist. Wir haben nicht
einmal eine plausible Erklärung, weshalb sie dort sein
könnte. Ich glaube langsam selber, dass es eine blöde Idee
war. Lass uns einfach wieder zurück fahren, das hat doch
hier alles keinen Sinn." „Nein!" Jannet war beinahe
erschrocken über den Tonfall, mit dem Gerd seine Antwort
herausschoss. „Wie bitte?" „Ich sagte nein. Du hast diese
Reise ins Leben gerufen, dann wirst du dazu jetzt auch
stehen und ziehst das mit uns durch." Jannet sah Gerd
noch immer fragend an. Würde er sie jetzt tatsächlich dazu
zwingen wollen, nach Frankreich zu fliegen, wenn sie es
sich grade anders überlegt hatte? „Siehst du denn nicht,
wie sich das Schicksal grade quer stellt? Wir sind viel zu
spät, obwohl wir heute morgen super pünktlich
losgefahren sind. Elias wollte nicht mitkommen. Er ist der

einzige, der wirklich weiß, was zutun wäre. All diese Dinge versuchen uns davon abzuhalten, diese Sache wirklich durchzuziehen. Es muss eine Fügung des Schicksals sein." „Was hast du jetzt noch zu verlieren? Die Tickets hast du schon bezahlt und das Geld bekommst du so oder so nicht zurück." Irgendwie hatte Gerd ja schon Recht, doch so wirklich viel Zeit, um sich darüber Gedanken zu machen, hatte Jannet auch wieder nicht, denn in diesem Moment kam auch schon Manuela wieder herausgestürmt und die Rennerrei zur Flughafenkontrolle ging weiter. „Beeilt euch, noch zehn Minuten." Bei der Kontrolle angekommen, leerten die drei Reisenden alles aus, was sie in den Hosentaschen hatten und legten es zu dem Handgepäck auf das Band. Dann gingen sie auch selber durch eine Art Türrahmen, um sich kontrollieren zu lassen. Plötzlich begann das Gerät, durch das ihr Handgepäck gefahren wurde laut an zu piepen. „Da müssen wir nochmal schauen.", sagte der zuständige Kontrolleur schließlich. „Bitte einmal diese Tasche öffnen." Er zeigte auf Manuelas` Handtasche. Als hätte sie grade ein schweres Verbrechen begannen, nahm Manuela die Tasche in die Hand, um sie zu öffnen. Nacheinander brachte sie die verschiedensten Gegenstände zum Vorschein, die ihr jedoch meistens vom Kontrolleur direkt wieder abgenommen wurden. Zuerst zwei Flaschen Orangensaft. „Getränke sind an Board leider nicht gestattet." Dann eine Deoflasche und schließlich sogar Pfefferspray. „Manuela, ist das dein Ernst? Wozu brauchst du Pfefferspray?" Jannet sah ihre Freundin verständnislos an. „Das deutsch-französiche Verhältnis war noch nie sonderlich gut. Das ist alles nur zu unserer Sicherheit.", antwortete sie kühl, während sie ihre Dose abgab. „Okay, das wars. Sie dürfen dann durchgehen. Kommentarlos griffen Jannet, Manuela und Gerd nach ihren Sachen und rannten weiter. Sie hatten schon viel zu viel kostbare Zeit verloren. Wenn sie sich jetzt nicht beeilten, würde die Maschine in gut zwei Minuten ohne sie abheben. „Halt, warten Sie!" Gerd beobachtete, wie die Stewardess am Ende des Ganges grade sie Türen verschließen wollte. „Wir wollen noch mit!" „Sie sind ziemlich spät. Bemühen Sie sich beim nächsten Mal um etwas mehr Pünktlichkeit." Obwohl die Frau Jannet, Manuela und Gerd für ihre Unpünktlichkeit tadelte, öffnete sie schließlich die Türen wieder, damit auch noch die letzten drei Passagiere an Board gehen konnten. Im Flugzeug waren noch genau drei Plätze frei. Genau drei! Hätten es nicht normalerweise vier sein müssen? In der Hektik bemerkte Jannet den Fehler zunächst nicht, doch als sie dann voller Erleichterung ihren Platz einnehmen wollte, kam die große Überraschung: „Elias! Um Himmels Willen, was machst du denn hier?" Jannet ließ vor Freude beinahe ihr Handgepäck fallen. „Na endlich, wo ward ihr denn so lange? Ich hatte schon Angst, ihr hättet es euch anders überlegt und ich müsste alleine nach Paris fliegen." „Du hilfst uns also doch?", fragte Manuela hoffnungsvoll. „Bleibt mir denn etwas anderes übrig? Ohne mich würdet ihr euch in Frankreich doch niemals zurecht finden. Dann müssen wir nicht nur Greta suchen, sondern auch noch euch. Diese Arbeit möchte ich den Polizisten dann doch lieber ersparen." Elias lehnte sich kühl in seinen Sitz zurück und durchblätterte die Speisekarte des Board-Bistros. Die anderen waren jedoch noch immer fassungslos. Sie hatten mit allem gerechnet, aber niemals damit, dass Elias sich doch noch zu einem Frankreich-Trip überreden ließ und jetzt so unerwartet im Flugzeug sitzen würde. Nachdem Jannet, Manuela und Gerd schließlich auch ihr Gepäck verstaut hatten und sich zu Elias auf die reservierten Plätze setzten, ertönte auch schon die Stimme einer Stewardess durch die Lautsprecher, die die Passagiere dazu aufforderte, sich für den Start bereit zu machen. Dann kam das Flugzeug langsam ins rollen. Es fuhr auf die endlos lang aussehende Startbahn zu, bis es die passende Position eingenommen hatte. Wie ein gigantischer Riese stand die Maschine da. Schließlich nahmen sie Fahrt auf. Immer schneller und schneller. Das dröhnende Geräusch der Turbinen wurde immer lauter. Jannet spürte, wie die Erdanziehungskraft überwunden wurde, und sie schließlich den Kontakt zum Asphalt verloren. Noch lange sah sie dem Bodenpersonal nach, das wie kleine Insekten immer winziger wurde, je weiter sich das Flugzeug entfernte, bis es gänzlich verschwand. Hatte sich Jannet alles wirklich gut überlegt? Alle möglichen Leute hatte sie jetzt teilweise sogar unfreiwillig in ihre Pläne eingebunden. Wenn sich jetzt herausstellen würde, dass diese Idee absoluter Schwachsinn war, hatten diese Menschen allen Grund, auf Jannet sauer zu sein. Vermutlich würden sie ihr nie wieder ihre Hilfe anbieten und sie stand alleine vor den Trümmern ihres Lebens. Ihren Ehemann hatte sie bereits für immer verloren? Würde es ihr mit ihrer Tochter genauso ergehen? Nein, das durfte auf keinen Fall geschehen. Greta musste einfach in Frankreich sein. „Sag mal, Jannet, wie soll es eigentlich weitergehen, wenn wir in Paris landen?" „Was?" Jannet schaute fragend zu Gerd. „Naja, so wie üblich halt. Wir steigen zuerst aus, dann holen wir unsere Koffer vom Gepäckband,..." „Ja, ja, das ist mir schon klar. Ich meine eigentlich eher das, was danach passiert. Also wo schlafen wir heute Nacht? Haben wir ein Hotel? Und wo willst du dann mit der Suche anfangen?" „Nun ja,..." Jannet überlegte, was sie sagen sollte. Um all das hatte sie sich noch nicht gekümmert. In Deutschland hatte sie nicht einmal damit gerechnet, dass ihr Vorhaben überhaupt in die Tat umgesetzt werden würde und sie sich nur kurze Zeit später tatsächlich auf dem Weg nach Frankreich befände. Doch da unterbrach Elias schon ihre Gedanken, ehe sie ihren Satz fortsetzen konnte. „Wie wäre es damit?", fragte er und hielt Jannet ein Prospekt entgegen. „Was ist das?" „Eine Pension. Liegt relativ zentral und ist für pariser Verhältnisse gar nicht mal so teuer." Jannet musterte das Papier, bis sie es schließlich annahm und einen genaueren Blick darauf warf. „Das sieht gar nicht mal so schlecht aus, was meint ihr?" Sie wandte sich jetzt an Gerd und Manuela, die nun die abgedruckten Bilder von der Pension ebenfalls begutachteten. „Also ich bin damit absolut einverstanden.", versicherte Manuela. „Ja, die Lage ist doch super. Lasst uns das nehmen.", meinte auch Gerd. „Okay, ich hoffe nur, dass dort auch noch genug Zimmer frei sind." Jannet gab den Prospekt an Elias zurück. „Dafür habe ich bereits gesorgt. Ich habe vor unserer Abreise zwei Doppelzimmer auf deinen Namen reservieren lassen." Elias nahm sich wieder die Bistro-Karte vor und lehnte sich entspannt in seinen Sitz zurück, als wäre das, was er organisiert hatte selbstverständlich und keine große Sache gewesen. Die anderen drei staunten hingegen über sein Engagement. „Ach ja, wir haben übrigens heute Abend einen Termin mit einem früheren Kollegen von mir. Er ist jetzt Polizist in Paris und leiht uns seinen Spürhund für unsere Suche." „Elias! Was hätten wir bloß ohne dich getan?" Jannet war hellauf begeistert. So stand der Suche für die nächsten Tage nichts mehr im Wege.

**Kapitel 7**

Paris – Die Stadt der Liebe, mitten im Herzen Frankreichs.
Durch seine Seine gespalten in ein rechtes und ein linkes
Ufer und mit etwa 2,2 Millionen Einwohnen die
fünftgrößte Stadt und Metropolregion der EU.
Nach genau einer Stunde und 35 Minuten berührte das
Flugzeug wieder den sicheren Boden. Ein besonderer Duft
lag hier in der Luft, den man von Deutschland nicht
kannte. Nachdem Jannet, Manuela, Gerd und Elias alle
Gepäckstücke wieder in den Händen hielten, fuhren sie
mit dem Taxi in die Pension, die Elias hat reservieren
lassen. Auf dem Weg zum Taxi tippte Jannet hastig einige
Worte in ihrem Handy ein, die sie danach an ihre Mutter
verschickte. „Sind gut angekommen. Hab dich lieb." Nur
wenige Minuten später erreichten die vier schließlich die
besagte Pension. Es war ein mehrstöckiges Gebäude
mitten in der Stadt, das mehr oder weniger nur aus
Glasfassaden bestand. Generell glich in dieser Gegend
jedes Hochhaus dem nächsten. Gleich gegenüber befand
sich eine Bäckerei, in der Frankreichs Spezialitäten zu
kaufen waren. „Guten Tag, ich habe hier zwei
Doppelzimmer reservieren lassen." In der Eingangshalle
trafen sie auf einen älteren Herren hinter der Rezeption.
„Wie ist der Name, bitte?" „Cammel", gab Jannet zur
Antwort. „Ich schaue mal eben nach." Der Portier blätterte
in einem vor sich liegendem Buch, bis er schließlich zwei
Schlüssel aus der Halterung hinter sich nahm. „Bitteschön,

Ihre Zimmer sind die Nummern 105 und 108." Elias nahm die Schlüssel entgegen. „Die Zimmer befinden sich im fünften Stock.", gab der Mann mit starkem französischem Akzent noch zu verstehen, bevor die vier Besucher auf dem langen Flur in Richtung des Fahrstuhles verschwanden. „Der spricht ja Deutsch.", erkannte Jannet staunend, als sich die Türen des Aufzuges schlossen. „Natürlich spricht er Deutsch. Das hier ist eine Pension. Der Mann lebt förmlich von deutschen Touristen.", erklärte Elias, der schon viele Orte bereist hatte, um sich bestens in der Tourismusbranche auszukennen. „Sprechen hier alle Deutsch?" Auch Manuela interessierte sich nun für die Sprachfähigkeiten der französischen Bewohner. „Na dann wird die Suche ja ein Kinderspiel, wenn uns jeder problemlos versteht." „Da muss ich dich leider enttäuschen. Nicht alle Franzosen sind mehrsprachig aufgewachsen. Vor allem bei der älteren Generation, wird das schwierig mit der Verständigung. Aber alle, die viel mit Touristen zu tun haben, wie zum Beispiel die Angestellten eines Hotels, haben meistens gute Deutschkenntnisse. Wenn ihr mal nicht weiter wisst, versucht es am Besten erst mal auf Englisch." Im fünften Stock angekommen, öffneten sich die Türen des Fahrstuhles wieder. „So, Leute. Haltet die Augen offen. Unsere Zimmer sind Nummer 105 und 108." Elias lief mit seinem Gepäck und den beiden Schlüsseln voraus und überflog mit den Augen die angebrachten Türschilder. „94, 95,... Es müsste gleich kommen." „Hier, ich habe Nummer 105 gefunden!", rief Manuela, die sich an Elias vorbei drängelte, um das gesuchte Zimmer als erste zu entdecken. „Okay, ich würde sagen, ihr nehmt dann die 105 und wir Männer gehen in Nummer 108." Elias übergab einen der

Schlüssel an Manuela. „Wir treffen uns dann in zehn Minuten wieder auf dem Flur."

„Was für ein schönes Zimmer!" Manuelas` Faszination kannte keine Grenzen, als sie die Tür öffnete. Gleich lief sie hinein, um sich in jeder Ecke umzusehen. „Guck mal, Jannet. Wir haben sogar eine eigene Klimaanlage. Ist das nicht mega cool?" „Ich bin ziemlich sicher, dass wir sie um diese Jahreszeit nicht brauchen werden."; entgegnete Jannet kühl, während sie ihre Sachen ausräumte. „Denk daran, dass wir nicht hergekommen sind, um uns einen schönen Urlaub zu machen." „Das weiß ich doch. Wir sind hier, um Greta zu suchen." Manuela warf sich auf eines der Betten. „Ach, ist das herrlich bequem! Heute werden wir eh nichts mehr erreichen. Der erste Tag ist immer dazu da, um sich erst mal richtig einzuleben und die Gegend zu erkunden. Abends kann man sich dann Gedanken darüber machen, wie der Plan für die nächsten Tage aussehen soll." „Zeit, um die Gegend zu erkunden bleibt uns nicht. Ich habe nicht vor, hier Wurzeln zu schlagen. Wenn wir Greta nicht in den nächsten Tagen finden, oder zumindest eine sicher Spur haben, können wir die ganze Aktion vergessen. Ich kann die Kosten für die Unterkunft nicht lange zahlen, du weißt selber, dass ich meinen Job verloren habe." Manuela richtete sich in ihrem Bett auf. „Glaubst du, dass wir in so kurzer Zeit die Chance haben, etwas zu erreichen?" „Ich weiß es nicht, aber es ist das einzige, was wir tun können. In Deutschland sind wir nicht weiter gekommen." Jannet nahm einige Sache aus ihrem Koffer und brachte sie in das kleine, an das Schlafzimmer grenzende Badezimmer. Als sie zurückkehrte, wandte sie sich wieder an Manuela. „Wir sollten jetzt gehen. Die

Männer warten bestimmt schon draußen auf uns." Auf dem Flur kamen Gerd und Elias ebenfalls grade aus ihren Zimmern heraus. „Also mir knurrt allmählich der Magen. Wie sieht es bei euch aus?", fragte Gerd die anderen Mitreisenden. „Ja, gegen ein Mittagessen hätte ich nichts einzuwenden. Und weil ich mich schon vorher im Internet schlau gemacht habe, weiß ich auch, wo hier in der Nähe ein gutes Restaurant sein soll. Die Rechnung geht dann heute auch selbstverständlich auf mich." Alle folgten Elias zurück in die Eingangshalle, bis hin zum Ausgang des Gebäudes. Auf der Straße schaute er sich um. „In diese Richtung, meine Herrschaften." Elias zeigte in eine schmale Straße, die zwischen dem Backhaus und einem weiteren mehrstöckigem Gebäude herführte. „Franzosen haben ihre Qualität. Oft nicht ganz billig, aber ich bin sicher, ihr werdet das Essen hier lieben." Die anderen staunten über das Wissen, das Elias sich vor der Reise angeeignet hatte. Vielleicht war ihm die ganze Sache ja doch ernster, als er zugeben wollte. Warum sonst hätte er sich so bemüht, wenn er eh nicht daran glaubte, dass tatsächlich eine Chance bestand, Greta hier zu finden?

Das Restaurant, das Elias ausgesucht hatte, sah schon von Weitem vielversprechend aus und auch, als sie es betraten, wurde Jannet nicht enttäuscht. Das Ambiente wirkte dank der goldenen Verzierungen an der Wand und den ansonsten sehr schlichten dunkelroten Tapeten, sehr nobel und auch die Dekoration passte sich optisch diesem Farbstil an. Durch einen jungen Mann im weißen Hemd, der sich hinter der Theke befand, wurde der ganze Anblick dann noch zusätzlich abgerundet. Insgesamt war der ganze Saal relativ dünn besetzt. Jannet zählte nur eine Hand voll

Leute, die überwiegend aus jungen, fein gekleideten Ehepaaren bestand. „Elias, ist das dein Ernst? Das Essen muss hier doch ein Vermögen kosten. Lass uns lieber ein anderes Lokal suchen." Jannet nahm ihren Schwager an den Arm und wollte ihn sogleich wieder in Richtung Ausgang ziehen, als dieser sie zurückhielt. „Wir sind in Paris, was erwartest du? Wer hier Urlaub macht, spart nicht am Essen. Du wirst in diesem Umkreis kaum ein Lokal finden, das seine Gerichte zu günstigeren Preisen anbietet. Jetzt setzt euch." Als sich die anderen schließlich doch dazu überreden ließen, sich an einen der freien Tische zu setzten, kam auch sogleich der junge Mann hinter der Theke hervor, um ihnen die Speisekarte zu bringen. „Achtet einfach nicht auf die Preise. Das sind auch alles nur Zahlen.", beruhigte Elias sie und schaute dann selber in die Speisekarte. „Was ist das hier alles? Ich verstehe kein Wort von dem, was hier drin steht." Manuela sah Elias ratlos an, der darauf hin von seiner Karte aufsah. „Frag mich einfach. Ich bin ja nicht zum erstem mal in Frankreich. Ein Bisschen Ahnung habe ich bereits. Also zumindest was das Essen angeht. „Okay, was ist denn dann zum Beispiel Assiétte Végétarienne, Herr Franzose?", lachte Jannet. „Ich war zwar vorher noch nie in Frankreich, aber ich würde tippen, dass es etwas vegetarisches ist." „Ja, das stimmt sogar.", bestätigte Elias die Vermutung von Gerd. „Assiétte Végétarienne ist eine Gemüsepfanne mit verschiedenen angebratenen Gemüsesorten und einer Soße." „Nicht schlecht. Und was ist Plie au Lemon?" mischt sich wieder Manuela ein. „Eine angebratene Scholle in Limonenbutter." „Ach, ne. Scholle ist ja gar nicht mein Geschmack. Ich glaube, ich nehme doch lieber die Gemüsepfanne. Was nimmst du denn, Gerd?" „Scholle hört sich ja eigentlich ganz gut an. Aber was ist denn Cuisses de Poulet, Elias?" „Aromatisch gewürzte Landhähnchen Keulen in Paprikasoße. Das kann ich aber nicht empfehlen. Dieses Gericht ist ziemlich scharf." „Gut, da entspricht die Scholle tatsächlich eher meinem Geschmack.", lachte Gerd. „Gute Wahl, die nehme ich auch. Nachdem sich alle entschieden hatten, nahm Elias die Speisekarten und legte sie zusammen, um dem Kellner das Zeichen zu geben, dass er nun die Bestellung aufnehmen konnte. „Also Leute, der Plan lautet wie folgt.", Elias stellte die Tischdeko ein wenig beiseite, um sich Platz zu verschaffen. „Heute Nachmittag holen wir uns von der Tourist-Info einen Stadtplan. Dann können wir schauen in welchen Gebieten es am meisten Sinn macht zu Suchen. Es wäre super, wenn ihr Beide das erledigen könntet, während Gerd und ich im Supermarkt ein paar Lebensmittel für die nächsten Tage einkaufen." Elias schaute zu Jannet. Als diese nickte, fuhr er weiter fort. „Gegen halb sieben haben wir dann unsere Verabredung mit meinem Kollegen, von dem ich euch heute Morgen erzählte. Er will uns bei der Suche helfen. Mit ihm besprechen wir dann, was wir uns zur Vorgehensweise gedacht haben. Ab morgen fangen wir dann an. Alles verstanden?" Wieder nickten die anderen. „Gut. Jannet, du legst heute Abend alles zusammen, was du für die Suche aus Deutschland mitgenommen hast. Also alle Fotos und Gegenstände von Greta, die uns irgendwie weiterhelfen könnten." „Verstanden.", bestätigte Jannet. „Perfekt, dann kann es losgehen." Elias lehnte sich wieder zurück und wartete auf sein Essen.

An der Tourist-Information war kaum ein Mensch zu

sehen. Von außen schien es beinahe, als hätte sie heute garnicht geöffnet, doch als Jannet und Manuela näher kamen, bemerkten sie, dass dort eine ältere Dame hinter einem Schreibtisch saß. „Ich spreche gar kein Französisch, du?" Manuela sah zu Jannet, die grade die Tür öffnen und das Gebäude betreten wollte. Die alte Frau hatte die Beiden noch nicht bemerkt. „Nein, ehrlich gesagt nicht. Aber in der Tourist-Info sollte man zumindest damit rechnen, dass nicht alle, die hier hin reisen auch fließend Französisch sprechen. Der Typ im Hotel hat uns doch auch verstanden." „Stimmt. Vielleicht versteht die Frau ja Englisch." Jannet und Manuela gingen rein. Sofort wurde die ältere Dame auf sie aufmerksam und musterte die Beiden mit fragenden Blicken. „Excuse me.", begann Manuela. „We need a sort of map, you know what I mean?" Mit den Händen malte sie ein Rechteck in die Luft, um ihre ziemlich schlechte englische Aussprache für die Frau verständlicher zu machen, doch diese lachte nur über das, was sie sah. „Kommt ihr etwa aus Deutschland? Vielleicht sogar genauer gesagt aus Bayern?" Jannet und Manuela sahen sich mit staunenden Blicken an. Woher wusste sie das so genau? „Ja, das ist richtig.", sagte Jannet. „Wir kommen aus Erlangen. Wie haben Sie das bemerkt?" Die Frau schüttelte lachend den Kopf. „Diese jungen Leute heutzutage. Die Menschen kommen aus aller Welt, um hier Urlaub zu machen. Jeden Tag wird man hier mit den unterschiedlichsten Akzenten konfrontiert und mit den Jahren kann man sie dann auch der jeweiligen Region zuordnen. Ihr müsst wissen, ich mache diesen Job auch nicht erst seit gestern, wie man sieht." „Sie sprechen aber gutes Deutsch, wo haben Sie das gelernt?" Manuela war von der Dame fasziniert. Mal wieder konnte sie nur darüber staunen, was man von älteren Menschen noch so alles lernte. Ich habe in meiner Jugend einige Jahre in Deutschland gelebt und gearbeitet. Ich wollte immer viel von der Welt sehen. Damals war ich noch in so manch anderen Ländern, von denen es zu meiner Zeit wirklich kein Kinderspiel war, dort hinzureisen. Ich habe einfach meine Sachen gepackt und bin losgezogen." „Das ist ja ein Ding!" Die Dame lachte erneut. „Nun aber zu eurem Anliegen. Ihr seid doch sicher nicht hergekommen, um mit mir über meine längst vergangenen Jugendtage zu plaudern." „Nein.", gab Jannet zu. „Wir brauchen eine Karte von Paris. Ehrlich gesagt sind wir hier nämlich gar nicht im Urlaub, sondern auf der Suche nach meiner fünfjährigen Tochter. Sie wurde entführt und wir vermuten, dass sie in Frankreich ist, wissen aber auch nicht genau, wo." „Was sagt ihr da?" Die Frau nahm ihre Brille ab. „Das tut mir aber sehr leid für euch. Die meisten Touristen, die nach Paris reisen haben eher ein positives Anliegen. Hochzeitsreisen, Familienurlaub,... Aber warten Sie einen Augenblick. Vielleicht kann ich weiter helfen." Die ältere Dame suchte etwas in den Schubladen ihres Schreibtisches. „Hier habe ich es ja." Dann breitete sie eine große Karte vor sich aus und nahm ihre Brille wieder zur Hand. „Also, schauen Sie mal. Hier sind die kriminellsten Ecken von Paris." Mit einem gelben Textmarker markierte sie einige Stellen auf dem Papier. „Seid besonders vorsichtig, wenn ihr dort nach ihr sucht. Die Menschen, die sich in diesen Gebieten aufhalten, sind nicht ganz ungefährlich. Drogendealer, Abhängige,... Alles, was sich der untersten sozialen Schicht zuordnen lässt, trifft sich dort." „Danke, dass ist wirklich sehr nett. Wir werden uns dort auf jeden Fall umsehen. Aber keine

Sorge. Mein Schwager wird uns begleiten. Er ist Polizist."
Jannet ließ die Karte in ihrer Handtasche verschwinden
und bedankte sich bei der Dame für ihre freundliche
Mithilfe. „Wir haben eine Spur. Oder zumindest einen
Anhaltspunkt, mit dem wir arbeiten können."

Jannet, Manuela, Gerd und Elias machten sich auf den
Weg in das Café, in dem sie ihre Verabredung erwarteten,
als Jannet und Manuela berichteten, was sie durch die Frau
erfahren hatten. Das Café war nicht sehr weit von der
Pension entfernt, sodass sie es zu Fuß erreichen konnten.
„Tatsächlich? Na dann lasst mal hören, was ihr so
besonderes herausgefunden habt." Erwartungsvoll schaute
Elias seine Schwägerin an. „Wir haben eigentlich nichts
neues herausgefunden, aber wir haben einen wirklich
guten Tipp bei der TouristInfo bekommen.", begann
Manuela. „Genau, die Frau dort war wirklich nett. Wir
haben ihr von unserer Suche erzählt und dann hat sie uns
diese Karte gegeben.", fuhr Jannet weiter fort. „Seht mal,
die markierten Stellen sind die Bereiche in denen
Abhängige und Kriminelle anzutreffen sind. Die
Unterschicht dieser Stadt eben, denen man eine
Entführung am ehesten zutrauen würde." Jannet reichte
den Männern die Karte, als sie die Tür zum Café öffneten.
„Vergesst den Schwachsinn.", entgegnete Elias. „Eine
Entführung dieser Art könnte von allen ausgehen, aber
doch niemals von einem Abhängigem. Überleg mal, diese
Menschen sind einzig und alleine darauf bedacht, wo sie
die nächste Droge herbekommen. Was für einen Vorteil
hätten sie, ein Kind aus Deutschland zu entführen?
Außerdem währen sie dazu vermutlich gar nicht in der
Lage. Du musst bedenken, dass Menschen, die Drogen

konsumieren permanent in einem Rauschzustand leben. Und was die Dealer angeht, die meisten von ihnen sind selber abhängig und der Rest verdient sich mit dem Schwarzgeld einen goldenen Arsch. Da wäre keiner auf eine Kindesentführung angewiesen." Die vier nahmen im Café platz und warteten auf die besagte Verabredung. „Aber es ist doch zumindest ein Anfang, mit dem sich arbeiten lässt.", wandte Manuela ein. „Wie hast du dir die Suche denn dann vorgestellt?" „Das werden wir jetzt in aller Ruhe besprechen. Da kommt ja schon mein Kollege." Elias zeigte auf einen unscheinbaren Mann, der sich noch am Eingang stehend im Café umsah. Er trug einen Pullover und Turnschuhe. Nie hätte Jannet gedacht, dass dieser Mann tatsächlich Polizist war. Weder seine Statur noch sein gesamtes äußeres Erscheinungsbild wies Merkmale eines Polizisten auf. „Florian!" In diesem Moment wurde der soeben eingetroffene Herr auf Elias und seinen Anhang aufmerksam und kam auf diese zu. Seine Mimik verzog sich zu einem freundlichem Lächeln. „Guten Abend, die Damen. Florian Camper, mein Name." Er reichte zuerst Jannet und Manuela die Hand, bis er sich auch bei Gerd vorstellte. „Also, Elias hat mir schon so grob erklärt, worum es geht. Ihr braucht Hilfe bei der Aufklärung einer Entführung, richtig?" „Genau, es geht um meine Tochter.", ergänzte Jannet. „Sie wurde auf einer Weihnachtsfeier im Kindergarten entführt. Wahrscheinlich hier nach Frankreich." „Okay, und wie kommt ihr ausgerechnet auf Frankreich?" Florian musterte die vier Besucher mit fragenden Blicken. „Wir haben die Information aus einem Erpresserbrief erhalten.", warf Elias ohne zu zögern in das Gespräch ein, ehe Jannet etwas antworten konnte. Was hätte sie denn schon sagen sollen? Die Wahrheit? Damit hätte sie sich mal wieder absolut lächerlich gemacht und die Gefahr, dass Florian von alle dem kein Wort geglaubt hätte wäre ziemlich groß. Mit einem winzigem Lächeln warf Jannet ihrem Schwager dankbare Blicke zu. Wollte Elias ihr damit einen Gefallen tun? Oder tat er das nur, um sich vor seinem Kollegen nicht zu blamieren? „Gut, ich habe mich schon mal schlau gemacht und konnte neben meinem eigenen Hund noch einen weiteren auftreiben, der uns morgen helfen wird. Am Besten teilen wir uns in zwei Gruppen auf. Und ich würde vorschlagen, dass wir zuerst alle umliegenden Hotels in der Gegend genauer unter die Lupe nehmen. Bei ausländischen Entführern ist ein Hotelaufenthalt ziemlich üblich. Meistens leider nur kurzzeitig als Übergangslösung, aber wenn unsere Hunde in einem dieser Hotels anschlagen, wissen wir, dass wir zumindest auf dem richtigen Weg sind. Dann geht es daran Augenzeugen zu befragen und Überwachungskameras auszuwerten. Wenn dann alles funktioniert, haben wir vielleicht bald ein brauchbares Phantombild des Täters." „So hatte ich mir das auch in etwa gedacht.", bestätigte Elias seinen Freund. „Dann wäre es doch das sinnvollste, wenn wir beide als erfahrene Polizisten die Hotels der Stadt unter uns aufteilen. Die andern können dann ja selber entscheiden, wem sie sich anschließen wollen." Elias breitete die Karte, die er von Jannet erhalten hatte auf dem Tisch aus. „Keine schlechte Idee. Dann nehme ich mir einfach den südlichen Teil vor und du machst alles nördlich der Seine, also alles am Rive Gauche. Das wären dann..." Florian strich mit dem Finger über die Karte. „...ziemlich viele Hotels." Kurz stützte er seinen Kopf auf die Hand auf, während er überlegte. „Das werden wir

unmöglich mit nur zwei Hunden schaffen. Was wir dringend brauchen, ist Verstärkung. Habt ihr der französischen Polizei denn nichts gemeldet? Sie müssten doch eigentlich Suchtrupps zur Verfügung stellen."
„Schon, nur ist die Sachlage leider zu ungenau. Wir haben keine eindeutigen Beweise, lediglich Hinweise aus Zeilen, in die man nahezu alles hineininterpretieren könnte. Wir haben uns daher entschieden uns erst Hilfe zu holen, wenn wir etwas handfestes vorzuweisen haben." „Na gut, wenn ihr meint. Dann suchen wir uns erst einige Hotels raus und arbeiten sie in den nächsten Tagen ab. Nimmt zwar etwas mehr Zeit in Anspruch, aber etwas anderes bleibt uns wohl nicht übrig. Ohne Beweise wird hier wohl keiner etwas ausrichten."

Gesagt, getan. Schon am nächsten Morgen standen alle früh zur Suche bereit in der Eingangshalle der Pension, wo sie sich erneut mit Florian verabredeten. Wie vereinbart, hatte er auch zwei speziell ausgebildete Schäferhunde zur Unterstützung dabei. „Also, darf ich bekannt machen? Das hier ist Cojack, den ich mir von einem Kollegen borgen konnte und links von mir steht Don, mein eigener Hund. Die Beiden machen wirklich saubere Arbeit und solange Cojack nicht in einem dringenden Fall gebraucht wird, haben wir jeden Tag mit ihm das Vergnügen. Sie haben schon so manche illegale Drogenhändler enttarnt." Florian verwies auf die beiden Hunde, die er links und rechts neben sich an der Leine hielt. „Perfekt, die erste wichtige Voraussetzung für unsere privaten Ermittlungen wäre damit erfüllt. Jannet, hast du auch an deinen Part gedacht?" Als Antwort auf seine Frage erhielt Elias ein angespanntes Nicken. Schon jetzt spürte Jannet die

Nervosität in ihr aufsteigen. Dann nahm sie zwei kleine Kleidungsstücke aus ihrer Handtasche heraus und gab sie Florian. „Das ist Gretas` Schlafanzug. Der riecht noch immer ziemlich stark nach ihr." „Okay, dann kann es losgehen." Florian gab eine Leine und einen Teil des Schlafanzuges an Elias ab. „Gerd kommt mit mir mit. Ihr beide geht mit Florian." Elias deutete auf Jannet und Manuela. „Dann sind wir gut aufgeteilt." Schon machten sich die beiden Gruppen auf den Weg, um ihre Aufgabe zu erfüllen. In Jannet kam ein mulmiges Gefühl auf. Jetzt entschied sich vielleicht, ob Greta schon mal ihren Fuß auf französischem Boden gesetzt hatte und Samuel mit seiner Vision ein zweites mal Recht behalten würde. „Hier ist eine Liste mit allen Hotels, die wir heute mal ein wenig untersuchen werden. Wir werden den Hund über das ganze Gelände schicken und vor allem alle Neben- und Seiteneingänge genau unter die Lupe nehmen.", erklärte Florian und drückte Jannet die Liste in die Hand. „Wie schon gesagt, diese Hunde arbeiten sehr genau. Sollte deine Tochter also irgendwo hier gewesen sein, werden wir es herausfinden. Die Spur lässt sich noch nach Wochen zurückverfolgen." Florians` Worte beruhigten Jannet. Es zeigte ihr, dass noch nicht alles verloren war und man noch nach Wochen Hoffnungen auf ein Lebenszeichen haben durfte. „Wie erkennen wir, dass Don eine Spur gefunden hat?", wollte jetzt Manuela wissen. „Er wird zuerst anfangen, den Boden zu beschnuppern und nach einem identischem Geruch zu suchen. Wenn er eine Fährte aufgenommen hat, erkennst du das daran, dass er bellt oder hektisch in die Richtung zieht, in die unsere Spur verläuft." Am ersten Hotel angekommen, nahm Florian das Kleidungsstück, dass er von Jannet erhalten hatte und

hielt es dem Schäferhund an die Schnauze. „Such, Don!"
Sofort befolgte er dem Befehl seines Herrchens und
beschnupperte den Boden. Beinahe hatte Jannet die
Hoffnung, dass der Vierbeiner tatsächlich Gretas` Geruch
wiedererkannte. Wild aufgebracht lief Don umher und
führte den Kopf dicht über dem Asphalt von einer Ecke in
die nächste, während er die Gegend um das Hotel
untersuchte. Jannet, Manuela und Florian folgten ihm über
das Gelände, doch schon nach kurzer Zeit ließ der Hund
von seiner Suche ab und setzte sich hechelnd vor seinen
Besitzer. „Und? Hat er etwas gefunden?" Neugierig
betrachtete Manuela zuerst den Schäferhund und dann
Florian. „Leider nicht. Hier sieht es ziemlich schlecht aus.
Aber kein Grund zur Sorge. Wer hätte schon erwartet, dass
wir gleich beim ersten mal erfolgreich sind? Es braucht
viel Geduld, um eine vermisste Person ausfindig zu
machen." Florian nahm Don wieder an die Leine und
machte sich dann mit ihm und den beiden Frauen auf den
Weg zum nächsten Hotel. Doch auch dieses mal blieb der
Erfolg aus. Stattdessen machten sie Bekanntschaft mit
einem jungen Mann, der Florian, Jannet und Manuela
soeben bei ihrer Arbeit beobachtete. „Was machen Sie da?
Sie sind doch keine Hotelgäste, oder täusche ich mich
da?" Der Mann verschränkte abweisend die Arme vor der
Brust. „Nein, wir führen hier nur einige Durchsuchungen
durch." Florian schaute tief in die blauen Augen des
Mannes. „Worum geht es denn genau. Dürfte ich vielleicht
erst mal ihren Durchsuchungsbeschluss sehen, bevor ihr
hier einfach das ganze Hotel auf links dreht und
womöglich noch unserem guten Ruf schadet?" „Die Sache
ist leider etwas kompliziert. Aber wenn Sie vielleicht
einen Augenblick Zeit hätten, würden wir alles in Ruhe

erklären." Kurz ließ der Mann seine skeptischen Blicke noch einmal über die drei streichen, doch dann löste er seine angespannte Haltung wieder. „Okay, kommt doch mit in unsere Lobby. Ich denke, dort können wir alles in Ruhe klären. Ich bin übrigens Jerome." Die ernste Mimik des Mannes hatte sich inzwischen zu einem kleinen Lächeln verzogen, als er zuerst den beiden Frauen und dann Florian die Hand gab, um sich vorzustellen. „Freut uns sehr. Ich bin Florian und dass sind Jannet und ihre Freundin Manuela." Florian zeigte auf seine Begleiterinnen. Dann folgten sie Jerome in die Lobby, wo sie sich in die dort aufgestellten Sessel fallen ließen. „Na dann bin ich gespannt auf die Geschichte, die ihr mir jetzt erzählen werdet." Aufmerksam hörte er zu, als Florian zu erzählen begann. Immer wieder nickte er verständnisvoll. „Das tut mir wirklich sehr leid für euch, besonders natürlich für dich, Jannet. Wenn ich euch irgendwie helfen kann, lasst es mich ruhig wissen." „Danke, wir haben uns ja bereits unerlaubter Weise auf deinem Grundstück umgesehen.", lachte Jannet." „Eigentlich ist das gar nicht mein Grundstück. Es gehört meinem Vater und ich helfe ihm manchmal, weil er oft gesundheitlich nicht mehr so fit ist. Ich selber habe eine Weinplantage nicht weit von hier. Dort lebe ich zusammen mit einigen Hühnern und meinem Hund. Eigentlich habe ich damit selber schon genug Arbeit, aber zu dieser Jahreszeit ist dort ja nicht so viel zu tun, sodass ich meinem Vater hier zwischenzeitlich etwas unter die Arme greifen kann. Die anfängliche Skepsis war bereits gänzlich verflogen und das Verhältnis hatte sich wieder entspannt. „Kommt doch mal die nächsten Tage vorbei, wenn ihr Zeit habt und berichtet, wie es so läuft. Vielleicht kann ich euch ja auch noch etwas unterstützten.

Hier habt ihr meine Visitenkarte." Jerome reichte Jannet eine kleine Karte mit seiner Anschrift, die sie in ihrer Handtasche verschwinden ließ. „Vielen Dank, für das Angebot. Wir lassen uns hier bestimmt bald mal wieder sehen." Grade, als Florian sich verabschieden und mit den anderen Beiden gehen wollte, klingelte plötzlich Jannets` Handy. „Hey, ich bin es." Am anderen Ende meldete sich Elias. „Ich habe grade neue Erkenntnisse aus Deutschland erhalten. Seid ihr in der Nähe? Dann könnten wir uns kurz treffen und die Sache persönlich besprechen." Jannet war sogleich kaum noch zu halten. Die verschiedensten Gefühle machten sich in ihr breit. Aufregung, Freude und vor allem Hoffnung, dass man ihre Tochter womöglich sogar gefunden hätte, trafen in Sekunden aufeinander und sorgten für das reinste Gefühlschaos. „Natürlich. Sag uns einfach, wo du bist und wir kommen direkt vorbei." „Immer mit der Ruhe, Jannet.", sagte Elias kühl. „Sagen wir in einer halben Stunde an der Bank vor unserer Pension?" „Klar, wir werden da sein." Nachdem Jannet aufgelegt hatte, durchfuhr sie plötzlich ein kalter Schauer. Mit einem mal wurde ihr bewusst, dass diese neuen Erkenntnisse, von denen Elias sprach, nicht unbedingt positiv sein mussten. Genauso gut könnten es auch Erkenntnisse sein, die Gretas` Überlebenschancen verringern. Im schlimmsten Falle hätten sie Jannets` Tochter vielleicht sogar schon tot aufgefunden und die ganze Suche wäre umsonst. Jannets` Euphorie war dahin. Selbst aus Elias` Stimme konnte sie nichts entnehmen, was Hinweise auf gute oder schlechte Befunde geben könnte. Wie immer, ließ er sich nichts anmerken. „Haben Elias und Gerd etwas herausgefunden?" Auch Manuela wurde ganz aufgebracht, als sie von dem Anruf mitbekam.

„Es gibt neue Erkenntnisse aus Deutschland. Elias will sich mit uns in einer halben Stunde treffen, um uns alles persönlich näher zu erklären." „Das ist doch super!", freut sich Manuela. „Ja, vielleicht haben wir dann endlich neue Hinweise, mit denen wir arbeiten können. Machen wir uns gleich auf den Weg." Auch Florian war optimistisch, doch wurde Jannet dadurch noch nicht überzeugt. Ihre angespannten Blicke zeigten die Angst, die sich in ihr verbarg und die auch von Manuela und Florian nicht unentdeckt blieb. „Was ist denn los, Jannet? Das sind doch Nachrichten, auf die wir die ganze Zeit gewartet haben. Wieso bist du so besorgt?" Manuela konnte nicht nachvollziehen, wieso ihre Freundin nicht vor Freude Luftsprünge machte. Jetzt konnte es doch nur noch besser werden, oder nicht? „Naja, ich freue mich ja. Es ist nur so, dass wir nicht wissen, ob es wirklich gute Nachrichten sind, über die Elias mit uns reden will." „Das stimmt natürlich.", wusste Florian. „Dieses Risiko besteht immer. Als Kriminalpolizist überbringt man tatsächlich in vielen Fällen eher negative Nachrichten, als positive. Das ist leider so. Aber lass den Kopf nicht hängen, Jannet. Ich bin sicher, dass Elias uns nicht herbestellt, um zu sagen, dass Greta nicht mehr lebt. Ich glaube fest daran, dass wir sie wohlauf finden werden." Mitfühlend legte Florian seinen Arm um Jannets` Schulter. Immerhin hatte sie Menschen um sich, die ihr das Gefühl gaben, in dieser Situation nicht alleine zu sein.

„Also mein Kollege rief mich eben an, bezüglich der Ermittlungen im Fall um Greta." Vor der Pension war die Gruppe, wie verabredet wieder vereint. Neugierig, was es aus Deutschland zu berichten gab, versammelten sich alle kreisförmig um Elias, der genau schilderte, was ihm sein Kollege erzählte. „Jannet, an dem Erpresserbrief wurden tatsächlich Spuren gefunden." „Na perfekt! Dann wird es doch jetzt nicht mehr schwer sein, Greta zu finden.", jubelte Manuela. „Siehst du, Jannet? Wir haben doch gesagt, es werden sicher positive Neuigkeiten sein." Die Stimmung war bei den anderen noch lange nicht so ausgelassen und erleichtert, wie es bei Manuela plötzlich der Fall war. Vor allem Elias blickte noch immer ziemlich düster drein. „Leider ist das kein Grund zur Freude.", fuhr er weiter fort. „Diese Spuren wurden von den Tätern sehr wahrscheinlich beabsichtigt. Es handelt sich hier nämlich nicht um Fingerabdrücke, sondern Blutspuren." Sofort stockte allen der Atem. Bedeutete dies etwa das Ende für Greta? War alles, was sie getan hatten, umsonst? Würde Jannet ihre Tochter vielleicht niemals wiedersehen? „Der Fund wurde direkt ins Labor geschickt, um festzustellen, woher dieses Blut kommt. Sollte sich herausstellen, dass es einem Menschen zuzuordnen ist, müssen wir damit rechnen, dass Greta vielleicht verletzt ist. Dann dürfen wir keine Zeit mehr verlieren, sondern müssen sie so schnell, wie möglich finden, damit sie ärztlich behandelt werden kann. Bei einem Verletzten sinken die Überlebenschancen sehr viel schneller, als bei einem gesunden Menschen." In diesem Moment erinnerte sich Jannet wieder daran, was sie gesehen hatte, als sie den Erpresserbrief vorfand. Das völlig zerstörte Nachbarhaus in der Silvesternacht. In ihrem Kopf kamen alle Bilder wieder zum Vorschein. Und dann dieser blutüberströmte Küchentisch, auf dem dieser Brief und die tote Katze gelegen hatten. Die Spuren mussten dem Tier zuzuordnen sein. Eine andere Möglichkeit gab es gar nicht. Doch von alledem durfte sie jetzt nichts erwähnen. Schließlich hatte sie Elias und allen anderen weiß gemacht, sie habe den Brief im eigenen Briefkasten entdeckt, und nicht im Haus ihrer Nachbarn. Woher sollte sie also jetzt wissen, dass die Blutspuren von einer Katze stammen und nicht, wie alle befürchten, von Greta? Jannet wollte kein Risiko eingehen und somit entschied sie, über das, was wirklich geschehen war zu schweigen, so wie sie es immer tat.

„Anstrengender Tag heute, findest du nicht?" Es war schon spät, als Jannet und Manuela wieder in ihren Betten lagen. Den ganzen Tag sind sie von einem Hotel zum nächsten gezogen, um dort nach irgendeiner Spur von Greta zu suchen. „Ja und alles ohne Erfolg. Die ganze Suche war heute völlig umsonst.", entgegnete Jannet müde und entmutigt. „Wer sagt dir überhaupt, dass wir in Paris richtig sind? Frankreich ist riesig." Manuela drehte sich auf die Seite und sah Jannet an. Diese starrte jedoch nur nachdenklich in die Dunkelheit. „Ich weiß, die Chancen sind so gering. Aber ich will die Hoffnung nicht aufgeben. Wenn ich nicht mehr daran glauben kann, dass Greta noch lebt, was bleibt mir dann noch?" Auch Jannet wandte sich jetzt zu Manuela. „Aber findest du die ganze Sache nicht irgendwie merkwürdig?" „Was meinst du damit?" Jannet verstand nicht ganz, wovon ihre Freundin sprach. „Naja, der Erpresserbrief. Du sagtest doch, sie fordern 500.000 Euro von dir. Jeder Entführer würde doch das Kind einer reichen Familie entführen, um so eine Summe auszuschlagen. Also eine alleinerziehende Mutter, die noch dazu grade ihren Job verloren hat, gibt nun wirklich keine vielversprechenden Aussichten, oder?" „Du hast Recht." Erst jetzt wurde Jannet richtig bewusst, dass ihre

Tochter absolut kein potenzielles Opfer einer solchen Entführung war. Doch warum hatte man es dann grade auf sie abgesehen? In einer reichen Familie hätte man tatsächlich viel größere Chancen eine Summe zu erzielen, die sich im Millionenbereich befände. Was war also der Grund dafür, dass sich jemand die Mühe machte ein Kind aus mittelständisches Verhältnissen zu entführen und sich dann mit so wenig Lösegeld zufrieden gab? Oder gab es vielleicht noch jemanden, mit dem Jannet eine offene Rechnung hatte? Einen Streit, der dazu führte, dass jemand nun auf diese Weise Geld von ihr verlangte? Nein, so sehr sie auch nachdachte, viel ihr doch niemand ein. „Naja, vielleicht hatte die Dame ja Recht.", fuhr Manuela fort. „Vielleicht sollten wir wirklich mal die Drogendealer genauer unter die Lupe nehmen. Es wäre doch möglich, dass irgendein Abhängiger grade in Geldnot ist und jetzt alles Mögliche macht, um irgendwoher Kohle für das Zeug zu bekommen." Jannet richtete sich in ihrem Bett auf. „Manuela, genau das ist es! Morgen werden wir die Stellen auf der Karte zumindest mal besuchen, ganz egal, ob die Männer nun mitkommen und es für richtig halten, oder nicht. Mal sehen, wer sich dort alles herumtreibt." Sofort war sie wieder voller neuer Energie. Endlich hatten sie wieder eine sinnvolle Idee, was sie tun konnten. „Nun warte doch mal, Jannet. Meinst du nicht, dass du das ein wenig überstürzt? Ich würde da ehrlich gesagt nicht ohne Elias oder Florian hingehen. Du weißt schließlich nie, wozu diese Menschen im Stande sind." „Das weiß ich doch. Ich will ja auch nicht ohne die anderen dahin gehen. Aber du weißt selber, wie stur Elias manchmal sein kann." „Schon. Ich denke, Elias hielt es anfangs für eine blöde Idee, weil ihm eine Begründung für unseren Verdacht gefehlt hat. Er ist nicht der Typ, der einfach so Abhängige für eine Entführung verantwortlich macht, nur weil sie einen schlechten Ruf haben. Und festnehmen könnte er ja auch niemanden, wenn er hier nicht im Dienst ist.

Am Morgen wartete Jannet nicht lange eine passende Gelegenheit ab, sondern konfrontierte Elias direkt mit ihren neuen Plänen. „Elias, wir müssen etwas mit dir besprechen. Es ist wichtig!" „Guten Morgen, wünsche ich euch auch." Unbeeindruckt von Jannets` Aufregung schloss Elias die Zimmertür ab, aus der er und Gerd soeben gekommen waren. „Wir müssen unbedingt die Gebiete absuchen, in denen sich die Drogenhändler treffen." „Ja, wir haben eine Theorie, die es sogar sehr wahrscheinlich macht, dass einer von diesen Junkies Gretas` Entführer ist.", ergänzte Manuela. „Und die wäre?" Noch immer kein Stück überzeugt, lief Elias gefolgt von allen anderen die Treppen des fünften Stocks hinunter, bis er schließlich am Frühstücksbuffet angelangt war. „Als Polizist müsstest du doch wissen, dass Entführungen dieser Art relativ selten sind, oder?" „Entführungen kommen jeden Tag vor. Von Seltenheit ist da nicht die Rede.", erklärte Elias nüchtern. „Ja schon, aber eine Lösegeldsumme von einer alleinerziehenden Mutter zu fordern, die grade so über die Runden kommt, ist doch zugegeben sehr untypisch." Jannet versuchte den Blickkontakt zu ihrem Schwager aufzunehmen, während sie sprach, doch da dieser ein größeres Interesse an dem vor sich liegenden Brötchen zeigte, und dem unwichtigen Gerede von Jannet nur mit halbem Ohr zuhörte, viel ihr dies sichtlich schwer. Generell war Elias von der Meinung eines anderen niemals so beeindruckt, wie er es von seiner eigenen gewesen wäre. „Worauf willst du hinaus? Komm endlich zum Punkt." Erst jetzt hob Elias seinen Blick. „Ich will damit sagen, dass jeder Entführer ein Kind aus reichem Hause entführt hätte, um so ein Lösegeld auszuschlagen. Dann hätte er doch eine viel höhere Summe erzielen können." „Es sei denn...", setzt Manuela fort. „Der Entführer ist in großer Not, weil er Geld für seinen Stoff braucht. Dann ist es natürlich egal, woher und wie viel er beschafft, solange es möglichst schnell geht." „Natürlich! Da hätte ich ja auch gleich drauf kommen können. Deshalb hat der Entführer ja auch genügend Zeit, um mal eben nach Deutschland zu fliegen, und dort ein Kind zu entführen, was er dann nach Frankreich verschleppt. Jeder normale Mensch würde einfach die nächste Bank überfallen, aber ich bin sicher wir haben es hier mit einem äußerst kreativen Täter zu tun. Der macht das ganze einfach auf eine aufregendere Art und Weise." Ironisch klatschte Elias in die Hände und wandte sich dann wieder kopfschüttelnd seinem Frühstück zu. „Also ich finde die Idee gar nicht mal so schlecht.", mischte sich auch Gerd in das Gespräch ein. „Wir könnten uns dort ja wenigstens mal umsehen." „Wir werden uns dort nicht umsehen. Wir werden uns gleich wieder mit Florian treffen und die nächsten Hotels untersuchen, wie es geplant war. Für so einen Schwachsinn opfere ich hier doch nicht meine wertvolle Zeit. Meiner Meinung nach, war dieser ganze Frankreich-Trip eine Schnapsidee, aber ihr wollt ja nie auf mich hören. Also je eher wir wieder in Deutschland sind, desto besser. Fakt ist, wenn Greta hier sein sollte, ist die Wahrscheinlichkeit, ihre Spur in einem Hotel aufzufinden, am größten." „Na gut, du bist der Chef." Gerd legte sein Besteck kurzzeitig zur Seite. „Und wie wäre es, wenn ich mich mal dort mit Manuela und Jannet umsehen würde, während ihr weiterhin die Hotels untersucht?" Entgeistert schaute Elias auf. „Du? Von euch kennt sich hier doch niemand aus. Und dann wollt ihr auch noch alleine in eine so kriminelle Gegend? Ohne Schutz und Sicherheit? Ihr seid doch wahnsinnig." „Ich komme dort schon zurecht." „Kommt gar nicht in Frage. Ich werde euch vorher ausreichend ausstatten." „Wirklich? Das ist ja super nett von dir!" Aufgeregt fiel Manuela Elias um den Hals. „Ja, ja. Aber jetzt lasst mich in Ruhe frühstücken. Das habe ich mir bei der harten Arbeit verdient."

„Wartet hier auf mich, ich bin gleich wieder da." Jannet, Manuela und Gerd saßen nach dem Frühstück in der Eingangshalle der Pension, während sie auf Elias warteten, der noch einmal in sein Zimmer zurückkehrte, um eine Ausrüstung für seine Freunde zusammen zu stellen. „Was holt Elias wohl? Meint ihr, wir bekommen so coole Walky Talkys?", freute sich Manuela, als Elias bereits außer Reichweite war. „Keine Ahnung.", meint Gerd. „Irgendwelche Polizei-Sachen, denke ich."

„Entschuldigen Sie, wer von Ihnen ist Frau Cammel?" „Das bin ich." Verwundert schaute Jannet zu dem Portier auf, der jetzt neben ihr stand, und sie freundlich lächelnd ansah. „Wir wollten uns gelegentlich mal nach Ihrem Wohlbefinden erkundigen. Wie gefällt Ihnen bislang der Aufenthalt in unserem Hostel?" „Sehr gut, danke.", entgegnete Jannet und lächelte freundlich zurück. „Das freut uns natürlich sehr. Haben Sie sich schon überlegt, wie lange Sie bleiben wollen?" „Nein, so genau können wir das nicht sagen. Wir werden auf jeden Fall noch eine Weile hier sein." „Oh, das ist schön zu hören. Darf ich

Ihnen dann vielleicht schon mal die erste Zwischenrechnung geben?" „Ja, gerne." Jannet nahm den Brief entgegen, den der Portier für sie in der Hand hielt. Doch mit dem ersten Blick darauf traf es sie erneut. „Moment, sind Sie wirklich sicher, dass diese Rechnung stimmt?" „Ja, ganz sicher, Madame.", gab der Portier ruhig zurück. „Das kann nicht sein. Bitte überprüfen Sie das noch einmal. Hier liegt ein Fehler vor. Die Preise, die wir erhalten haben, als wir hier reserviert haben, waren deutlich günstiger." „Sagen sie, Madame..." einen Moment lang zögerte der Angestellte. „Darf ich fragen, wo Sie sich über unsere Preise informiert haben?" „Natürlich, das war alles in einem Prospekt abgedruckt. Es handelt sich genau um diese Pension. Warten sie einen Moment. Wenn mein Schwager wieder hier ist, kann er es Ihnen zeigen. Ich bin sicher, er hat das Heft noch." „Oh, ich glaube, hier liegt leider ein kleines Missverständnis vor." Die Miene des Mannes verzog sich, sodass seine Fröhlichkeit bald verflogen war. „Vermutlich haben Sie noch ein veraltetes Exemplar. Dieses Gebäude wurde in den letzten Jahren des öfteren renoviert und neu saniert. Die Preise sind deswegen leider gestiegen." Jannet schaute den Mann an, als käme er von einem anderen Stern. Sie konnte nicht glauben, was er dort sagte. Wie viele Steine sollten ihr denn noch in den Weg gelegt werden? „Das ist doch nicht zu fassen." Verzweifelt stützte Jannet den Kopf auf die Handinnenfläche auf. „Wir werden heute auschecken. Schicken Sie mir die Rechnung bitte per Post zu, dann werde ich sie überweisen, sobald ich wieder in Deutschland bin." „Was? Du willst jetzt plötzlich alles abbrechen?" Gerd war außer sich, als er das hörte. „Wir sind doch auf einem guten Weg. Willst du, dass alles umsonst war, was wir getan haben? Ich werde dir das Geld leihen, Jannet und wenn alles wieder in Ordnung ist und Greta wieder wohlauf nach Hause kommt, kannst du es mir ja nach und nach zurückzahlen. Bereiten Sie unsere Abreise bitte noch nicht vor." Er wandte sich jetzt wieder an den Angestellten. „Nein!" Jannet kochte vor Wut. „Nein, das werden wir nicht machen. Ich sagte, wir fliegen wieder nach Deutschland und damit basta!" „Also erst machst du überall Stress, weil du unbedingt nach Frankreich willst und dann bist du dir zu stolz, um mein Geld anzunehmen, damit sich der ganze Aufwand auch wenigstens lohnt?" „Ich bin mir für gar nichts zu stolz. Ihr hattet einfach alle Recht. Es war eine Schnapsidee, nach Frankreich zu kommen. Das habt ihr mir ja auch schließlich permanent vorgehalten." „Aha, und wie bist du so plötzlich zu dieser Erkenntnis gelangt? Ich erinnere mich daran, dass du noch vor ein paar Minuten voller Euphorie warst. Da hat es dich nicht im geringsten interessiert, was andere von deinen Plänen halten oder denken." „Richtig, vor einigen Minuten habe ich auch noch nicht gewusst, in was für Kosten ich mich unwissentlich gestürzt habe." Gerd konnte den plötzlichen Sinneswandel nicht nachvollziehen. „Jetzt tu doch nicht so, als würdest du am Hungertuch nagen. Klar ist es schwer, als alleinerziehende Mutter alle Kosten zu tragen, aber du hast dort, wo du arbeitest ein gut geregeltes Einkommen. Damit kannst du mir das geliehene Geld ohne Probleme zurückzahlen und ich verlange ja auch nicht die ganze Summe auf einmal. Du kannst dir alle Zeit lassen, die du brauchst." Jannet schloss für einen kurzen Moment die Augen und holte noch einmal tief Luft, bevor sie wieder zu reden begann. „ich werde es dir niemals zurückzahlen können. Ich habe kein Einkommen mehr. Ich habe in meinem Leben so gut, wie alles verloren. Erst meinen Mann, dann meinen Job und schließlich meine Tochter. Ich verdiene nicht einen Cent mehr und wenn alles vorbei ist, weiß ich noch nicht, wie ich meinen Lebensunterhalt weiterhin finanzieren soll. Deswegen werden wir dieses Hotel heute verlassen müssen. Es tut mir leid. Ich hatte wirklich Hoffnung, Greta hier zu finden, aber mir bleibt keine andere Wahl." Alle um sie herum schauten Jannet nun mit großen ungläubigen Augen an. Selbst Manuela war überrascht. Nicht etwa, weil sie nichts von dem Schicksal ihrer Freundin wusste, sondern weil sie niemals damit gerechnet hätte, dass diese hier und jetzt alles gestehen würde, was sie so lange zu verschweigen versuchte. Auch Elias war in der Zwischenzeit zurückgekehrt und hatte Jannets` Geständnis mit angehört. „Du hast deinen Job verloren? Aber warum hast du denn nichts gesagt?", wollte er nach einigen Sekunden des Schweigens schließlich wissen. „Ich wollte es euch schon lange sagen. Mein Stolz stand mir einfach im Weg. Und dann ist die Sache mit Greta passiert. Da schien es mir nicht mehr so wichtig. Ich habe nicht darüber nachgedacht, dass es Geld für die Suche braucht, das ich nicht habe. Meine einzige Sorge war es, Greta zu finden. Natürlich war mir bewusst, dass ich eine derartige Lösegeldsumme niemals aufbringen würde, selbst wenn ich mein regelmäßiges Einkommen noch hätte. Ich dachte, irgendwie würde es auch so weitergehen." Noch immer schauten alle ratlos zu Jannet. „Und jetzt?", fragte Manuela mutlos. „Und jetzt?", wiederholte Jannet wütend. „Wir sind am Ende, das ist jetzt! Seht es endlich ein, wir können hier nichts mehr tun, oder glaubt ihr, die lassen uns umsonst in diesem Hotel übernachten? Wir werden die Ermittlungen wieder der Polizei alleine überlassen, wie es vielleicht von Anfang an am vernünftigsten gewesen wäre." Jannet wurde immer aufgebrachter, bis sie schließlich losrannte. „Ich brauche jetzt Abstand. Das wird mir alles zu viel. Ich muss in Ruhe nachdenken." „Jannet, warte!" Sofort wollte Manuela ihr folgen, doch Elias hielt sie zurück. „Lass sie jetzt. Jannet muss ihren Kopf frei kriegen. Es ist besser, wenn wir sie jetzt für eine Zeit in Ruhe lassen, bis sie von alleine zurückkommt."

**Kapitel 8**

In Deutschland war der Alltag bereits wieder zur Gewohnheit geworden. Die Feiertage waren vorbei und jeder Berufstätige nahm seine Arbeit wieder auf. Das Land pulsierte im selben Rhythmus, wie es das immer tat. Hilda und Diana saßen in Jannets Wohnung. Sie waren wohl die einzigen, die von der fleißigen Arbeiterwelt da draußen nichts mitbekamen. Jeden Tag sahen sie bei Jannet nach dem Rechten und warteten auf eine Nachricht der Entführer. Irgendein Zeichen, dass Greta noch lebte und wovon sie den anderen in Frankreich berichten könnten. Doch es tat sich seit Tagen nichts. „Ich habe uns einen Tee aufgesetzt." Diana kam aus der Küche und schaute auf die Uhr an der Wohnzimmerwand. „Ich muss gleich noch einkaufen und Samuel abholen, der ist bei einem Freund aus seiner Klasse. Denkst du nicht, wir haben für heute lange genug hier gesessen? Solange wir hier sind, wird doch eh nichts passieren. Die Gefahr, dass wir sie auf frischer Tat ertappen, ist denen doch viel zu groß. Die stellen vorher sicher, dass auch wirklich keiner im Haus ist, wenn sie kommen und weitere Nachrichten hinterlassen. Die sind ja schließlich nicht blöd." Diana setzte sich wieder zu Hilda auf das Sofa, doch diese blickte nur starr geradeaus. „Ich weiß, dass es schwachsinnig ist, hier auf irgendwas zu warten.", sagte Hilda schließlich. „Aber ich weiß doch auch nicht, was wir sonst für Jannet tun sollen. Die Polizei hat die

Ermittlungen zu diesem Fall vorübergehend eingestellt, und wenn wir jetzt auch noch zum Alltag zurückkehren, als wäre nichts passiert... Nein, das kann ich beim besten Willen nicht. „Aber wir tun doch nichts vorteilhaftes, indem wir hier nur sitzen. Hast du die letzten Tage mal mit Jannet telefoniert? Vielleicht haben sie in Frankreich ja viel mehr erreicht, als wir hier in Deutschland. Als ich das letzte mal mit Elias gesprochen habe, meinte er, es läuft gut. Er wollte dort einen Kollegen treffen, der ihnen helfen will. Das ist jetzt auch schon wieder eine ganze Weile her." „Nein, bis jetzt habe ich nichts gehört. Aber sie hätten sich doch gemeldet, wenn die Chancen dort besser zu sein scheinen." „Naja, ich weiß nicht." Diana stand auf, um den Tee aus der Küche zu holen. „Oder sie sind grade auf einer so heißen Spur, dass gar nicht die Zeit dafür bleibt, sich bei uns zu melden. Aber wenn du es für richtig hälst und es dich beruhigt, kannst du gerne hier bleiben. Sobald für Samuel die Schule wieder anfängt, habe ich dafür keine Zeit mehr. Dann muss ich mich wieder um ihn kümmern. Wir können uns wirklich keine Vorwürfe machen. Schließlich haben wir doch alles getan." „Du nicht, aber ich bin schuld daran, dass Greta überhaupt entführt wurde. Ohne mich wäre sie vielleicht noch da." Hilda nahm einen vorsichtigen Schluck von ihrem heißen Tee. „Ach, was. Nun fang doch nicht wieder damit an. Die Entführer haben doch nur auf eine günstige Gelegenheit gewartet. Früher oder später hätten sie so oder so zugeschlagen." „Mag sein, aber ich habe ihnen diese günstige Gelegenheit geboten." „Von mir aus, denk was du willst. Aber eines ist sicher. Dein Selbstmitleid wird Greta auch nicht zurückbringen." Diana nahm einen Schlüssel aus ihrer Handtasche und legte ihn vor Hilda auf den

Tisch. „Hier hast du den Hausschlüssel. Schließ die Tür ab, wenn du gehst. Soll ich dir etwas mitbringen? Ich gehe jetzt einkaufen." „Nein danke, ich habe alles. Ich werde dann gleich noch mal auf dem Friedhof bei Joachim nach dem Rechten sehen. Vielleicht weiß er ja einen Rat und kann uns ein Zeichen geben. Wir telefonieren dann heute Abend, mein Schatz." Diana verdrehte die Augen, als sie ihre Tasche über das Handgelenk warf und zur Tür ging. „Okay, wie du meinst. Bis später." Hilda blieb alleine zurück, nachdem Diana das Haus verlassen hatte und grübelte nur darüber, wie sie Jannet von hier aus irgendwie helfen konnte. Das letzte mal hatte sie sich gemeldet, als sie gerade in Frankreich gelandet war. Seitdem hatte Hilda nichts mehr gehört. Natürlich hatte sie zuvor mit ihrer Tochter besprochen, dass sie sich wieder melden würde, wenn es etwas neues wissenswertes zu berichten gab, doch wollte sich Hilda einfach nicht mit dem Gedanken zufrieden geben, dass es noch immer kein Lebenszeichen von Greta gab. Vielleicht sollte sie einfach mal anrufen, um sich nach der Lage zu erkundigen. Keine schlechte Idee. Doch als Hilda auch Jannets` Nummer wählte, ging jedes mal nur die Mailbox dran. Naja, was soll´s? Vielleicht hatte Jannet auch grade viel zu tun. Hilda stand auf, um ihre leere Teetasse in die Küche zu bringen. Dann machte sie sich wie geplant auf den Weg zum Friedhof.

Zu dieser Jahreszeit war es dort immer sehr ruhig. Allenfalls am Wochenende traf man dort vereinzelnd Spaziergänger an. Heute war, wie üblich keine Menschenseele zu sehen. Alles war still, nur der kalte Wind pfiff in den Ohren. „Hallo, Joachim. Da bin ich wieder. Ich habe dir eine neue Grabkerze mitgebracht. War ja schon lange keiner mehr hier." Hilda betrachtete das Glasgefäß, in dem sich die Reste einer aufgebrannten Kerze befanden. „Ich hoffe, du siehst in welche Schwierigkeiten wir hier stecken. Da hat sich meine Tochter ja einen tollen Mann ausgesucht. Bringt sich lieber um, anstatt seiner Frau zu helfen, wenn es schwierig wird. Und was tust du jetzt? Gar nichts! Sitzt wahrscheinlich grade irgendwo in den Wolken und schaust zu, wie hier alles drunter und drüber geht. Aber eines sag ich dir, mein Freund: Wenn du nicht dafür sorgst, dass Greta wieder heile nach Hause kommt, dann..." In diesem Moment kam ein starker Windstoß, der Hilda dazu zwang, sich schützend zur Seite zu drehen. Als sich der Wind wieder gelegt hatte, fiel ihr ein Briefumschlag ins Auge, den jemand mit einem Stein auf dem Grab befestigt hatte. Doch wer konnte ihn dort abgelegt haben? Ist Greta vielleicht noch mal zurückgekehrt, um ihrem Papa einen Abschiedsbrief zu bringen, bevor sie für immer verschwand? Hilda hob den Brief mit zittrigen Händen auf. Er war weder mit einer Adresse noch mit einem Absender versehen. Vorsichtig und ohne das Papier stark zu beschädigen öffnete sie schließlich den Umschlag und nahm den zusammengefalteten Zettel, der sich in dessen Inneren befand heraus. In diesem Augenblick wusste Hilda, dass das nicht von Greta kommen konnte. Der Brief bestand aus ausgeschnittenen Zeitungsbuchstaben, genau wie der Erpresserbrief, den Jannet vor kurzen erhalten hatte. Folgendes war darin zu lesen:

*Du hast noch genau drei Tage Zeit, das Geld zu besorgen. Die Übergabe wird in der Nacht des nächsten Samstags um 00:00 Uhr am französischen Hafen „Le Havre" stattfinden. Komme alleine und verstaue das Geld in einem Pappkarton. Solange weiterhin kein Kontakt zur Polizei besteht, wird dem Kind nichts passieren. Sollten unsere Anweisungen nicht befolgt werden, hat dies Konsequenzen für die ganze Familie Cammel.*

Hilda wurde immer aufgebrachter, je weiter sie den Brief las. Jannet musste sofort davon erfahren. Sie waren tatsächlich in Frankreich auf der richtigen Spur. Wer hätte das nur gedacht?

Die Straßen erstreckten sich wie ein Labyrinth vor Jannet. Ohne nachzudenken, wohin sie eigentlich lief, rannte sie von einer Gasse in die nächste. Ihre Gedanken rasten wild durcheinander und ihr Umfeld nahm sie nur noch in einem eingeschränkten Tunnelblick wahr. Selbst alle Geräusch um sie herum waren wie verstummt. Alles, was Jannet hörte, war ihr laut schlagendes Herz. Sie hatte den Überblick über ihr eigenes Leben verloren. Nur noch ein unsortierter Haufen von Gedanken und Gefühlen lag vor ihr. Wo sollte sie damit beginnen, alles zu sortieren? Was war jetzt die richtige Entscheidung? Konnte sie ihrer Tochter überhaupt noch helfen, wenn alle Ersparnisse beinahe aufgebraucht waren? Keiner konnte garantieren, dass die Suche hier überhaupt von Erfolg sein würde. Was wäre, wenn sie hier auf einer komplett falschen Fährte waren? Wieso musste sich das Schicksal immer quer stellen? Nie lief etwas glatt. Was auch immer Jannet anfasste, sie konnte sicher sein, es ging schief. So oft hatte es sie in den letzten Jahren schon getroffen. War denn nie ein Ende in Sicht? Jannet wurde immer schneller. Sie lief und lief, als könne sie ihrem Schicksal irgendwann davonlaufen. Ihre ganze innere Wut trieb sie an, nicht stehen zu bleiben. Erst als Jannet spürte, wie ihr allmählich die Luft ausging, wurde sie langsamer und blieb schließlich stehen. Noch immer hörte sie ihren Herzschlag, der nach und nach leiser wurde. Wo war sie nur? Jannet fand sich in mitten einer Kreuzung wieder. Alles wirkte so fremd. Sie sah sich um. Einen Moment lang überlegte sie, wie weit sie gelaufen sein konnte und woher sie kam, doch so oft sich Jannet auch um die eigene Achse drehte, kam ihr doch nichts mehr bekannt vor. Plötzlich rauschte haarscharf ein hupender Kleintransporter vorbei, der Jannet aus den Gedanken riss. Da bemerkte sie erst, dass sie mitten auf der Straße den halben Verkehr behinderte und nutzte die günstige Gelegenheit, um Schutz auf dem sicheren Bürgersteig zu suchen. Verloren in Frankreich. Alleine würde sie niemals zurück zur Pension finden. Es dauerte eine Zeit, bis Jannet ihre Gedanken wieder sortiert hatte. Es tat gut, aus der Zwänge und dem Druck für einen Moment zu fliehen. Die frische Luft brachte ein Gefühl von Freiheit, doch Jannet wusste, dass sie wieder zurückkehren musste. „Gut, dass ich mein Handy noch mitgenommen habe. Elias kennt sich in der Gegend bestimmt aus und kann mir erklären, wie ich wieder in die Pension komme." Jannet suchte ihr Handy heraus. „Ein verpasster Anruf von Mama. Am Besten rufe ich direkt zurück, bevor ich es noch vergesse." Doch grade, als Jannet ihre Mutter anrufen wollte, bemerkte sie noch etwas anderes. „Super, noch zwei Prozent Akku.", murmelte sie genervt vor sich hin. „Immer wenn man diese Technik mal braucht, versagt sie. Naja, für einen Anruf sollte es reichen." Mit diesen Worten suchte sie schließlich die Nummer ihres Schwagers aus der Telefonliste. „Jannet, wo steckst du, um alles in der Welt? Abhauen bringt uns auch nicht weiter. Komm wieder zurück." „Ja, genau deswegen rufe ich ja an. Ich habe mich verlaufen. Du musst mir erklären, wie ich die Pension wieder finde. Also ich stehe grade an einer großen Kreuzung und... Elias? Elias hörst du mich?" Jannet nahm das Handy vom Ohr, als sie bemerkte, dass ihr Gesprächspartner am anderen Ende verschwunden sein musste. „Akku alle! Na toll, wie soll ich denn jetzt zurückfinden?" Als hätte sie nicht schon genug Probleme, musste sich Jannet nun auch noch damit herumplagen, wie sie ihrer Orientierungslosigkeit trotzen könne um den Weg in die Unterkunft zu finden. Nach einem Moment der Nachdenklichkeit, bemerkte sie dann plötzlich ein Ehepaar, dass ihr direkt ins Auge fiel. Nicht nur, dass der Kleidungsstil Jannet extrem an ihre Heimat erinnerte, sie vernahm auch, dass sich die beiden auf Deutsch unterhielten. Sie verstanden also die gleiche Sprache, wie Jannet. Sofort rannte sie hinter dem Paar her und holte es auch in Kürze ein. „Entschuldigung? Entschuldigen Sie bitte!" Die Beiden drehten sich um. „Hallo, Sie sprechen aber gutes Deutsch." „Ja, ich weiß. Deswegen bin ich so froh, dass ich grade auf Sie treffe, sonst würde mich hier vermutlich keiner verstehen. Wissen Sie, ich habe mich verlaufen und mein Handy hat keinen Akku mehr. Könnten Sie mir erklären, wie ich in die Pension „Le Castel" komme?" Jannet hielt dem Paar eine Visitenkarte der Pension entgegen. „Das tut mir Leid, gab die Frau zu verstehen, nachdem sie einen neugierigen Blick auf die Karte geworfen hatte. „Wir sind selber nur Touristen und kennen uns in der Gegend absolut nicht aus. Aber fragen

Sie doch mal an einer Tourist-Info oder in einem anderen Hotel nach. Da spricht fast jeder Deutsch. Die können Ihnen bestimmt weiter helfen. Sonst finden Sie in der nächsten Straße aber auch eine Telefonzelle, mit der sie telefonieren können." „Kennen Sie denn vielleicht eine Tourist-Info oder ein Hotel hier in der Nähe, an das ich mich wenden kann?" „Unser Hotel ist ca. sieben Kilometer von hier. Ein anderes kennen wir nicht, tut uns leid.", entgegnete dieses Mal der Herr. „Oh, naja dann probiere ich es am Besten mal mit der Telefonzelle. Trotzdem vielen Dank." „Gerne, kein Problem." Damit verabschiedete sich das Paar auch schon und Jannet machte sich auf die Suche nach der besagten Telefonzelle, die sich auch schnell finden ließ. Sie warf eine Münze in den Schlitz und betrachtete das Gerät, von dessen Bedienung sie zugegeben wenig Ahnung hatte. Es war schließlich das erste mal, dass sie darauf angewiesen war, so etwas zu benutzen. „Mist, ich weiß keine einzige Telefonnummer auswendig, die mir irgendwie weiter helfen könnte. Wo rufe ich denn jetzt an?" Ratlos sah Jannet auf die Tasten, als ihr plötzlich etwas wissenswertes wieder einfiel. Sofort begann sie in ihrer Tasche zu suchen. „Aha, da ist sie ja!" In der Hand hielt Jannet wieder eine Visitenkarte. „Im Hotel wird man mir schon helfen können." Tatsächlich war die Idee gar nicht so dumm. Es meldete sich zumindest ein kompetenter Ansprechpartner, der scheinbar die gleiche Sprache verstand, wie sie selbst. „Hallo, hier ist Jannet Cammel. Ich habe mich..." „Jannet? Wir kennen uns doch?" Sogleich wurde sie schon unterbrochen. Die Stimme am anderen Ende klang vertraut, doch wusste Jannet sie nicht zuzuordnen. Doch als sie einen erneuten Blick auf die

Visitenkarte warf, wurde ihr plötzlich alles klar. „Jerome, bist du das etwa?" Jannet erinnerte sich, wie sie einen Tag zuvor die Visitenkarte eines Hotels eingesteckt hatte, an dem sie mit Florian und Manuela ermittelte. Der hilfsbereite junge Mann ist ihr dabei noch sehr genau in Erinnerung geblieben. Scheinbar musste Jannet die Visitenkarte ihres eigenen Hotels mit dieser verwechselt haben. „Na, wen hast du denn erwartet, wenn du hier anrufst?" „Was? Nein, ich habe mich eigentlich nur verwählt, also..." Kurzzeitig errötete Jannet vor Scharm. Jerome konnte schließlich nicht wissen, dass sie sich wirklich nur verwählt hatte. Vielleicht dachte er nun, Jannnet würde ihm hinterherspionieren und hätte damit nur einen Vorwand gesucht, um bei ihm anzurufen. Doch schon im nächsten Moment, machte sie sich darüber auch keine Gedanken mehr, sondern war froh eine einigermaßen bekannte Stimme zu hören. „Ich brauche deine Hilfe." „Na klar, worum geht es?" „Ich habe mich verlaufen, kannst du mir erklären, wie ich zurück in die Pension „Lè Castel" komme? Du kennst dich hier in Frankreich wahrscheinlich besser aus, als ich." „Ich würde dir ja gerne helfen, aber dazu müsste ich erst mal wissen, wo genau du eigentlich bist.", lachte Jerome am anderen Ende. „Nun ja, ich bin..." Jannet sah sich erneut um. „In einer Telefonzelle. Ich kann von hier aus eine große Kreuzung sehen." Möglichst genau versuchte sie zu beschreiben, was sich in ihrer Umgebung befand. „Okay, ich denke, ich weiß schon ziemlich sicher, wo du bist.", sagte Jerome nach einer Weile. „Das ist ganz in der Nähe von unserem Hotel. Bleib einfach genau dort stehen, wo du grade stehst, dann komme ich kurz rüber und bringe dich zurück." „Danke, das ist wirklich sehr lieb von dir, aber es würde mir auch ehrlich reichen, wenn du mir einfach erklärst..." In diesem Moment verriet das Tut-Geräusch im Hörer, dass Jerome bereits aufgelegt hatte und wohl schon auf dem Weg sein musste. Lange ließ er auch nicht auf sich warten. Jannet erkannte ihn von weitem, als er mit einem breiten Lächeln auf sie zu kam. „Das hab ich doch gleich richtig erkannt, dass du hier bist. Aber nun wüsste ich ja schon gerne den Grund, warum sich eine so gut aussehende Frau alleine mitten in Frankreich herumtreibt." „Das ist eine komplizierte Geschichte. Ich brauchte einfach mal eine Auszeit von allem." „Ich habe Zeit für eine komplizierte Geschichte. Wie wäre es bei einem Kaffee?" Jerome hielt Jannet seinen eingeknickten Arm auffordernd entgegen. Diese zögerte zunächst, doch dann harkte sie sich lachend bei ihm ein. „Gerne würde ich jetzt mit dir eine Tasse Kaffee trinken." Genau das war es, wonach Jannet sich so lange gesehnt hatte, vor allem in dieser Zeit. „Es läuft grade alles drunter und drüber. Von der Entführung meiner Tochter weißt du ja bereits.", begann Jannet zu erzählen, während sie in ihrem Kaffee rührte. Ganz genau schilderte sie Jerome, was die letzten Jahre alles auf sie zu kam. Von Joachims Selbstmord, das sie ihren Job verlor und schließlich auch die ganze Geschichte mit den mystischen Erscheinungen ihres Neffen Samuel. Warum sie das tat, wusste sie selber nicht so genau. Sie kannte Jerome schließlich kaum. Konnte sie ihm schon so sehr vertrauen, dass er alles über Jannets` Leben erfahren durfte? Es wäre nicht das erste Mal, dass sie mit ihrer Gutgläubigkeit auf die Nase fiel. Dennoch vertraute sie sich diesem beinahe fremden Mann bedenkenlos an und dieser hörte aufmerksam zu, was Jannet zu berichten hatte. „Also willst du jetzt wieder zurück nach Deutschland, weil dir das nötige Kleingeld für die Unterkunft fehlt?", fragte er schließlich. „Genau. Der Gedanke, dass alles umsonst war, ist unerträglich. Dabei hatte ich am Anfang so viel Hoffnung. Ich habe fest daran geglaubt, wir würden Greta hier finden." „Naja, vielleicht könnte ich dir ja helfen." Jannet schaute Jerome verständnislos an. „Wie meinst du das denn?" „Mein Vater besitzt ein Hotel, schon vergessen? Zwei Zimmer haben wir zu dieser Zeit auf jeden Fall immer frei. Ist ja schließlich keine Urlaubssaison." „Und das würde deinem Vater nichts ausmachen, wenn du dort einfach so fremde Leute umsonst übernachten lässt?" „Natürlich nicht. Was sollte er schon dagegen haben? Würde er von deiner Situation erfahren, würde er dir vermutlich sogar den gleichen Vorschlag machen. Er ist ja kein Mensch ohne Herz und Gefühle. Abgesehen davon würde ich euch nicht als Fremde bezeichnen. Nach allem, was du mir grade so über dich erzählt hast, könnte man das doch besser Freunde nennen, findest du nicht?" „Du hast Recht, aber ich weiß nicht, ob ich so ein Angebot annehmen kann." „Aber warum denn nicht?" Jerome sah Jannet entsetzt an, als hätte sie ihm grade eine große Bitte abgeschlagen. „Das geht einfach nicht. Ich wüsste nicht einmal, wie ich mich dafür revangieren sollte." „Ich hätte da schon eine Idee. Wie wäre es, wenn du im Gegenzug dazu einfach mit mir essen gehen würdest? Natürlich erst wenn der ganze Stress vorbei ist, und du Zeit dafür hast." Jannets` Mine verzog sich zu einem breiten Lächeln. „Ich würde sehr gerne mit dir essen gehen." „Na dann ist ja alles klar. Dann würde ich vorschlagen, wir holen das Gepäck und deine Freunde und ihr bezieht eure neue Unterkunft für die nächste Zeit."

Nichts war Jannet lieber, als das. Jerome gab ihr wieder neue Kraft und Zuversicht, die sie schon längst verloren hatte.

Auch Elias, Gerd und Manuela waren erstaunt von dieser Hilfsbereitschaft, die Jerome ihnen entgegen brachte. Nie hätten sie gedacht, dass sich so schnell eine Möglichkeit ergeben würde, wie sie die Suche nach der vermissten Greta trotz allem fortsetzten konnten. Zufrieden und erleichtert betrachteten sie nur wenig später alle gemeinsam ihre neuen Zimmer. Dieses Hotel war im Vergleich zu der Pension, in der sie die letzten Tage übernachteten viel edler und seriöser gestaltet. Das hier keine normalsterblichen Touristen einkehren würden, war nicht zu übersehen. Jedes Zimmer war mit einer Flasche Champagner ausgestattet, wie ihn nur Reiche und Adelige trinken würden. An Stelle einer üblichen Badewanne fand Jannet hinter der Badezimmertür einen Wellness-Whirlpool vor und selbst das Sofa ließ sich mit nur einem Handgriff in einen komfortablen Massagesessel verwandeln. Plötzlich kam in Jannet ein schlechtes Gewissen auf. Noch nie hatte sie in so einem Luxus gelebt. Selber hätte sie sich so etwas auch nie leisten können. Und jetzt bekam sie einfach so alles geschenkt? Jannet musste weder dafür arbeiten, noch zahlte sie auch nur einen Cent. War es wirklich richtig, das gut gemeinte Angebot von Jerome anzunehmen? „Jannet, ich kann gar nichts mehr sagen, so fasziniert bin ich." Wie angewurzelt stand Manuela im Schlafzimmer und hielt ihre Hände vor den Mund. Auch sie hätte niemals damit gerechnet, dass sie eines Tages in einem Hotel übernachten würde, das sich aller höchstens Prominente der obersten Klasse leisten könnten. „Ich hoffe, das Zimmer entspricht euren

Erwartungen?" Hinter den beiden Frauen tauchte Jerome in der Tür auf. „Das fragst du noch? Es könnte gar nicht besser sein!", gab Manuela noch immer überwältigt zur Antwort. „Super. Unten befindet sich das Restaurant. Ihr dürft dort natürlich essen, wann immer ihr wollt." Lächelnd lehnte Jerome im Türrahmen und genoss es, dass seine Hilfsbereitschaft so gut ankam. „Jetzt ist aber Schluss mit dem Gelaber! Wir hätten schon längst mit der Arbeit beginnen sollen. Schaut mal auf die Uhr. Der halbe Tag ist dahin." Grade, als Jannet den idyllischen Frieden genoss, kam auch schon Elias, um diesen wieder zu zerstören. „Oh je, ich habe ganz vergessen, Mama zurückzurufen. Sie will bestimmt wissen, wie es bei uns so läuft. Ich habe mich schon echt lange nicht mehr bei ihr gemeldet." „Hat das nicht Zeit, bis heute Abend?", fragte Elias genervt, woraufhin er die Mitleids erregenden Blicke von Jannet erntete. „Okay, okay. Dann ruf halt erst deine Mutter an. Wenn wir schon so viel Zeit verschwendet haben, spielen die fünf Minuten auch keine Rolle mehr." Jannets Gesichtsausdruck verwandelte sich in ein Lächeln. „Danke.", sagte sie und ging zum Telefon.

Als hätte sie nur auf diesen Anruf gewartet, ging Hilda auch schon direkt ran und berichtete Jannet, was geschehen war. „Was? Wirklich? Französischer Hafen? Leute, wir sind auf dem richtigen Weg. Kurzzeitig wandte sich Jannet vom Hörer ab, an die Personen, die neben ihr im Raum standen und alles mitanhörten. „Okay, danke Mama. Wir melden uns, sobald es etwas neues gibt. Erleichtert schaute Jannet von einem zum anderen, als das Gespräch mit ihrer Mutter beendet war. „Was hat sie gesagt?" Keiner konnte abwarten, zu hören, was der Grund für Jannets` Erleichterung war. „Also.", begann

Jannet schließlich. „Es gab einen zweiten Erpresserbrief. Es soll am Samstag zur Geldübergabe kommen und ihr werdet nie glauben, wo die stattfinden wird." Strahlend schaute Jannet in die ratlosen Gesichter ihrer Freunde, bis sie dann selber, wie zu erwarten war die Antwort auf ihre Frage gab. „Hier in Frankreich." „Was? Und wo genau?", wollte Manuela wissen. „An irgendeinem Hafen. Le Havre war der Name glaube ich oder so. Bin mir auch nicht mehr ganz sicher. Aber egal, wisst ihr, was das bedeutet?" Wieder gab Jannet selber die Antwort. „Das bedeutet, wir sind hier nicht umsonst und Samuel hatte Recht, mit dem was er gesehen hat." „Samuel? Wer ist das denn? Und was hat er gesehen?" Florian verstand nicht, wovon Jannet sprach. Auch ihr viel in diesem Moment erst auf, dass Florian ja garnicht eingeweiht war. Sollte sie ihm einfach alles erklären, jetzt wo sie sich besser kannten? Doch dann entschied sich Jannet dagegen. Dazu war jetzt gar keine Zeit. Am Ende würde Florian schon noch alles erfahren. Also sagte sie einfach: „Ach, Samuel ist mein Neffe. Ist auch eigentlich gar nicht so wichtig, ich freue mich einfach nur so sehr." Wie neu geboren hüpfte Jannet durch das Zimmer, während sie von allen anderen noch immer fragend angestarrt wurde. „Das ist ja alles sehr schön, Jannet.", begann Gerd schließlich. „Aber wo willst du bis Samstag denn 500.000 Euro hernehmen?" „Gar nicht." Gab diese zur Antwort, und drehte sich dabei immer wieder um die eigene Achse. „Wir werden die Täter überführen, bevor es überhaupt zur Geldübergabe kommt." „Wir? Mit fünf Leuten? Wie willst du das denn anstellen?" „So genau weiß ich das noch nicht, aber uns fällt schon etwas ein. Jetzt, wo wir wissen, wo sie sich aufhalten, kann das doch gar nicht mehr so schwer sein."

„Vielleicht hat Jannet da nicht ganz Unrecht."
Nachdenklich stützte Elias das Kinn auf. „Die wissen
nicht, dass wir bereits hier sind. Vielleicht können wir die
Situation so für uns nutzen. Solange sich die Entführer in
Frankreich sicher fühlen, haben sie keinen Grund, Greta
etwas anzutun. Wir müssen deshalb jetzt echt vorsichtig
sein. Ein falscher Schritt könnte alles zerstören. „Das
heißt, wir haben noch bis Samstag Zeit, einen
unerwarteten Angriff zu starten. Erst dann rechnen sie
damit, dass wir kommen.", ergänzte Manuela. „Richtig. Je
eher, desto besser." Auf einmal hatte sich das Blatt
gewendet. Jetzt waren es nicht mehr die Entführer, die
Jannet und ihren Freunden einen Schritt voraus waren,
sondern umgekehrt. Es lag jetzt an ihnen, diese einmalige
Gelegenheit für sich zu nutzen, um Greta zu retten.
„Gehen wir also davon aus, dass sich Greta irgendwo im
Umkreis von Le Havre aufhält.", fuhr Elias fort. „Damit
haben wir eine neue Anlaufstelle, an die wir ansetzen
können. Wir fahren gleich dort hin und schauen uns schon
mal den Ort der Geldübergabe an. Vielleicht können wir
dann schon irgendwelche Rückschlüsse ziehen, wo Greta
gefangen gehalten wird. Ich rufe direkt die Kollegen in
Deutschland an und erkläre die neue Sachlage." Elias
wollte grade das Handy ans Ohr haltend aus dem Zimmer
schreiten, als er sich noch einmal zu Jannet umdrehte.
„Ach ja, Jannet, du musst leider hier bleiben." „Was?!"
Jannet fiel aus allen Wolken, als sie das hörte. Das konnte
Elias doch nicht wirklich ernst meinen. „Wieso das denn?
Kommt gar nicht in Frage." „Überleg doch mal, dich
kennen die Entführer ganz sicher. Die Gefahr, dass du
gesehen werden könntest, ist viel zu groß." „Elias hat
Recht.", gab Florian zu. „Wenn wir Greta retten wollen,

müssen wir jetzt echt vorsichtig sein." „Na gut, wenn es sein muss." Kleinlaut gab sich Jannet schließlich mit dem Plan einverstanden. „Aber wir bleiben die ganze Zeit über in Kontakt und ihr erzählt mir sofort, wenn ihr etwas herausgefunden habt." „Natürlich machen wir das. Du wirst die erste sein, die jedes Detail genau erfährt." Zufrieden klopfte Manuela ihrer Freundin auf die Schulter. „Super, dann werde ich hier jetzt einfach warten, bis ihr wieder da seid." Gelangweilt und enttäuscht ließ sich Jannet auf ihrem Bett sinken. „Warum denn? Du könntest doch mit mir mitkommen.", warf Jerome ein. Ich hätte dir viel zu zeigen. Mein Haus, meine Plantagen, meinen Hund,... Der freut sich immer über Besuch, und dann müsstest du dich hier nicht alleine langweilen." Verwirrt sah Jannet auf, doch ehe sie sich über eine Antwort auch nur Gedanken machen konnte, kam Manuela ihr schon zuvor. „Das wäre doch eine super Idee. Sie kommt gerne mit dir mit, oder Jannet?" „Na, perfekt!", freut sich Jerome. „Dann mal viel Glück euch. Meldet euch, wenn ihr Hilfe braucht." Schon haben Elias, Gerd, Florian und Manuela das Hotel verlassen und Jannet blieb mit Jerome alleine zurück. „Also, wenn du nichts weiteres mehr zu erledigen hast, können wir von mir aus auch los.", sagte Jerome lächelnd, und als Jannet schließlich nickend zurücklächelte, machten auch die beiden sich auf den Weg.

„Na das sieht doch gar nicht mal so schlecht aus hier." Manuela stand an dem Ufer des besagten Hafens vor einer Reihe dort befestigter Segelboote und schaute auf das offene Meer. Der sonst so begehrte Hafen war zu dieser Zeit wie leer gefegt. Nach etwa zwei Stunden und 30 Minuten Fahrt hatten sie das Ziel auch endlich erreicht.

„Ja, im Moment sieht es hier gar nicht schlecht aus, da hast du Recht. Um 00:00 Uhr Nachts wird das schon wieder ganz anders sein.", gab Elias zurück, während er sich umsah. „Okay, also wo genau soll die Übergabe stattfinden?", will Florian schließlich wissen. „Also so wie Jannet meinte, war in dem Brief nur der französische Hafen Le Havre genannt. Von einer näher definierten Angabe hat sie zumindest nichts gesagt. Ich denke also mal, dass damit wohl dieser Hafen gemeint ist.", gab Gerd zur Antwort und betrachtete die einzelnen Boote. „Bei Nacht gibt es hier tatsächlich viele Möglichkeiten sich zu verstecken. Wir wissen nicht, wie viele bewaffnete Komplizen sich dann während der Geldübergabe hier aufhalten. Wir müssen die Täter also unbedingt schon vorher überführen." „Vielleicht sind sie schon irgendwo in der Nähe. Ich werde das Gebiet mal von den Hunden absuchen lassen." Schon gab Florian seinen beiden Begleitern Don und Cojack das Kommando, nach Greta zu suchen. Wie immer begannen die Beiden wild umherlaufend alles zu beschnuppern. „Okay, wir gehen mal ein Stück am Strand entlang, vielleicht können wir schon eine verdächtige Entdeckung machen." Gefolgt von Gerd und Manuela lief Elias runter zum Strand. Er achtete dabei auf jedes Detail, was sich ihm bot. Einige Meter vom Wasser entfernt befanden sich hohe steile Klippen, die ineinander verschachtelt waren. „Elias!", rief Gerd ihm zu. „Lass uns mal genauer in diese Höhleneingänge schauen. Sowas bietet sich doch sicher gut als Versteck bei einer Entführung an." „Ja, aber wir müssen vorsichtig sein. Wir wissen nie, wozu diese Menschen fähig sind, wenn sie merken, dass wir ihnen auf die Spur gekommen sind." Langsam tasteten sich die drei an den Steilwänden entlang. Die meisten der vermeintlichen Höhleneingänge waren jedoch nur kleine Einbuchtungen, die nicht weiter in das Innere der Klippen führten. „All diese Verschachtellungen bieten Versteckmöglichkeiten, auch wenn sie nicht in tiefe unterirdische Tunnel führen. Die Täter haben sich wohl was dabei gedacht, warum sie sich grade hier treffen wollen. Wir dürfen es gar nicht erst so weit kommen lassen. Wenn sich hier vielleicht zehn bewaffnete Männer aufhalten, haben wir da gar keine Chance. Sie würden uns der Reihe nach umbringen. Wir brauchen einen Plan, wie wir vorgehen." Elias hatte große bedenken, die Geldübergabe am Samstag stattfinden zu lassen. Dass sie nicht die besagte Summe von 500.000 Euro aufbringen könnten, war jedem wohl bewusst, doch wer konnte schon voraussehen, wie die Kindesentführer reagieren würden, wenn Jannet mit leeren Händen vor ihnen stünde? „Wartet mal!" Manuela, die einige Meter hinter den Männern lief, rief die Beiden zu sich zurück. „Dieser Eingang sieht mir deutlich tiefer aus. Elias und Gerd wagten einige vorsichtige Schritte in das Innere der Felswand. „Das ist zu dunkel, wir brauchen Taschenlampen. Manuela, du bleibst hier oben, während wir uns da drin mal umsehen. Hier hast du ein Funkgerät, damit wir in Kontakt bleiben können. Gib uns sofort Bescheid, wenn du etwas auffälliges siehst." Elias gab Manuela eine der Funkgeräte in die Hand, das er aus seinem Rucksack hervorholte. Dann wandte er sich an Gerd. „Hier hast du einen Elektroschocker. Du darfst ihn aber wirklich nur im äußersten Notfall zur Verteidigung anwenden, wenn ich dir vorher ein Signal dafür gebe. „Wie lautet denn das Signal?" Fragend schauten Manuela und Gerd Elias an. „Vielleicht sollten wir uns ein

Codewort überlegen. So eins, was wir alle kennen und was wir dann verwenden wenn Gefahr droht." „Ist dass nicht ein wenig kindisch?", fragte Elias, während er skeptisch die Stirn runzelte. „Nein, die Idee ist doch super.", fand Manuela. „Wenn uns etwas passiert, können wir unbemerkt Hilfe anfordern. Vielleicht rettet uns das noch mal das Leben." „Na gut. Dann überlegt ihr euch auch bitte dieses Codewort, wenn euch das so unglaublich wichtig ist." „Okay, wie wäre es mit 110?" Nach kurzem Überlegen hatte Manuela schon den ersten Vorschlag parat. „110? Nein, da weiß doch schon jeder gleich was du vorhast. Es muss ein Wort sein, das nichts mit diesem Thema zu tun hat. Etwas ganz alltägliches. Sowas wie..." Auch Gerd überlegte eine Sekunde, bis er einen neuen Vorschlag hatte. „...Käsebrötchen!" „Du denkst doch nur wieder ans Essen.", wandte Manuela ein. „Na und? Was ist daran so schlimm?" „Na, das du damit bei jedem Bäckerei-Besuch direkt einen Alarm auslösen würdest. Es muss ein Wort sein, das wir im Alltag nicht so häufig verwenden." Grübeln standen Gerd und Manuela vor dem Höhleneingang, während sich Elias genervt an die Klippenwand lehnte und die Arme vor der Brust verschränkte. „Habt ihr es vielleicht bald mal?" „Jetzt denk doch auch mal mit, Elias. Das ist nicht so einfach.", klagte Manuela. „Wie ihr wollt. Nenne wir es doch einfach Tom und Jerry. Passt auch prima zu eurem Verhalten." „Ja!", riefen Gerd und Manuela wie aus einem Mund. „Man wird uns allerhöchstens blöd ansehen, aber keiner wird den Sinn dahinter verstehen." Manuela fragte sich, warum sie nicht selber auf so eine Idee gekommen war. „Genau.", meinte auch Gerd. „Und wir werden es sicherlich nicht anderweitig in einer Alltagssituation verwenden müssen." „Na herzlichen Glückwunsch. Wenn dann jetzt alle zufrieden sind, können wir uns ja endlich an die Arbeit machen." Wie besprochen stiegen Elias und Gerd tiefer in das Höhleninnere herab, während Manuela draußen wartete und die Stellung hielt. Die verschachtelten Steinwände taten sich zu immer neuen Gängen auf, die jedoch meistens bereits nach kurzer Zeit in einer Sackgasse mündeten. Obwohl es nicht den Anschein machte, dass sich hier zu diesem Zeitpunkt jemand aufhielt, untersuchten die Beiden dennoch jeden Winkel ganz genau, immer in der Bereitschaft von irgendwoher überrascht zu werden. „Also Greta werden wir hier drin wohl nicht finden und das Versteck einer Entführerbande ist das, wie man sieht wohl auch nicht. Also lass uns wieder nach oben gehen. Wir verschwenden hier nur unsere Zeit." „Ja, gute Idee. Machen wir uns auf die Socken. Ich bekomme auch langsam Hunger." „Jetzt schon? Wir sind grade erst gefühlte drei Minuten hier." „Ja, schon."; gab Gerd zu. Aber wir haben ja auch nicht zu Mittag gegessen und es ist jetzt schon Nachmittag. Auf leerem Magen kann man doch keine Ermittlungen durchführen." „Gedulde dich, wenn wir fertig sind, suchen wir eine Bäckerei für dich. Dann bekommst du ein originales französisches Baguette." Wieder am Tageslicht angekommen, wurden sie auch schon von Manuela erwartungsvoll in Empfang genommen. „Und? Was ist da unten? Habt ihr etwas gefunden?" „Nein, nichts. Abgesehen von unspektakulären Steinwänden, wie du sie hier überall siehst, war da unten absolut gar nichts.", erklärte Elias. „Lasst uns noch ein Stück weiter gehen, bis zu dieser Gasse da vorne. Dann haben wir zumindest schon mal grob hier alles unter die Lupe genommen."

Elias zeigte auf einen engen Spalt, an dem sich die Steinwand aufspaltete. Der Schlitz zwischen den beiden Felsen war grade so groß, dass eine einzelne Person hindurchpassen würde. Doch in diesem Augenblick stolzierten zwei Hunde gefolgt von einem jungen Mann aus der Öffnung heraus. „Dort braucht ihr nicht mehr nachzusehen. Don und Cojack haben hier schon alles auf links gedreht." Florian kam auf die Anderen zu, die ebenfalls grade dieses Gebiet absuchen wollten. „Gut, dann haben wir uns die Arbeit ja gespart. Und nun?", wollte Elias wissen. „Irgendwelche Pläne von eurer Seite, wie wir weiterhin vorgehen sollten?" Es kam nicht oft vor, dass Elias ratlos war und die anderen fragte, was zu tun war. Ganz zu Manuelas` Überraschung gab er jedoch dieses Mal erstaunlich schnell das Kommando ab. „Wir könnten uns mal hier in der Gegend umhören, oder ein nahegelegenes Hotel aufsuchen, wo wir weiterarbeiten.", schlug Florian vor. „Ich bin mit allem einverstanden, aber wie wäre es, wenn wir vorher etwas essen gehen? Allmählich bekomme ich wirklich Hunger." Gerd wollte die Arbeiten nicht beeinträchtigen, doch irgendwann brauchte er wieder etwas nahrhaftes, wenn er noch länger klar denken sollte. „Also wenn ihr mich fragt, knurrt mir auch der Magen. Ich will ja keinen Stress schieben, Elias, aber das letzte, was wir heute gegessen haben, war unser Frühstück." Auch Manuela war der Meinung, dass es Zeit für eine Pause war und so willigten schließlich auch Elias und Florian ein. Nicht weit vom Strand entfernt kehrten sie, nachdem sie ihr Arbeitsmaterial und die Hunde zurück ins Auto gebracht hatten, in eine kleine, aber gemütliche Bäckerei ein. Hinter der Glasscheibe an der Theke waren die appetitlichsten französischen Leckereien ausgestellt, die allen das Wasser im Mund zusammenlaufen ließen. „Was sollen wir bestellen? Irgendwelche Vorlieben eurerseits?", befragte Florian die anderen, um allen Geschmäckern gerecht zu werden. „Also für mich..." „Moment mal!" Gerd fiel Manuela plötzlich mitten ins Wort, während er starr auf die Vitrine vor sich schaute und sich nicht rührte. In dem Glas waren die Umrisse der Umgebung zu sehen, die sich darin spiegelten. Keiner der anderen hatte gesehen, worauf Gerd soeben aufmerksam wurde und was ihn beinahe an seinen Sinnen hat zweifeln lassen. Irrte er sich vielleicht? Ruckartig drehte Gerd sich mit einem Mal um. „Da ist Greta!" Sofort folgten ihm die Blicke von Florian, Elias und Manuela. Tatsächlich! Nur wenige Meter von der Bäckerei entfernt stand Greta mit einer fremden Frau. Wer diese Frau war, konnte sich keiner erklären, doch das Kind an ihrer Hand war zweifellos Greta.

## Kapitel 9

Schon von weitem bot sich Jannet ein gigantischer Blick über all die Felder, die zu Jeromes` Grundstück gehörten. „Die Gegend hier ist wunderschön." „Ja, ich bin gerne hier. Du kannst dir gar nicht vorstellen, wie schön es hier erst im Sommer ist, wenn alles blüht und die Blätter an den Bäumen saftig grün sind." Ein langer huckeliger Feldweg durch die unendlichen Weinfelder führte schließlich zu dem Haus, in dem Jerome wohnte. Es war ein einfaches Holzhaus. Nichts großes, aber dennoch warm und gemütlich. Neben der Haustür befand sich eine Bank, auf der eine Katze in eine Decke gekuschelt schlief. Oben sah man einen kleinen Balkon, der grade genug Platz für einen Gartentisch bot. Sofort fühlte Jannet sich wohl wo sie war und sie überlegte, wie es wäre, hier zu wohnen. Sie stellte sich vor, wie sie im Sommer auf den Weinfeldern mithalf und sich für eine Pause auf die Bank in den Schatten setzen würde. Für einen Moment beneidete sie Jerome sogar um seinen Wohnsitz, doch dann musste sie wieder an Greta denken. Ihr hätte es hier sicher auch gefallen. So viel Platz zum Spielen hatte sie in Deutschland nie gehabt. „Lass uns reingehen, du hast bestimmt Hunger. Wir könnten zusammen etwas kochen.", meinte Jerome, während er die Haustür aufschloss. „Du kannst kochen?", lachte Jannet kess. „Na gut, hast mich erwischt. Im Kochen bin ich ne Niete. Lass uns etwas bestellen." „Gute Idee." Jannet folgte Jerome durch die

Küche, die sich gleich im Eingangsbereich befand. „Was darf ich der Dame denn anbieten? Kaviar und Champagner?" Als wäre Jerome aus besonders adeligen Verhältnissen, türmte sich Jerome witzelnd vor Jannet auf. „Wie wäre es ganz traditionell mit einer Pizza, Herr von und zu?", gab Jannet lachend zurück. „Was immer Sie wünschen, gnädige Frau." Mit einer ausladenden Handbewegung griff Jerome zum Telefonhörer. „Dann wollen wir doch mal den Pizza-Boten herbitten." „Aber jetzt erzähl mir doch mal etwas über dein Leben. Ich habe dir schon so viel von mir erzählt, aber von dir weiß ich noch so gut wie gar nichts.", begann Jannet wieder, nachdem Jerome die Bestellung abgegeben hatte. „Was? Du weißt nichts über mich?" Jerome machte ein erstauntes Gesicht. „Na das muss schleunigst geändert werden. Als erstes muss ich dir meinen treuesten Freund vorstellen. Wir teilen uns jeden Morgen das Frühstück und jeden Abend das Bett." Jerome öffnete die Tür zum Wohnzimmer. Nur kurz darauf sprang vom Sofa ein schwanzwedelnder schwarzer Labrador auf und kam auf die Beiden zugerannt. Von oben bis unten beschnupperte er Jannet nun und leckte ihr schließlich herzlichst quer durch das Gesicht. „Oh nein! Bruno, aus!" Jerome versuchte seinen Vierbeiner zurückzuhalten. „Naja, das machte er nur wenn er Leute gerne mag.", lachte er, nachdem er den Hund am Halsband gepackt und zurückgezogen hatte. „Das ist also Bruno?" Jannet kniete sich herunter und kraulte den Hund, der die Aufmerksamkeit sichtlich genoss hinter den Ohren. „Okay, also Bruno ist dein Freund fürs` Leben. Und was machst du sonst so, wenn du nicht grade auf der Plantage oder im Hotel arbeitest?" „Naja, also viel Zeit bleibt dazwischen nicht." Jerome setzte sich zu Jannet und Bruno auf den Boden. „Ich meine was sind deine Hobbys? Irgendwas wirst du doch auch gerne in deiner Freizeit machen, oder?", harkte Jannet schließlich weiter nach, als sich Jeromes` Antwort als noch nicht zufriedenstellend erwies. „Sport.", sagte er schließlich. „Wenn ich Abends von der Arbeit nach Hause komme oder zwischendurch mal eine Pause mache, gehe ich meistens mit Bruno eine Runde joggen. Tut echt gut. Danach ist man wieder voller neuer Energie." Plötzlich wurde es ganz still im Raum. Die Beiden sagten nichts mehr, während sie sich einfach nur ganz tief in die Augen sahen. In Jannet kam plötzlich ein Gefühl auf, das sie lange nicht mehr gespürt hatte. Obwohl sie Jerome noch gar nicht so lange kannte, fühlte sie eine unglaubliche Vertrautheit zu ihm. Dann beugte sich Jerome über Jannet und kam ganz langsam immer näher, bis sich ihre Lippen schließlich berührten. War es dafür nicht noch viel zu früh? Sie kannte Jerome doch kaum. Doch es war, als hätte er damit einen Schalter in Jannets` Kopf umgelegt, der dafür sorgte, dass sie an nichts mehr denken konnte. Alles, was sie sah und woran sie in diesem Moment dachte, war Jerome. So zärtlich und liebevoll gab er Jannet das Gefühl, die einzige Frau auf diesem Planeten zu sein. Doch als hätte das Schicksal es geahnt, klingelte es in diesem wunderschönen Moment an der Tür. „Wer auch immer da draußen ist kann warten.", flüsterte Jerome ihr ins Ohr und legte seine Lippen erneut an Jannets` Mund an. Diese löste sich jedoch sogleich wieder von ihm.. „Nein, vielleicht ist es wichtig. Vielleicht geht es um meine Tochter." „Okay, ich werde mal sehen, wer da ist. Wenn es aber unwichtig ist, machen wir genau da weiter, wo wir aufgehört haben." Lächelnd ging Jerome schließlich zur Haustür, als es bereits schon zum zweiten Mal klingelte. Das sein Plan, die unwichtige Person wieder wegzuschicken, um ungestört mit Jannet alleine sein zu können nicht aufgehen würde, ahnte er zu diesem Zeitpunkt noch nicht. „Police, bonne journée." Vor der Tür standen zwei in Uniform gekleidete Männer. Jannet hörte vom Wohnzimmer aus, wie einer der beiden ihren Namen sagte. Viel mehr verstand sie jedoch nicht. Anscheinend musste die französische Polizei bereits über das Verschwinden von Greta informiert worden sein und würde Jannet jetzt über Einzelheiten befragen wollen. Sie ging in den Flur, um zu sehen, was los war. Einer der Polizisten zeigte auf Jannet, als er sie sah. „Jannet Cammel?", fragte er mit starkem französischen Akzent. Sofort war klar, dass er kein Deutsch verstand. Jannet nickte. Kurz sahen sich die beiden Männer vor der Tür an, nickten sich ebenfalls zu und gingen dann an Jerome vorbei in den Hausflur, wo sie Jannet Handschellen anlegten. „Was? Hey, stopp! Was tun Sie denn? Es muss hier ein Missverständnis vorliegen. Jerome, was wollen die von mir?" Verzweifelt versuchte sich Jannet gegen die starken Arme der beiden Franzose zu wehren, während sie sich mit klagendem Blick zu Jerome umdrehte. „Sie haben gesagt, sie werden dich vorläufig festnehmen müssen. Was man dir vorwirft wollten sie mir allerdings nicht erklären. Jannet, mach dir keine Sorgen, wir holen dich so schnell es geht raus." Jannet verstand die Welt nicht mehr. Was sollte sie denn schon schlimmes angestellt haben, dass man sie jetzt wie einen Schwerverbrecher abführen würde?

Sofort stürmten Gerd, Elias, Florian und Manuela aus der

Bäckerei auf die unbekannte Person zu, doch als diese bemerkte, dass man ihr auf die Spur gekommen war, ergriff sie mit Greta an der Hand die Flucht, ehe das Kind überhaupt begreifen konnte, was mit ihr geschah. „Hey! Haltet diese Frau auf! Sie ist eine Entführerin!" Verzweifelt versuchten die vier andere Passanten auf das Verbrechen aufmerksam zu machen, um die Frau zu stoppen, doch keiner reagierte wirklich auf die hysterischen Rufe. Lediglich verständnislose Blicke zogen sie mit dem Geschrei auf sich. Es blieb ihnen also nichts übrig, als die Verfolgung aufzunehmen. Immer schneller durchquerten sie enge Gassen und verlassene Altbauten. Es schien, als würde sich die Frau gut auskennen und genau wissen, wohin sie lief. Zielstrebig und flink rannte sie voraus. „Verliert sie nicht aus den Augen!", rief Elias seinen Komplizen zu. Ganz langsam wurde der Abstand immer kleiner, doch die vielen Ecken machten es beinahe unmöglich, nach dem Kind oder der Frau zu greifen. Auf einmal zog die Frau eine Sprühdose aus der Tasche und zielte Elias genau in die Augen. „Ahhh! Ich sehe nichts mehr!" Der unerwartete Angriff führte dazu, dass sich die Frau einen erneuten Vorsprung verschaffen konnte. In einer Kreuzung blieben die vier schließlich keuchend stehen. „In welche Richtung ist sie gelaufen?", fragte Florian, während er nach Luft schnappte. „Keine Ahnung.", meinte Elias. „Wir teilen uns auf." Mit diesen Worten ging die Rennerei auch schon weiter. Manuela und Gerd bogen nach rechts ab, Florian rannte nach links und Elias nahm den Weg geradeaus. Wann immer sich jetzt die Wege weiter aufteilen würden, konnte man nur noch raten, welcher der richtige sein würde. Keiner der vier erblickte die Frau erneut, doch Elias, Gerd, Manuela und Florian ließen sich dadurch nicht abbringen. Solange es ihre körperliche Verfassung hergab, rannten sie weiter. Aus seinem Beruf kannte Elias solche Verfolgungsjagten nur zu gut, doch nie hätte er gedacht, dass er eines Tages dem Entführer seiner eigenen Nichte hinterher laufen würde. Plötzlich endete die Gasse und Elias landete völlig überrascht auf dem Gehweg vor einer überfüllten dreispurigen Hauptstraße. Ehe er wirklich realisierte, wo er sich befand, wurde er auch schon von anderen Fußgängern regelrecht übergerannt. Dann sogar noch einmal aus der anderen Richtung. Vorsichtig öffnete Elias nach dem Zusammenstoß wieder seine Augen und fand sich auf dem Boden liegend wieder. Über ihm türmten sich kreuz und quer Florian, Manuela und Gerd, die genau so überrascht waren, wie Elias. „Habt ihr sie gefunden?", fragte er schließlich, als er sich wieder befreit hatte. „Nein.", gab Manuela zurück. „Die sind wie vom Erdboden verschluckt. „Immerhin wissen wir jetzt, wo Greta ist und das es ihr gut geht."; meinte Florian, während er sich den Schmutz von der Hose putzte. „Wenn wir jetzt die Hunde mitgenommen hätten, hätten wir vielleicht ihren Weg weiter verfolgen können." Gerd schaute sich in alle Richtungen um. „Du hast Recht.", meinte Elias. „Florian, gib mir die Autoschlüssel, ich hole die Hunde." Noch immer keuchend nahm Florian seine Schlüssel aus der Hosentasche und warf sie Elias zu. „Haltet weiterhin Ausschau, bis ich zurückkomme." „Das darf doch nicht wahr sein. Wir waren so nah dran." Florian hielt sich verzweifelt den Kopf. „Ich verstehe das alles nicht. Die ganze Zeit suchen wir nach einer Entführerbande. Nach starken gefährlichen Männern. Und jetzt? Die Person, die Greta die ganze Zeit mit sich führt, soll eine zierliche Frau sein, die nicht größer ist, als ich? Und warum entführt sie ein deutsches Kind nach Frankreich? Sie hat sich ja nicht mal die Mühe gemacht, Greta zu fesseln oder versteckt zu halten. Sie läuft öffentlich durch die Gegend, als wäre Greta ihr eigenes Kind. Also eine Entführung habe ich mir wirklich etwas anders vorgestellt. Da ist doch irgendwas faul an der ganzen Sache." Manuela verschränkte die Arme vor der Brust. Die ganze Situation warf nur noch mehr Fragen bei ihr auf. Eigentlich sollten sich jetzt die Puzzleteile, die sie hatten zu einem sinnreichen Bild zusammensetzten, doch stattdessen erkannte Manuela, dass die Teile, die bereits zusammengesetzt waren garnicht zusammen passten. „Meistens kommt es anders, als erwartet.", gab Gerd zur Antwort, weil er ebenfalls keine Erklärung für diese merkwürdigen Geschehnisse hatte. „Mit überraschenden Erkenntnissen musst du rechnen, Manuela. Auch damit, dass der Entführer vielleicht ein ganz anderer ist, als es im ersten Moment zu sein scheint." „Ich glaube gar nicht mal, dass diese Frau die Hauptentführerin ist.", mischte sich Florian ein. Nachdenklich lief er dabei auf und ab. „Es wäre doch viel wahrscheinlicher, dass man uns hier auf eine falsche Fährte locken will. Ich glaube es handelt sich allenfalls um eine Komplizin. Vielleicht hat man sie auch erpresst oder ihr gedroht. Die eigentliche Bande arbeitet vermutlich noch irgendwo versteckt im Untergrund. Ist doch klar, so fliegt von denen erstmal keiner auf. Einer solchen Frau würde keiner eine Entführung zutrauen. Sie hätte es viel leichter, das Kind über die französische Grenze zu bekommen. Ich bin sicher, dass das alles zum Plan gehört. Aber macht euch keine Sorgen. Sobald Elias mit den Hunden zurückkommt, lassen wir die ganze

Bande auffliegen."

„Auf geht's, Leute! Hoffen wir auf einen Erfolg." Da kam Elias auch schon mit schnellen Schritten auf sie zu. „Ja, das hoffe ich auch. Ab morgen haben wir nur noch einen Hund. Cojack wird dann wieder auf dem Revier gebraucht." „Ein Grund mehr, den Fall schon heute zu lösen.", meinte Elias und gab Florian eine der Leinen in die Hand. Nachdem Don und Cojack den Befehl erhalten hatten, begannen sie wie gewohnt damit, die Schnauzen dicht über dem Boden zu führen. „Lasst uns ein Stück zurück gehen, hier finden sie nichts. Greta war wohl gar nicht hier." Plötzlich fing einer der Hunde lautstark an zu bellen. „Moment, ich glaube Don hat eine Spur.", wandte Florian ein, bevor die vier die schmalen Gassen wieder zurück liefen. „Dieses Mal klappt es!", murmelte Manuela vor sich hin. Alle folgten dem Hund kreuz und quer durch die Straßen. Teilweise waren die Wege, die er wählte bekannt, doch oft wussten weder Elias noch Florian noch einer der anderen Beiden, wo sie sich eigentlich befanden. Das war in diesem Moment jedoch die kleinste Sorge. Viel größer war die Aufregung und die Freude darüber, Greta eventuell bald gefunden zu haben. Was würde bloß Jannet dazu sagen, wenn sie ihre verlorene Tochter noch heute putzmunter zu Gesicht bekäme. Es konnte doch eigentlich gar nichts mehr schief gehen, oder? Allmählich wurden die Straßen immer breiter, bis sie schließlich auf das Fußende eines Berges zusteuerten. Nach rechts hin wurde der Berg immer steiler, während er sich nach links immer weiter dem Boden anglich. Vor Elias, Florian, Gerd und Manuela führte ein schlangenförmiger Wanderweg immer höher in die idyllische Landschaft. Noch einige Meter verfolgte Don seine Spur entlang des Weges, doch dann blieb er schließlich stehen und signalisierte seinem Herrchen so, dass seine Fährte hier endete. „Okay, dass erscheint mir äußerst merkwürdig.", meinte Florian nachdenklich. „Anscheinend endet die Spur hier, aber Greta und die Frau können sich ja nicht in Luft aufgelöst haben." „Vielleicht sind die Witterungsverhältnisse schlecht.", wandte Elias ein. „Ich denke sie werden auf den Berg gegangen sein." „Aber eine so frische Fährte sollten die Hunde doch auch bei schlechten Verhältnissen gut verfolgen können. Naja, vielleicht hast du Recht. Es bringt jetzt aber auch nicht mehr hinterher zu laufen. Es dämmert schon und bis wir oben angekommen sind, ist es sicherlich dunkel. Außerdem haben die Beiden jetzt einen so großen Vorsprung, dass wir sie eh nicht mehr einholen können. Am Besten machen wir morgen weiter und untersuchen den Berg dann bei gutem Tageslicht." „Ich denke nicht, dass wir sie hier morgen finden werden. Die Entführer wissen nun, dass wir ihnen auf den Fersen sind. Sie werden nun umso vorsichtiger sein. Ich sage es nur ungern, aber wir müssen die Geldübergabe vortäuschen und versuchen die Täter dann zu überführen. Es bleibt uns einfach nichts anderes übrig. Natürlich werden wir Jannet die ganze Zeit aus der Nähe bewachen und einschreiten, wenn etwas passiert. Wir müssen alles dafür tun, damit sich die Täter wieder sicher fühlen und uns vertrauen. Wenn sie glauben überführt worden zu sein, bringen sie Greta um. Das heißt für uns also keine Polizei und alle Anweisungen der Erpresser genau befolgen." Plötzlich machte sich Elias` Handy bemerkbar. „Was? Oh nein... Es geht auch wirklich alles schief. Nein, keine Ahnung. Ich weiß genau so viel, wie du. Okay, wir kommen. Bis gleich." Elias wandte sich nun den fragenden Blicken der anderen zu, die das Gespräch gespannt mitverfolgten. „Es war Jerome. Jannet wurde von der Polizei abgeführt."

Ein großer leerer Raum. Nur ein Tisch stand in der Mitte, hinter dem Jannet noch immer mit angelegten Handschellen saß. Traurig schaute sie auf das große Spiegelglasfenster vor sich. Wenn sie doch wenigstens wüsste, was sie verbotenes getan haben sollte. Sie hoffte nur, dass es ein völlig harmloses Missverständnis war, das sich bald aufklären würde und Jannet wieder frei gelassen wurde. Wenn doch Elias jetzt hier wäre. Es kam nicht oft vor, dass sich Jannet nach seinen neunmalklugen Ratschlägen sehnte, doch in diesem Moment hoffte sie nichts mehr, als dass er gleich durch die Tür käme und so was sagte, wie: „Na, das hast du ja wieder toll hinbekommen. Keine zwei Stunden kann man dich alleine lassen, ohne das etwas passiert. Und wer darf die Suppe wieder auslöffeln? Ich natürlich." Da drehte sich das Schloss und die Tür im Verhörraum wurde mit lautem Gequietsche geöffnet. Zwei Polizisten traten herein. Einen der beiden Männer erkannte Jannet wieder. Es war der selbe Mann, der sie eben noch abgeführt hatte. In seiner Begleitung war dieses mal jedoch ein anderer. Er war klein und pummelig und trug seine Haare mit reichlich Gel nach hinten zurückgekämmt. Kein Mann von enormer Attraktivität, dessen Anwesenheit zu genießen war. Doch das war im Moment die kleinste Sorge. Jannet erhoffte sich, durch diesen Mann Informationen zu erhalten, die erklären, weshalb sie hier war. Der größere Mann, der Jannet abgeführt hatte, blieb am Eingang stehen und sagte kein Wort. Er beobachtete alles, was geschah aus sicherer Entfernung. Der andere hingegen setzte sich zu Jannet an die andere Seite des Tisches. Die Mimik der Beiden ließ vermuten, dass es um etwas wirklich ernstes gehen musste. „Sie sind Jannet Cammel, ist das richtig?", begann der Mann, der nun der Gefangenen gegenüber saß, während er in seine Akte schaute. Jannet nickte nur. Ihr Hals war so trocken, dass es ihr schwer fiel zu reden. „Gut. Mein Name ist Wensmann. Ich bin einer der wenigen deutschsprachigen hier. Wenden Sie sich während Ihrer Zeit bei uns also am Besten an mich, wenn irgendwelche Fragen auftreten. Ich werde Ihnen jetzt einige Fragen stellen, die Sie bitte ehrlich und so genau, wie möglich beantworten." Wieder nickte Jannet. „Also, es liegt uns eine Anzeige gegen Sie vor wegen Einbruchs und Sachbeschädigung. Waren Sie in der letzten Zeit in dem Haus der Familie Taylor?" Jannet wollte etwas sagen, doch ihre Stimme ließ sie weiterhin im Stich. Als sie die ungeduldigen Blicke des Polizisten bemerkte, gab sie sich erneut alle Mühe und brachte schließlich ein krächsendes „Ja" hervor. Allmählich begann sie zu begreifen, woher der Wind wehte. Camilla also. Es musste um den Einbruch gehen. Vielleicht vermutete man, dass Jannet das Haus verwüstet hatte. Schließlich war sie nicht besonders vorsichtig, als sie ihre Fingerabdrücke überall hinterließ. Doch über die Folgen ihres Vorgehens hatte sie sich zu diesem Zeitpunkt keine allzu großen Sorgen gemacht. Dann fuhr der Polizist weiter fort. „Was haben Sie in dem Haus gemacht?" „Ich sollte dort nach dem Rechten sehen, während meine Nachbarn im Urlaub waren. Ich habe mich um die Katze gekümmert, die Blumen gegossen und ab und zu mal die Post reingeholt.", berichtete Jannet wahrheitsgetreu. „Ihnen wurde also die Aufgabe erteilt, zwischendurch mal nach dem Rechten zu sehen?", wiederholte der Mann erneut, woraufhin Jannet zustimmend nickte. „Warum reisen Sie dann ganz urplötzlich nach Frankreich, ohne Ihren Nachbarn davon zu berichten?" „Es war nicht geplant. Meine Tochter wurde entführt und ich habe den Tipp bekommen, dass sie sich hier aufhalten sollte. Es ging einfach alles so schnell, da habe ich nicht darüber nachgedacht." „Aber Sie haben von dem Einbruch gewusst?" Was sollte Jannet jetzt antworten? Es gab keine plausible Erklärung dafür, wie ihre Fingerabdrücke am Tatort erscheinen konnten. Abgesehen davon hatte die Erfahrung gezeigt, dass die Wahrheit früher oder später ans Licht kommen würde und Jannets` Lügengebilde zum Scheitern verurteilt war. Doch würde man ihr glauben? Was wäre, wenn die Strafe für sie dann am Ende noch härter ausfallen würde, weil sie versuchte alles zu leugnen, obwohl die Polizei ja bereits Beweise gegen sie in der Hand hatte? Doch war es wirklich besser, eine Tat zuzugeben, die Jannet gar nicht begannen hatte? Nein, das konnte keine Lösung sein. Was hatte sie denn noch zu verlieren? Wann man tatsächlich Bewiese dafür hatte, dass Jannet für den Einbruch verantwortlich war, würde man sie so oder so dafür bestrafen. Und dann spielte es auch keine Rolle mehr, ob sie vielleicht einige Monate mehr oder weniger hinter Gittern saß. Also entschied sie sich dazu, alles auf eine Karte zu setzten und zu erzählen, was sie zu erzählen hatte. „Ja, ich habe von dem Einbruch gewusst. Es war in der Silvesternacht, als ich davon erfuhr. Einige Tage zuvor wurde meine Tochter entführt und seitdem hatte ich das Nachbarhaus völlig vergessen. Erst in der Nacht des ersten Januars ist es mir wieder eingefallen. Ich bin dann auch direkt rüber gelaufen, um mich zu vergewissern, dass noch alles in Ordnung war. Dabei habe ich vor allem an die Katze gedacht, die ich ja schon einige Tage nicht mehr gefüttert hatte. Als ich dort ankam, fand ich die Tür bereits im aufgebrochenen Zustand vor. Ich weiß, dass ich die Polizei hätte alarmieren sollen, doch in diesem Moment kam mir das einfach nicht in den Sinn. Im ersten Augenblick habe ich auch ehrlich gesagt noch gar nicht an einen Einbruch gedacht. Ich sah zunächst nur, dass die Tür einen kleinen Spalt geöffnet war. Sie lehnte im Türrahmen an. Ich habe überlegt, ob außer mir vielleicht sonst noch jemand einen Schlüssel besaß und einfach nur vergessen hatte, die Tür wieder richtig zu schließen. Also ging ich rein und fand dort das reine Chaos vor." „Das ist ja eine ganz nette Geschichte, die Sie da erzählen. Die Kollegen in Deutschland haben sich natürlich auch schon so ihre Gedanken gemacht, wie der Einbruch mit ihrem plötzlichem Verschwinden und den vielen Fingerabdrücken zusammen passen. Ich muss sagen, die sind gar nicht mal so blöd. Vermutlich hätten wir die Situation genauso interpretiert. Wollen Sie unsere Version hören?" Ohne eine Antwort abzuwarten, begann er zu erzählen. „Sie waren neidisch auf Ihre Nachbarin. Während Sie nämlich über die Feiertage alleine zu Hause waren, in Sorge um Ihre entführte Tochter, genoss Frau Taylor grade den Familienurlaub auf Teneriffa. Sie wollten sich irgendwie an ihr rechen, damit es Ihrer Nachbarin genau so schlecht erging. Das haben Sie dann mit dem Einbruch getan. Weil Sie genau wussten, dass außer Ihnen niemand einen Schlüssel hatte, mussten Sie schon das Schloss aufbrechen, um nicht gleich den Verdacht auf sich zu lenken. Dann haben sie in dem Haus alles Mögliche zerstört und sind nach Frankreich geflohen, bevor die

Familie aus dem Urlaub zurückkehrte." Die Reaktion des Polizisten war genau so, wie Jannet sie im schlimmsten Falle erwartet hätte. Wenn sie sich eine Lüge ausdachte war es genauso falsch, als wenn sie die Wahrheit sagte. War das denn noch gerecht? Niemals hätte sie Camilla ihren Urlaub nicht gegönnt. Jannet wusste genau, was sie von ihrer Freundin erwarten konnte. Hätte Camilla von der Entführung gewusst, hätte sie den Urlaub sicherlich gleich abgebrochen. Nur aus Rücksicht hatte Jannet ihr nichts davon erzählt. „Die Beweise am Tatort sprechen gegen Sie. Solange Ihre Unschuld noch nicht bewiesen ist, sind Sie vorläufig erstmal festgenommen." „Was? Nein, das geht nicht! Ich muss meine Tochter suchen." Jannet war schockiert und empört. Man konnte sie doch nicht Hals über Kopf einsperren, obwohl sie unschuldig war. Und das ganz ohne irgendeinen Prozess. Es gab kein Erbarmen. „Hier ist Ihre Kleidung für die nächsten Tage. Bitte ziehen Sie das an und geben Ihre restlichen Sachen bei uns ab. Die Herren drückten Jannet einen Stapel mit Himmelblauen Tshirts, sowie passend dazu ebenso blauen Hosen, wie man sie als Insasse eines Gefängnisses eben so trug. Dann nahm der Polizist, der die ganze Zeit stumm Abseits gestanden hatte, Jannet am Arm und brachten sie in eine einzelne Zelle.

Nur wenige Meter Luftlinie entfernt passierte Elias grade die Eingangstür zum Revier, wo sich der kleine Polizist mit der Gel-Frisur grade wieder an den Schreibtisch setzte, um nach getaner Arbeit seine Sachen für den Feierabend zusammenzupacken. Bis auf einige Kollegen von der Nachtschicht und Herrn Wensmann waren bereits schon fast alle zu Hause und genossen ihre freie Zeit vor dem Fernseher. „Ich möchte zu Jannet Cammel." Elias ging direkt auf den Mann zu und scheute sich nicht gradeheraus zu sagen, was er wollte. „Sprechen Sie denn kein Deutsch?" Als er von dem Herrn jedoch nicht mehr als erstaunte Blicke erntete, harkte er erneut nach. Herr Wensmann war längst nicht der erste, der mit einer solchen Zurückhaltung auf das mehr als gesunde Selbstbewusstsein von Elias reagierte. „Da Frau Cammel grade erst bei uns angekommen ist, gehe ich mal davon aus, dass Sie keine Besuchserlaubnis oder sonst irgendeine Erlaubnis besitzen, die Ihnen einen Besuch berechtigen würde?", antwortete dieser schließlich. „Die brauche ich nicht. Ich bin selber Polizist. Überzeugt nahm Elias seinen Polizeiausweis hervor und zeigte ihn Herrn Wensmann vor. „Sie können Jannet Cammel wieder gehen lassen, sie hat kein Verbrechen begannen. Ich kann das selbstverständlich bezeugen, sie war die ganzen letzten Tage bei mir." Sekundenlang starrte der Polizist Elias verdutzt an, bis er ihm schließlich eine Antwort geben konnte. „Was Ihr Beruf ist, interessiert mich ehrlich gesagt nicht im Geringsten. Gegen Frau Cammel liegen Beweise für eine Straftat vor, dem können Sie mit Ihrem Ausweis leider nichts entgegensetzten. Und jetzt gehen Sie bitte, ich möchte in meinen wohlverdienten Feierabend." Wieder richtete Herr Wensmann seinen Blick auf den Schreibtisch vor sich, von dem er langsam einige Akten in seine Arbeitstasche räumte. „Was haben die Franzosen eigentlich für Sitten? Also das sollte sich mal ein deutscher Polizist erlauben." Ohne Zurückhaltung ließ Elias seine Unzufriedenheit gegenüber den Beamten des Nachbarlandes zum Ausdruck kommen. „Wissen Sie was? Ich mache Ihnen einen Vorschlag. Wir setzten uns ganz in Ruhe, wie erwachsene Männer zusammen, trinken einen

Kaffee und reden über die ganze Sache. Was meinen Sie dazu?" „Sicherlich werde ich meine Freizeit nicht für solche Zwecke opfern. In Frankreich müssen Polizisten für ihr Geld hart arbeiten. Ich weiß ja nicht, wie das bei euch in Deutschland geregelt ist, aber wenn ich dann mal einige Stunden nicht im Dienst sein muss, werde ich die Zeit ganz bestimmt nicht dafür nutzen, um mit irgendwelchen deutschen Touristen einen Kaffee zu trinken." Der Mann sah kaum auf, während er redete. „Wenn Sie aber möchten können Sie einen Besuchstermin vereinbaren. Die nächstmögliche Besuchszeit wäre morgen um 15:00 Uhr." „Morgen erst? Kommt gar nicht in Frage. Ich verlange noch heute einen Termin." „Bei aller Liebe, schauen Sie doch bitte mal auf die Uhr. Als Polizist sollten Sie die Besuchszeiten in einem Gefängnis aber wirklich kennen." Elias war empört und stocksauer zugleich. „Gut, morgen 15:00 Uhr.", wiederholte er, bevor er schließlich wutentbrannt das Gebäude verließ.

„Das ist ja unglaublich, was sich dieser Möchte-Gern-Kommissar einbildet.", meinte er, als er draußen war. „Wie können wir Jannet denn jetzt helfen?", fragte Manuela, während sie nachdenklich mit ihrem Fuß den Staub auf dem Boden hin und her schob. „Hast du denn wenigstens herausfinden können, was man ihr vorwirft?", wollte Gerd wissen. „Nein, leider nicht. Alles, was man mir gesagt hat war, dass Beweise gegen Jannet vorlägen. Ich habe wirklich keine Ahnung, was die Frau schon wieder angestellt hat." „Es wird schwierig, für sie irgendwas zu tun, wenn wir nicht mal wissen, weshalb sie festgehalten wird.", wandte Florian ein. Alle wussten genau, was von Jannets` Freilassung abhing. Ohne sie wäre es nicht möglich, wie geplant die Geldübergabe vorzutäuschen. Was sollten sie dann nur machen, um Greta zu retten? Schließlich waren Elias, Gerd, Florian und Manuela bei den Entführern schon bekannt und abgesehen davon ging aus dem Brief hervor, dass ganz alleine Jannet das Paket mit den 500.000 Euro übergeben soll. War nun also alles vergebens, wenn mit ihr nicht mehr zu rechnen war? Oder konnte sich Elias noch einmal einen genialen Plan aus dem Ärmel schütteln?

## Kapitel 10

Die Nacht im Gefängnis war einsam und kalt. Stundenlang schaute Jannet in der Dunkelheit umher, während sich die Kälte durch ihre Knochen bohrte. Wie spät mochte es wohl grade sein? War die Hälfte der Nacht schon geschafft? Jannet sehnte sich danach, dass es endlich hell draußen wurde. Der Himmel war so sehr mit Wolken bedeckt, dass nicht mal der Mond durch das viel zu kleine Gitterfenster schien. Kurz überlegte Jannet, ob sie einfach das Licht einschalten sollte während sie schlief, doch so beruhigend sie diesen Gedanken auch fand, entschied sie sich dennoch dagegen. Ihr Ziel war es, sich so unauffällig, wie es nur eben ging zu verhalten, damit möglichst niemand aus der Nachtschicht auf sie aufmerksam wurde. Also versuchte sie innerlich ganz ruhig zu werden und nur noch auf ihren Herzschlag zu achten. Mit der Zeit wurde er langsamer und die Müdigkeit hing sich wie schwere Gewichte auf Jannets` Augenlider. Als sie die Dunkelheit um sich herum nun nicht mehr so stark wahrnahm und sich kaum noch daran störte, dachte Jannet noch einmal an den Tag zurück. Vor allem an das, was passiert war, bevor sie von der Polizei abgeführt wurde. Sie stellte sich vor, wie sie Jeromes` Lippen berührte und ihn küsste. War das wirklich alles real? Je mehr Jannet darüber nachdachte, desto stärker versank sie schließlich im Schlaf. Auch die Kälte nahm sie kaum noch wahr, doch als sie so grade eingeschlafen war, vernahm sie plötzlich immer lauter werdende Geräusche, die sie nach und nach wieder wach werden ließen. Obwohl es scheinbar nur einige Minuten waren, in denen sie geschlafen hatte, war Jannet davon noch immer so mitgenommen, dass sie zunächst nicht genau wusste, wo sie sich eigentlich befand. Auch die Geräusche konnte sie nicht wirklich zuordnen. Es war ein Klappern. Ein lautes, aggressives Knallen, so laut, dass das ganze Gefängnis davon hätte geweckt werden müssen. Jannet spürte auf einmal, wie müde sie durch die kurze Schlafeinheit geworden war. Es war ihr kaum möglich, die Augen zu öffnen, um dem merkwürdigem Geräusch auf den Grund zu gehen. Einmal schaffte sie es für kurze Zeit, so viel Kraft aufzubringen, um ihre Augenlider ein kleines Stück nach oben zu bewegen, doch schon im nächsten Moment waren sie wieder geschlossen. Der Himmel musste ein wenig aufgeklärt sein, oder ihre Augen hatten sich an die Dunkelheit gewöhnt, denn als Jannet zwanghaft und mit Mühe der Müdigkeit trotzte, nahm sie ihre Umgebung schon deutlich besser war. Die absolute Dunkelheit war verschwunden, doch konnte sich Jannet noch immer nicht erklären, wer für den Krach verantwortlich war. Es hörte und hörte einfach nicht auf zu hämmern. Die eisernen Wände ließen die Geräusche ebenso laut zurückhallen. Warum unternahm denn keiner etwas, um diesen schrecklichen Lärm zu beenden? Noch einmal versuchte Jannet ihre Augen zu öffnen. Dieses mal schaffte sie es sogar ein kleines bisschen länger, als eben. Ihr Kopf richtete sich auf die mit Gitterstäben versehene Tür, doch ehe sie alles richtig wahrnehmen konnte, legten sich die Lider bereits wieder auf ihre Augen. Jannet probierte es ein drittes mal und nahm dabei alle Kraft zusammen. Erst jetzt erkannte sie mit eingeschränktem

Blick einen Schatten hinter der Tür. Die Geräusche wurden immer lauter und eindringlicher, sodass sie schon beinahe einen stechenden Schmerz in Jannets` Ohren verursachten. Immer wieder kniff sie die Augen zu, um klar sehen zu können. Nach und nach setzte sich der Schatten zu den Umrissen einer Person zusammen. Stand dort etwa jemand direkt an der Tür, die zu Jannets` Zelle führte? Oder war sie so übermüdet, dass sie sich das nur einbildete? Wieder zwinkerte sie einige male. Es wurde immer deutlicher. Da stand tatsächlich jemand von außen an der Zelle, doch wer? Jannet konnte es noch immer nicht klar genug erkennen. Sie sah einen Mann, so dunkel gekleidet, dass er sich kaum von dem ebenso dusteren Hintergrund abhob. Seine Hände umgriffen die eisernen Gitterstäbe. Jetzt erkannte Jannet, wo das schreckliche Knallen erzeugt wurde. Immer wieder rüttelte der Mann mit voller Wucht an den Stangen, als wolle er die verschlossene Tür aus der Wand reißen. Jannet schaute auf seine Hände, während sie den Oberkörper noch immer mühsam aufrecht hielt. „Hallo? Wachtmeister?" Anstelle einer Antwort folgte lediglich der nächste Schlag, der Jannet zusammenzucken ließ. Von den Händen wanderte ihr Blick immer höher. Vielleicht erkannte sie die Person, wenn Jannet das Gesicht sehen konnte, doch der unglaublich lange Hals, auf den sie erst jetzt aufmerksam wurde, ragte über den Türrahmen hinaus. Jannet versuchte sich zu erinnern. Es fiel ihr nicht mehr ein, woher sie diesen äußerst merkwürdigen Körperbau kannte, doch ehe sie noch weiter darüber nachdenken konnte, machte sie plötzlich eine erschreckende Entdeckung. Unter den Füßen des Mannes floss rotes Blut, dass unter die Tür zu Jannet in die Zelle drang, wo es eine immer größer werdende Pfütze bildete. Jetzt war sie mit einem Mal hellwach. Was wollte der Mann bloß von ihr? Warum ließ er Jannet nicht endlich in Ruhe? Was für eine Absicht steckte hinter der ganzen Sache? Wollte er Jannet vielleicht umbringen? Sie konnte den Blick nicht mehr von dem vielen Blut auf dem Boden abwenden. Wie gelähmt saß sie in ihrem Bett und schaute zu, was sich vor ihr abspielte. Das konnte doch alles nicht real sein. Langsam wagte es Jannet ihre Augen wieder auf die unbekannte Person hinter der Vergitterung zu richten, wobei sie erneut schreckhaft zusammenzuckte. Der ganze Körper war nun blutüberströmt. Aus unerklärlichen Gründen strömte es nur so aus ihm heraus und flutete beinahe die ganze Zelle. Jannet wollte aufschreien, Hilfe holen und das Sicherheitspersonal zu sich rufen, doch sie konnte nicht. Ihr Mund schrie, doch es blieb alles stumm. Keinen einzigen Ton brachte sie hervor. In diesem Moment fiel Jannet nach hinten. Voller Panik, weil sie nicht wie gewohnt von ihrem Bett aufgefangen wurde. Sie fiel einfach hindurch in ein immer dunkler werdendes schwarzes Loch. Es war wie eine magnetische Anziehungskraft, der Jannet nicht entfliehen konnte. Sie fiel und fiel immer weiter und hörte gar nicht mehr auf zu fallen. Die knallenden Geräusche der schlagenden Gittertür wurden immer leiser, je tiefer Jannet in dem Loch versank, bis sie schließlich gar nicht mehr zu ihr vordrangen. Auch von dem Blut konnte sie nichts mehr sehen. Um Jannet herum war alles dunkel und stumm, nur das unangenehme Gefühl des freien Falls durchzog ihren ganzen Körper. Minutenlang. Und dann... Jannet schlug auf. Noch einige Sekunden vergingen, bis sie sich schließlich traute, die Augen zu öffnen. War sie tot? Alles war vorbei. Wie eben, als sie eingeschlafen war, lag Jannet im Bett. Schweißgebadet und noch immer mit einem rasenden Herzschlag, überlegte sie, wo sie sich eigentlich befand. In ihrem eigenen Bett zu Hause in Deutschland? War vielleicht die ganze Reise nur ein Traum? Oder im Hotel von Jeromes` Vater? Dann richtete Jannet ihren Oberkörper erneut auf und sah sich um. Sie erkannte enttäuscht die Umgebung der Gefängniszelle wieder, doch das viele Blut, das eben noch den Boden überschwemmte, sowie der merkwürdige Mensch hinter den Gitterstäben waren gänzlich verschwunden. Es musste alles ein Traum gewesen sein. Ein Spiel der Phantasie. Die Nacht war noch nicht ganz zu Ende. Ein paar Stunden blieben Jannet noch, in denen sie sich von dem Schrecken erholen konnte und eventuell wieder einschlief, bevor sie von den Knastaufsehern am Morgen geweckt wurde. Hoffentlich war dies die einzige Nacht, die Jannet jemals in einem Gefängnis verbringen musste.

Um Punkt sieben Uhr lief einer der Angestellten über die Flure und hämmerte im Vorbeigehen an jede einzelne Tür. Für einen Augenblick drang das Geräusch der schlagenden Gittertür in Jannets` Gedächnis ein und rief wieder die Erinnerung an ihren Albtraum hervor. So unliebsam wurde sie schon lange nicht mehr geweckt. Alles war hier einfach so kalt und gefühllos. Jannet vermisste ihr zu Hause in Deutschland. Sie wollte nur, dass alles wieder so war wie früher, als Greta noch da war. Während der Wachtmeister über die Flure huschte, brüllte er irgendwas auf französisch, was Jannet jedoch nicht verstand. Sie deutete die Aktion aber so, dass es nun wohl an der Zeit war, aufzustehen und sich anzuziehen. Gar nicht lange, nachdem der erste Aufseher verschwunden war, kam schon der nächste, der seinen Schlüssel herausnahm und die Tür zu Jannets` Zelle öffnete. Dieser sagte nichts, sondern nahm die Gefangene stumm am Oberarm und führte sie hinaus auf den Flur. Jannet verstand nicht, was mit ihr geschah. Sie beherrschte nicht mal das kleinste Wort der französischen Landessprache, mit der sie sich hätte verständigen können. Entließ man sie vielleicht grade wieder in die Freiheit? Selbst wenn Jannet dazu in der Lage gewesen wäre, hätte sie vermutlich nicht danach gefragt, was mit ihr geschah. Viel zu groß war der Respekt gegenüber dem Mann, der sie wortlos abführte und ihr das Gefühl gab, ein Mensch unterster Klasse zu sein. Als sie schließlich durch eine große Tür kamen, klärte sich die Situation bereits von selbst. Vor Jannet befand sich ein großer Saal mit aneinandergereiten Tischen. Sogleich drang der typische Kantinen-Geruch in ihre Nase, der von dem Buffet zeugte, das in der hinteren rechten Ecke des Raumes aufgebaut war. Der Anblick war alles andere, als appetitanregend. An den Tischen tummelten sich viele weitere Häftlinge, die von einigen an den Ausgängen stehenden Aufsehern überwacht wurden. Wie Jannet hatten alle hier die selben Klamotten an, doch waren die meisten von ihnen stark tätowiert und sehr ungepflegt. Man konnte Jannet doch nicht mit solchen Menschen vergleichen. Wie tief war sie nur gesunken? Alleine äußerlich konnte man ihr die Unschuld doch bereits ansehen, warum also wurde sie hier noch immer für ein Verbrechen bestraft, das sie gar nicht begannen hatte? Schüchtern nahm Jannet schließlich ein Brötchen vom Buffet und goss sich dazu eine Tasse Kaffee ein. Appetit hatte sie jedoch kaum. Immer wieder hatte Jannet das

Gefühl von den anderen Häftlingen seltsam angestarrt zu werden. Von einigen glaubte sie sogar zu sehen, wie sie sich über Jannet unterhielten, als fragten sie sich, was diese hier zu suchen hatte. Um den unangenehmen Blicken zu entgehen, setzte sie sich schließlich an einen leeren Tisch in der letzten Ecke des Raumes, wo sie möglichst von niemanden gesehen wurde. Obwohl sich Jannet mittlerweile an den Geruch gewöhnte und ihn nicht mehr so stark wahrnahm, bekam sie dennoch kaum einen Bissen runter. Gestern noch glaubte sie, ihre restliche Zeit in Frankreich in einem 5-Sterne-Luxushotel zu verbringen, doch ehe sie auch nur eine Nacht in diesen Genuss gekommen war, wurde sie in eine dunkle Gefängniszelle gesperrt. Jannet bekam eine Gänsehaut am ganzen Körper, als sie an die vergangene Nacht zurückdachte. Und dann dieser schreckliche Traum... Überall das viele Blut in der Zelle. Je länger Jannet wieder darüber nachdachte, desto absurder wurde es. Vielleicht wäre die Psychiatrie der richtige Ort für sie gewesen. Während Jannet in Gedanken versunken an ihrem Brötchen nagte, kam auf einmal ein Aufseher zu ihr an den Tisch, der wohl schon einige Minuten damit verbracht hatte, sie in dem großen Raum zu finden. „Frau Cammel?" Jannet sah auf. Vor ihr stand zum ersten mal ein Aufseher, der sie freundlich anlächelte. „Sie sind doch aus Deutschland, richtig?", fragte er schließlich. „Okay, mein Name ist Helmut. Es reicht, wenn Sie mich beim Vornamen nennen. Meinen Nachnamen merkt sich hier eh keiner, das ist den meisten zu kompliziert. Also was ich sagen wollte Herr Wensmann hat mir bereits von Ihnen erzählt. Wenn es irgendwelche Fragen gibt, kann ich Ihnen auch ein Ansprechpartner sein, wie Sie sehen, verstehe ich die deutsche Sprache auch. Morgen werden

Sie in ein anderes Gefängnis nach Deutschland gebracht, dann wird es sicherlich keine Schwierigkeiten mehr mit der Verständigung geben. Für heute hat sich Besuch angemeldet. Muss wohl ein Schwager von Ihnen sein. Wenn Sie möchten, dürfen Sie ihn heute um 15 Uhr für eine halbe Stunde in unserer Besucherzelle empfangen." Jannet konnte es kaum glauben. Elias musste wohl erfahren haben, was geschehen war und würde sie hier rausholen. Bestimmt hatte er bereits einen Plan, wie er das anstellen wollte und käme heute, um diesen mit Jannet zu besprechen. „Oh, ja. Das wäre sehr nett, wenn das möglich wäre." „Kein Problem. Es wird Sie dann gleich ein Kollege aus der Zelle abholen und in den Besucherraum bringen." „Vielen Dank." Jannet lächelte dem sehr freundlichem Mann zurück. Nachdem dieser gegangen war, stand sie auf, um ihr Geschirr wegzubringen. Inzwischen hatte Jannet es geschafft, ein halbes Brötchen herunter zu bekommen, doch nun war sie viel zu aufgeregt, als das sie noch weiter essen könnte. Es kam ihr beinahe vor, als hätte sie Elias jahrelang nicht gesehen. Was Jannet ihm alles zu berichten hatte. Sie würde von der kalten Nacht erzählen und von dem schrecklichen Albtraum. Davon, wie hart und dunkel so eine Gefängniszelle ist und... Auf einmal stockte Jannet. Da fiel es ihr wie Schuppen von den Augen. Dieser Traum war nicht einfach nur ein Albtraum. Dieser Traum hatte eine Bedeutung. Und nun wusste Jannet auch, welche!

Wie angekündigt wurde Janne um 15:00 Uhr aus ihrer Zelle abgeholt und in den Besucherraum gebracht. Elias war noch nicht da, als sie hereinkam. Stattdessen standen zwei Polizisten an der Eingangstür dieses Raumes. Jannet konnte es kaum erwarten, dass Elias kam. Länger, als einige Minuten konnte es nun nicht mehr dauern. Der Mann, der Jannet abgeholt hatte, deutete auf einen leeren Stuhl und sagte einige Sätze auf Französisch. Was genau er gesagt hatte, verstand Jannet, wie immer nicht, doch seine Gestik ließ darauf schließen, dass sie sich setzten sollte. Während sie noch wartete, ging Jannet im Kopf nochmal alle Punkte durch, die sie mit Elias besprechen wollte. Die Zeit, die ihr dazu blieb war relativ kurz. Hoffentlich würde sie unter dem Druck auch nichts wichtiges vergessen.

Da ging auch schon die Tür auf und Elias wurde hereingelassen. Er nickte den beiden Polizisten zur Begrüßung kurz zu und setzte sich dann auf den einzigen freien Platz gegenüber von Jannet. „Elias, ich bin so froh, dass du hier bist." „Was um alles in der Welt hast du angestellt? Weißt du eigentlich, was du uns damit für eine Arbeit machst?" Elias konnte die Freude, die Jannet ihm entgegen brachte beim besten Willen nicht teilen. In ihm kochte die Wut und jetzt bot sich für ihn die Gelegenheit, diese irgendwo abzulassen. „Elias, ich bin unschuldig hier. Das musst du mir wirklich glauben. Ich kann dir das auch alles erklären, aber dafür brauche ich viel Zeit. Du bist auf jeden Fall der einzige, der meine Unschuld beweisen kann. Bitte. Wenn du mir jetzt nicht hilfst, werde ich morgen in ein Gefängnis nach Deutschland gebracht. Das darf auf keinen Fall passieren. Ich muss doch noch hier bleiben, bis wir Greta gefunden haben." Elias überlegte kurz. In seiner Wut hatte er ganz vergessen, dass Jannet von der Begegnung gestern ja noch nichts wissen konnte. Doch im Augenblick war auch nicht genügend Zeit, um ihr jetzt alles genau zu erklären. Viel wichtiger war es für Elias zu erfahren, was man Jannet vorgeworfen hatte, dass man sie so mir nichts, dir nichts einfach verhaftete. „Die Sache mit Greta könnte sich womöglich schon bald klären.", sagte er schließlich. „Mach dir darüber erst einmal keine allzu großen Sorgen, erklär mir jetzt einfach ganz genau, was passiert ist." „Was? Habt ihr sie etwa gefunden? Wisst ihr schon, wer die Entführer sind? Nun sag schon!" Ehe Elias seinen Satz beenden konnte, sprang Jannet bereits auf und griff nach seinem Kragen, doch da wurde sie auch schon von den eingreifenden Polizisten zurückgehalten. „Beruhige dich, das ist ja peinlich, wie du dich hier benimmst.", raunte Elias ihr flüsternd zu. „Mit Greta sind wir auf gutem Weg. Ich erkläre dir das alles später. Jetzt will ich den Grund wissen, warum du hier bist." „Elias, ich habe dich angelogen. Der erste Erpresserbrief, den ich erhalten habe lag nicht in meinem Briefkasten, sondern im Haus meiner Nachbarin. Sie waren zu dem Zeitpunkt im Urlaub und ich sollte währenddessen dort ein wenig nach dem Rechten sehen. Als die Sache mit Greta passiert ist, habe ich das einige Tage total vergessen und in dieser Zeit kamen Einbrecher, haben alles demoliert und den Brief hinterlassen. Anstatt die Polizei zu informieren bin ich trotzdem einfach durch das Haus gegangen. Dabei habe ich alle Spuren verwischt und natürlich meine Fingerabdrücke hinterlassen. Es glauben jetzt alle, dass ich dort eingebrochen habe und einer Strafe entgehen wollte, indem ich nach Frankreich geflohen bin." Elias hielt sich fassungslos den Kopf. „Du bist unglaublich, Jannet. Das ist doch nicht wirklich wahr. Ich trau dir ja viele Dummheiten zu, aber soetwas...? Du überraschst mich einfach immer wieder." „Okay, das klingt jetzt vielleicht alles ziemlich dramatisch, aber ich hatte letzte Nacht einen

Traum." „Ich denke, jetzt ist nicht der richtige Zeitpunkt, um über deine Träume zu sprechen." Sofort viel Elias seiner Schwägerin ins Wort, als diese weitersprechen wollte. Was bildete sie sich auch eigentlich ein? Erst machte sie ihm so ein Geständnis, und jetzt erzählte sie munter von ihren Träumen. „Nein, warte. Dieser Traum kann mich hier vielleicht rausholen, was ich erst heute Morgen verstanden habe. Ich brauche dazu aber deine Hilfe. Alleine nützt mir das alles nichts." „Okay, worum geht es?" Genervt willigte Elias schließlich doch ein, obwohl er eigentlich genau wusste, dass Jannets` Einfälle die Situation meistens nur noch verschlimmerten. „Also das Blut an dem Erpresserbrief stammt von der Katze." „Welche Katze?" „Die Entführer haben die Katze meiner Nachbarn ermordet und der Brief lag in ihrem Blut. Wenn ihr einfach die DNA untersucht und miteinander vergleicht, wird sich herausstellen, dass die Entführer von Greta auch die Katze umbrachten und damit den Einbruch begannen haben. Verstehst du?" Elias dachte kurz darüber nach. „Jannet, das würde dich doch in nur noch größere Schwierigkeiten bringen. Wer sagt der Polizei dann, dass nicht du die Entführerin deiner eigenen Tochter bist. Die können den Spieß doch ganz einfach umdrehen." Jannet verstand die Sorgen ihres Schwagers, doch sie winkte ab. „dafür habe ich doch ein Alibi. Tausend Leute haben mich gesehen, als Greta verschwand." Wir müssen es wenigstens versuchen. Ich will nicht zurück nach Deutschland, bevor wir Greta nicht gefunden haben." Elias schaute auf die Uhr. Als er sah, dass er noch etwas Zeit hatte, entschloss er sich schließlich doch dazu, Jannet zu berichten, was gestern geschehen war. „Wir haben Greta gesehen.", begann er. „Was? Das glaube ich ja nicht.

Wo? Warum erfahre ich das jetzt erst? Geht es ihr gut?"
Wieder wurde Jannet völlig aufgebracht. „Ist gut, komm
wieder runter. Ich erzähle es dir nur, wenn du jetzt endlich
in der Lage bist, dich zu beherrschen."; raunte Elias ihr
wieder zu, bevor die Polizisten an der Tür erneut
eingreifen mussten. Erst nachdem Jannet sich wieder
beruhigt hatte, fuhr er weiter fort. „Es schien ihr soweit
gut zu gehen. Greta war in Begleitung einer fremden Frau.
Wir haben sofort die Verfolgung aufgenommen, aber nach
einer Zeit haben wir sie dann leider doch aus den Augen
verloren. Die einzige Möglichkeit ist es nun, die
Geldübergabe vorzutäuschen. Vermutlich sind die
Entführer nun ziemlich misstrauisch geworden und lassen
sich nicht mehr in der Öffentlichkeit blicken. Auch wenn
ich von deinem Plan nicht sonderlich überzeugt bin,
werden wir es deshalb trotzdem so versuchen, wie du es
vorgeschlagen hast. Schließlich können wir die Übergabe
ohne dich nicht stattfinden lassen. „Das ist ja großartig.
Ich glaube fest daran, dass alles gut gehen wird." „Ich
werde die Kollegen in Deutschland beauftragten, das Blut
zu untersuchen und miteinander zu vergleichen." „Danke,
du wirst schon sehen, dass es klappt." „Ich hoffe nur, dass
es damit auch noch klappt, bevor du bereits wieder in der
Heimat bist."
Dann war die Besuchszeit beendet und die Beiden wurden
von den Polizisten hinausbegleitet. Elias war nicht ganz
von Jannets` Plan überzeugt. Er befürchtete, dass es für sie
vielleicht noch schlimmere Konsequenzen haben könnte,
aber dennoch gab Elias den Auftrag nach Deutschland
weiter. Es war schließlich die einzige Möglichkeit, um
Greta zu befreien. Sie konnten einfach nur hoffen, dass
man Jannet ohne jeglichen Prozess wieder gehen ließ.

Elias konnte sich jedenfalls nicht vorwerfen, er habe nicht alles erdenkliche versucht. Dafür war Jannet nun ganz alleine verantwortlich. Noch am selben Abend gingen die Hinweise zu dem Zusammenhang zwischen Erpresserbrief und dem Einbruch in der Polizeizentrale Erlangen ein. Nur, weil Elias betonte, dass es wirklich wichtig sei, die Unschuld von Jannet Cammel beweisfest zu machen, versprach man ihm, noch am selben Abend eine Probe ins Labor zu schicken, wo das Blut miteinander verglichen werden sollte. Würde man bis morgen früh nichts handfestes vorweisen können, was Jannet entlastete, würde sie nach Deutschland geschickt werden, wo es dann zum Prozess käme, der über ihr weiteres Schicksal urteilte. Das allerschlimmste daran wäre jedoch, dass Jannet zum gegebenen Zeitpunkt in der Nacht von Samstag auf Sonntag nicht da wäre, um die Geldübergabe vorzutäuschen. Es war ein Spiel gegen die Zeit, doch wenn alles nach Plan lief, sollte man bis heute Abend herausgefunden haben, ob das Blut an dem Erpresserbrief mit dem Blut der Katze übereinstimmte. Dann müsste man nur noch Jannets` Mutter oder einen der anderen Leute befragen, die zum Zeitpunkt von Gretas` Verschwinden bei Jannet waren, um ihr ein sicheres Alibi zu geben. „Wir konnten gestern Abend eine Übereinstimmung der beiden Blutproben feststellen.", sagte Lucille, Elias` Arbeitskollegin am Morgen zu ihm, als er mit ihr telefonierte. „Es gibt nun mehrere Möglichkeiten: Entweder ist deine Schwägerin tatsächlich unschuldig, oder sie hat den Brief selber geschrieben und gehört zu den Mitentführern ihrer eigenen Tochter. So ist zumindest die Sachlage. Wir werden natürlich alles machen, um Jannets` Unschuld so schnell es geht zu beweisen, aber das wird leider nicht ganz einfach. Es genügt nicht nur ein Alibi, denn das schließt nicht aus, dass sie kein Teil der Entführerbande ist, nur weil sie das Kind nicht selbstständig entführt hat. Wir werden aber gleich zuerst die Zeugen befragen, damit wir das Alibi schon sichergestellt haben. Dann müssten wir eventuell noch eine Hausdurchsuchung machen und Zugriff auf den Telefonanschluss nehmen, um auch ganz sicher auszuschließen, dass deine Schwägerin etwas damit zu tun hat. Wenn wir fertig sind, schicke wir die Befunde direkt an die französischen Behörden und dann müssen sie Jannet Cammel frei lassen. „Ich verlasse mich auf euch. Es ist wirklich wichtig, wenn wir die Entführung aufklären wollen." „Ich weiß, ich weiß. Das sagtest du bereits. Wir tun, was wir können. Wird schon klappen." „Super, bis später, Lucille. Melde dich, wenn es was Neues gibt." Lucille suchte gleich, wie es geplant war Jannets` Elternhaus auf. Schon gestern ist sie hergekommen, um nach der vermeintlichen Einbrecherin zu suchen und diese zur Rechenschaft zu ziehen. Von Hilda, die zu diesem Zeitpunkt noch gar keine Ahnung hatte, worum es eigentlich ging und glaubte, es handelte sich um den Fall ihrer vermissten Enkelin, erfuhr sie dann wo Jannet sich in Frankreich aufhielt und verständigte daraufhin die französische Polizei für die Festnahme.

„Guten Tag, ich hätte da ein paar Fragen zu Ihrer Tochter. Kann ich bitte reinkommen?", begann Lucille, als Hilda die Tür öffnete. Genau wie gestern starrte sie die Polizistin fragend an, doch dann trat sie einen Schritt zur Seite und machte den Weg für Lucille frei. „Kommen Sie nur rein. Tun Sie sich keinen Zwang an. Aber eines sage ich Ihnen. Bevor ich nicht ganz genau weiß, worum es eigentlich geht, bekommen Sie aus mir nichts mehr heraus. Sicherlich können Sie das verstehen." Gefolgt von dem unerwarteten Besuch ging Hilda durch den Flur ins Wohnzimmer, wo sie der Beamtin anbot, sich zu setzen. „Darf ich Ihnen was zu trinken anbieten?, fragte sie höflich, doch dabei vermittelte sie keineswegs den Eindruck, dass Lucille willkommen war. Hilda hatte in letzter Zeit genügend Polizisten sehen müssen, die munter durch ihr eigenes und das Haus ihrer Tochter spaziert sind. Bis vor kurzem dachte sie noch, dass dies wichtige Maßnahmen waren, um das Verschwinden von Greta aufzuklären. Umso erschreckender war es zu hören, dass man grade genau das Gegenteil tat: Jannet geriet auf einmal von der Opfer- in die Täterrolle und wurde festgenommen. Als wäre das nicht schon schlimm genug, behinderte man damit nun auch noch die Suche nach Greta, die Jannet als Konsequenz auf die Machtlosigkeit der Beamten nun selber in die Hand genommen hatte. Das positive Bild des Polizisten als „Freund und Helfer" wandelte sich in wenigen Stunden. Was für Fragen sollte Hilda also nun beantworten? Ging es wieder einmal darum, ihrer Familie Steine in den Weg zu legen? Dann konnte die Frau das Haus ebenso schnell wieder verlassen, wie sie gekommen war, denn da spielte Hilda sicherlich nicht mit. „Nein, danke." Lucille winkte ab. „Natürlich werde ich vorher alles erklären. Wir würden Ihre Tochter gerne wieder gehen lassen, doch dazu brauchen wir ein Alibi. Wir müssen damit ausschließen, dass Jannet Cammel selber die Entführerin oder Mitentführerin des Kindes ist." „Was? Das glaube ich ja nicht. Sagen Sie, für wen halten Sie denn bitte meine Tochter. Das ist ja unerhört. Wenn Sie nichts Besseres zu tun haben, als solche blödsinnigen Behauptungen zu verbreiten, können Sie gleich wieder gehen. In meinem Haus haben Sie nichts mehr verloren." Hilda stand empört auf und wollte die Polizistin gleich wieder zur Tür begleiten, doch diese blieb nur sitzen und machte eine beruhigende Handbewegung. „Bitte setzten Sie sich doch wieder. So helfen Sie ihrer Tochter nicht." „Tatsächlich? Meinen Sie, ich helfe meiner Tochter mehr, wenn ich Ihre lächerlichen Fragen beantworte? Vielleicht bringe ich Jannet damit ja noch einige Jahre länger ins Gefängnis. Ihnen traue ich keinen Meter mehr über den Weg. Sie wollen uns nicht helfen. Sie wollen uns ins Unglück stürzen. Was auch immer ich jetzt sage, Sie werden es doch wieder so auslegen, wie es für Sie am Besten passt." Die Wut sprudelte nur so aus Hilda heraus. Sie dachte nicht eine Sekunde daran, sich wieder zu setzten, um Lucille zuzuhören, sondern blieb provokativ weiterhin stehen. Lucille sah auf die Uhr. Sie wusste, dass die Zeit davonlief, wenn Hilda jetzt nicht mitspielte. Was hatte es gebracht, die Blutproben in Überstunden zu überprüfen, wenn ihr Plan jetzt an einer einzigen Alibi-Bestätigung scheiterte? „Alles, was wir von Ihnen wissen wollen ist, wo sich Ihre Tochter zum Zeitpunkt des Verschwindens Ihrer Enkelin Greta Cammel aufhielt. Mehr müssen wir erst mal gar nicht wissen." Erst jetzt wurde Hilda wieder etwas zurückhaltender und dachte über die Frage nach, die man ihr gestellt hatte. „Das kann ich nicht genau beantworten.", sagte sie schließlich und setzte sich wieder. „Ich weiß nicht genau, wann Greta entführt wurde. Natürlich ist sie am Tag der Weihnachtsfeier verschwunden, aber wann genau, wie spät.... Keine Ahnung." Hilda schüttelte den Kopf. „Greta wollte mit ihren Freunden spielen, das war das letzte Mal, dass ich sie gesehen habe. Als wir am Abend wieder nach ihr gesucht haben, war sie nicht mehr da. Das ist alles, woran ich mich erinnere." „Okay. War Ihre Tochter denn während der ganzen Zeit, in der Greta mit ihren Freunden gespielt hatte, bis zu dem Moment, in dem Sie bemerkten, dass sie nicht mehr da war, in Ihrer Gegenwart? Oder hat sich Jannet Cammel auch mal für eine Weile woanders aufgehalten?" Behutsam fragte Lucille weiter, um das gewonnene Vertrauen, das Hilda ihr entgegen brachte nicht wieder zu zerstören, während sie das Gesagte in einem handschriftlichen Protokoll festhielt. „Ja, natürlich. Jannet war die ganze Zeit bei mir." Sehr gut. Genau das wollte Lucille hören. Jetzt musste sie das Protokoll nur noch nach Frankreich faxen und es gäbe keinen Grund mehr, warum man Jannet weiterhin gefangen halten sollte. Und all das ging letztendlich doch schneller, als erwartet. Der Stress, den sich Lucille zuvor gemacht hatte, war völlig unbegründet. Elias würde sehr zufrieden sein, wenn er das erfuhr. Doch dann wurde Hildas` Gesicht plötzlich nachdenklich. „Außer...", fügte sie sie schließlich hinzu. „Ich erinnere mich daran, dass Jannet für eine kurze Zeit zum telefonieren rausgegangen ist. Das war der einzige Moment, in dem sie nicht bei mir war." Da hatte sich Lucille wohl etwas zu früh gefreut, denn ganz so einfach würde die Sache dann wohl doch nicht werden. Jannets` Alibi war nicht mehr wasserdicht und damit für diese Situation völlig unbrauchbar. „Wissen Sie, wo Ihre Tochter hingegangen ist und mit wem sie telefonierte?" „Ja." Wieder überlegte Hilda. „Sie ist nach draußen gegangen, wo es nicht so laut war. Dort wollte sie mit ihrer Schwester telefonieren. Sie war nicht lange weg. Fünf Minuten vielleicht, mehr nicht." „Vielen Dank für Ihre

Bereitschaft, mit mir zu sprechen. Können Sie mir vielleicht noch sagen, wo ich die Schwester von Frau Cammel finden kann, mit der sie telefonieren wollte?" „Ja, sicher. Es ist die Frau von Elias. Sicher wissen Sie doch, wo Ihr Kollege wohnt. Ich schreibe Ihnen die Adresse aber zur Sicherheit trotzdem eben auf." Hilda nahm einen Notizzettel, auf dem sie der Polizistin Dianas` Anschrift aufschrieb. Es nütze ja doch nichts, sich gegen den Verhör zu wehren. Wieder hatte Hilda die kleine Hoffnung, Jannet damit vielleicht einen Gefallen zu tun. „Ich wurde zeitlich ein wenig zurückgeworfen.", sagte Lucille, als sie auf der Straße mit Elias telefonierte. „Ich brauche noch ein wenig mehr Zeit, bis ich die Unterlagen nach Frankreich faxen kann. Das Alibi ist noch nicht vollständig sichergestellt." „Was? Lucille ich habe mich auf dich verlassen. Wie viel Zeit ist denn noch notwendig? Ich dachte du wärst mit der Sicherstellung des Alibis schon den ganzen Morgen beschäftigt.", raunte Elias verärgert. Er war spürbar wenig von dem begeistert, was man ihm mitgeteilt hatte. „Es tut mir leid, aber das Alibi, was mir deine Schwiegermutter bezeugen konnte, war lückenhaft. Laut ihr ist Jannet zwischenzeitlich zum telefonieren nach draußen gegangen. Ich muss jetzt zuerst mit deiner Frau sprechen, damit sie bezeugt, dass Jannet in der Zeit bei ihr angerufen hat. Sonst würde man sie vermutlich schneller für schuldig erklären, als uns lieb ist. Du musst etwas tun, um die Überfahrt nach Deutschland zu verzögern. Ich beeile mich, so gut es geht." Elias lehnte in seinem Hotelzimmer an der Wand neben dem Sofa und hielt sich den Kopf. Um ihm herum saßen Gerd, Manuela und Jerome und hörten gespannt zu. Da Florian zu einem unerwarteten Einsatz gerufen wurde, dem er sich nicht entziehen konnte, waren die vier an diesem Tag auf sich alleine gestellt. Keiner von ihnen wendete den Blick von Elias ab. „Lucille, wir setzten alle Hebel in Bewegung, damit die Überfahrt verzögert wird, aber beeile dich. Ich weiß echt nicht, wie lange wir die französische Polizei da hinhalten können." „Mach dir keine Sorgen. Ich brauche nicht mehr allzu lange. Nachdem Elias aufgelegt hatte, richtete er sich an die Personen um sich herum, die ihn schon minutenlang anstarrten. „Leute, wir haben eine Mission und wir dürfen keine Zeit verlieren." Elias steckte sein Handy weg, nahm seinen Rucksack und lief gefolgt von den Anderen, die diese unerwartete Aktion von ihm keineswegs zu hinterfragen wagten, aus dem Hotel. „Passt auf, ihr tut jetzt genau das, was ich euch sage." Auf der Straße hielt Elias schließlich ein Taxi an und wandte sich Gerd und Manuela zu. „Lasst euch zum Gefängnis bringen und beobachtet dort, was so ein- und auskehrt. Jannet soll gleich nach Deutschland gebracht werden und es gibt noch keine ausreichenden Fakten, die sie entlasten könnten. Sobald ihr beobachtet, dass die Überfahrt beginnt, gebt ihr uns Bescheid. Jerome und ich werden sie dann an einer geeigneten Stelle abfangen." Soweit hatten alle den Plan verstanden. Noch schnell steckte Elias den Beiden ein Funkgerät und Geld für den Taxifahrer zu. Dann ging es los. Als das Taxi von Gerd und Manuela anfuhr, rannten Jerome und Elias an die Hinterseite des Hotels, wo Jeromes` Wagen geparkt war. Noch auf dem Weg dorthin erklärte Elias Jerome, was er zu tun hatte. Er navigierte ihn zu einem nahegelegenen Waldgebiet, von dem Elias glaubte, dass die Polizisten, die Jannet nach Deutschland bringen würden genau hier vorbeikämen. Die schmale Straße war umgeben von alten hohen Bäumen, dessen kahlen Äste quer durcheinander ragten. „Bist du wirklich davon überzeugt, dass sich die Polizei hier, mitten in der Pampa blicken lässt?", fragte Jerome, während er langsam den Weg entlang fuhr und sich nach links und rechts umsah. Elias, der neben ihm auf dem Beifahrersitz saß, hielt eine große, ausgebreitete Karte in der Hand. „Also nach meinen Berechnungen...", begann er, ohne den Blick dabei von dem Blatt zu wenden. „...bleibt ihnen nicht viel anderes übrig. Es ist der einzige Weg, der von dem Gefängnis zur Autobahn führt und sie werden wohl kaum die ganze Strecke über Landstraßen fahren." Jerome hielt mitten auf der Straße an. Die Bäumen standen so dicht an dem Asphalt, dass er so keine andere Möglichkeit hatte, als anderen Autos, die vorbei kämen die Durchfahrt zu versperren. Da die Gegend jedoch zu erahnen ließ, dass hier selten großer Verkehr herrschte, störten sich die beiden Männer daran recht wenig. „Lass mich mal sehen.", meinte Jerome und nahm Elias die Karte aus der Hand. „Bist du wirklich sicher? So eine einsame Straße wird doch nicht der einzige Weg zur Autobahn sein. Sonst wäre hier doch viel mehr los." „Für das Gefängnis zur Zeit schon. Sie mal." Elias setzte seinen Zeigefinger auf einen bestimmten Punkt in der Karte auf. „Hier ist das Gefängnis, in dem Jannet inhaftiert ist. Nun gibt es genau zwei Wege." Er wanderte mit seinem Finger weiter. „Sie könnten diesen über die Hauptstraßen nehmen, oder den Waldweg, auf dem wir uns grade befinden." „Na also, warum sollten sie dann grade den Waldweg nehmen?", harkte Jerome weiter nach. „Weil die Hauptstraße gesperrt ist. Dort ist für etwa zwei Wochen eine Baustelle. Natürlich gibt es auch eine Umleitung, um die gesperrte Straße zu umfahren, aber dafür müsste die Polizei etwa zwei Stunden mehr einplanen. So viel Zeit haben die ja sicherlich auch nicht und dann bleibt nur noch die einzige Möglichkeit über den Waldweg." Jerome nickte staunend und wunderte sich darüber, was Elias bei seiner Planung alles bedacht hatte, doch ehe er ihn danach fragen konnte, warum er sich hier so gut auskannte und woher er von der Straßensperrung wusste, machte sich bereits das Funkgerät bemerkbar. „Elias? Jerome?" Hastig holte Elias sein Walky-Talky hervor. „Manuela, kannst du mich hören?" Einige Sekunden rührte sich nichts, doch dann ertönte Manuelas` Stimme erneut aus dem Gerät. „Sie sind unterwegs." Mit mittelmäßiger Tonqualität kam das Signal bei Jerome und Elias an. „Alles klar, wir sind bereit." Die Stimmung wurde angespannter. Dies war die letzte Chance, die Überfahrt nach Deutschland zu verhindern. Jeder Fehler könnte den Plan jetzt zum scheitern bringen und Gretas` Schicksal läge letztendlich weiterhin in den Händen ihrer Entführer. „Weißt du noch, was zu tun ist?" Vergewisserte sich Elias noch einmal bei Jerome, obwohl er ihm auf der Fahrt bereits drei mal erklärt hatte, was die Aufgabe war. Dennoch wollte Elias nichts dem Zufall überlassen, und ließ sich den Ablauf noch einmal genau von Jerome schildern. „Wir versperren die Straße und geben uns als Touristen aus, die eine Panne haben. Die Polizei wird uns dann helfen müssen, das Problem zu beheben, oder einen weiten Umweg in Kauf nehmen, um zur Autobahn zu gelangen. Damit können wir dann genug Zeit schinden, bis die Unterlagen für Jannets` Freilassung in der Zentrale angekommen sind" „Sehr gut.", bestätigte Elias zufrieden. „Es kann nicht mehr lange dauern. Lass uns schon mal aussteigen." Grade, als Jerome und Elias ins Freie traten und die Türen zufallen ließen, sahen sie auch schon den polizeilichen Dienstwagen aus der Ferne näher kommen. „Okay, da sind sie. Ab jetzt darf nichts mehr schiefgehen.", gab Elias zu verstehen. Dann klappte Jerome die Motorhaube auf. Konzentriert wühlten die Beiden zwischen Kühlmittel- und Scheibenwaschwasserbehälter herum, ohne überhaupt eine Ahnung davon zu haben, was sie eigentlich taten. Die Rolle des hilflosen Touristen hätte wohl kein Hollywoodschauspieler besser inszenieren können. Mit einem rasenden Tempo, von etwa 70 bis 80 km/h sauste der französische Polizeiwagen die Straße entlang. Erst einige Meter vor der Durchfahrtsbehinderung durch Jerome und Elias kam er schließlich mit quietschenden Reifen zum Stillstand. Einige Sekunden schauten sich Fahrer und Beifahrer fragend an, dann ertönte ein energisches Hupen, das von Jerome und Elias zum Anlass genommen wurde, einmal überrascht hinter der Motorhaube hervorzuschauen. Wieder durchdrang das ohrenbetäubende Geräusch der Hupe ihre Ohren, bis schließlich der Herr hinter dem Steuer wütend hervortrat und irgendwelche französischen Sätze gegen den Lärm des Motors anbrüllte. Als darauf dennoch keine Reaktion folgte, legte der Mann den Schlüssel um und ging auf Elias und Jerome zu, um selber der Durchfahrtsbehinderung auf den Grund zu gehen. Dabei ließ er seinen Kollegen auf dem Beifahrersitz, sowie Jannet auf der Rückbank kurzzeitig zurück. „Guten Tag.", sagte Elias schließlich überaus freundlich. „Wir kommen aus Deutschland. Der Wagen hat eine Panne." Er gestikulierte mit den Händen wild umher und sprach so langsam und deutlich, als hätte er einen Gehörlosen oder zumindest einen überaus Schwerhörigen vor sich. Der

Mann schaute Elias nur verständnislos an und verfolgte mit den Augen die wild umher wedelnden Hände. Nachdem Elias ausgesprochen hatte, verschränkte er schließlich die Arme vor der Brust. „Sagen Sie, kennen wir uns nicht?" Elias zuckte zusammen. Was hatte der Herr da gesagt? Woher sollte er ihn denn bitte kennen? Und warum sprach der französische Polizist auf einmal Deutsch? Doch schon im nächsten Moment kam es auch Elias wieder in den Sinn. Der selbe Mann, mit dem er am Tag der Inhaftierung gesprochen hatte, um einen Besuchstermin mit Jannet zu vereinbaren, stand vor ihm. „Ach ja. Genau, ich erinnere mich. Tja, so schnell sieht man sich wieder.", lachte Elias verlegen, in der Hoffnung, dass man ihm die Nummer jetzt noch abkaufen würde. „Wir haben leider eine Panne. Also so schnell werden Sie hier wohl leider nicht vorbeikommen. Ich meine, die Straße ist ja recht eng. „Tatsächlich? Wo harkt es denn? Elias und Jerome atmeten erleichtert auf, als sie merkten, dass sie das Vertrauen des Polizisten gewonnen hatten. „Der Motor! Es muss am Motor liegen. Er springt nicht an.", gab Jerome schnell zurück und deutete auf den geöffneten Motorraum. „Na, da lassen Sie mich doch mal sehen.", meinte der Polizist. „Ich bin zwar auch kein Experte in solchen Sachen, aber ein bisschen sollte ich mich ja schon damit auskennen, nicht?" Elias und Jerome lächelten sich gegenseitig zu. Wie lange mochte der schlaue Beamte wohl damit verbringen, einen Fehler zu suchen, der gar nicht existierte? Ne Stunde? Vielleicht zwei? Egal, damit war er wohl erstmal eine Weile beschäftigt. Elias sah seinen Plan aufgehen und freute sich, diesem unsympathischen Typen mit seiner hässlichen Gel-Frisur, den er schon von Anfang an nicht ausstehen konnte, so richtig zu verarschen. Die Schadenfreude glänzte ihm im Gesicht. „Darf ich mal den Autoschlüssel haben?" „Was?" Sofort war das Lächeln von Elias` Lippen verschwunden. „Na, ich werde doch wohl mal hören müssen, wie sich der Gute hier verhält, wenn ich versuche den Motor zu starten." Der Mann tätschelte das Dach des Fahrzeuges, wie es ein Reiter mit seinem Pferd machen würde. „Ist das denn wichtig?", harkte Jerome nach. „Ja, natürlich. Das Geräusch beim Anlassen des Wagens kann oft Rückschlüsse auf die Ursache des Schadens geben. Das ist ein großer Unterschied, ob eher ein „quiek, quiek, quiek" zu hören ist, oder eher ein „plopp, plopp, plopp" „Oh, ja. Verstehe.", meinte Jerome nickend. „In diesem Fall ist definitiv eher ein „quiek, quiek, quiek" zu hören." „Nun geben Sie schon den Schlüssel her. Ich werde garantiert nichts kaputt machen." Der Beamte setzte sein freundlichstes Lächeln auf, während er Jerome seine ausgestreckte Hand unter die Nase hielt. „Na gut, wenn Sie sich unbedingt selber davon überzeugen wollen... Bitte." Widerwillig und zögernd nahm Jerome schließlich seinen Schlüssel aus der Tasche und überreichte ihn dem freundlichen Helfer. „Dann wollen wir mal sehen." Den vermeintlich defekten Wagen genau inspizierend nahm der Polizist auf dem Fahrersitz Platz. Vorsichtig legte er den Schlüssel um und lauschte ganz konzentriert dem Geräusch, das dabei entstand. Umso überraschender war es, dass der Motor gleich beim ersten Versuch problemlos ansprang. „Na bitte, da soll doch mal wer sagen, ich hätte kein handwerkliches Geschick." Zufrieden kam er wieder heraus. „Sie können weiterfahren, ich denke, ich habe den Fehler behoben. War nur eine Kleinigkeit." Elias und Jerome warfen sich schmunzelnde Blicke zu. Was hätte man von einem diensttreuen Beamten auch anderes erwartet? Doch grade, als dieser sich umwandte, um seine Fahrt fortzusetzen, durchfuhr es Elias. Das war schon alles? Damit verzögerte sich die Überfahrt nach Deutschland vielleicht grade mal um fünf Minuten. Und in dieser Zeit war noch kein Anruf von der Polizeizentrale eingegangen, dass man Jannet freilassen könne, weil ihre Unschuld bewiesen war. Jemand musste etwas tun, und zwar sehr schnell. „Warten Sie doch mal.", rief Jerome schließlich. „Ich habe da noch mal eine Frage, die mich schon immer interessiert hat. Also gehört es eigentlich auch zu Ihrem Beruf,..." „Bitte, bitte meine Herren. Ich bin im Dienst, für einen Kaffee-Plausch habe ich nun wirklich keine Zeit. Aber fragen Sie doch mal Ihren Kumpel. Er hat mir noch vor kurzem erzählt, dass er Polizist sei. Und jetzt machen Sie schon, dass sie aus dem Weg kommen. Ich habe heute noch etwas anderes zu tun." Mit diesen Worten stieg der Mann wider in sein Fahrzeug ein und es blieb Jerome und Elias nichts anderes übrig, als den Platz zu räumen und wie es ihnen befohlen wurde aus dem Weg zu fahren. Auch Jannet hatte von der Rückbank aus alles mitverfolgt und auf einen Beweis ihrer Unschuld in letzter Sekunde gehofft. Doch nun war es zu spät. Das polizeiliche Dienstfahrzeug brauste vorbei und ließ die beiden enttäuschten Männer in einer Staubwolke zurück. Wenig später fanden sich Gerd, Elias, Manuela und Jerome für eine Besprechung wieder im Hotelzimmer ein. Die Enttäuschung über die Niederlage war jedem einzelnen anzusehen. „Also Leute, Jannet ist wieder auf dem Weg nach Deutschland.", begann Elias. „Das heißt wir können unseren Plan vergessen. Ohne Jannet können wir die Übergabe nicht vortäuschen." „Was wäre denn wenn einer von uns das Geld übergibt?", wandte Gerd ein. „Wichtig ist doch nur, dass die Entführer ihre geforderte Summe erhalten. Durch wen kann denen doch relativ egal sein." „Das Problem ist, dass ausdrücklich gefordert wurde, dass niemand, außer Jannet selber eingeweiht werden darf. Theoretisch wäre dies aber unsere letzte Chance Greta zu retten, da hast du natürlich Recht. Ich hoffe nur, dass die Täter ihr nach unserer Aktion gestern nichts angetan haben. Wenn wir aber jemanden wie dich oder mich dahin schicken, könnte das gefährlich werden. Vermutlich wären sie dadurch gleich abgeschreckt. Die einzige, die diesen Job übernehmen könnte, wäre Manuela. Vor ihr hätte niemand etwas zu befürchten." Alle Augen richteten sich auf die einzige weibliche Person im Raum, doch diese winkte nur kopfschüttelnd ab. „Oh nein. Ihr könnt ja einiges von mir verlangen, aber das werde ich sicherlich nicht machen." „Komm schon. Wir werden dich auch die ganze Zeit bewachen und aufpassen, dass dir nichts passiert." „In dem Brief stand ausdrücklich, dass Jannet persönlich und alleine kommen soll. Was nützt es dann? Ich bin doch nicht Jannet. Sie würden mich und Greta umbringen. Bitte lasst mich aus dieser Nummer raus." „Manuela, ich habe schon viele Entführungen miterlebt. Ohne einen triftigen Grund würden die euch nichts antun. Damit machen sie sich doch noch mehr strafbar. Und im wenn sie euch umbringen würden, würden sie doch nicht an das Geld kommen. So was benutzen die lediglich als Druckmitteln. Zum bluffen, verstehst du?" Mit allen Mitteln versuchte Elias Manuela zu überreden, dem Vorschlag einzuwilligen. „Ach was, die Entführer werden so oder so merken, dass wir sie nur hinters Licht führen wollen. Bis jetzt haben wir doch nicht mal annähernd die geforderte Summe zusammen. Und so blöd, dass die einen Karton annehmen, ohne vorher zu überprüfen, was drin ist, werden die Täter wohl auch nicht sein." „Hörst du denn gar nicht zu, Manuela?" Elias hielt sich mit der flachen Hand den Kopf. „Wir wollen auch nur vortäuschen, dass wir die komplette Summe übergeben. Der Karton wird so präpariert, dass wir nur die obersten Schichten mit echten Scheinen auslegen. Darunter füllen wir den Platz einfach mit etwas ähnlichem auf, wie zum Beispiel Papier." „Das ist doch viel zu riskant. Was ist, wenn sie es doch merken?" „Das werden sie nicht und wenn doch, greifen wir vorher ein. Ich werde dir bis dahin auch noch genau erklären, was du zu tun hast, okay? Dieser Plan ist echt sicher. Den haben wir in Deutschland schon oft genug bei Geiselnahmen angewandt. Vertraue mir, ich habe damit Erfahrung." Obwohl das alles sehr beruhigend klang, was Elias da sagte, war Manuela dennoch nicht überzeugt. Natürlich lag ihr die Tochter ihrer besten Freundin am Herzen, doch hatte sie sich nie wirklich gefragt, ob sie dafür auch ihr eigenes Leben in Gefahr bringen würde. „Gib mir bitte eine Nacht Bedenkzeit.", sagte sie schließlich, um weiterer Diskussionen aus dem Weg zu gehen.

„Halli, hallo. Da bin ich wieder." Unerwartet vertrieb eine helle fröhliche Stimme, die angespannte Situation in der netten kleinen Runde. „Jannet? Wie kommst du denn plötzlich hier her? Wir dachten alle, du wärst schon fast wieder über die deutsche Grenze." Entgeisterte Blicke durchbohrten die junge Brünette. „Ach was, keine fünf Minuten, nachdem Jerome und Elias die Straße wieder frei gegeben hatten, kam schon ein Anruf aus der Zentrale, dass man mich frei lassen könne. Die beiden Polizisten haben mich sogar noch bis zum Hotel zurück gebracht. Nett von denen, oder?" „Naja, wenn man bedenkt, dass sie dich eine ganze Zeit lang unschuldig eingesperrt haben...", argumentierte Gerd nachdenklich. „Egal. Berichtet lieber, was es neues gibt." „Na endlich, ich dachte schon, du würdest gar nicht mehr fragen.", begann Elias, der sogleich voll und ganz in seinem Element aufblühte. „Wir, also *ich* habe einen ausgesprochen intelligenten Plan. Morgen Nacht bei der Geldübergabe werden wir Greta retten. Ihr müsst einfach nur alle machen, was ich euch sage. Wenn ich mich auf jeden von euch, besonders auf dich, Jannet voll und ganz verlassen kann, muss es einfach klappen." Ganz ausführlich erklärte Elias, was er sich für einen unglaublichen Plan ausdachte und welche Aufgaben jeder einzelne dabei hatte. Es dauerte eine ganze Weile, bis alle den komplizierten Ablauf verstanden, doch Elias beantwortete geduldig jede einzelne Frage, die ihm gestellt wurde, damit wirklich nichts mehr schief gehen konnte. „Also.", sagte er schließlich. „Ist euch allen klar, was ihr morgen zu tun habt?" Als mit fester Stimme von allen gleichzeitig ein „Ja!" zu hören war, nickte Elias zufrieden. „Sehr gut, Leute. Und nun denke ich, haben wir uns für den Rest des Tages eine kleine Auszeit verdient. Lasst uns alle etwas schönes machen, um wieder etwas entspannter zu werden. Umso besser wird es morgen klappen. Dafür müssen wir nämlich fit und absolut konzentriert sein." „Super. Was machen wir zuerst? Hier in Frankreich gibt es noch so viel zu entdecken.", freut sich Manuela über die neu gewonnene Freizeit. „Was auch immer ihr macht, ich werde jetzt etwas essen gehen und danach bei dieser herrlichen Luft einen langen Spaziergang machen." Elias hatte schon eine genaue Vorstellung, wie er seinen

Nachmittag gestalten wollte. Das Wandern in freier Natur genoss er auch in Deutschland oft. Ab und an brauchte er das einfach nach einem stressigen Arbeitstag, um sich zu erholen. „Das klingt doch toll.", meinte Manuela. „Frische Luft, Bewegung,... Da schließen wir uns doch direkt an." „Geht ihr ruhig spazieren." Jannet hob abwinkend die Hand. „Ich würde jetzt gerne zuerst duschen gehen. Wisst ihr, im Gefängnis waren die sanitären Anlagen nicht grade die hygienischsten." „Ich muss mich auch entschuldigen. Im Hotel ist meine Arbeit die letzten Tage wirklich ein wenig vernachlässigt worden. Da habe ich einiges nachzuholen." Auch Jerome ließ sich nicht zu einem Spaziergang überreden. „Ach was, du auch nicht? Ihr wisst gar nicht, wie unglaublich gesund so ein Spaziergang sein kann." Manuela schüttelte den Kopf. Jannet und Jerome hatten anscheinend keinen blassen Schimmer, wie man seine Freizeit angemessen gestaltete. „Tut mir leid, aber ich wünsche euch ganz viel Spaß auf eurem kleinen Ausflug.", meinte Jerome schließlich lächelnd und schaute den anderen nach, wie sie letztlich doch einwilligend das Zimmer ohne die Beiden verließen, um sich auf den geplanten Trip zu begeben. Als sie weit genug weg waren, schloss Jerome die Tür und drehte sich zu Jannet um. „Es hat wirklich lange gedauert, bis wir mal wieder ungestört sein konnten. Das letzte Mal wurden wir so schnell unterbrochen und dann warst du plötzlich im Gefängnis. Die Zeit in der wir uns nicht gesehen haben, erschien mir endlos. Ich habe es kaum ausgehalten ohne dich." Während er redete, ging Jerome auf Jannet zu und ergriff ihre Hände, als er schließlich so nah vor ihr stand, dass er ihren Atem spüren konnte. „Jerome...", unterbrach ihn Jannet und befreite sich aus der Enge. Auf einmal war ihr

Jeromes` Nähe unangenehm. Was war nur passiert? Vor kurzem war sie noch Feuer und Flamme. Sie hatte ihn geküsst und vermisst, als sie im Gefängnis saß. Doch jetzt? Diese Vertrautheit war urplötzlich verschwunden. Vielleicht wollte sich Jannet auch davor schützen, Gefühle für einen Mann zuzulassen, mit dem sie niemals eine Beziehung eingehen könnte. Natürlich war die Zeit schön und auch, wenn es sich im Moment des Kusses richtig angefühlt hatte, fühlte es sich jetzt dennoch falsch an. „Lass es bitte. Dieser Kuss war eine einmalige Sache. Ein blöder Ausrutscher. Belass es dabei, okay? Tun wir einfach so, als wäre das nie passiert." „Was?" Jerome trat einen Schritt zurück und ließ von Jannet ab. Seine entsetzten Blicke sprachen Bände. „Jannet, das meinst du wirklich ernst? Hat dir das alles nichts bedeutet? Ich dachte du wärst etwas ganz besonderes. Von Anfang an habe ich das gespürt. Ich konnte mir ein Leben mit dir vorstellen. Zusammen mit dir alt zu werden. Und all das, obwohl ich dich kaum kenne. Vielleicht hast du Recht. Vielleicht war es falsch. Vielleicht haben wir alles überstürzt. Aber meine Gefühle zu dir sagen mir einfach, dass es richtig ist. Jannet, wenn du auch nur annähernd etwa für mich empfindest, und dieser Kuss nicht nur ein Zeitvertreib für dich war, dann gib uns eine Chance uns kennenzulernen." „Es tut mir so leid. Denk bitte nicht, dass ich mit deinen Gefühlen spielen wollte. Ich bin dir auch wirklich sehr dankbar für alles, was du für mich getan hast. Aber denk doch mal bitte realistisch. Eine gemeinsame Zukunft mit dir wird für mich einfach nicht funktionieren. Ich habe bereits einen Ehemann. Auch wenn er nicht mehr lebt, gehört er noch zu mir. Du wirst meiner Tochter niemals ein Vater sein. Es fühlt sich nicht richtig an, Joachim einfach so zu ersetzten, weißt du? Es ist für mich wie fremdgehen. Ich kann das einfach nicht." „Aber ich habe doch nicht vor, deiner Tochter den Vater zu ersetzen. Die Beziehung, die ihr zu Joachim habt ist eine ganz besondere, und die würde ich euch niemals nehmen wollen. Aber denkst du nicht, er hätte es so gewollt? Glaubst du wirklich, Joachim möchte, dass du nun bis an dein Lebensende alleine bleibst?" Nun griff Jerome wieder nach Jannets` Händen. „Wenn Joachim dich wirklich geliebt hat, und davon gehe ich aus, dann würde er es dir auch jetzt gönnen, wieder glücklich zu werden." Jannet schaute verlegen zu Boden, doch dann entriss sie sich wieder Jeromes` Nähe. Beinahe wäre sie am liebsten wieder schwach geworden, aber dieses Mal konnte sie sich beherrschen. „Ich bin glücklich, Jerome. Bitte lass mich jetzt alleine." Ohne ein weiteres Wort tat Jerome das, worum man ihn bat und verließ das Zimmer. Noch nie hatte sich Jannet so mies und gemein gefühlt, wie jetzt. Das wollte sie Jerome wirklich nicht antun, aber irgendwie musste sie ihm doch klar machen, dass die Beiden keine gemeinsame Zukunft haben würden.

## Kapitel 11

Samstag, 20:00 Uhr. Nur noch wenige Stunden bis zur Geldübergabe. Zu diesem Zeitpunkt hatte Elias seiner Schwägerin wohl bereits zum 23. mal geschildert, wie alles im Idealfall ablaufen sollte. Man musste eben sicher sein, dass auch wirklich alles klappte und bis es tatsächlich zur Begegnung zwischen Jannet und den Entführern käme, würde Elias ihr das Ganze sicherlich auch noch mindestens zehn mal erklären. Alle waren in irgendeiner Form in den Plan einbezogen, doch Jannet spielte ganz klar die Hauptrolle. „So Leute, ich hoffe, wir haben nichts wichtiges vergessen." Im Kopf ging Elias noch schnell alle Sachen durch, die er einpacken wollte, bevor er den Kofferraum zu Jeromes` Wagen schloss. „Florian kommt direkt nach Le Havre, wenn er Feierabend hat. Er bleibt während der Übergabe mit den Kollegen in Kontakt, um schnell Verstärkung anzufordern, wenn es nötig ist." Dann ging es los. Es war bereits stockfinster, als sich die drei auf den Weg machten. Die Außentemperatur betrug zu diesem Zeitpunkt knapp unter null Grad und die Kälte ließ Jannet ihre Hände und Füße kaum noch spüren. Nur langsam brachte sie der beheizte Wagen zum Auftauen. „Also noch mal für alle.", fing Elias wieder mit dem altbekannten Thema an. „Jannet wird mit dieser Mikrokamera ausgestattet." Er hielt ein kleines schwarzes Ding in die Luft, von dem man mit bloßem Auge kaum erkennen konnte, was es darstellen sollte. „Wir können dann über einen kleinen Monitor aus sicherer Entfernung alles mitverfolgen. Ich denke, es ist das Beste, wenn wir uns aufteilen. Gerd kommt mit mir auf die eine Seite des Hafens und Jerome geht mit Manuela auf die andere. Wir bleiben per Funk natürlich auch die ganze Zeit in Kontakt. Wenn Jannet den Entführern gegenüber tritt, übergibt sie dieses präparierte Paket. Denk daran, ruhige und langsame Bewegungen zu machen, um zu zeigen, dass du dich unterordnest." Elias sah über die Schulter zu Jannet, die auf der Rückbank saß. „Wenn es gefährlich wird, schreiten wir ein. Natürlich auf mein Kommando. Wenn alles nach meinen Vorstellungen funktioniert, werden die Täter vielleicht sogar so angespannt sein, dass sie gar nicht merken, dass das Paket nicht die erwartete Summe von 500.000 Euro enthält. Das wäre natürlich der Idealfall. Wir müssen aber auch damit rechnen, dass sie alles genau unter die Lupe nehmen. Dann nutzen wir die Zeit um anzugreifen. Wir umzingeln sie so, dass sie keine Chance haben, zu entkommen, während Florian die Polizei verständigt. Aber seit vorsichtig. Wir dürfen Gretas` Leben dabei nicht gefährden. Wie gesagt, alles läuft auf mein Kommando." Die anderen nickten. Allmählich glaubte jeder verstanden zu haben, was er machen sollte. Jetzt durfte nur nichts mehr schief gehen.

In Le Havre angekommen hatte sich der schöne idyllische Ort, wie Elias, Manuela und Gerd ihn von ihrem ersten Besuch kannten, in einen dunklen, abgelegenen Platz verwandelt, an dem allenfalls notdürftig einige Laternen aufgestellt waren. Die Stelle, an der Jannet allerdings für die Geldübergabe verabredet war, lag in gänzlicher Finsternis gehüllt. Nur wenn der Himmel zwischendurch aufklärte, ließ der Mond sein Licht darauf scheinen. Bei dem Anblick durchfuhr sie ein kalter Schauer. Bislang war ihr noch nicht wirklich bewusst geworden, was auf sie zukam. Jannet schluckte. Die Angst war ihr förmlich ins Gesicht geschrieben. Einzig und alleine der Gedanke, dass Elias und die anderen im Hintergrund alles beobachteten und im Notfall zur Hilfe eilen würden, beruhigte sie ein wenig. Wie schön wäre es, wenn doch alles schon vorbei wäre? Doch bis zum Anbruch des neuen Morgens sollten noch einige entscheidende Stunden vergehen. Auf einem abgelegenen Parkplatz in der Nähe des Hafens kam der Wagen schließlich zum Stillstand. Von hier aus war es noch ein ganzes Stück bis zu dem Ort, an dem die Geldübergabe vorgesehen war, doch Elias hatte Jerome gebeten, genau hier zu parken, damit sie vor möglichen Beobachtern geschützt waren. Der Platz war zu einem Teil von den hohen Bäumen eines angrenzenden Waldes umgeben, während der andere Teil fast freie Sicht auf die im Hafen befestigten Schiffe bot. Einige schmale Wanderwege führten von hier aus in unterschiedliche Richtungen. „Bist du bereit, Jannet?" Elias schaute seine Schwägerin eindringlich an, als diese noch damit beschäftigt war, die Umgebung zu visualisieren. „Was? Warum denn jetzt schon?" Jannet schaute auf ihre Armbanduhr und versuchte im dürftigem Licht der Laterne, das von außen hereinschien die Position der Uhrzeiger zu erahnen. „Es ist doch grade einmal kurz vor neun. Bis zur Übergabe dauert es noch gut drei Stunden." „Ist gut, entspann dich mal wieder.", entgegnete Elias in einem für ihn äußerst ungewöhnlich verständnisvollem Gesprächston. „Ich habe auch nicht vor, dich jetzt schon hinunter zum Hafen zu schicken. Wir sollten dich nur schon mal mit allem ausstatten und ausprobieren, ob die

Technik auch so funktioniert, wie sie soll. Kurzer Test, verstehst du?" Jannet überlegte kurz, dann nickte sie eifrig. „Ja, ja. Schon klar, verstehe." Auf dem Parkplatz begann Elias schließlich damit, einen geeigneten unauffälligen Platz an Jannets` Mantel zu suchen, an dem er die winzige Kamera befestigen konnte. Gerd, Jerome und Manuela betrachteten währenddessen das Bild, das auf dem kleinen ausklappbaren Monitor erschien und durch die Kamera erzeugt wurde. „Ein wenig höher, Elias. So ist nur der Boden zu sehen. „Ja, ja. Es darf nur nicht zu auffällig werden." Es dauerte eine ganze Weile, bis das Gerät in die perfekte Position gerückt war. „Hier, das musst du dir ins Ohr stecken, damit wir mit dir kommunizieren können. Aber leg deine Haare darüber und pass auf, dass es nicht gleich gesehen wird." Elias ließ seine angespannte Stimmung nun in seinem Tonfall deutlicher werden. Allmählich wurde auch er immer nervöser, schließlich würde ja alles, wie er so oft betonte unter seiner Verantwortung ablaufen. „Okay, möchte noch jemand einen Schluck Wasser trinken, bevor es losgeht? Ansonsten würde ich sagen, dass wir uns schon mal auf unsere Plätze begeben sollten." Elias sah auf die Uhr. Die Stunde der Übergabe rückte immer näher. „Jannet geht alleine vor. Wir nehmen einen Umweg und laufen erst circa zehn Minuten später los. So können wir auf gar keinen Fall zusammen gesehen werden und niemand wird einen Verdacht schöpfen." „Was? Elias, ich soll den ganzen Weg alleine gehen? Ich weiß doch noch nicht einmal, wo ich genau hin muss. Ihr kennt diesen Ort ja wenigstens schon ein wenig, aber ich war noch nie in meinem Leben hier. Wie soll ich mich da zurechtfinden?" „Ganz ruhig, Jannet." Schon bei dem Gedanken, gleich mehr oder weniger auf sich alleine gestellt zu sein, wurde Jannet panisch. „Wo du genau hin musst, haben wir uns natürlich schon angesehen. Von hier aus ist es auch nicht schwer, dorthin zu finden. Im Prinzip gehst du die ganze Zeit einfach nur geradeaus. Wir bleiben aber trotzdem über die Kamera und dem Kopfhörer mit dir verbunden und navigieren dich. Wir können darüber auch ein wenig plaudern, dann bist du vielleicht nicht so unglaublich nervös und angespannt. Ich denke, das würde uns allen sehr gut tun. Wenn du dann sicher angekommen bist, gehen wir auch wenig später los, um auf unseren Posten zu gelangen. Dann bleibt noch genügend Zeit, bis es tatsächlich mit der Geldübergabe losgeht. Mach dir einfach keine Sorgen, das wird schon klappen."

Mit unsicheren Schritten ging Jannet daraufhin den Weg entlang in die Dunkelheit. Immer weiter entfernte sie sich von der Laterne, dessen Licht hinter ihr immer kleine wurde, bis Jannet schließlich nur noch am Gefühl ihrer Füße auf dem Untergrund erahnen konnte, ob sie sich überhaupt noch auf der asphaltierten Fläche befand. In ihrem Kopf spielten sich in diesem Augenblick alle möglichen Szenarien ab, was gleich wohl auf sie zukommen würde. Über den Kopfhörer in ihrem Ohr vernahm sie die beruhigende Stimme von Elias, der möglichst dafür sorgte, dass er Jannet nicht allzuviel von seiner eigenen Nervosität spüren ließ. „Okay, geh noch ein paar Meter in Richtung des Hafens. An dem Pfosten sollst du dann stehen bleiben, dort ist dein Treffpunkt. Auf dem Monitor war trotz der schlechten Sicht durch die Dunkelheit ein erstaunlich klares Bild zu erkennen. Polizisten sind eben immer mit der besten Technik ausgestattet, wie Elias gerne zu betonen wusste. Und das kam ihm grade sehr zu Gute. „Elias, kannst du mich hören?" Plötzlich meldete sich eine Stimme aus dem Funkgerät, dass in dem Getränkehalter zwischen dem Fahrer- und dem Beifahrersitz lag. Ohne den Blick von dem Monitor abzuwenden, griff Elias danach. „Ja, klar und deutlich. Was gibt es?" Auch Gerd, Manuela und Jerome hörten aufmerksam zu, was die Stimme zu sagen hatte. In so einer Situation wollte schließlich niemand eine Neuigkeit verpassen. Schnell erkannten sie, dass es Florian war, der seinen Kollegen anscheinend etwas mitzuteilen hatte. „Ich bin jetzt in Le Havre. Wo seid ihr?" Sofort antwortete Elias: „Komm zum Parkplatz. Ich habe dir die Koordinaten geschickt, wo wir uns befinden. Wenn du hier bist, gehen wir auf unsere Posten." „Alles klar, Elias. Ist Jannet schon am Treffpunkt?" „Ja, sie ist vor gut zehn Minuten losgegangen. Soweit läuft alles nach Plan. Die Technik funktioniert, wir stehen mit Jannet in Kontakt." „Sehr gut. Ich bin sofort da." Damit wurde die Verbindung zwischen Elias und Florian wieder unterbrochen. „Okay, Leute. Ihr habt ihn gehört. Macht euch bereit, sobald Florian hier ist, geht es auch für uns los. Wir verlieren dann keine Zeit mehr." Bis Florian am besagten Parkplatz eintraf, dauerte es tatsächlich nicht lange. Als er dort ankam, standen die Anderen bereits in den Startlöchern. „Wir müssen nun wirklich auf unsere Position. Ich hoffe nur, dass wir den Entführern auf dem Weg nicht begegnen. Bei denen sollten wir ja mittlerweile schon bekannt sein. Dann wüssten sie sofort, dass hier ein falsches Spiel gespielt wird." „Entspann dich, Elias." Gerd klopfte ihm freundschaftlich auf die Schultern. „Wir spielen kein falscheres Spiel, als die es mit uns tun. Ganz egal, was das für Genies sein mögen, so durchdacht, wie unser Plan ist, kann der von denen garnicht sein." Auf Elias Lippen erschien ein gezwungenes Lächeln. Es war wirklich schön ein paar aufmunternde Worte zu hören, schließlich hatte er viel Arbeit und Mühe in die ganze Sache gesteckt. Dennoch nahm das keineswegs die Spannung von ihm. „Gibst du mir noch vorher das Passwort, das ich brauche, um meinen Monitor mit deiner Kamera zu verbinden?", wollte Florian jetzt wissen, worauf Elias ihm einen kleinen Zettel reichte, den er aus dem Handschuhfach von Jeromes` Wagen nahm. Nachdem Florian die lange Nummer abgetippt hatte, erschien auch bei ihm das gleiche Bild, das auch Elias auf seinem Gerät sah. Nun konnten beide aus unterschiedlichen Positionen mitverfolgen, was geschah. „Falls es brennslich wird, ruf die Verstärkung im Zivil." „Schon klar, Elias. Ich kenne die Regeln. Falls du es vergessen hast, ich bin auch Polizist und das hier ist nicht meine erste Entführung." Florian verzog die Augenbraue. „Nun geht schon endlich, ich habe alles im Griff. Oder wollt ihr hier Wurzeln schlagen, bis alles vorbei ist?" Nach einigen skeptischen Blicken verließ Elias schließlich mit seinen drei Komplizen den Parkplatz. Ein kurzes Stück gingen sie zusammen, doch dann trennten sich wie erwartet die Wege. Während Jerome und Manuela nach rechts in Richtung einer höher gelegenen Hafenbrücke liefen, bogen Gerd und Elias nach links ab, auf den Weg, der zu den Klippen führte. Von dort aus hatte man eine gute Sicht auf das Geschehnis. Obwohl es sehr dunkel war, konnte man Jannet von hier aus schemenhaft erkennen. Für ein genaueres Bild hatte Elias ja die Kamera angebracht. Noch immer war nur eine Person zu erkennen. Von den Entführern soweit keine Spur. Elias sah auf die Uhr. „Zehn vor Zwölf. Bald sollten sie kommen." Elias trug seine Dienstwaffe am Körper und zudem einen Kopfhörer im Ohr, über den er mit Jannet und den anderen verbunden war. Während er mit Gerd langsam seine Geräte aus dem Rucksack hervorholte und einschaltete, rechnete er die ganze Zeit damit, dass die Entführer jeden Augenblick mit Greta aus einer versteckten Ecke auftauchen würden. Wenn es soweit war, währen auf jeden Fall alle Beteiligten für den zuvor abgesprochenen Plan bereit und wussten, was sie zutun hatten. Doch noch blieb alles ruhig. Elias schaute von rechts nach links über das ganze Gebiet. Soweit das Augenlicht es hergab, war nichts zu sehen. „Gerd, Elias!" Aus dem Funkgerät war Manuelas` Stimme zu hören. „Es ist noch nirgends eine Spur von den Entführern. Könnt ihr von eurer Position aus irgendwas beobachten?" Gerd drückte zum antworten den Aufnahme-Knopf. „Nein, bei uns ist auch noch alles beim Alten. Wie sieht es bei dir aus, Jannet?" Zum Glück waren sie so miteinander Verbunden, dass jeder gleich alles mitbekam. Ohne Elias wäre so ein technischer Aufwand nie möglich gewesen. Jannet erinnerte sich, wie sie ihn am Anfang überzeugen musste, überhaupt mitzukommen. Wie froh war sie, als sie in das Flugzeug stieg und Elias dort hat sitzen sehen. Das Schicksal musste es so gewollt haben, denn ohne ihn hätte Jannet vermutlich schon längst aufgegeben. „Hier ist auch noch nichts von irgendwelchen Verbrechern zu sehen. Leute, ich halte das nicht mehr lange aus. Diese Nervosität bringt mich noch ins Grab." „Bleib ganz ruhig. Wir geben dir Bescheid, sobald wir irgendetwas sehen.", meinte Elias schließlich. Dann wurde wieder alles still, und das Warten ging weiter. Ob überhaupt noch jemand kommen würde? Oder hatten die

Entführer den Plan bereits durchschaut? Vielleicht hatten sie Greta auch schon längst umgebracht, als Florian, Gerd, Manuela und Elias vor kurzem die Verfolgung auf eine der Mitentführerinnen aufnahmen. Niemand wusste, was geschehen würde. Inzwischen war es schon fünf nach zwölf. So eine Geldsumme würde sich doch keiner einfach so entgehen lassen, wenn es keinen erklärbaren Grund dafür gäbe. Elias war der festen Überzeugung, dass die Entführer bald irgendwo auftauchen würden. Er wartete noch weitere fünf Minuten ab, bevor er Gerd sanft in die Seite stieß. „Lass uns ein kleines Stück zurück gehen. Vielleicht sind wir zu nah dran und werden gesehen." „Meinst du wirklich?", entgegnete Gerd. „Wir sind doch schon relativ weit weg und hier oben in der Dunkelheit wird uns doch niemals jemand sehen, der nicht ganz genau weiß, dass sich hier jemand versteckt." „Mag sein. Eigentlich hast du schon Recht, aber ich würde lieber auf Nummer Sicher gehen. Vielleicht sind Komplizen in der Nähe." Elias konnte nicht erklären, warum, aber irgendwie brannte in ihm ein mulmiges Gefühl. Aus irgendeinem Grund glaubte er beobachtet zu werden, obwohl er und Gerd tatsächlich ziemlich weit vom eigentlichen Treffpunkt entfernt waren. Immer wieder schaute er sich zu allen Seiten um, und je öfter er das tat, desto stärker wurde dieses Gefühl. Möglichst unauffällig packten die Beiden schließlich ihre Sachen zusammen, um sich an geeigneter Stelle einen neuen Platz zu suchen. Eine Hand behielt Elias dabei stets an seiner Dienstwaffe, um jeder Zeit schussbereit zu sein. „Komm, bleib dicht hinter mir." Im geduckter Haltung schlichen sie einige Meter weiter. Mit ihrer pechschwarzen Kleidung waren sie in der dunklen Umgebung kaum zu erkennen. An einem großen

Felsen, der sich auf der Klippe befand, legte Elias seinen Rucksack ab. „Hier ist es besser. Wir müssen zwar in Kauf nehmen, dass die Sicht ein wenig eingeschränkter ist, aber es ist einfach sicherer für uns wenn wir besser geschützt liegen."

Auch auf der anderen Seite schauten Manuela und Jerome immer wieder von der Uhr auf das Funkgerät. Zitternd hielt Jerome das Walkie-Talkie in der Hand. Mit den Gedanken war er unentwegt bei Jannet. Vieles hatte er ihr noch zu sagen. Die letzte Begegnung mit ihr wollte er auf keinen Fall so stehen lassen. Doch was wäre, wenn gleich etwas schief ging? Es konnte so vieles passieren, bei einer kriminellen Geldübergabe. Vermutlich würde es sich Jerome niemals verzeihen, wenn er Jannet dann nicht zuvor noch gesagt hätte, was er ihr zu sagen hatte. Obwohl er genau wusste, dass jetzt definitiv nicht der richtige Zeitpunkt dafür war, drückte er plötzlich fast wie von ganz alleine auf den Aufnahme-Knopf des Funkgerätes, sodass das, was er nun verkünden wollte, nicht nur bei Jannet, sondern auch bei Florian, sowie bei Gerd und Elias zu hören war. Noch ehe er selber wirklich realisierte, was er da grade tat, gingen bereits seine Gefühle mit ihm durch und es sprudelte nur so aus ihm heraus: „Jannet, ich weiß, dass du das jetzt bestimmt nicht hören willst, aber ich muss dir dringend etwas sagen." Manuela sah entsetzt zu Jerome auf. Was hatte er denn jetzt nur wieder vor? Hätte er damit nicht warten können, bis alles vorbei war? Für so etwas hatte doch nun keiner die Nerven. Doch ehe Manuela oder irgendjemand sonst verstand, was Jerome vor hatte, redete er schon weiter. „Seit der ersten Sekunde, in der ich dich sah, wusste ich, dass du die richtige bist. Du bist der Grund, warum ich nachts nicht mehr schlafen kann und ständig dieses Kribbeln im Bauch habe. Mag sein, dass sich das jetzt ziemlich banal anhört, so als wäre ich ein 16- jähriger Teenager, aber mir fällt einfach nichts besseres ein, um meine Gefühle zu dir zu beschreiben. Was ich eigentlich sagen will: Ich liebe dich und ich will den Rest meines Lebens mit dir verbringen. Zieh zu mir nach Frankreich." Jerome spürte, wie seine Hände schwitzten und seine Stimme zitterte. Hatte er das grade wirklich alles gesagt? Er realisierte noch gar nicht wirklich, was er über seine Lippen gebracht hatte, doch war er trotzdem froh, dass er es endlich getan hat. Ganz egal, wie Jannet auch darauf reagieren würde. Eines war klar, wenn er ihr jetzt nicht seine Liebe gestanden hätte, würde er es auch niemals erfahren. Im Augenblick blieb jedoch alles still. Es folgte keine Antwort. Wie angewurzelt stand Jannet einfach nur da. Damit hatte sie nun am allerwenigsten gerechnet. Sie hatte Jerome in dem ganzen Stress mehr oder weniger völlig verdrängt. Es dauerte einige Sekunden, bis Jannet die Fassung wiedergefunden hatte, doch da kam ihr Elias schon zuvor. „Hast du eigentlich noch alle Tassen im Schrank?! Wir sind hier mitten in einem Einsatz, der vollste Konzentration von uns verlangt. Das hier ist keine Partner-Vermittlungs-Börse für einsame Singles. Also reiß dich gefälligst zusammen!" Elias schüttelte nur den Kopf. „Also das ich nicht mit erfahrenen Polizisten zusammenarbeite, war mir ja schon klar, aber den gewöhnlichen Menschenverstand habe ich irgendwie schon vorausgesetzt.", murmelte er vor sich hin, nachdem er seine Ansage beendet hatte. „Psst, Elias. Hörst du das?" Auf einmal erstarrte Gerd mitten in der Bewegung. „Da ist doch etwas." „Stimmen?", fragte Elias. „Ich weiß nicht.

Hört sich wie ein leises Winseln an. Das kommt doch da irgendwo hinter dem Felsen her." Elias wollte sich langsam erheben, um dem Geräusch auf den Grund zu gehen, doch Elias griff nach seinem Arm und hielt ihn zurück. „Warte, das könnte gefährlich sein. Vielleicht will man uns reinlegen." Dann nahm er die Waffe aus dem Holster und trug sie schussbereit vor der Brust. Vorsichtig tasteten sich die Beiden nun an den großen Gesteinsbrocken neben sich heran. Mit einer Taschenlampe leuchtete Gerd währenddessen genau alles ab. „Nichts zu sehen.", meinte er flüsternd. „Aber von irgendwoher muss das doch kommen." „Ach, vergessen wir es einfach. Ist bestimmt nur irgendein Tier, dafür haben wir jetzt keine Zeit. Jeden Augenblick könnten die Entführer auftauchen und dann..." Als auf den ersten Blick nichts auffälliges zu sehen war, wollte sich Elias bereits wieder zurück auf seine Position begeben, doch plötzlich machte Gerd in genau diesem Moment eine seltsamen Entdeckung. „Warte mal." Er kniete sich herunter und befreite eine kleine Stelle auf dem Boden von Laub und den vielen kleinen Steinchen, die überall zu sehen waren. Zum Vorschein kam ein Stück einer schwarzen Plastikplane. „Hilf mir mal." „Was machst du denn da? Das haben bestimmt irgendwelche Wanderer hier liegen gelassen, die nicht wussten, wo sie ihren Müll sonst entsorgen sollten. Was willst du damit? Wir haben jetzt wirklich wichtigeres zu tun." „Nun diskutiere doch nicht so lange. Mein Bauchgefühl sagt mir, dass dieses Stück Plastik für uns von Bedeutung sein könnte. Vertraue mir einfach, du wirst schon sehen." Widerwillig gab Elias schließlich nach und half Gerd, die Plane vom Dreck zu befreien. Diese entfaltete in nur kurzer Zeit ihre vollständige Größe von etwa zwei Quadratmeter. „Super. Und was sollen wir jetzt damit anfangen?", fragte Elias kühl. Noch immer verstand er nicht, was das alles sollte, doch Gerd gab nicht nach. „Jetzt hab doch mal ein bisschen Geduld. Mein Gefühl hat mich bisher nur selten im Stich gelassen. Für euch Polizisten kann doch normalerweise keine Kleinigkeit zu unwichtig sein." „Wir Polizisten setzten andere Prioritäten, und widmen uns nicht dem Müll der Umwelt, während einige Meter weiter grade die Geldübergabe einer komplizierten Kindesentführung stattfindet." Elias konnte nur noch fassungslos mit dem Kopf schütteln. Erst als Gerd die Plane anhob, begann er allmählich zu verstehen, worauf er hinaus wollte. Unter dem vermeintlichen Müll, verbarg sich ein Brett, das ebenfalls den Boden unter sich bedeckte. Die Beiden schoben das Stück Holz zur Seite und tatsächlich war der Boden darunter beinahe vollständig ausgehoben. Ein dunkler Eingang führte immer tiefer hinab in die unbekannte Umgebung. „Ob sich dort wohl die Entführerbande aufhält? So etwas wäre doch das perfekte Versteck um einige Tage unterzutauchen." Gerd durchleuchtete den Tunnel mit seiner Taschenlampe und wollte gleich hinuntersteigen, doch Elias hielt ihn mit ausgestreckter Hand zurück. „Warte, lass mich lieber vorgehen." wieder trug er seine geladenen Waffe dicht vor der Brust, wie es sich für einen erfahrenen Polizisten in einem solchen Einsatz eben gehörte. Dann setzte er vorsichtig einen Fuß vor den anderen und begab sich gefolgt von seinen treuen Komplizen immer tiefer ins Erdinnere. Je weiter sie kamen, desto dunkler wurde es. Bald wurde Gerds` Taschenlampe zur einzigen Lichtquelle, da selbst der schwache Schein des Mondes nicht mehr soweit vordringen konnte. Es war ein langer schmaler Gang, der immer enger wurde. Schon nach wenigen Metern war es nicht mehr möglich aufrecht zu gehen, doch dann schien ihnen plötzlich aus weiter Ferne ein kleines Licht entgegen. „Sieh mal, dahinten.", flüsterte Elias und deutete auf den hellen Schein. „Das könnte von einer Fackel stammen. Mach die Taschenlampe aus." Nachdem Gerd das getan hatte, wurde es um sie herum wieder finster. Praktisch blind folgten sie der unbekannten Lichtquelle bis ans Ende des Tunnels. Je weiter sie kamen, desto deutlicher wurde auch das Wimmern, das die Beiden schon zuvor vernommen hatten. „Hörst du das auch? Das ist doch kein Tier, oder irre ich mich?" Elias blieb stocksteif stehen, um sicher zu gehen, dass er sich nicht irrte. „Vielleicht ist es Greta.", meinte Gerd und blieb ebenfalls in seiner Position eingefroren. „Komm, weiter. Und gib bloß keinen Mucks von dir." Erst, als Elias das Kommando gab, setzten die Beiden ihren Gang fort. Als sie jedoch an das Ende kamen, trauten sie ihren Augen kaum. „Hier war ich doch schonmal!", staunte Elias. Die Umgebung erkannte er genau wieder. Tatsächlich. Auch Gerd wusste sofort, was Sache war. „Wieso ist uns denn dieser Tunnel nie aufgefallen?" „Ich weiß es nicht.", antwortete Elias. „Er muss wohl erst später gegraben worden sein." „Aber das schafft man doch nicht in so kurzer Zeit." „Vielleicht war er vorher verdeckt." Wie sie diesen unterirdischen Gang übersehen konnten, wussten Gerd und Elias nicht, doch wo er endete, war ihnen jetzt klar. Vor den Beiden befanden sich hohe verschachtelte Steinwände, die wie in einem von Menschenhand erbautem Haus verschiedene Räumlichkeiten voneinander trennten. Aus einem dieser Räume strahlte das flackernde

Licht, dem Gerd und Elias gefolgt waren. „Als wir das letzte Mal hier waren, kamen wir durch einen Eingang zwischen den Klippen herein. Gerd erinnerte sich, wie er noch vor kurzem diesen gut versteckten Bunker mit Elias unter die Lupe nahm. Zu diesem Zeitpunkt hatten sie jedoch noch keine auffälligen Entdeckungen machen können, die in irgendeiner Form Hinweise auf Gretas` Verschwinden lieferten. Vorsichtig versuchte Elias einen Blick hinter die Steinwand zu werfen, von wo das Licht und das klägliche Wimmern zeugte, das sich nun mehr und mehr in ein hoffnungsloses Seufzen verwandelte. Ganz langsam streckte Elias seinen Hals, während er sich mit einer Hand an der Felswand abstützte, bis er endlich sah, was er sehen wollte. „Das ist ja unmöglich!", flüsterte er leise vor sich hin. „Was ist denn?" Gerd wurde völlig aufgebracht, als er die Reaktion von Elias bemerkte. Auch er wollte wissen, was sich da so sagenhaftes hinter verbergen mochte, dass es selbst einen Polizisten, der in seinem Leben schon vieles gesehen hatte von den Socken haute. „Sieh dir das mal an." Elias trat einen Schritt zur Seite, damit Gerd es ebenfalls sehen konnte. „Ich glaube, wir haben soeben unseren Fall gelöst." Es war keine gefährliche Verbrecherbande, die dort grade eine Teamsitzung veranstaltete und Greta an einem Materpfahl gefesselt in ihrer Gewalt hielt, womit Elias und Gerd zunächst rechneten. Stattdessen fanden sie eine zierliche kleine Frau vor, die verzweifelt ihren Kopf in den Händen vergrub und kläglich seufzte. Hinter ihr in einer Ecke befand sich tatsächlich auch Greta, die gefesselt und mit verbundenen Augen auf einer Holzkiste saß. Das Kind rührte sich dabei keinen Millimeter, aber dennoch machte sie nicht den Eindruck, als sei sie stark verängstigt. „Aber das ist doch die Frau, die neulich vor uns geflüchtet ist, oder nicht?" „Doch, doch. Genau das ist sie, ich erkenne sie genau wieder!", bestätigte Elias „Wie es aussieht, ist sie vielleicht doch die einzige Entführerin" „Komm, lassen wir sie jetzt einfach hochgehen. Zu zweit werden wir sie doch überwältigen können, ohne Greta dabei in Gefahr zu bringen." Gerd sah die optimale Gelegenheit, die Entführung ein für alle mal aufzulösen. Bei dem Gedanken wurde er immer aufgeregter. Seine Hände zitterten so sehr, dass er es nicht unterdrücken konnte, während er die Finger zu einer geballten Faust zusammenpresste. „Warte, vielleicht ist sie bewaffnet. Ich gebe Florian zuerst das Signal, dass er Verstärkung anfordern soll. Die Beamten können die Frau dann gleich festnehmen. Gerd nickte einverstanden, obwohl er sogar ein wenig Mitleid für die Frau verspürte, die kläglich weinte und einem Verbrecher eigentlich in keiner Weise ähnelte. Dennoch wusste er genau, dass Elias Ahnung von dem hatte, was er tat und wenn er sagte, dass es sicherer war, zuerst auf Verstärkung zu warten, dann hatte das wohl so seine Richtigkeit. Doch dann sah Elias seinen Komplizen mit ernüchterndem Blick an. „Mist.", raunte er leise, sodass niemand außer Gerd es hörte. „Was ist los?" „Ich habe das Funkgerät oben liegen gelassen." „Dann müssen wir sie eben doch jetzt überfallen. Wir dürfen doch nicht noch einmal so eine Gelegenheit verschenken." „Ich weiß, dass es nicht erlaubt ist, aber das hier ist ein Notfall. Nimm meine Waffe und halte hier die Stellung, bis ich zurück bin. Ich werde mich beeilen so gut ich kann. Du hast mein vollstes Vertrauen, Gerd." Elias legte Gerd die Pistole in die Hand und sah ihm dabei tief in die Augen. Dann wandte er sich wortlos um und verließ den Bunker.

## Kapitel 12

Noch immer stand sich Jannet in Le Havre die Beine in den Bauch und schützte sich mit Mühe vor der eisernen Kälte, indem sie ihre Jacke so gut es ging vor das Gesicht hielt. In der anderen freien Hand hielt sie den Karton mit dem Geld, den die Entführer bereits vor einer halben Stunde abholen wollten. Warum kam denn niemand? Wenn das so weiter ging, würde sich Jannet hier draußen noch den Tod holen, ehe sie ihre Tochter wieder zu Gesicht bekam. „Hallo?", brüllte sie über den ganzen Hafen, doch es war, als würde ihr Ruf von der unendlichen Weite verschluckt werden. Keine Antwort folgte. „Hallo?", schrie sie erneut. „Ich bin Jannet Cammel und ich habe das Geld dabei. Bitte bringt mir meine Tochter zurück. Ich schwöre, dass die Polizei nicht eingeweiht ist und ich völlig alleine gekommen bin!" Jannet sah sich um. Wieder folgte nur Stille und weit und breit war niemand zu sehen. Dann hielt sie sich das winzige Mikrophon an den Mund, das Elias an ihrer Jacke angebracht hatte. „Was soll das denn? Es kommt ja doch keiner. Lasst uns abbrechen. Das hat alles keinen Sinn." „Ehrlich gesagt, glaube ich leider auch nicht mehr daran, dass heute noch irgendwas passiert.", gab Florian per Funk zurück. „Vermutlich haben sie es doch mit der Angst zutun bekommen. Ich würde vorschlagen, dass wir noch zehn Minuten abwarten und dann zusammenpacken, wenn sich weiterhin nichts tut. Was meinst du, Elias?" Einige Sekunden blieb es still.

„Elias? Kannst du mich hören?" Wieso gab Elias keine Antwort? Wurden er und Gerd vielleicht von den Entführern gesehen und überfallen? Bestimmt hatte das Funkgerät der Beiden keinen guten Empfang. „Okay, lasst uns einfach abbrechen. Wir werden die anderen dann gemeinsam suchen, und sehen, was los ist. Kommt alle zum Parkplatz, ich beginne damit, einzupacken." Da Elias grade nicht anwesend war, gab ausnahmsweise Florian das Kommando zum Abbruch. Enttäuscht und mit Tränen in den Augen tapste Jannet den Weg zurück, den sie eben gegangen war. Die ganze Zeit hatte sie so sehr gehofft, dass sie Greta heute endlich wiedersehen würde und nun war doch alles umsonst. Jannet musste sich wohl damit abfinden, dass sie ihre Tochter wohl nie wieder zu Gesicht bekommen würde, wenn den Entführern selbst eine Geldsumme von 500.000 nicht genug Anreiz war, um das Kind zurückzubringen. Wie es aussah sollte nun der ganze Plan kurz vor dem Ziel scheitern. Plötzlich blieb Jannet noch einmal stehen und schaute noch einmal zurück aufs Meer. Sie traute ihren Augen kaum. Bildete sie sich das alles nur ein, oder stand da jemand genau an der Stelle, an der Jannet eben noch war? Sie kniff die Augen zusammen und schaute ganz genau hin. Kein Zweifel. Dort stand tatsächlich jemand. Es konnte nur einer der Entführer sein, der darauf wartete, endlich sein Geld zu bekommen. „Florian, die Entführer sind doch noch gekommen.", flüsterte Jannet unauffällig durch das Mikrophon und kehrte freudestrahlend wieder um. „In der Dunkelheit erkannte sie lediglich den Schatten eines Mannes, auf den sie jetzt zuging. „Sei vorsichtig, Jannet. Der könnte bewaffnet sein.", meinte Florian und bereitete sich darauf vor, eventuell bald einschreiten zu müssen. Jannet kam dem unbekannten Mann immer näher. Ihre Angst verdrängte sie bei dem Gedanken, gleich Greta wiederzusehen völlig. Doch als sie schließlich an der Stelle ankam, an der sie den Mann hat warten sehen, erschrak sie plötzlich. Alles, was von dem Unbekannten noch übrig geblieben ist, war ein zweidimensionaler Schatten auf dem schmutzigen Boden des Hafens. Doch wo war der Mann hin verschwunden? Ohne ihn konnte doch auch sein Schatten nicht existieren. Sie sah sich um, indem sie sich einmal ganz langsam um die eigene Achse drehte. Als sie schließlich wieder zu Boden blickte, viel Jannet eine winzige Besonderheit auf, die jedoch von großer Bedeutung war. Eigentlich sah es aus, wie ein ganz normaler Schatten eines Menschen, der jedoch nirgends zu sehen war. Das Besondere aber war, dass der Teil des Schattens, der den Hals darstellte, überdimensional groß war und in keiner Weise zu den Proportionen des Körpers passte. Es war auch kein Kopf zu sehen. Lediglich der lange Hals, der im Gewässer mündete und dort verschwand. Jannet bekam ein mulmiges Gefühl. Gleich schossen ihr die Gedanken an ihren Traum wieder in den Kopf, den sie in der Gefängniszelle hatte. Es war nichts, woran sie sich gerne erinnerte, und weil ihr die ganze Situation ziemlich unheimlich erschien, trat Jannet vorsichtig einige Schritte zurück. Da sah sie auf einmal, wie sich der herrenlose Schatten bewegte. Er hob den Arm. Jannet verfolgte, wie er sich ihrem eigenen Schatten immer weiter näherte. Warum wurde Jannet von diese mysteriösem Geist nur immer wieder verfolgt? Konnte er sie nicht einfach in Ruhe lassen? „Du existierst doch gar nicht. Das ist nur Einbildung!", sagte sie und wollte weglaufen, doch genau in diesem Moment spürte sie, wie sich eine Hand auf ihre Schulter legte. Jannet sah zu Boden. Im Schatten sah sie, dass es der Geist war. Wie kann das nur möglich sein? Weit und breit war niemand zu sehen, dem dieser Schatten zuzuordnen war. Jannet traute sich kaum zu atmen. „Florian? Elias? Kann mich irgendjemand hören?", sprach sie langsam und leise in das Mikrophon, doch es folgte keine Antwort. Stocksteif blieb Jannet einfach stehen und beschloss solange zu warten, bis einer ihrer Freunde nach ihr suchen würde und sie dann aus den Zwängen dieses übernatürlichen Wesens befreite. Doch was wäre, wenn so schnell keiner käme? Ganz vorsichtig drehte Jannet den Kopf, um zu sehen,was sich hinter ihr befand. Die Hand spürte sie dabei noch immer auf ihrer Schulter. Aus den Augenwinkeln erkannte sie plötzlich zwei fremde Beine hinter sich. Völlig erschreckt schlug Jannet auf einmal reflexartig um sich. Sie schrie, drehte sich einige Male um die eigene Achse, von links nach rechts und zurück, und rannte dann unaufhaltsam den ganzen Weg so schnell sie konnte wieder zurück. Die Beine und der Schatten mussten sich dabei wohl aufgelöst haben, denn als Jannet wild mit den Armen umherfuchtelte, war davon nichts mehr zu spüren. Sie rannte und rannte und dachte nicht daran stehen zu bleiben, bis sie schließlich den Parkplatz erreichte, wo Florian sie völlig überrascht in Empfang nahm. „Was ist mit dir denn los? Wurdest du angegriffen?", fragte er, während er Jannet fürsorglich eine Decke um die Schultern legte. „Du bist ja ganz durcheinander." Anstatt zu antworten rang Jannet nur keuchend nach Luft. Noch immer saß ihr der Schrecken tief in den Knochen und es dauerte eine ganze Weile, bis sie sich wieder beruhigte. „Nein, nein. Alles in Ordnung. Ich denke es war nur meine

Psyche, die etwas verrückt gespielt hat." „Jetzt ist ja alles wieder gut.", beruhigte Florian sie. „Aber hast du denn gar nicht gehört, was Elias eben gesagt hat?" „Was? Elias? Nein, wann soll er denn etwas gesagt haben?" Jannet verstand nicht, was Florian meinte. Anscheinend hatte sie einiges gar nicht mitbekommen. „Na durch das Funkgerät. Er und Gerd haben Greta gefunden. Ich habe bereits die Verstärkung angefordert. Sie müssten jeden Augenblick eintreffen und werden dann den Bunker umzingeln. Jannet, wir sind kurz davor deine Tochter zu befreien." Florian griff lachend nach ihren Oberarmen, um ihr das Unglaubliche, das geschehen war klar zu machen. „Greta? Was für ein Bunker denn? Wovon redest du?" Noch immer hatte Jannet die Situation nicht verstanden. „Da oben auf den Klippen, wo Gerd und Elias ihre Position hatten." Florian zeigte auf die hohen Gesteinswände. „Sie haben dort einen Bunker gefunden, in dem Greta gefangen gehalten wird." Einen winzigen Moment lang überlegte Jannet, doch dann war es, als würde jemand einen Schalter in ihrem Kopf umlegen. Sie riss sich los und rannte auf die Klippen zu. Es gab nichts, was sie in dieser Situation noch hätte aufhalten können. „Warte! Jannet, nicht! Wir müssen auf die Polizei warten, bevor wir den Bunker stürmen können.", rief Florian ihr noch nach, doch Jannet ignorierte seine Worte. Was sollte er nur tun? Es blieb ihm wohl keine andere Wahl, als ihr zu folgen und die Station unbewacht ihrem Schicksal zu überlassen, in der Hoffnung, Jannet noch früh genug zu erwischen und zu verhindern, dass der Plan durch ihre Unüberlegtheit scheitern würde, doch der Vorsprung, den Jannet vorgelegt hatte, war enorm. Sie noch rechtzeitig einzuholen war selbst für einen trainierten Polizisten wie Florian eine

Herausforderung. Jannet ließ keine Sekunde locker und rannte, als würde es um ihr Leben gehen. Als sie endlich oben ankam, waren es nur noch einige Meter bis zum Eingang in den unterirdischen Tunnel und obwohl Florian sie ein ganzes Stück eingeholt hatte, schien es doch nahezu unmöglich, dass er sie noch aufhalten könne, bevor sie den Bunker erreichte. Vor dem Bunker sah Jannet schon Manuela und Jerome stehen. „Haltet sie fest!", rief Florian den beiden zu. „Jannet ist völlig durchgedreht!" Breitbeinig platzierte Jerome sich genau vor Jannet, um sie abzufangen, doch es nützte alles nichts. Sie drehte und windete sich in seinen Armen und hatte sich in nur wenigen Sekunden wieder von Jerome gelöst. In vollem Tempo durchquerte Jannet den Tunnel, in dem Gerd und Elias ihr schon mit verdutzten Blicken entgegen sahen. „Lasst meine Tochter frei!", schrie sie schon von weitem. Die Entführerin, die bereits die ganze Zeit unter der Beobachtung von Gerd und Elias stand, dieses jedoch bisher nicht bemerkte, sprang mit einem Mal schreckhaft auf und stellte sich vor ihre Geisel. „Geht weg! Ich habe ein Messer, und wenn ihr auch nur einen Schritt näher kommt, oder mir die Polizei auf den Hals hetzt, steche ich sie ab." Drohend hielt die Frau ihr Messer vor sich. Inzwischen waren allesamt in der kleinen Höhle versammelt. Ganz vorne natürlich Jannet, die ohne diese Drohung sicherlich gleich auf die Täterin losgegangen wäre. Erst jetzt begriff sie, dass sie Greta in Gefahr bringen würde, wenn sie sich den Anweisungen widersetzte. Hinter Jannet waren Elias und Gerd aus ihrem Versteck hervorgekommen und dahinter folgten ihnen schließlich auch Manuela, Jerome und Florian, der völlig aus der Puste war. „Jannet Cammel! Das ist die Frau, die

mein Leben zerstört hat.", begann die Entführerin. „Und dafür wirst du bezahlen, völlig egal, wie." Jannet verstand kein Wort. Diese Frau hatte sie noch nie in zuvor gesehen und jetzt musste sie sich von ihr vorwerfen lassen, sie habe ihr Leben zerstört? Diese Frau konnte sie doch nicht ernst nehmen. Obwohl die Tatsache, dass sie Greta grade mit einem Messer bedrohte schon ernst genug zu sein schien, glaubte Jannet an eine Psychische Erkrankung dieser Frau. Möglicherweise litt sie unter Schizophrenie, wie rund ein Prozent der Bevölkerung, was die Vermutung gar nicht mal so abwegig machte, doch dies erklärte noch nicht weshalb die fremde Frau Jannets Namen kannte. „Wer sind sie denn? Ich kenne sie doch gar nicht."
„Natürlich. Du kannst mich auch nicht kenne. Schließlich musste ich mich jahrelang vor dir verstecken. Aber dein Mann, der kannte mich." Die Frau schüttelte den Kopf. „So viel habe ich in meinem Leben geopfert. Aber jetzt ist Schluss damit. Jetzt hole ich mir mein Recht!" Joachim sollte diese geisteskranke Person also gekannt haben? Jannet konnte es immer noch nicht so wirklich glauben, doch die Frau redete weiter und wurde allmählich konkreter. „Dein Joachim hat sich längst eine neue Familie aufgebaut. Er hat dich all die Jahre mit mir betrogen und du warst so naiv und blind, es nicht zu merken. Oder du wolltest es nicht merken, sondern hast lieber die heile Welt vorgetäuscht, damit er dich nicht verlässt. Joachim wäre schon längst zu mir gekommen, wenn er dir gegenüber nicht diese Schuldgefühle gehabt hätte. Er hatte mir den Himmel versprochen. Alles, was sich eine Frau nur wünschen kann, doch du und dein Kind habt mein Glück mit Joachim zerstört. Er hat nie so zu mir gestanden, wie zu euch. Immer wenn er mit euch in den Urlaub gefahren

ist, hat er mich vertröstet, dass er doch seiner Tochter etwas bieten wolle, wenn er sich schon von der Mutter seines Kindes trenne. Dabei hatte er nie vor euch zu verlassen. Er wollte mich nur zum Zeitvertreib, wenn er mal Langeweile hatte." Jannet konnte es nicht glauben. Die Tatsache, dass diese Frau jedoch so viel über ihre Familie wusste, war wohl der Beweis dafür, dass sie die Wahrheit sagte. Aber Joachim liebte seine Familie. Nie hätte er es übers Herz gebracht, sie zu verletzten. Hatte Jannet sich so sehr in ihrem Mann getäuscht? „Alles, was Joachim mir jemals versprach war erlogen. Er wollte sich nicht an mir binden, das war alles. Doch dann wurde es plötzlich ernst, und ich wurde schwanger. Tja und von diesem Tag an wendete sich das Blatt. Was meinst du wohl, warum sich Joachim das Leben nahm? Daran bist ganz allein du schuld, Jannet. Wenn du nicht gewesen wärst, würde er noch leben und wir hätten eine glückliche kleine Familie gegründet. Stattdessen entzog er sich lieber seiner Verantwortung. Am Abend bevor er starb war Joachim bei mir. Er sagte, dass es falsch war, sich auf eine Affäre mit mir einzulassen und dass er zu tiefst bereue, was er seiner Familie angetan habe. Er sagte, ich solle mich nach diesem Abend nie wieder bei ihm melden. Natürlich wollte ich mir das nicht gefallen lassen. Ich fragte ihn, wie ich alleine unser Kind durchbringen sollte, doch davon wollte er nichts wissen. Joachim wollte mir tatsächlich einreden, ich solle es zur Adoption freigeben. Wie kann er nur so herzlos sein? Sein eigenes Kind in fremde Hände zu geben. Ich sagte, dass es für mich nicht in Frage käme und das ich ihn zur Rechenschaft ziehen werde, wenn er kein Unterhalt zahle. Dann habe ich ihn herausgeworfen. Dieser Abend war die letzte Begegnung zwischen mir und Joachim bevor er starb." Die Frau hatte Tränen in den Augen, als sie von ihrem Schicksal erzählte und Jannet verstand die Welt nicht mehr. Es war, als hätte sie ihren Mann gar nicht gekannt. Als wüsste diese fremde Person mehr über Joachim, als sie selbst. „Ich wollte meinem Sohn das gleiche bieten können, was Greta auch all die Jahre genossen hat. Eine liebevolle Familie ohne finanzielle Sorgen. Doch das konnte ich nicht. Also habe ich Greta entführt, da ich an Joachim ja nicht mehr herankam. Irgendjemand musste für das, was er mir angetan hat grade stehen und ich wusste, es würde Joachim am meisten verletzten, wenn es seine eigene Familie wäre. Ich habe den Erpresserbrief hinterlassen und Greta in einem Kellerverließ versteckt. Alles was ich wollte, war die geforderte Summe Lösegeld, doch dann erfuhr ich, dass man das Kind schon deutschlandweit polizeilich suchte. Ich bekam es mit der Angst zu tun und bin daraufhin nach Frankreich abgehauen. Dies hat auch zunächst gut geklappt. Ich konnte die Grenze ohne Probleme überqueren und niemand hat einen Verdacht geschöpft. Ich wollte die Geldübergabe hier stattfinden lassen, das Kind freigeben und irgendwo ein neues Leben mit meinem Sohn anfangen, doch dann wurden wir in der Öffentlichkeit gesehen und man hat die Verfolgung zu uns aufgenommen. In diesem Augenblick habe ich meine Pläne bereits scheitern gesehen. Erst da habe ich realisiert, dass ich alleine gar keine Chance hätte, diese Entführung bis zum Ende durchzuführen. Aber ich konnte nicht mehr zurück, was hätte ich also tun sollen? Und jetzt habe ich nichts mehr zu verlieren." Die Entführerin wurde immer emotionaler und aufgebrachter. Mit ihrem Messer gestikulierte sie so wild in der Luft herum, dass jeder befürchtete, sie würde damit jeden Augenblick jemanden abstechen. Unauffällig wollte Elias nach seiner Waffe greifen, doch da bemerkte er plötzlich, dass er sie gar nicht mehr am Körper trug. Wo konnte sie nur sein? Eben hatte er sie doch noch bei sich. Da viel es ihm wieder wie Schuppen von den Auge. Er hatte sie ja Gerd anvertraut, als er sein Funkgerät holen wollte. Unauffällig schielte Elias zu ihm rüber, um zu sehen, ob Gerd die Waffe noch hatte, doch da ergriff dieser schon selber die Initiative. Elias glaubte seinen Augen kaum zu trauen, als er sah, wie Gerd mit der Waffe in der Hand ganz langsam den Arm hob und auf die Frau zielte. „Es ist vorbei! Legen Sie das Messer weg!" Mit starrem, ernstem Blick versuchte er die Reaktion der Geiselnehmerin zu beeinflussen, doch anstatt kampflos aufzugeben, ergriff diese urplötzlich mit einer Handbewegung den Lauf von Gerds` Waffe und versuchte ihm diese irgendwie abzunehmen. Mutig hielt Gerd dagegen. Es war ein Zweikampf, bei dem keiner wusste, wer ihn für sich entscheiden würde. Teilweise sah es sogar so aus, als habe Gerd alle Mühe, dem Druck stand zu halten und verlor beinahe die Waffe an die Frau, doch dann löste sich auf einmal ein Schuss... Es waren Bruchteile einer Sekunde, die wie in Zeitlupe vergingen. Hatte der gelöste Schuss jemanden verletzt? Gerd ließ die Pistole los und sank zu Boden. Aus seiner Schulter strömte Blut. „Gerd!", riefen Jannet und die anderen geschockt und wollten ihm zur Hilfe eilen, doch dann richtete die Frau, von der Jannet nun wirklich glaubte, dass sie psychisch krank sein musste, die Waffe auf sie. „Bleibt wo ihr seid! Ich kann jeden einzelnen von euch umbringen!" Der Hass glänzte in ihren Augen und alle wussten, dass sie dazu fähig war, ihre Drohung wahr zu machen. Keiner traute sich, irgendeine noch so kleine Bewegung zu tätigen. Elias hoffte nur innig, dass die polizeiliche Verstärkung bald eintreffen würde und sie aus diesem Bunker befreite, doch bis dahin vergingen die Minuten wie Stunden. „Man wird mich so oder so hinter Gitter bringen. Auf ein paar Jahre mehr oder weniger kommt es da doch nicht mehr an und dann wäre dein Leben genauso zerstört, wie meins, Jannet!" „Aber wir können doch über alles reden.", wandte Elias ein, um eine weitere unüberlegte Kurzschlussreaktion der Frau zu verhindern. „Wir müssen Gerd nur jetzt ganz dringend in ein Krankenhaus bringen, sonst könnte er es vielleicht nicht überleben, wenn er zu viel Blut verliert." Die Entführerin schüttelte nur den Kopf und schaute zu Boden. Dann hob sie den Blick wieder. „Ihr seid doch alle so verlogen, wie Joachim es war." Sie richtete die Waffe genau auf Gretas` Kopf. In diesem Moment wusste Jannet, dass es zu spät war. Sie konnte ihre Tochter nicht mehr retten. Würde diese Frau wirklich so skrupellos sein und ein unschuldiges Kind aus Rache töten? Tatsächlich. Einige Sekunden wirkte es, als würde sie darüber nachdenken, was sie dort eigentlich tat, doch dann... Sie drückte ab. Jannet verhüllte ihre Augen, denn das könnte sie sich nicht mit ansehen. Doch was war das? Statt eines lauten Knalls ertönte nur ein leises Klacken. Anscheinend war die Waffe nicht geladen. Erleichtert atmete Jannet auf, doch rechnete sie nicht damit, welche Mittel Joachims` Affäre noch anwenden würde, um ihre Pläne durchzusetzen. Sie nahm Greta, die noch immer gefesselt hinter ihr saß und legte sie in die Holzkiste. Dann verriegelte sie den Deckel mit einem Zahlenschloss. An einer Seite der Kiste befand sich eine Art elektrische Uhr, die über einige Kabel mit der Kiste verbunden war. „Ich habe noch ein einziges Ziel in meinem Leben: Jannet leiden zu sehen." „Aber Sie wollen doch ein gutes Vorbild für Ihren Sohn sein! Denken sie etwa, er wird wollen, dass seine Mutter zur Mörderin wird?" Elias versuchte auf das Gewissen der Frau einzureden, doch er stieß auf Granit. „Nach allem, was ich bereits wegen Joachim getan habe, werde ich meinen Sohn gar nicht erst aufwachsen sehen. Er wird mir weggenommen werden und weiß in einigen Jahren nicht einmal mehr, wer ich überhaupt bin. Wahrscheinlich wird das auch das Beste für ihn sein. Für mich gibt es absolut keinen Grund, mich jetzt von einem Moralapostel bekehren zu lassen. Versucht doch zu retten, was euch lieb ist, wenn euch noch die Zeit dafür bleibt. In drei Minuten wird diese Kiste samt dem Kind in die Luft fliegen. Jannet, sei froh, wenn du selber mit dem Leben davon kommst." Mit diesen Worten drückte die Geiselnehmerin auf einen roten Knopf, sodass die elektrische Uhr zu ticken begann. Dann ließ sie alles zurück und rannte aus dem Bunker. Nur wenige Sekunden später, rannten plötzlich alle durcheinander, die noch in dem unterirdischen Tunnel verblieben. Keiner wusste, was er zuerst oder zuletzt machen sollte, aber eines, was alle wussten, war, dass in nur wenigen Minuten alles in die Luft fliegen würde. „Wir müssen Gerd hier raus schaffen. Er muss in ein Krankenhaus.", rief Florian und rannte auf den Verletzten zu. „Wir müssen Greta retten! Helft mir, diese Kiste zu öffnen, sonst wird sie sterben!", schrie Jannet und kniete vor dem verschlossen Zahlenschloss nieder. „Jannet, geh nach draußen. Das Schloss hat unendlich viele Kombinationsmöglichkeiten, wir werden es in drei Minuten nicht schaffen, die richtige herauszufinden. Ich weiß, dass es schwer ist, aber du musst Greta zurücklassen!" Auch Elias eilte Gerd zur Hilfe und versuchte ihn gemeinsam mit Florian herauszutragen. „Du bist Polizist, Elias. Wenn sich jemand mit solchen Schlössern auskennt, dann du! Bitte versuche es!" Obwohl Elias genau wusste, wie gering die Wahrscheinlichkeit war, auf Anhieb die richtige Kombination zu erraten, gab er dennoch nach. Jannet hatte schließlich so lange hartnäckig für das Leben ihrer Tochter gekämpft und würde jetzt sicherlich nicht so schnell aufgeben. Das hatte Elias bereits eingesehen. „Versuche es mal mit null, null, null. In vielen Fällen, wird so ein simpler Code gewählt." Jannet befolgte den Rat ihres Schwagers und gab die genannten Zahlen ein, doch abgesehen von einem kurzen Klicken beim Drehen der Rädchen, geschah nichts. „Es passt nicht. Was jetzt?" Jannet sah verzweifelt zu Elias. „Ich weiß es nicht. Probiere einfach irgendwelche Zahlen aus. Etwas anderes bleibt dir nicht übrig." Hektisch begann Jannet willkürliche Ziffern einzugeben, doch nichts passte. „Vier, sieben, neun. Nein. Drei, zwei, fünf. Auch nicht. Elias! Uns bleibt keine Zeit mehr!" Jannet sah, wie die letzte Minute anbrach. Wenn nicht jeden Augenblick ein Wunder geschah, waren sie alle verloren. Auch von den anderen wollte keiner ohne Jannet gehen. Elias und Florian stützten Gerd, der schwer verletzt kaum noch bei Bewusstsein war. Florian hielt ihm dabei seine Jacke auf die Wunde, um die Blutung zu stillen. Auf einmal spürte Jannet eine Hand auf ihrer Schulter. In ihrer Panik wandte sie sich ruckartig erschrocken um. „Lassen Sie mich los, hier wird gleich alles in die Luft fliegen. Wir haben keine Zeit mehr!" Wieder war es der langhalsige Geist, der Jannet aufsuchte. Den Anblick dieses mysteriösen Mannes kannte sie bereits, doch hatte sie zum allerersten Mal keine Angst vor ihm. Vielleicht lag es an der Stresssituation, in der sich Jannet zu diesem Zeitpunkt befand, denn so viel Adrenalin, wie jetzt hatte ihr Körper wohl noch nie produziert. Hastig kehrte sie sich wieder dem Zahlenschloss zu, doch da wurde sie plötzlich zurückgezogen. Jannet verstand nicht, was das sollte. Wollte dieses überirdische Wesen sie nun endgültig heimsuchen und umbringen? War es dafür extra aus dem Jenseits gekommen? „Wenn du meine Seele unbedingt haben willst, dann nimm sie dir, aber lass doch wenigstens meine Tochter in Frieden.", schrie sie und versuchte sich erneut auf die Zahlen zu konzentrieren. Auf einmal fiel etwas neben Jannet auf den Boden. Sie erschrak ein weiteres mal. Es schien, als habe der Mann hinter ihr etwas aus seiner Hosentasche verloren oder absichtlich fallen gelassen. Jannet sah genauer hin. Vor ihr auf dem Boden rollte ein kleiner Würfel. Fragend blickte sie zu dem Geist. „Ich soll die Zahle also würfeln?", fragte sie und nahm den Würfel in die Hand. Als sie ihn vor sich erneut über den Boden rollen ließ, zeigte er, nachdem er zum Stillstand gekommen war eine eins. „Okay, also die erste Zahl wird dann wohl eine eins sein.", verstand Jannet die Ziffer zu deuten und gab sie in das erste Feld des Schlosses ein. Dann wollte Jannet den Würfel ein weiteres Mal fallen lassen, doch der Geist griff erneut nach ihrem Arm und hinderte sie somit daran. Da ließ er plötzlich einen weiteren Würfel aus seiner Tasche rollen. „Ich soll also die zweite Zahl mit diesem Würfel bestimmen? Okay, wenn es von Bedeutung ist,..." Jannet würfelte erneut. Dieses Mal wurden ihr vier Augen angezeigt. Wieder gab sie die Ziffer ein. „Okay, jetzt die letzte Zahl." Jannet wartete darauf einen weiteren Würfel zu bekommen, doch der Geist deutete nur auf die beiden schon auf dem Boden liegenden Würfel. „Was? Soll ich den zweiten noch einmal benutzten?" Jannet verstand mit der Gestik nicht so recht viel anzufangen. „Jannet, mit wem redest du da? Komm endlich, wir sind sonst alle verloren!", drängelte Elias. „Geht schonmal ohne mich vor. Ich komme nach." „Wir lassen dich nicht zurück. Sei jetzt vernünftig!" Jannet ließ sich jedoch nicht abbringen. Sie wollte nach einem der Würfel greifen, doch der Geist zog ihren Arm zurück. Er deutete erneut auf die beiden Spielwürfel. „Was meinst du damit? Soll ich beide nehmen?" Wieder wurde ihr Arm zurückgezogen, als sie danach greifen wollte. Jannet verlor beinahe die Geduld. Warum konnte der Geist ihr nicht einfach die Zahlen sagen? Warum musste er daraus so ein Spiel machen, obwohl er genau wusste, dass Jannets Zeit begrenzt war? Doch grade als sie ihn wieder anbrüllen wollte, machte es klick. „Jetzt verstehe ich: Ich soll die beiden Zahlen zusammenziehen! Das Ergebnis muss also fünf sein." Voller Hoffnung gab Jannet auch die letzte Zahl in das Zahlenschloss ein. Wenn es jetzt nicht aufgehen würde, hätte sie keine Chance mehr eine weitere Kombination auszuprobieren, ehe die Zeit abgelaufen wäre. Tatsächlich passte der Code und das Schloss öffnete sich. Jannets` Augen leuchteten vor Freude, als sie den schweren Deckel der Kiste öffnete und Greta heraustrug. So richtig konnte sie das Gefühl einer gelungenen Mission jedoch nicht genießen, denn die Bombe tickte unaufhörlich weiter und war durch nichts zu stoppen. Noch zehn Sekunden! „Schnell weg hier!", rief Florian, worauf sich alle umdrehten und begannen, wie aufgeschreckte Tiere den schnellstmöglichen Ausgang aus diesem Bunker zu suchen. Jerome und Manuela liefen voran den langen Tunnel entlang, durch den sie gekommen waren. Hinter ihnen stützten Elias und Florian den bisher einzig verletzten. Gerd hatte so viel Blut verloren, dass selbst Florians Jacke, die er ihm auf die Wunde drückte kaum noch zu erkennen war, weil sie bereits vollständig vom Blut überströmt wurde. Sein Gesicht wurde immer blasser und seine Atmung immer schwächer. Zum Schluss lief Jannet, die Greta auf dem Arm trug. Das Kind war noch immer gefesselt und hatte die Augen verbunden, was auch ganz gut so war, wie Jannet fand, denn der Anblick eines angeschossenen Mannes, der um sein Leben rang und den Greta noch dazu kannte und sehr mochte, wollte sie ihrer Tochter ersparen. Im Kopf hatte Jannet mitgezählt, wie viele Sekunden ihnen noch blieb. „Drei, zwei, eins,..." Genau in diesem Augenblick erklommen alle die Erdoberfläche und warfen sich reflexartig Schutz suchend auf den Boden, während hinter ihnen ein riesiger Knall ertönte und die dunkle Nacht kurzzeitig hell aufleuchtete. Die dabei entstandene Druckwelle schleuderte die Geretteten noch einige Meter weiter, doch nach nur wenigen Sekunden war der ganze Schrecken vorbei und alles was übrig blieb, war eine riesige Staubwolke, die die Sicht behinderte. Als diese allmählich wieder verschwand, sah Jannet vor sich ein Aufgebot an Polizisten und Rettungskräften auf sie zulaufen. Im Hintergrund wurde auch die Entführerin grade abgeführt. Es dauerte eine ganze Weile, bis Jannet realisierte, dass alle das Unglaubliche überlebt hatten und sie ihre Tochter nun endlich wieder hatte. Als es ihr langsam klar wurde, sprang sie mit letzter Kraft jubelnd auf und umarmte jeden ihrer Helfer, ohne die sie das alles nie geschafft hätte. „Wir sind gerettet! Wir sind endlich gerettet! Kannst du es fassen, Elias?" „Jannet, du bist gerettet.", meinte Elias kühl. „Aber Gerd kämpft immernoch um sein Leben. Er braucht dringend Blut, sonst wird er noch heute Nacht sterben." Mit einem Mal war die Stimmung wieder ernst. Natürlich. Wie konnte Jannet nur so selbstsüchtig gewesen sein? Die Freude darüber, dass sie ihre Tochter nun endlich wieder lebendig in den Armen hielt war so groß, dass sie ihren verletzten Freund völlig vergessen hatte. Jannet fühlte sich gemein. Gerd war schon lange in der Obhut der Rettungskräfte, die sich um ihn kümmerten. „Wollen wir das Beste für Gerd hoffen." Florian kam auf Jannet und Elias zu und klopfte seinem Kollegen auf die Schultern. „Ihr habt die Sache tapfer durchgestanden." Jetzt kam auch ein weiterer Polizist hinzu. „Die Täterin hat soeben gestanden. Wir konnten sie auf ihrer Flucht vor dem Bunker abfangen und festnehmen. Es handelt sich um Chloè Loreen Fournier. Sie wird aufs Revier gebracht." Wenigstens war diese Frau nun endlich außer Gefecht gesetzt und könnte Jannets` Familie nun nie wieder etwas antun, wenn auch noch immer alle um Gerd zitterten und an ein Aufatmen noch nicht zu denken war. Eine Rettungssanitäterin legte Jannet und Greta eine Decke um die Schultern. Sie war kaum größer als Manuela und hatte ein freundliches Lächeln auf den Lippen. Ihre langen Blonden Haare waren zu einem Zopf zusammengebunden. Dann redete sie irgendwas auf Französisch. Mit fragendem Blick schaute Jannet zu Jerome und Elias, die wiedereinmal aufgefordert waren zu übersetzten. „Die Dame möchte, dass du mit dem Kind zum Parkplatz runter gehst. Ihr könnt euch dort aufwärmen. Elias und ich werden zum Krankenhaus fahren, in das sie Gerd bringen und du und Manuela ruht euch jetzt im Hotel aus. Morgen früh sehen wir weiter." „Bist du sicher, dass ihr keine Hilfe braucht? Soll ich nicht lieber mitkommen ins Krankenhaus, dann...." „Jannet, Jannet.", unterbrach Elias sie. „Greta braucht dich jetzt. Sie ist sicher müde und muss die Erlebnisse der letzten Zeit verarbeiten. Hier kannst du niemandem helfen, fahre mit Manuela zum Hotel zurück und tu, was Florian gesagt hat." „Okay." Jannet sah Elias noch einmal tief in die Augen, ohne irgendwelche Wiederworte zu geben und verließ dann gefolgt von Manuela die Klippen. Schon von weitem waren die vielen blau und rot leuchtenden Einsatzfahrzeuge zu sehen. Es wimmelte nur so von Polizisten und anderen schwer beschäftigten Menschen, die in diesem Fall wohl einiges zu sagen hatten. Einer der Polizisten kam schon auf die drei zugelaufen und öffnete die Tür eines der Fahrzeuge. „Setzten Sie sich doch bitte." Er schien sehr nett zu sein, jedoch erkannte Jannet an seinem französischem Akzent, dass er nur gebrochen Deutsch sprach. Deswegen nickte sie einfach nur freundlich lächelnd und nahm dann genau wie Manuela auf der Rückbank Platz. Greta war bereits tief und fest eingeschlafen, vermutlich heilfroh darüber endlich wieder in vertrauten Händen zu sein. „Tja, ich hätte es ja nicht gedacht,...", flüsterte Manuela in die Stille, von der sie nun umgeben waren, um Greta nicht zu wecken. „...aber wir haben es tatsächlich so weit geschafft." „Weißt du, Manuela, so oft ich auch daran gezweifelt habe, aber die Hoffnungen habe ich nie ganz aufgegeben. Ich sah immer wieder, wie ihr alle mit mir gekämpft habt, und das hat mir immer wieder neue Kraft gegeben. Ohne euch hätte ich das alles niemals geschafft. Danke dafür." Einige

Sekunden lang schwiegen Jannet und Manuela in die endlose Dunkelheit der Nacht. Dann blickte Manuela betrübt zu Boden. „Glaubst du, Gerd wird es schaffen?", fragte sie vorsichtig. „Du glaubst doch nicht etwa, dass er stirbt?" Ungewollt laut schoss es aus Jannet heraus, sodass sie erschrocken zusammenzuckte und selbst Greta auf ihrem Arm beinahe wach geworden wäre. „Psst, du weckst noch die Kleine. Natürlich hoffe ich es nicht, aber seine Verletzung war auch nicht grade harmlos, das darfst du nicht vergessen." Jannet dachte einen Augenblick nach, als ihr einfiel, dass sie sich die Verletzung ihres Freundes gar nicht so genau angesehen hatte. Hätte sie es sich überhaupt mitansehen können? Jannet hatte in der letzten Zeit genug Angst um das Leben ihrer Tochter und auch da ist nochmal alles gut gegangen. Da durfte sie nicht gleich den Teufel an die Wand malen und glauben, dass Gerd es vielleicht nicht schaffen könnte. „Hier sind zwei heiße Kaffees für euch, daran könnt ihr euch aufwärmen. Die Autotür öffnete sich und ein Polizist reichte zwei dampfende Pappbecher herein. „Ich werde euch jetzt ins Hotel bringen. Florian hat mir die Adresse bereits gegeben." Er lächelte ein wenig ermüdet und setzte sich hinter das Steuer. Es war bereits spät in der Nacht. Diese ganze Aktion hatte sich anscheinend doch länger hingezogen, als es sich für Jannet anfühlte. Dann rollte der Wagen an. Im Rückspiegel wurden die leuchtenden Autos immer kleiner. Jannet wandte ihren Blick aus dem Fenster. Ihre Gefühle waren noch immer nicht in der Realität angekommen. Dann beugte sich Jannet plötzlich nach vorne und wandte sich dem fahrenden Polizisten zu. „Entschuldigen sie bitte?" „Ja?", antwortete dieser. „Würden Sie mir den Gefallen tun und mich am

Krankenhaus rauslassen?" „Was? Aber was willst du denn jetzt im Krankenhaus?" Manuela war verdutzt, auf welche Gedanken ihre Freundin so plötzlich kam. „Natürlich kann ich Sie dort absetzten, aber ich würde Ihnen wirklich ans Herz legen zuerst einige Stunden zu schlafen und erst morgen dahin zu fahren. Sie können dort doch nun wirklich jetzt niemandem helfen und ihr Freund ist in guten Händen. Solche Verletzungen erleben wir Tag für Tag und in den meisten Fällen gehen sie glimpflich aus. Da habe ich schon viel schlimmeres erlebt." Anscheinend hielt es auch der Polizist für keine gute Idee, den Rest der Nacht an Gerds` Krankenbett zu verbringen. Für einen Moment überlegte Jannet tatsächlich, ob er Recht hatte und es sinnvoller wäre nun mit Greta und Manuela zurück ins Hotel zu fahren, doch dann ließ sie sich dennoch, wie so oft nicht von ihren Plänen abbringen. „Ich will nur sehen, ob es ihm gut geht und er alles heile überstanden hat. Ich kann sowieso nicht schlafen, wenn ich nicht weiß, wie es um ihn steht. Danach fahre ich mit Jerome und Elias wieder zurück. Ich bin sicher, dass es gar nicht lange dauern wird und den Schlaf kann ich morgen immernoch nachholen. Bitte, es ist mir wirklich sehr wichtig." „Na gut, an mir soll es nicht liegen.", willigte der Polizist schließlich ein. „Super, vielen Dank! Manuela, nimmst du dann Greta mit aufs Zimmer? Eigentlich schläft sie inzwischen tief und fest, aber wenn sie doch aufwacht, sagst du ihr, dass ich bald wieder da bin, okay?" Manuela nickte gezwungen, woraufhin Jannet ihr vorsichtig das schlafende Kind überreichte. Dann ließ man sie vor der Klinik, in der man sich um Gerd kümmerte laufen. „Moment, finden Sie sich denn hier überhaupt zurecht so mitten in der Nacht?" „Danke, das schaffe ich schon."

Jannet schaute noch einmal durch das heruntergelassene Fenster der Fahrertür zu dem besorgten Polizisten, der ihr daraufhin freundlich zulächelte und sich verabschiedete. Nachdem Jannet aus seinem Blickfeld verschwand, brauste der Wagen auch schon davon.

## Kapitel 13

Auf den langen dunklen Fluren des Krankenhauses liefen Jerome und Elias ungeduldig hin und her. Allmählich spürten sie, wie die Müdigkeit ihnen immer wieder die Augenlider zudrückte, weshalb die Beiden versuchten, sich so weiterhin wach zu halten. Auch die Sorge um Gerd ließ sie nicht los. Obwohl Jerome ihn noch garnicht so lange kannte, ging ihm die ganze Sache dennoch sehr nah. Er wollte etwas tun, doch fühlte er sich, genau wie alle anderen in diesem Moment nie machtloser. Schließlich beschloss er, wenn er die Situation schon nicht ändern konnte, wenigstens Elias ein wenig zu entlasten. „Geh ruhig schon zurück ins Hotel und schlaf dich erstmal aus. Ich werde hier bleiben und euch Bescheid geben, wenn ich etwas neues über Gerds` Zustand erfahre." Elias blieb stehen und sah auf. Sichtlich ermüdet winkte er jedoch nur ab. „Nein, nein. Das macht mir wirklich nichts aus, in meinem Beruf bin ich an Nachtschichten gewöhnt. Aber das Angebot ist wirklich sehr nett von dir. Danke." Dann schwiegen sich die Beiden wieder an und setzten ihren Gang unbeirrt fort. Es dauerte jedoch nicht lange, bis aus der Ferne hektische Schritte auf sie zukamen. „Elias! Jerome!" Jannet riss die Männer erneut aus ihren Gedanken. „Wo ist Gerd? Wie geht es ihm? Wird er gesund werden?" „Wir wissen noch nichts. Die Ärzte sind grade bei ihm." Jerome nahm Jannets` Hände und wollte sie beruhigen, doch in ihrer Aufregung löste sie sich gleich wieder von ihm. „Was soll das heißen? Haben die denn noch garnicht mit euch geredet?" „Nein, noch nicht.", gab Elias zurück. „Eben ging alles sehr schnell. Sie haben ihn gleich mitgenommen und behandeln Gerd nun schon seit einer gefühlten Ewigkeit. Wir haben ihn kaum zu Gesicht bekommen. Aber was machst du denn hier? Du sollst doch mit Greta und Manuela ins Hotel fahren und dich ausruhen." Noch ehe Jannet sich rechtfertigen konnte, trat endlich einer der Ärzte aus der Tür. Er nahm seinen Mundschutz ab und ging auf die drei Wartenden zu. Jannet vermutete, dass es der Chefarzt war, der nun allen der Reihe nach die Hand schüttelte und ruhig und sachlich zu erzählen begann. Vom dem was er sagte verstand Jannet, wie immer relativ wenig, dennoch hörte sie aufmerksam zu. Alleine der Klang seiner Stimme beruhigte sie, obwohl sie aus seinem Gesicht keinerlei Reaktionen entnehmen konnte, aus denen sich schließen ließ, wie es um Gerd stand. Nachdem er fertig war, ließ er Jannet, Elias und Jerome zurück und verschwand den langen Flur entlang. „Was ist denn nun mit Gerd? Was hat der Arzt gesagt?" Als sich die beiden Männer auch noch Sekunden später schweigend ansahen, wurde Jannet allmählich immer ungeduldiger. „Die Sache ist so...", begann Jerome, als Elias ihm zunickte. „Gerds` Verletzungen sind schlimmer, als wir alle zunächst dachten. Er hat bereits auf dem Weg ins Krankenhaus Unmengen an Blut verloren." Bei diesen Worten bekam Jannet eine Gänsehaut am ganzen Körper. Das konnte doch jetzt nicht wirklich wahr sein. In ihrem tiefen Inneren wünschte sich Jannet im Bett ihres Hotelzimmers aufzuwachen und zu sehen, dass alles, was nach Gretas` Freilassung geschah, nur ein schrecklicher Albtraum war, an den sie sich nichteinmal mehr erinnern müsste, wenn er nicht so schrecklich gewesen wäre, doch es passierte nichts. Noch immer standen Jerome und Elias betrübt vor ihr. Langsam schüttelte Jannet den Kopf. „Nein, nein,... Das kann nicht sein! Die Ärzte müssen sich irren. Gerd wird nicht..." „Doch Jannet. Die Ärzte haben alles Mögliche für ihn gemacht, was sie konnten. Gerd wird die Nacht nicht überleben." Obwohl ihnen die Gewissheit um Gerds` Situation selber reichlich zu schaffen machte, versuchten Elias und Jerome Jannet irgendwie zu beruhigen. Diese ließ die Beiden jedoch kaum an sich heran. „Ihr müsst noch einmal mit dem Arzt sprechen. Vielleicht habt ihr ihn nur nicht richtig verstanden. Oder er hat sich einfach vertan, das kann um diese Uhrzeit schon mal möglich sein, wenn man seit Stunden nicht geschlafen hat." Hastig suchte Jannet nach einer logischen Erklärung und klammerte sich dabei an jeden Strohhalm, der ihr noch Hoffnung gab. „Wenn du willst, kannst du dich jetzt noch einmal von Gerd verabschieden." Jerome griff erneut nach Jannets` Händen und hielt sie trotz ihrer Versuche sich wieder zu lösen fest umschlungen. Scheinbar konnte er ihre Gefühlslage so ein wenig beeinflussen, denn schon kurz darauf konnte sich Jannet wieder beruhigen Sie blickte Jerome in seine großen dunklen Augen und schon verwandelte sich ihre Aufregung in Trauer. „Ich würde mich sehr gerne noch von Gerd verabschieden.", sagte Jannet schließlich, als sie merkte, dass sie keine andere Wahl hatte, als die Situation so zu akzeptieren, wie sie war. „Natürlich. Nimm dir alle Zeit, die du brauchst. Wenn du möchtest, komme ich mit dir." Jerome wollte ihr Beistand leisten, doch Jannet winkte kopfschüttelnd ab. „Ich möchte jetzt lieber mit ihm alleine sein und ihm nochmal in Ruhe für alles danken.

„Geh ruhig zu ihm, Jannet. Wir werden hier auf dem Flur auf dich warten.", meinte Elias schließlich mit einer ebenso beruhigenden Stimme, woraufhin sich Jannet von den Beiden abwandte und nach einem tiefen durchatmen vorsichtig die Tür zum Krankenzimmer öffnete. Schon mit den ersten Schritten ins Zimmer drang Jannet ein beengender Geruch in die Nase. Die Luft roch verbraucht und stickig und spiegelte geradezu ihre Gefühlslage wieder. Irgendwie hatte Jannet Angst, Gerd in dieser Situationen zu begegnen. Dennoch wollte sie es nicht versäumen, sich noch ein letztes Mal von ihm zu verabschieden. An der Wand des Zimmers stand ein einzelnes Bett ganz alleine im Raum. Daneben waren einige Geräte zu sehen, die jedoch fast alle abgeschaltet waren. Nur eines war noch im Betrieb und gab zwischendurch piepende Geräusche von sich. Das Licht war gedimmt und durch das Fenster sah man die vielen Lichter der Stadt mitten in der Dunkelheit. In dem Krankenbett, auf das Jannet nun langsam, aber mit kontinuierlichen Schritten zuging, lag Gerd. Seine Augen waren geschlossen und die Schulterverletzung hatte man ihm verbunden. So wie er dort lag hatte Jannet ihn noch nie zuvor gesehen. Auf einmal war er so hilflos und alleine, und obwohl Gerd selber nichts von seiner Einsamkeit merkte, hoffte Jannet, ihm mit ihrer Anwesenheit die Sache zu erleichtern. Jannets` Augen vielen auf Gerds` Brustkorb, der sich nach einer längeren Atempause wieder hebte. Dann blieb seine Atmung wieder aus. Nach einigen Sekunden dann die nächste Brustkorbhebung, die so schwach war, dass man sie nur bei ganz genauer Betrachtung erkennen konnte. Keiner wusste, wie lange Gerd noch durchhalten würde. Jeder

Atemzug könnte der letzte gewesen sein, doch Jannet hoffte nach jedem Aussetzer, dass er noch einmal Luft holen würde. Wenn es dann nach einer gefühlten Ewigkeit so war, und Gerd dieses winzige Lebenszeichen von sich gab, konnte auch Jannet wieder aufatmen. Auch wenn es nicht gut um ihren Freund stand, wollte sie dennoch die Gelegenheit haben, ihm ein paar letzte Worte mit auf den Weg zu geben. Jannet zog sich einen Stuhl heran und setzte sich ans Bett. Dann nahm sie Gerds` Hand zu sich und betrachtete die geschlossenen Augen. „Gerd, mir tut das alles so leid. Dass es so enden würde, hätte ich doch nie gedacht. Du hast so viel für uns gekämpft und nun bist du derjenige, der auf diese grausame Art dafür bezahlen muss. Ich wünschte, du wüsstest, wie gerne ich die ganze Aktion rückgängig gemacht hätte. Schon damals hätte ich verhindern müssen, dass Greta überhaupt entführt wurde, dann wäre es doch nie soweit gekommen." Jannets` Blicke wanderten wieder auf Gerds` Brustkorb. Sie wartete zwei schwerfällige Atemzüge ab, bevor sie leise weiterredete. „Jetzt ist einfach alles zu spät. Auch wenn du mich wahrscheinlich gar nicht hörst, möchte ich mich trotzdem noch von ganzem Herzen bei dir bedanken. Nicht viele Menschen hätten das für mich getan, was du für mich getan hast. Wenn es irgendwann, vielleicht im nächsten Leben oder im Jenseits eine Möglichkeit gibt, dass alles wieder gut zu machen, werde ich daran denken und dann will ich dir alles zurückgeben. Aber jetzt kann ich erstmal nur darauf hoffen, dass du dort oben bei den Engeln gut aufgehoben sein wirst." Plötzlich merkte Jannet, dass eine dritte Person den Raum betrat. Langsame Schritte kamen hinter ihr auf sie zu, doch Jannet wollte sich nicht umwenden, um zu sehen, wer es war. Sie spürte nur, wie es sie beruhigte. Es musste jemand vertrautes sein, vermutlich Jerome oder Elias. Doch was Jannet dann sah, als die Person in ihr Blickfeld trat, glaubte sie kaum zu träumen. Es war der Geist, mit dem überaus langen Schlangenhals, der immer im richtigen Moment auftauchte und Jannet beschützte. Noch war sein Kopf aufgrund der extremen Halslänge nicht zu sehen, aber was sich in diesen Sekunden ereignen würde, würde Jannet in ihrem Leben wohl kein zweites Mal sehen. Der Geist griff sich an den Hals und wickelte einen langen Stick immer weiter ab, der ihm zuvor wohl umgebunden war, Jannet jedoch noch nie auffiel. Er ließ das Seil vor sich auf den Boden fallen und während er das tat zog sich sein Hals immer weiter zusammen, bis schließlich das Gesicht zum Vorschein trat, das zuvor immer durch irgendwas verdeckt war. Und dieses Gesicht kannte Jannet nur zu gut. „Joachim!" Mehr als das brachte sie nicht hervor. Erst jetzt erkannte Jannet, wer der mysteriöse Mann war, dem sie zuerst nicht trauen wollte. Ihr verstorbener Ehemann hatte sie und ihre Tochter gerettet. Plötzlich sah Jannet wieder zu Gerd, und wurde Zeuge, wie seine Seele aus dem Körper trat. Obwohl sein Körper noch genauso krank wie vorher im Bett lag, war das, was aus ihm herausstieg gesund und glücklich, wie Jannet ihn immer kannte. Was sollte das Ganze nur? Noch nie hatte es so etwas gegeben. Wären in der letzten Zeit nicht so viele übernatürliche Dinge passiert, die das möglich machten, woran Jannet schon längst nicht mehr glaubte, würde sie sich selber für verrückt halten. Doch es war echt, was hier geschah. Joachim und Gerd standen in wahrer Gestalt vor ihr, lächelten Jannet an und wandten sich dann, ohne ein Wort zu sagen um. Vor den Beiden tat sich ein extrem helles

Licht auf, das so sehr blendete, dass Jannet glaubte fast zu erblinden. Nur wenige Sekunden dauerte das Schauspiel an, danach war von alle dem nichts mehr zu sehen. Sowohl Joachim als auch Gerd waren verschwunden. Das Zimmer war noch dunkler als es zuvor war. Vielleicht kam es Jannet aber auch nur so vor, weil sie grade noch dem hellen Schein ausgesetzt war. Gerds` Körper lag unverändert im Krankenbett, nur eine Sache war anders: Es folgte kein Atemzug mehr. Gerds` Herz hatte aufgehört zu schlagen. Nun musste er endlich seinen Frieden gefunden haben.

## Kapitel 14

Endlich war Jannet wieder in ihrer Heimat angekommen. Obwohl sie sich vornahm, das ganze Abenteuer in Frankreich erstmal ein wenig beiseite zu schieben und sich auf das Wichtigste zu konzentrieren, nämlich ihre wiedergefundene Tochter, hatte sie den schwierigsten Teil doch noch nicht ganz hinter sich gebracht. Gemeinsam mit Elias, Manuela und ihrer ganzen Familie folgte sie nun dem Sarg der Gerds` Leichnam beinhaltete. Selbst Jerome war aus Frankreich angereist, um ihm die letzte Ehre zu erweisen und wanderte so mit der ganzen Trauergemeinde von der Kapelle zu dem Platz, wo man für den Verstorbenen schon das Grab ausgehoben hatte. Im Hintergrund läuteten die Trauerglocken. In diesem Augenblick schossen Jannet tausend Gedanken in den Kopf. Sie durchlebte bei diesem Gang noch einmal alles, was in den vergangenen Wochen geschah Revue. Die Freude, sowie die Trauer. Die Erfolge wie die Misserfolge. Dann wurde der Sarg in die Erde gelassen und der Pfarrer richtete sich mit einigen berührenden Worten an die Gemeinde. Jannet konnte sich jedoch nicht auf das konzentrieren, was er sagte. Viel zu viele Dinge fluteten im Moment ihre Gehirnzellen, so sehr sie auch versuchte zuzuhören. Nachdem der Pastor fertig war, passierte einer nach dem anderen das offene Grab und verließ dann den Friedhof. Auf dem Parkplatz vor der Kapelle fand sich Jannet schließlich mit ihrer Familie zusammen. „Wisst ihr denn, wo wir jetzt hinfahren?", fragte Hilda in die Runde. „Gerds` Bruder hat für die Trauergemeinde einen Tisch in der nächsten Gaststädte reserviert. Es gibt Schnittchen und Bienenstich.", wusste Diana. Auch ihr war es wichtig, Gerd die letzte Ehre zu erweisen, obwohl sie ihn kaum richtig kennengelernt hatte. „Gut. Dann würde ich sagen, fahren wir schonmal vor und halten uns ein paar Plätze frei. Jannet und Jerome, ihr zwei fahrt doch sicher bei mir mit, nicht?" Fragend schaute Hilda in die ausdruckslosen Gesichter der Beiden. „Was ist nun?", harkte sie nach, als sie von keinem eine Antwort bekam. „Das ist wirklich sehr nett von Ihnen, aber ich muss leider wieder los. Mein Flug geht heute Abend zurück nach Frankreich und die Strecke zum Flughafen ist noch ein ganzes Stück, da sollte man nicht zu wenig Zeit einplanen.",begann Jerome schließlich und verabschiedete sich von der Runde, indem er jedem die Hand reichte. „Du willst schon wieder zurück? Aber warum das denn?" Hilda konnte die schnelle Abreise des jungen Mannes nicht nachvollziehen. „Die Arbeit wartet in Frankreich wieder auf mich. Dort gibt es jetzt einiges zutun, nachdem ich so lange ausgefallen bin. Also macht`s gut." Noch einmal drehte sich Jerome lächelnd um und machte sich dann auf den Weg. „Jerome! Warte!" Wie aus einem Reflex heraus rannte Jannet plötzlich hinter ihm hier. Schon einige Meter weiter hatte sie ihn eingeholt und blickte ihm nun direkt in die Augen. „Ich kann dich jetzt nicht einfach gehen lassen. Jerome, wir haben so viel gemeinsam durchgemacht. Erinnerst du dich an den Moment bevor ich verhaftet wurde? Und an deine Zukunftsvorstellungen mit mir? Ich habe das alles nicht vergessen und mir ist klar geworden, dass ich genau das auch alles will. Lass uns zusammen nach Frankreich gehen und ein neues Leben aufbauen. Ich bin dazu bereit, wenn du es auch bist." Es sprudelte mal wieder nur so aus Jannet heraus und sie hatte sichtliche Schwierigkeiten, ihre Gefühle in Worte zu fassen. War es zu spät für diese Entscheidung? Jerome zeigte keine Reaktion. Er hörte nur aufmerksam zu und als Jannet zu Ende geredet hatte, schauten sich die Beiden minutenlang einfach nur schweigend an. Doch irgendwann fand Jerome endlich seine Sprache wieder. „Das wäre das schönste, was mir passieren könnte." Mit diesen Worten legte er seine Lippe an Jannets` Mund und es war, als würde dieser Kuss nun endgültig ihre Zukunft besiegeln.

# Danksagung

Die erste Idee zu dem Buch kam mir bereits vor zwei Jahren, als ich noch zur Schule ging und viel Zeit einfach nur mit Nichtstun verschwendete. Ich dachte mir, diese Zeit könne man sinnvoller nutzen und begann damit, kreativ zu werden. Die Personen, sowie die beschriebenen Handlungen sind daher lediglich Geschöpfe meiner Phantasie und beruhen nicht auf eine wahre Begebenheit. Man kann jedoch sagen, dass eine dieser fiktiven Persönlichkeiten aus Gustavilius, entstanden ist, dem Christian Steenberg, der Bruder meiner beiden Freundinnen Annamaria und Caterina Steenberg, in seiner Kindheit häufig begegnete. Ihm danke ich daher für die Inspiration und das Erschaffen eines Parallelcharakters, den es so in dieser Form sonst wahrscheinlich nicht gegeben hätte.

Nach dem Prozess des Schreibens sollte endlich die Veröffentlichung meines ersten Buches folgen. An dieser Stelle möchte ich Dominik und Jennifer Bücker, meiner Cousine danken, die mir in vieler Hinsicht dabei geholfen und mir wertvolle Tipps gegeben haben, sowie meiner Tante Angelika Meißner, die einige organisatorische Sachen im Anschluss für mich managte. Auch meine Mama Rafaela Prestianni investierte viel Zeit darin, mein Skript Korrektur zu lesen und erleichterte mir ebenfalls den Weg zum fertigen Exemplar.

Wie man sieht, war es also nicht allein mein Verdienst, dass mein Buch zu dem wurde, was es heute ist.

Das größte Dankeschön gilt aber allen Menschen, die mir immer nahe standen und auf die ich mich immer bedingungslos verlassen kann. Darunter vor allem meine Eltern, meine Verwandten, vor allem meinem Onkel Peter Schmidt und meine Freunde. Ganz besonders meiner besten Freundin Melanie Ahaus, die vor einigen Jahren bei einem Verkehrsunfall ums Leben kam und der ich hiermit einen Charakter in meiner Geschichte widmen möchte.

PS: Danke Jana, dass du dir für mich vorgenommen hast, ein Buch zu lesen! :D

Zeitfracht Medien GmbH
Ferdinand-Jühlke-Straße 7
99095 Erfurt, Deutschland
produktsicherheit@kolibri360.de